BASTEI
LÜBBE

Weitere Titel der Autorin:

14 758 Blumen der Lust
15 366 Kurz vor der Hochzeit
15 920 Die sinnliche Erbin
16 335 Die Liebeskünstlerin

Tesni Morgan

# All Inclusive

Erotischer Roman

Aus dem Englischen übertragen von
Rolf Schmitz

BASTEI
LÜBBE

BASTEI LÜBBE TASCHENBUCH
Band 16 414

1. Auflage: Dezember 2009

Vollständige Taschenbuchausgabe

Batei Lübbe Taschenbücher in der Verlagsgruppe Lübbe

Deutsche Erstausgabe

Titel der englischen Originalausgabe: All the Trimmings

Published by Arrangement with Virgin Books Ltd.,
London, England
Dieses Werk wurde vermittelt durch die
Literarische Agentur Thomas Schlück GmbH; 30827 Garbsen
Titelillustration: © shutterstock/Sean Nel
Umschlaggestaltung: Christin Wilhelm
Satz: Urban SatzKonzept, Düsseldorf
Gesetzt aus der Palatino
Druck und Verarbeitung: Norhaven A/S
Printed in Denmark
ISBN 978-3-404-16414-1

Sie finden uns im Internet unter
www.luebbe.de
Bitte beachten Sie auch: www.lesejury.de

Der Preis dieses Bandes versteht sich einschließlich
der gesetzlichen Mehrwertsteuer.

# *Erstes Kapitel*

Der junge Mann in der Tankstelle ist ganz sicher einen zweiten Blick wert, dachte sie, während sie völlig überflüssigerweise ihren Reifendruck überprüfte. Sie konnte den Jungen durch das Fenster im Kassenhäuschen sehen. Er stand hinter einer Theke, als sie hineinging, um für das Tanken zu zahlen. Normalerweise war ihr Kopf zu voll von häuslichen Pflichten, um Blicke für Männer zu haben, alt oder jung. Vielleicht lag ihr überraschendes Interesse daran, dass sie das Wochenende in der Gesellschaft von Neunzehnjährigen verbracht hatte – fast alle männlich. Tims Kollegen, mit denen er sich ein Haus teilte.

Zum ersten Mal seit Jahren hatte sie sich jung gefühlt. Ein wenig befangen war sie mit ihnen zum Pub gegangen und hatte gehofft, dass sie nicht wie ein als Lamm verkleidetes Schaf aussah, aber Tim war sehr lieb gewesen: »Du siehst großartig aus, Ma. Alle Jungs sagen das.«

Die Freundinnen der Jungs waren auch lieb gewesen. Es schien nicht zu stören, dass sie so alt war wie ihre Mütter. Ihr war bewusst geworden, wie sehr sie Tim vermisste, und Daisy auch, die großartige, talentierte Daisy, die einen Designerkurs in London belegt hatte.

Aber jetzt war alles wieder zur Routine geworden, und vielleicht war sie deshalb so empfänglich für den knackigen Hintern eines jungen Mannes. Er war herausgekommen und hatte die Blumensträuße neu geordnet, die zum Verkauf neben dem Eingang standen. War das ein Vorwand gewesen, weil er ihr nachschauen wollte, wenn sie abfuhr?

Sei keine Närrin, Cheryl, sagte sie sich streng, dann stieg sie ein, setzte die Sonnenbrille auf und startete den Motor. Er stand da, die Hände in die Hüften gestemmt, und grinste sie an.

Frechdachs, dachte sie. Ich sollte dich zurechtstutzen! Für wen hältst du dich?

Aber dann sah sie in den Innenspiegel, und zu ihrer Überraschung stellte sie ein Lächeln fest, ein Lächeln wie das der Katze, die am Rahm geschleckt hat. Wie töricht! Nur weil ein Jüngling sich blickmäßig für sie interessiert hatte. Nun werde mal wieder vernünftig, rief sie sich zur Ordnung, aber sie fühlte ein plötzliches Ziehen im Schoß, als sie sich in den Ledersitz fallen ließ. Sie spürte eine Feuchtigkeit im Slip, die sie vorher nicht bemerkt hatte.

»Oh, verdammt«, rief sie, rutschte im Sitz hin und her, legte den Gang ein und lenkte den schlanken schwarzen BMW über den Hof. »Das müssen die Wechseljahre sein«, schimpfte sie. »Da werde ich feucht wegen eines Jungen. Ich sollte mich schämen.«

Aber sie schämte sich nicht, und als sie auf die Straße bog, klebte das Grinsen immer noch in ihrem Gesicht.

Cheryl hatte viel Zeit. Ihr Mann Ashley erwartete sie erst am Abend zurück, aber sie war früher als geplant aufgebrochen. Tim war mit einem Projekt beschäftigt, das mehrere Stunden dauern würde. Sie fuhr durch Westcombe und durch die Straßen, die von Touristen verstopft waren. Anschließend ging es über die breite Promenade, die von Hotels im edwardianischen Stil auf der einen Seite gesäumt wurde und von Sand und der blauen See mit den weißen Gischtspritzern auf der anderen.

Sie atmete tief ein. Die Luft war wie Wein. Nach der Hitzewelle im stickigen Bristol war sie froh, wieder zu Hause zu sein. Ich bin verwöhnt, dachte sie. Ich lebe am Meer, lege mir eine gesunde Bräune zu und kann die Füße ins Salzwasser baumeln lassen, wann immer mir danach zumute ist. Die Sonne versteckte sich plötzlich hinter Wolken. Cheryl sah ein paar ältere Leute in Rollstühlen, und andere stützten sich auf Spazierstöcken ab.

WESTCOMBE AM MEER, DER SCHÖNSTE UND BESTE KURORT, stand auf einer Reklametafel.

Ich möchte nicht alt werden, dachte Cheryl und schüttelte sich, während sie den alten Leuten nachsah. Ich habe das Gefühl, noch nicht gelebt zu haben, da werde ich mich nicht hinsetzen und auf den Sensenmann warten.

Das gute Gefühl, das der Junge in der Tankstelle in ihr hervorgerufen hatte, war längst verblasst. Cheryl bog in eine Seitenstraße ein und fuhr die mit Bäumen gesäumte Avenue entlang. Das Haus stand noch da, wie sie es verlassen hatte; ein solider Bau mit einer imitierten Tudorfassade, umgeben von einem Garten, ergänzt von Doppelgarage, Schwimmbad und Wintergarten. Sie wohnten schon seit Jahren hier. Das Haus stand – natürlich – in der besten Wohngegend von Westcombe, weit weg von den billigen Pensionen und Bed & Breakfast Einrichtungen und noch weiter weg von den schrecklich teuren Fünf-Sterne-Hotels.

Wenn sie und Ashley wegfuhren, dann meistens ins Ausland, auf die Kanaren oder nach Malta. Aber in Wirklichkeit zog er es vor, seine Freizeit allein zu verbringen, mit seinem Boot an Regatten teilzunehmen oder auf Seen und im offenen Meer zu segeln; irgendwo auf Segelfreunde zu treffen und mit ihnen zu fachsimpeln und stundenlang im Clubhaus abzuhängen.

Schon vor langer Zeit hatte Cheryl aufgehört, sich ihm anzuschließen. Als die Kinder klein waren, hatte sie ihre liebe Mühe mit ihnen gehabt; die gemeinsamen Ausflüge waren stets umständlich und auch überflüssig gewesen, da sie Sand und Meer vor der Haustür hatten.

Dies war wahrscheinlich auch der Beginn des Auseinanderlebens. Heute sprechen wir kaum noch miteinander, dachte sie, als sie das Auto in der Einfahrt stehen ließ und ums Haus herum ging. Sie trat am liebsten durch die Küche ins Haus, wofür Ashley jedes Verständnis fehlte. Der Haupteingang war ziemlich protzig, und wenn jemand klingelte, lief er immer als Erster zur Tür. Er liebte es, Menschen zu beeindrucken. Cheryl fand ihn zunehmend langweilig.

Sie sah wieder den Jungen in Jeans und engem T-Shirt vor sich, die Brustmuskulatur stark ausgeprägt, eine pralle Fülle hinter den Knöpfen seines Hosenschlitzes. Er würde vor Testosteron bald platzen. Wahrscheinlich konnte er die ganze Nacht, ein Orgasmus nach dem anderen. Die Frage war, ob er ihr auch einen besorgen konnte.

Sie stellte den Wasserkessel für eine Tasse Tee auf. Es war schön, wieder zurück zu sein, obwohl sie nur drei Tage weg gewesen war. Sie gewahrte die Atmosphäre neu und fühlte sich darunter wohl wie unter einer Decke. Ihr Haus, ihr Zuhause, das Nest, das sie gebaut hatten, um die Jungen großzuziehen. Sie hatte mal eine viel versprechende Karriere als Anwältin begonnen, aber sie hatte sie aufgegeben, als sie Ashley kennen und lieben gelernt hatte. Sie heirateten, und Cheryl wurde sofort schwanger. Seine Schuld, denn er wollte nicht, dass sie weiter arbeitete. Keine Pille für sie, und ein Jahr später kam Daisy zur Welt.

Cheryl hatte die Kinder nicht abgelehnt, aber sie waren ein Stück harte Arbeit gewesen. »Zwei Kinder sind genug«, hatte Ashley beschlossen, als Daisy in die Vorschule kam und Cheryls Stimmung kippte: Sie wollte noch ein Kind.

»Ich möchte wieder einen Job.« Das Haus war leer, zu aufgeräumt, zu still.

»Aber das ist nicht nötig, Liebling. Das Geschäft läuft gut. Ich bin gerade noch rechtzeitig auf den Computerzug aufgesprungen. Bald wird jeder einen haben müssen oder wollen, und wir werden reich sein. Man weiß nie, wann Kinder krank werden. Ich halte nichts davon, dass Mütter arbeiten.«

Ende der Unterhaltung, und beinahe auch das Ende der Geschichte. Ganz sicher aber das Ende der Romanze. Cheryl zog sich von ihrem Mann zurück. Der Sex mit ihm wurde langweilig und bedeutungslos. Er war nie ein großartiger Liebhaber gewesen, deshalb war es ihr egal; sie hatte es aufgegeben, ihm dezente Hinweise zu geben, wie er sie zum Orgasmus bringen konnte, und als das nicht gefruchtet hatte, befriedigte sie sich selbst, wenn sie allein war.

Sie gab sich nicht mehr mit ihm ab, und wenn er beschloss, seinen Penis selbstsüchtig in sie zu stecken, hielt sie das aus und wartete, bis er fertig war, während sie auf mentale Einkaufstour ging. Wenn sie Glück hatte, kam er, wenn sie an der Kasse stand. Sie wusste dann, dass sie in Frieden gelassen wurde; sie konnte sich umdrehen und schlafen.

Sie schaute in den Spiegel und schob ihre Haare höher. Ihr Gesicht zeigte das, was man ›erfahren‹ nannte, aber andere hätten es auch weniger freundlich als ›verwittert‹ bezeichnen können. Sie hatte grün-graue Augen und einen breiten, vollen Mund. Da sie das Alter erreicht hatte, in dem sich ein Doppelkinn entwickelt, sah sie die glatte Linie ihres Kinns mit Freude.

Und wenn sie weiter nach unten schaute – der Hals hatte noch keine Falten, aber die Brüste hätten voller sein können. Ich muss mir einen neuen BH kaufen, nahm sie sich vor. Ihre Taille war schlank, und die Hüften waren schön gerundet, die Beine lang, unbehaart und gebräunt. Meistens trug sie Shorts und T-Shirts.

»Himmel, kannst du kein gescheites Kleid finden? Was ist

das hier? Eine Nudistenkolonie?« Das war Ashleys beißender Kommentar, wenn er sie so lässig gekleidet sah oder sogar nackt im Pool.

Sie versuchte, das zu vermeiden, denn wenn er sie nackt sah, reagierte er mit einem Steifen, und es gab viele Dinge, die sie lieber hatte als Sex mit ihrem Mann. Der Kessel pfiff, und sie schüttete das kochende Wasser über den Teebeutel in der Horoskoptasse, himmelblau und auf sie mit den Großbuchstaben LIBRA abgestimmt.

»Glaubst du an diesen Quatsch, Cheryl?«, polterte Ashley, als er die Tasse das erste Mal gesehen hatte.

Sie war sich nicht sicher, aber sie wollte das Thema nicht gleich abschreiben. Daisy beschäftigte sich damit – Astrologie, Runen, Tarotkarten. Sie kommunizierte mit der Geisterwelt. Wie meine Mutter, dachte Cheryl und rührte den Zucker im Tee um. Mummy ist eine Heidin und glaubt an alles, von fliegenden Untertassen bis zu den Elfen unten im Garten.

Cheryl hat sie immer Mummy genannt, aber Mummy nervt sie damit, dass sie mit Joanna angesprochen werden will. Seit Jahren versucht sie, Mummy von Ashley fernzuhalten, denn er ist immer sehr rüde zu ihr. Manchmal glaubte sie, dass sie ihn nur deshalb geheiratet hat, weil sie gegen das verrückte Gebaren der Mutter protestieren wollte.

»Sie ist keine Künstlerin, sie ist eine Verrückte. Das Treppenhaus ist beleuchtet, aber es ist niemand zu Hause. Hast du ihre Gemälde gesehen? Ich würde sie nicht mal im Scheißhaus aufhängen! Leute zahlen gutes Geld dafür, manchmal tausende. Sie müssen so verrückt sein wie sie selbst.«

Überflüssig zu sagen, dass Joanna Newman ihren Schwiegersohn auch hasste. »Ich werde dich nicht oft sehen, solange du mit diesem aufgeblasenen Arsch verheiratet bist«, sagte sie jedes Mal, wenn sie telefonierten.

»Ich weiß, ich weiß, aber was soll ich machen?«, fragte Cheryl dann.

»Verlasse den Bastard. Du weißt, dass im Fell Tor immer ein Bett für dich steht.«

»Danke, das ist lieb. Aber noch bin nicht bereit dazu.«

»Warum nicht? Die Kinder sind doch jetzt keine Last mehr.«

Cheryl murmelte dann immer eine Entschuldigung. Sie war nicht bereit, eine Niederlage zuzugeben. Außerdem wurde Fell Tor nach den Richtlinien der Kommune geführt, und sie fühlte sich nicht bereit, so viele verschiedene Temperamente unter einem Dach zu ertragen.

Ich lebe viel zu lange mit Ashley, dachte sie. Sein affektiertes Verhalten – typisch für die Jungfrau – hat wahrscheinlich nach all den Jahren auf mich abgefärbt.

Unsinn, widersprach ihr Alter Ego. Das ist doch nur ein verdammter Vorwand, eine billige Ausrede. Du willst nur nicht deinen fetten Arsch hochheben und dein Schicksal in die eigene Hand zu nehmen.

Cheryl zuckte zusammen, als sie über sich einen dumpfen Schlag hörte. Sie war überzeugt gewesen, dass niemand im Haus war. Von Ashleys Mercedes hatte sie nichts gesehen. Sie hatten keine Tiere, nicht mal eine Katze – wer konnte also diesen Krach verursacht haben? Ein Einbrecher? Sie sah schon die Schlagzeilen in ›Aktenzeichen XY‹ vor sich. »Hausfrau stört Einbrecher in ihrem Haus in Westcombe«.

Sie sah auch den Bericht in der Zeitung vor sich. »Nach der Beschreibung der Hausfrau sind Zeichnungen der Täter angefertigt worden. Die Polizei hat die Hausfrau wegen ihrer Courage gelobt. Bitte rufen Sie diese Nummer an, wenn Sie zweckdienliche Angaben machen können.«

Ein Täter, zwei oder noch mehr? Cheryl fühlte sich absolut nicht mutig. Wir hätten uns einen Hund anschaffen sollen, dachte sie. Ashley wollte einen, aber Cheryl mochte keine Hunde. Heute überraschte es sie, dass er sich nicht durchgesetzt hatte. Aber sie wäre es gewesen, die den Welpen zum Hundetraining brachte, die Pfützen aufwischte und von den Flöhen und Fadenwürmern ganz zu schweigen. Igitt. Aber in diesem Moment hätte sie einen großen, gefährlich aussehenden Hund brauchen können, damit er sie beschützen konnte.

Sie hielt den Atem an, als ein weiterer dumpfer Schlag die Küche erschütterte. Leise öffnete sie eine Schublade und nahm ein Tranchiermesser heraus. Sie drückte es gegen die Brust, ging hinaus in den Flur und dann die Treppe hoch.

Es war eine schön geschwungene Treppe, und auf dem oberen Treppenabsatz gab es ein Fenster vom Boden bis zur Decke. Auf der Glasscheibe war eine Frau wie von Alphonse Mucha abgebildet, eine Frau mit Schwanenhals, schwarzen Haaren und einem verführerischen Gesichtsausdruck. Tulpen und Bärenklaublätter umrankten sie und vereinigten sich mit ihren fließenden, durchsichtigen Gewändern.

Mehr als alles andere war es dieses Fenster gewesen, das Cheryl für das Haus eingenommen hatte. Sie hatte eine Schwäche für *art nouveau.* Sie konnte nicht genug bekommen von Gegenständen aus dieser Periode – opulent, schwülstig und sinnlich. Im späten neunzehnten Jahrhundert hatte man Bordelle mit diesem sexy Dekor ausgestattet.

Manchmal malte sie sich aus, die Madam einer solchen Einrichtung zu sein. Dann sah sie sich in einem engen Korsett und in einer Tournüre, dem Gesäßpolster, das man unter dem Kleid trug. Sie würde die Gäste begrüßen und ihnen die vielen Schönheiten vorstellen, die das Etablissement schmückten.

Sie hatte sich so in dieses Szenario eingelebt, dass sie ihr Schlafzimmer erreichte, ohne dass es ihr richtig bewusst war. Die Geräusche drangen durch die geschlossene Tür, und es war beinahe so, als wollte sie nach einer ihrer Huren sehen, denn die Geräusche waren sexuellen Ursprungs. Unmissverständliche animalische Geräusche direkt aus dem Dschungel oder vom Hühnerhof. Stöhnen, Keuchen, Grunzen. Verdutzt stieß sie die Tür auf.

Sie verharrte im Türrahmen und konnte nicht glauben, was sich vor ihren Augen abspielte.

Zuerst sah sie das außerordentliche Spektakel, das sich ihr darbot. Nackt und gespreizt lag ihr Mann auf dem Bett. Seine Handgelenke waren mit seidenen Tüchern – ihren seidenen Tüchern – an die Pfosten des Messingbetts gebunden. Seine Fußgelenke waren um die unteren Pfosten gebunden, und sein Schwanz zeigte zur Decke, von der weiße Spitzenvorhänge schwebten. Cheryl konnte sich nicht erinnern, sein bestes Stück einmal so dick und lang gesehen zu haben. Ashley stand auf Fesselspielen? Das konnte sie nicht glauben.

Er war natürlich nicht allein. Eine Frau hatte sich über ihn gebeugt und war offenbar dabei, sich über dem steifen Anhängsel niederzulassen. Sie trug einen schwarzen Strumpfhalter und Fischnetzstrümpfe. Sie hatte platinblonde Haare, volle Brüste und breite Hüften.

Sie war Yvonne Harper, Ehefrau von Allen, dem Commodore des Westcombe Sailing Clubs. Cheryl hatte sie zuletzt gesehen, als sie bei der Regatta den Vorstand vertrat, Sandwiches und Tee verteilte, den Siegern gratulierte und Silberpokale überreichte.

Für den Bruchteil einer Sekunde überlegte Cheryl, ob sie sich würdevoll verhalten, sich zurückziehen und die Tür hinter sich schließen sollte, aber dann kreischte sie: »Du verdammtes Luder«, und warf sich auf Yvonne.

All ihre Frustrationen strömten durch ihre krallenden Fingernägel, die kickenden Füße und die Flut ihrer wüsten Beschimpfungen. Sie benutzte Wörter, von denen sie nicht wusste, dass sie zu ihrem Sprachschatz gehörten; schmutzige, verächtliche, beleidigende Wörter. Als Yvonne endlich die Flucht gelang, war sie blutig und heulte.

»Cheryl! Hör auf!«, schrie Ashley vom Bett, alarmiert vom glitzernden Küchenmesser.

Sie lachte ihm ins Gesicht. Er war hilflos, und sie konnte tun und sagen, was sie wollte. Jetzt war sie die Dominante. »Du verabscheuungswürdiger Wurm«, fauchte sie. »Was würden deine Segelfreunde im Clubhaus sagen, wenn sie dich so sehen könnten? Und dann auch noch mit Mrs. Commodore. Ts, ts. Wer hätte das gedacht?«

Sie schlug ihm ins Gesicht, klatschte gegen seine Brust und dann gegen seinen Steifen, der unter ihren Schlägen nicht schlaffer wurde – im Gegenteil. Ich hätte das schon vor Jahren machen sollen, dachte sie. Er ist ein mächtiger Mann in seinem Gewerbe, hat immer alles unter Kontrolle. Und das Gegenteil will er beim Sex. Ich habe es nicht gewusst. Warum hat er mir nichts gesagt?

»Binde mich los. Lass mich erklären«, bettelte er und kämpfte um ein klein wenig Kontrolle.

»Ich will es nicht hören.« Ihre Stimme klang fest, obwohl sie innerlich zu zerbrechen schien. Sie benutzte das Messer, um seine Fesseln durchzuschneiden. Er sah verängstigt aus. Hatte er Angst, dass sie ihm den Schwanz abhacken würde? Er setzte sich auf und rieb seine Handgelenke.

»Cheryl, sei vernünftig«, begann er.

»Vernünftig? Das kann nicht dein Ernst sein«, blaffte sie. »Zieh dich jetzt an und verlasse das Haus. Du auch, Yvonne. Ashley, du verlässt sofort das Haus, hast du das verstanden? Ich werde Rat von meinem Anwalt einholen.«

»Er ist auch mein Anwalt«, sagte Ashley.

»Gut, dann werde ich wechseln.«

»Können wir nicht darüber sprechen?«

»Nein.« Wie lächerlich er in seinen Socken und sonst nichts aussieht, dachte Cheryl. Wie Mitleid erregend. Ich kann nicht mal die Energie aufbringen, ihn zu hassen. Hass ist das Gegenteil von Liebe, eine starke Emotion, und er weckt beides nicht in mir. Ich will ihn nicht mehr sehen müssen, und seine Tussi auch nicht. Ich habe immer gewusst, dass sie gewöhnlich wie Dreck ist. Und blond, haha. Ihr üppiger Busch verrät sie. Sie ist nicht blonder als ich.

Yvonne richtete ihre wässrigblauen Augen auf Cheryl. Ihr Mascara formte schwarze Rinnen auf ihren Wangen. »Du wirst doch Allen nichts erzählen?«, fragte sie voller Hoffnung, während sie in Rock und Bluse stieg. »Es war doch nur ein bisschen Spaß. Du hättest mitmachen können. Allen war immer schon scharf auf dich, und ich hätte nichts dagegen gehabt.«

»Ich will dich nicht mehr sehen«, sagte Cheryl müde und rieb die Hände über ihre kalten Arme.

Oh, verdammt, dachte Cheryl. Kannte sie diese Leute überhaupt? Seit Jahren verkehrte sie mit ihnen; Segelclubessen, Tanzabende, Weihnachts- und Sylvesterpartys, sogar die Feiern zum Millenium. Ein Anlass nach dem anderen. Und alles war nichts als Heuchelei gewesen.

Hinter der Fassade der Gutbürgerlichkeit, der Unterstützung der Wohlfahrtsverbände waren sie Lügner und Betrüger und Ehebrecher wie die anderen Menschen auch, denen sie sich überlegen fühlten. Aber auf nette Art. Wir? Für uns gibt es keine Klassenunterschiede. Jeder kann Mitglied des Clubs werden, sobald einer von uns ihn vorschlägt.

Und jetzt war die Gattin des Commodore auf den Knien, um ihren Slip unter dem Bett hervorzuholen, das nicht ihr eigenes war. Ihre breiten rosa Backen zuckten, als ihr Rock nach oben rutschte. Der schwarze Strumpfhalter spannte sich über den Schenkeln und hielt die nuttigen Strümpfe. Aus dieser Position konnte Cheryl ihre Spalte sehen. Sie glänzte feucht. Egal, was sie und Ashley getrieben hatten, es hatte sie aufgegeilt und die plumpen Labien anschwellen lassen.

Ich wünschte, ich hätte eine Kamera, dachte Cheryl. Oder besser noch einen Camcorder.

Ashley war angezogen, kam auf sie zu und sagte: »Hör zu, Cheryl, lass uns darüber reden.«

»Raus«, wiederholte sie störrisch und hob die Hand mit dem Messer.

»Aber ...«

»Wenn ihr nicht abhaut, werde ich zu Allen fahren. Ich bin sicher, dass er daran interessiert ist, was ich ihm zu erzählen habe. Und seine Mitarbeiter interessiert das auch, wenn ich es quer durch sein Büro schreie.«

»Das würdest du nicht tun.«

»Reize mich nicht.«

Ein Blick in ihr Gesicht genügte ihm. Er schob Yvonne aus dem Schlafzimmer und folgte ihr. Cheryl stand da, als wäre sie zu Stein geworden, und lauschte dem hastigen Rückzug. Die Hintertür schlug zu. Er riskierte nicht den Vordereingang. Sein Auto hatte er offenbar weiter weg geparkt – oder er hatte ein Taxi genommen. Wie lange lief das schon zwischen ihnen? Die Wut hatte sich zu einem dumpfen Pochen zurückentwickelt. Sie fühlte sich wie betäubt.

Dann breitete sich Empörung aus. Sie ließ das Messer auf den Ankleidetisch fallen, dann riss sie die Laken vom Bett, den Bezug von Kissen und Oberbetten, packte ein Bündel daraus und rannte hinunter in den Waschraum. Erst als die Waschmaschine zu stampfen begann, ließ ihr Entsetzen ein wenig nach. Wie konnte Ashley eine Frau in ihr Ehebett bringen?

Sie sah ihn immer noch, wie er da lag und wie ein gestrandeter Fisch nach Luft rang. Dann sah sie eine andere Gestalt über ihn gebeugt; es war der Junge, der sie in der Tankstelle bedient hatte. Ihre Finger zuckten; sie hätte ihn gern festgebunden, damit er für ihre Lust da war.

Es gab keinen Zweifel; seit langem hatte sie sich nicht mehr so geil gefühlt. Der Anblick von Yvonnes großen Brüsten, ihre breiten Hüften und die nackte Spalte hatten ein Ziehen in ihrer Klitoris ausgelöst, das Erleichterung verlangte.

»Du bist ein Bastard, Ashley! Ein Bastard!« Dann rief sie einen Anwalt an, nicht den bisherigen, sondern einen Freund aus gemeinsamen Uni-Tagen.

Er hatte ein Büro in Taunton, und in der Kanzlei arbeiteten noch zwei Kollegen. Er lauschte eine Weile ihrer Geschichte, dann sagte er: »Ich rate dir, im Haus zu bleiben. Verlasse das Haus nicht. Später kommst du zu mir und reichst die Scheidung ein – das ist es doch, was du willst?«

»Ja. So schnell wie möglich, Mark.«

Sie fühlte sich beruhigt beim Klang seiner kühlen Stimme, und sie fragte sich, ob er sich seit der Uni stark verändert hatte. Sie hatten zusammen das Diplom gefeiert, hatten sich betrunken und waren dann im Bett gelandet. Er hatte gut ausgesehen, ein Intellektueller und ein Philosoph. Ich hätte ihn heiraten sollen und nicht Ashley, dachte sie verbittert. Tränen bissen ihr in die Augen. Sie würde sich gern hinwerfen und sich ausweinen.

»Ich kann dich morgen um elf Uhr sehen«, sagte er.

»Ja, danke. Ich bin da.«

»Wir sind in der River Street. Bartlett, Bingley und Warfield.«

»Das bist du.«

»Genau.« Sie hörte ein Lachen in der Stimme. Früher hatte man Spaß, wenn man mit Mark ausging. Er war scharfzüngig und sarkastisch.

Nachdem sie den Hörer aufgelegt hatte, rief sie ihre engste Freundin an.

Es war rein zufällig geschehen, als Laura durchs Netz kreuzte. Sie hatte Stuart nicht nachspionieren wollen, weit gefehlt. Erst seit kurzem hatte sie den Computer im Griff, und zu Hause übte sie fleißig. Zuerst hatte sie die Suchmaschine gefunden, und danach hatte sie verschiedene Seiten zu ihren Favoriten gewählt – eine zeigte wahnsinnig viele Bücher an, außerdem CDs und Videos, dann hatte sie eine Seite entdeckt, die sich mit Geschichte befasste, und schließlich eine Seite mit Informationen über Gartenarbeit.

Dies war wunderbar, dachte sie und glühte voller Stolz, nachdem sie die Technologie bis zu einem gewissen Punkt geschafft hatte. James hatte gesagt, sie könnte seinen Rechner benutzen, aber jetzt war sie entschlossen, sich einen eigenen zu kaufen. Harry eroberte sich Indien mit dem Rucksack, und Vicky hatte geheiratet. Ihre Hausarbeit lief wie ein Uhrwerk, und so hatte sie viel Zeit zur Verfügung. Sie hätte auch ehrenamtlich arbeiten können, aber sie beschloss, sich einen Traum zu erfüllen: Sie wollte Schriftstellerin werden.

Sie hatte sich schon vorher amateurhaft damit beschäftigt und eine uralte Reiseschreibmaschine benutzt, die ihr Vater ihr verehrt hatte. Aber Stuart und die Kinder hatten ihr alles abverlangt. Jetzt war nur er noch da, obwohl auch er kindisch sein konnte, doch meist arbeitete er schwer in der Firma, die er geerbt hatte. Tilfords Transporte war ein Begriff in der ganzen Gegend. Auf dem College war er einer der Besten gewesen.

Laura hatte sich in Computer verliebt. Sie waren ein Tor zu ihrem literarischen Ehrgeiz. Natürlich war ihr klar, dass sie nicht ihre Bücher schreiben konnten, aber sie war begeistert von der Rechtschreib- und der Grammatikkontrolle. Kein Tipp-Ex mehr, kein Kohlepapier. Jetzt lag es nur noch an ihr, eine Menge Talent zu zeigen.

Sie saß davor und hatte eine Seite eingerichtet, auf der sie mit dem ersten Kapitel beginnen wollte. Sie wusste noch nicht, wie das Buch heißen sollte, aber sie hatte sich ein grobes Konzept ausgedacht, wobei ihr einige Ratgeber mit Titeln wie *Wie schreibe ich einen Liebesroman?* Hilfe boten.

Vielleicht sollte sie einen historischen Roman schreiben, dachte sie, und mehr aus Langeweile landete sie in einem Chatroom. Es war auf den ersten Blick zu sehen, dass es sich um einen sexy Chatroom handelte.

Sie erwartete nackte und vollbusige Mädchen, aber stattdessen sah sie Männer in den verschiedenen Ausziehphasen, und die Nachrichten sprachen Männer an. Sie wollte gerade die Seite wechseln, als ein Name aufleuchtete. Jimboy. Und dann eine Folge von Bildern ihres gut aussehenden dunkelhaarigen und gut gebauten Ehemannes.

Sie saß da, und eine Hand schwebte über der Maus. Sie wollte raus; sie wollte tiefer eintauchen. Sie war erregt, die Nippel drückten sich gegen ihr Baumwollkleid. Was, zum Teufel, hatte Stuart da zu suchen? Seine Nachricht an den unbekannten Big Jock machte alles klar: Er schrieb ihm eine besonders schmutzige E-Mail, extrem ordinär, als Stuart schilderte, was er alles mit Big Jock anstellen würde.

Laura fühlte sich körperlich krank und gleichzeitig sehr erregt. Es war die Faszination, die Laura auf dieser Seite hielt; sie fühlte sich als Spannerin und las weitere Nachrichten. Die meisten wurden von Stuart ignoriert, aber dann stolperte sie über Terry. Sie klickte auf sein Foto. Er war schlank, langhaarig und mädchenhaft; ein schöner Mensch, der auch Laura gefallen könnte. Die Korrespondenz zwischen Terry und Stuart verriet, dass sie sich schon einige Male getroffen hatten. Die Beziehung wurde allmählich ernst.

So muss sich eine Frau fühlen, wenn sie herausfindet, dass ihr Mann eine Freundin hat, dachte Laura. Aber dies ist schlimmer – wie kann ich mit Terry konkurrieren? Er kann Stuart etwas geben, das ich nicht habe. Was soll ich tun?

»Bist du das, Laura?«, fragte Cheryl, als sie den Hörer nach dem Anruf bei Mark aufgelegt und dann Laura angewählt hatte.

»Ja, ich bin's«, antwortete Laura, und Cheryl lächelte und stellte sich vor, wie die Freundin am Computer saß. Aber etwas in Lauras Stimme verlangte ihre Beachtung. Sie klang aufgewühlt.

»Was ist los?«, fragte Cheryl.

»Nichts. Wie geht es dir?«

»Könnte besser sein. Ich komme heute von Tim zurück und finde Ashley im Bett mit Yvonne, der Frau des Commodore.«

»Himmel! Was hast du getan?«

»Ich habe gesagt, er soll verschwinden.«

»Und ist er gegangen?«

»Ja. Ich habe mit Mark Warfield gesprochen, einem Freund von mir aus der Zeit an der Uni. Er ist Rechtsanwalt. Ich treffe ihn morgen.«

»Du willst dich von Ashley scheiden lassen?«

»Ja!«

»Dann sollte ich mich auch mit deinem Mark treffen, um mich von Stuart scheiden zu lassen.«

Vor Schock hätte Cheryl fast das Telefon fallen lassen. »Du willst was?«

»Mich von Stuart scheiden lassen.«

»Warum? Hat er eine andere Frau?«

»Schlimmer. Er hat einen anderen Mann, vielleicht sogar viele Männer.«

»Du nimmst mich auf den Arm.«

»Nein, es stimmt.«

»Woher weißt du das?« Cheryl konnte es nicht glauben. Stuart war so groß und stark, ein echter Macho. Er hatte eine Flotte von Lastwagen für Fernfahrten.

»Ich habe diesen Kurs belegt – Computer für die Ängstlichen.«

»Ja, ich weiß, du hast es mir erzählt.«

»Nun, ich sitze gerade am PC bei uns im Haus, und durch einen dummen Zufall gerate ich auf die Seite eines schwulen Chatrooms. Und da habe ich Stuart entdeckt.«

»Und das stimmt? Du hast dich nicht geirrt?«

»Kein Irrtum. Er hat sich mit einem Kerl namens Terry unterhalten. Alles deutet darauf hin, dass sie sich gut kennen.«

Laura hörte sich ruhig an, und Cheryl musste an die Ruhe vor dem Sturm denken. Die arme Laura, die so weltfremd ist. Ich bin wenigstens ein bisschen erfahrener, während Laura immer nur das Gute im Menschen sieht. Sie hatten sich kennen gelernt, als ihre Kinder in der Bambini Gruppe waren, und seither waren sie gute Freundinnen. Sie waren auch Nachbarn. Sie gingen gemeinsam einkaufen und besuchten sich gegenseitig zu Hause. Sie tauschten Probleme aus, als die Kinder größer wurden, und trösteten sich in ihrer Einsamkeit, als die Kinder nicht mehr im Haus lebten.

»Hast du Stuart zur Rede gestellt?«

»Nein. Ich habe es eben erst herausgefunden.«

»Wirst du es tun?«

»Ich will raus«, sagte Laura, und ihre Stimme zitterte ein wenig. »Ich bin seit Jahren nicht mehr glücklich mit ihm. Und er muss mit mir unzufrieden gewesen sein. Ich hätte mir nicht träumen lassen, dass er ...«

»Dass er schwul ist«, ergänzte Cheryl. »Nein, auf die Idee wäre ich auch nicht gekommen. Es ist alles so komisch, nicht wahr? Stuart und Ashley, dicke Freunde, aber Ashley wäre weggelaufen, wenn er das gewusst hätte.«

»Ich finde das nicht lustig. Ich fühle mich beschmutzt.«

»Ich auch, meine Liebe. Ob Mann oder Frau, es ist der Betrug, der schmerzt. Der Betrug und der Verrat. Ich würde gern zu dir kommen, aber ich will das Haus nicht verlassen. Es ist schlimm genug, dass ich morgen zum Anwalt fahre, aber ich werde meine Mutter bitten, die Stellung zu halten. Was willst du unternehmen? Kommst du mit mir?«

»Ja, gern. Ich muss wissen, was meine Rechte sind. Bis dahin werde ich Stuart nicht darauf ansprechen. Er wird nicht glauben, dass ich den Computer bedienen und im Internet sogar einen Schwulen-Chat aufrufen kann.«

»Ja, aber du musst das Zeug herunterladen, bevor er etwas bemerkt. Du brauchst das als Beweis.«

»Keine Sorge, das habe ich schon getan. Ich bringe die Seiten mit zum Anwalt.«

Was für ein Team, dachte Cheryl. Uns steht die Welt offen, wenn wir uns endlich unserer langweiligen Ehemänner entledigt haben. Sie war in optimistischer Stimmung, als sie sich von Laura verabschiedete. Sie schenkte sich ein Glas Wein ein, ehe sie ihre Mutter anrief.

Obwohl sie es nicht sagen würde, stand für Cheryl fest, was Joanna dachte: Ich habe es dir gesagt.

Cheryl beschloss, ihrem Sohn Tim noch nichts zu sagen. Er mochte seinen Vater sehr, und es war nicht nötig, ihm seine Illusionen zu rauben.

Das hieß, sie musste es auch vor Daisy verheimlichen, der man nie ein Geheimnis anvertrauen konnte. Cheryl nippte am Wein und langte nach dem Telefon. Wenn ich das hinter mir habe, werde ich ins Gästezimmer ziehen. Dann nehme ich eine Dusche, spiele vielleicht ein bisschen mit mir selbst und phantasiere von einer Zukunft mit lauter attraktiven Männern.

# *Zweites Kapitel*

Mark war alles, was ein kompetenter Anwalt sein sollte: gründlich, effizient, entschlossen und freundlich. Er nahm auch Lauras Fall an, und nach relativ kurzer Zeit hatten die beiden Frauen die Scheidungen eingereicht, und Mark hatte die Forderungen formuliert.

Cheryl ging später noch einmal hin, um die letzten Papiere zu unterschreiben. Ashley hatte sich gegen Cheryls Forderungen nicht gewehrt, so groß war seine Angst, dass sie Yvonne als Ehebrecherin bloßstellen könnte. Er wollte sein Gesicht im Segelclub nicht verlieren, deshalb hatte er Cheryls Schweigen durch seine Zugeständnisse erkauft. Durch den Verkauf des Hauses und durch die Hälfte seines Vermögens blieb eine beträchtliche Summe für sie übrig.

Ich bin eine vermögende Frau, dachte Cheryl, als sie ihr Auto in der River Street parkte, nahe dem Taunton Marktplatz. Das Messingschild auf der Tür glänzte wie auch der Löwenkopfklopfer und die Klappe des Briefkastens. Cheryl schob die Tür auf und ging hinein. Vielleicht werde ich Mark heute vögeln, dachte sie. Im Laufe der letzten Monate, während die Briefe der Anwälte hin und her gingen, habe ich gespürt, dass die Funken zwischen Mark und mir schneller flogen als die Briefe.

Es war mehr als ein heiteres Freiheitsgefühl, dass sie sich zu einer Diät entschloss, einen Schönheitssalon besuchte, eine neue Frisur durchsetzte und eine Einkaufstour begann, die ohnegleichen war.

Sie hatte Laura überredet, ihr nicht nachzustehen, und so

veränderten sich Lauras Haare von langweilig-braun zu einem aufregenden Blond. Kein Zweifel, die unsicheren Gefühle, versagt zu haben, die weibliche Scheidungsopfer oft beschlichen, konnten durch den kosmetischen Aufwand aufgefangen werden. Geld linderte den Kummer.

Mark entpuppte sich als perfekter Gentleman.

Er erhob sich, als Cheryl in das freundliche Zimmer mit der hohen Decke trat. Er streckte die Hand aus, und sie drückte sie kurz. Seine Handfläche, fest gegen ihre, erzeugte Hitze und Ruhe. Im zarten Händeschütteln spürte sie Frieden. »Du siehst phantastisch aus«, sagte er mit einem Lächeln.

Sie errötete unter der Grundierung ihres Gesichts. Es war ein Kompliment, über das sie sich freute – sie wusste, dass sie sich das Kompliment verdient hatte. Maria von Corner Cutters war ein Wunder mit ihrem Haar gelungen. Sie war jetzt kastanienbraun, kraus, nach hinten gekämmt. Sie fühlte sich wieder wie dreißig. Sie hatte mal irgendwo gelesen, dass Frauen immer sicherer würden, wenn sie ein bestimmtes Alter erreicht hätten, und dass dies auch der Zeitpunkt wäre, sich einen jungen Geliebten zuzulegen, weil die jungen Männer sich auf dem Zenit ihrer Kraft befanden und immer konnten.

Mark war nicht gerade jung, aber sie wurde schon scharf, wenn sie nur an ihn dachte. Er war so gut erzogen, so gepflegt, so ein echter Kerl mit breiten Schultern und langen Beinen. Seine Haare waren dicht und dunkel, und nur an den Schläfen ließen sich erste Silberfäden sehen. Das Beste aber – er war nicht verheiratet. Keine hatte ihn bisher einfangen können.

Am ersten Tag, als sie sich wieder gesehen hatten, sagte er ihr, er hätte auf sie gewartet. Das war natürlich ein Scherz – oder? Laura schien zu glauben, dass Mark in Cheryl vernarrt war, aber Laura war eine unheilbare Romantikerin. Sie versuchte, diese Gefühle in ihrem Roman einzubinden, aber bisher war ihr das nicht gelungen. Sie überlegte, einen Kurs für junge Autoren zu belegen, doch sie hatte sich noch nicht darauf konzentrieren können.

Cheryl bestätigte ihr, dass eine Scheidung viel Zeit beanspruchte und viel Energie. Sie war nicht sicher, ob Laura sich von all den turbulenten Anstrengungen erholen würde.

Mark küsste Cheryls Hand wie ein richtiger Kavalier, dann zog er einen Stuhl zurück, damit sie sich ihm gegenüber setzen konnte. Er setzte sich, legte die Finger gegeneinander und sah Cheryl über die Spitzen hinweg an.

Ihr Herz setzte kurz aus. Himmel, ist er ein schöner Mann. Ich hätte nichts dagegen, diese langen schlanken Finger auf meinem Körper zu spüren und diesen sinnlichen Mund zwischen meinen Beinen. Frühling liegt wieder in der Luft, wenn die Gedanken einer reifen Frau sich so leicht der Liebe zuwenden.

Sie war zu einem anderen Zweck hergekommen, als ihren Namen auf fade Dokumente in der Juristensprache zu kritzeln. Sie hatte sich aufreizend gekleidet und trug ein malvenfarbiges Seidenkostüm und dazu hochhackige Slipper. Sie hatte sich mit einem Parfum besprüht, das ein Vermögen kostete.

Ihre Wäsche hätte man durchaus als skandalös bezeichnen können. Das knappe Höschen wurde feucht, wenn sie spürte, wie es den Venusberg und die Backen streichelte. Es war rot, kurz und eigentlich nur ein Stofffetzen, und der passende BH war nicht minder frech.

Nach der verblüffenden Enthüllung über Ashleys Neigung zu Fesselspielen sah sie Mark und auch andere Männer in einem neuen Licht. Welche heimlichen Sehnsüchte verbargen sie hinter ihren höflichen Phrasen und dem gediegenen Äußeren? Hatte sie ihre Berufung verfehlt? Hätte sie auch eine Domina sein können?

»So, jetzt haben wir's«, sagte Mark und schob ihr die letzten Dokumente über das grüne Leder der Schreibtischfläche zu. Cheryl unterschrieb und schob die Papiere zurück, ohne auch nur einen Blick darauf zu werfen.

»Was für eine Erleichterung«, sagte sie. »Ich bin nicht mehr Mrs. Barden. In mir fühlt sich alles leer an, und ich bin erschöpft wie ein Langstreckenläufer im Ziel.«

»Andere haben das auch so empfunden«, antwortete er und bedachte sie mit einem Zwinkern seiner braunen Augen. »Der Bruch einer Beziehung hat etwas mit einem Trauerfall zu tun, ganz egal, wie sehr man sich das Ende gewünscht hat. Alte Bräuche sterben schwer, und du warst lange mit ihm verheiratet.«

Sie hörte nur mit halber Aufmerksamkeit zu. Die andere, lebhaftere Hälfte, stellte sich Mark im Gerichtssaal vor, wie er einen Klienten verteidigte. Der schwarze Talar stand ihm gut, auch die weiße Perücke. Er sah noch autoritärer aus als sonst, und für einen kurzen Moment wollte sie die Frau auf der Anklagebank sein. Es brodelte in ihr, wenn sie sich vorstellte, wie er sie unter Druck setzte. Seine kühle, klare Stimme löste Tumulte in ihrem Körper aus, schickte Schauer über ihren Rücken und ließ ihre Nippel hart werden.

Mit Gewalt schleppte sie sich in die Gegenwart zurück. »Du hast Recht, Mark. Ich habe das auch schon gehört, und ich weiß, dass Laura sich auch so fühlt.«

»Warum gehen wir beide denn heute Abend nicht essen?«, fragte er plötzlich, lehnte sich vor und stützte die Ellenbogen auf den Tisch.

»Ich sollte eigentlich gehen«, sagte sie zaudernd. Sie war verunsichert, trotz der heißen Szenarien, die sich in ihrem Kopf abspielten. Wenn du seit vielen Jahren nur mit einem Mann geschlafen, das Leben mit ihm geteilt und ihm Kinder geboren hast, fällt es einem verdammt schwer, sich Sex mit einem Fremden vorzustellen, dachte sie. Es ist, als müsste man in eine tiefe Meeresschlucht springen. Man braucht viel Vertrauen.

»Du könntest nach dem Essen in meinem Haus bleiben«, schlug er vor, und sie las in seinen Augen die Hoffnung, dass sie ja sagte. Er drängelte nicht weiter und wartete ab, wie sich die Dinge entwickelten – oder auch nicht entwickelten.

»Ich habe nichts mitgebracht«, sagte sie, »ich wollte ja nur ein paar Stunden weg sein.«

»Dann gehen wir eben nur zum Essen. Ich kenne ein Lokal am Stadtrand, wo sie sehr anständiges Essen anbieten.«

»Ja, gut«, meinte sie, benommen vor Unsicherheit. Sie wollte ihn ja; sie war nass von der Vorstellung, mit ihm ins Bett zu gehen. Aber welche Probleme würden sich daraus ergeben? Wollte sie sich jetzt schon in eine andere Beziehung stürzen?

He, kein Vorauspreschen! Wahrscheinlich will er genau das, was du auch willst: eine schnelle Nummer. Was Beständiges steht nicht zur Debatte, erinnerte sie der kleine Teufel, der ihr auf der Schulter saß und ihr lauter Verführungen ins Ohr flüsterte.

Sie folgte Mark in ihrem Auto über eine schmale Straße, die sie ins Ländliche führte. Immer mehr Bäume und Hecken und Primeln säumten die grünen Seitenstreifen wie Sterne. Ein blauer Himmel wölbte sich mit flockigen weißen Wolken über ihnen. Cheryl prickelte von den Zehen bis zum Halswirbel. Der Frühling war da, und auch sie fühlte sich wie neugeboren. Sie war aus der Dunkelheit des Winters gekommen. Die Monate der Zerreißprobe und all die unerfreulichen Aspekte einer Scheidung – Tim und Daisy reinen Wein einschenken und die Kälte der gemeinsamen Bekannten ertragen – lagen hinter ihr. Sie hatte sich daran gewöhnt, dass die Leute vom Segelclub sie ächteten. Cheryl hatte gehört, dass gerade die Frauen kein Verständnis dafür hatten, einen so charmanten, hilfreichen, wunderbaren Mann wie Ashley vor die Tür zu setzen.

Sie hätte den Spieß umdrehen und Yvonne mit hineinziehen können, aber wie sie ihrer Mutter gesagt hatte: »Es ist mir die Sache nicht wert.«

»Du hast Recht. Lass es auf sich beruhen. Er ist ein Arsch«, hatte Joanna verächtlich gesagt.

Und nun bin ich hier und gehe mit einem Mann zum Essen, der mich offenbar für ein Sahneschnittchen hält. Ich lebe in Fell Tor, und nur weil ich weiß, dass es sich um einen kurzen Zeitraum bei den exzentrischen Bewohnern handelt, kann ich diese Leute ertragen. Nächste Woche gehen Laura und ich auf Haussuche.

Die Häuser waren jetzt Cottages, einige mit Reet gedeckt, und nicht mehr die bescheidenen Unterkünfte der Landarbeiter. Die Cottages waren im Laufe der Jahre umgebaut und angebaut worden, modernisiert und renoviert, und inzwischen voll im Trend und deshalb sehr teuer. Weil die Autobahn nicht weit entfernt lag, aber weit genug, um den Lärm nicht zu hören, hatten sich viele Geschäftsleute aus der Stadt hierhin verzogen.

Der Pub, The Yew Tree Inn – auch wenn keine Eiben zu sehen waren, hatte der Pub den Namen behalten – hatte sich der neuen Herausforderung gestellt. Cheryl bog hinter Mark auf einen von einem Obstgarten umgebenen Parkplatz. Über den Sturz des Eingangs war *AD 1400* in Stein gemeißelt.

»Das Originalgebäude ist so alt«, sagte Mark, als sie davor standen und hinaufschauten. Ihre Schultern berührten sich. Cheryl verlor das Interesse an alten Monumenten. Ein Schauer lief ihr den Arm entlang, drang in ihren Körper ein und besonders in ihren Schoß. »Bei den letzten Umbauten hat man Wandgemälde entdeckt, die von Künstlern stammen, die offenbar ihre Rechnung für Kost und Logis nicht bezahlen konnten«, fuhr er fort.

»Du bist immer noch an solchen Dingen interessiert, nicht

wahr?« Cheryl erinnerte sich, dass sie in ihrer Jugend oft im Regen durch Ruinen gestapft waren.

Er legte seine Hand unter ihren Ellenbogen, und eine Gänsehaut bildete sich auf dem ganzen Arm. »Oh, ja. Ich muss dir wirklich mal mein Haus zeigen.«

The Yew Tree hatte viele seiner alten Reize erhalten. Die Böden mit den Steinplatten waren ein bisschen schräg, und es gab mehrere Gewölbegänge, die zu Zimmern führten, mal eine Stufe hoch, mal eine Stufe hinunter; die Stufenmitte abgetreten von Generationen von Pächtern, Besitzern und Gästen.

Cheryl nahm den Geruch wahr, den sie mit altem Gemäuer in Verbindung brachte, eine Mischung aus Moder, Staub und den Essenzen, die in hunderten von Jahren von müden Reisenden zurückgelassen worden waren. Sie hatten nach einem Stall für ihr Pferd gesucht und für sich einen Krug Ale, einen Kapaun vom Grill und ein Bett für die Nacht. Selbst die erforderlichen Modernisierungen von Küchen und Badezimmern hatten den Geruch nicht völlig eliminieren können. Cheryl konnte beinahe die Gestalten in ihren alten Kleidern sehen, wie sie die Theke umlagerten, wie sie die engen Treppen nahmen und erschöpft und volltrunken über den Hof schritten.

Himmel, jetzt hör aber auf!, rief sie sich zu. Du wirst ja wie Laura! Überlasse ihr die historischen Abschweifungen.

Aber dann sagte sie doch zu Mark: »Laura würde dahinschmelzen. Ich muss ihr den Pub zeigen.«

»Es gibt viel Geschichte in dieser Gegend«, sagte er und zog sie zu einer Bank in einer Ecke des Restaurants und setzte sich neben sie. »Das hat mit der Monmouth Rebellion von 1685 zu tun und mit Richter Jeffreys, der als Hänge-Richter berüchtigt war.«

Cheryl konnte sich nur schwach erinnern, in der Schule davon gehört zu haben. Aber sie hatte sich Zahlen, Könige und Schlachten ohnehin nicht merken können. Sie spürte, wie sie in eine entspannte Atmosphäre sank, und Mark passte ideal dazu. Er war so reizend zu ihr, dass Frauen an anderen Tischen ihre eigenen Begleiter vergaßen und zu Mark starrten. Er schien die Bewunderung gar nicht zu bemerken und schenkte ihr seine ganze Aufmerksamkeit.

Er bestellte, denn die Speisenkarte war ihm vertraut, und er konnte ihr dies und jenes empfehlen. Der Kellner sprach ihn mit Mr. Warfield an. Mark war also häufiger Gast – brachte er jedes Mal eine Frau mit? Sie wollte diesen köstlichen Mann gegen die Wand drücken und ihn danach fragen, nachdem sie ihrem Impuls gefolgt war und ihre Hände auf seine knackigen Backen gepresst hatte.

Ihre Ecke war klein, und als sie beide ein wenig nach innen rutschten, waren sie von anderen Gästen nicht mehr zu sehen. Als Marks Hand sich auf die Mitte ihres Schenkels legte, ließ sie vor Überraschung fast ihre Gabel fallen. Ich bin an so was nicht mehr gewöhnt, dachte sie, völlig eingerostet. Soll ich von ihm wegrutschen? Soll ich ihm sagen, er soll damit aufhören, und soll ich ihm gar Empörung zeigen?

Sie tat nichts und blieb still sitzen, während die elektrischen Funken in ihre Nervenbahnen schossen. Das Verhältnis zwischen ihnen hatte sich verändert – jetzt waren sie mehr als Freunde, aber noch kein Liebespaar.

Er schaute ihr in die Augen, schob seine Hand zur Seite und sagte: »Zieh dein Kleid hoch.«

Seine Stimme klang gebieterisch, wie er sie bei widerspenstigen Kriminellen und unzuverlässigen Zeugen einsetzen würde. Sie schob ihre Hand zum Schoß und hob den Saum des Kleids langsam an; zuerst waren ihre Knie entblößt, dann die Oberschenkel. Die Tischdecke verbarg den Blick auf ihre Nacktheit. Cheryl fühlte sich unglaublich unanständig. Ihre Nippel versteiften sich im BH. Wurde Mark auch steif? Ein Blick nach unten zeigte eine viel versprechende Schwellung in seiner schwarzen Hose.

Er konnte ihre Blöße nicht sehen, deshalb musste er sich aufs Tasten verlassen. »Keine Strümpfe? Keine Strumpfhose?«, murmelte er erregt.

»Es ist heute so heiß«, erklärte sie, verblüfft darüber, dass sie überhaupt einen Ton herausbrachte. Seit den frühen Tagen ihrer Freundschaft mit Ashley war sie nicht mehr so erregt gewesen. Oh, sie konnte gut phantasieren, wenn sie es sich selbst besorgte, aber dies hier war echt.

Trotz einer Panikwelle, die sie überkam, als sie sich fragte, ob tatsächlich niemand sie sehen konnte, wuchs ihre Erregung noch, als Mark mit seiner Hand noch höher den Schenkel hinauf streichelte. Sie konnte nicht verhindern, dass ihre Beine sich leicht öffneten, sodass seine Finger den winzigen Streifen aus scharlachrotem Lycra fanden, der ihre Scham bedeckte.

Ihr Puls raste wie verrückt. Mark strich über den Rand des Tangas und kämmte mit gespreizten Fingern durch ihren dunklen Busch, bevor er so geschickt, dass sie zu keuchen begann, sein Ziel erreichte, diese delikate Stelle, wo sich die Spalte über der anschwellenden Klitoris öffnete. Dort verharrte er und übte nur einen leichten Druck aus.

Ich könnte kommen, dachte sie. Wenn er mich jetzt noch ein wenig von Seite zu Seite reibt, wie ich es am liebsten habe, dann könnte ich verdammt noch mal kommen, hier mitten im Restaurant.

Sie schloss die Augen und genoss die heiße Woge, die ihre Lenden füllte und den Unterbauch. Die Nippel schmerzten. Ich darf nicht mit diesem verklärten Blick hier sitzen, mahnte sie sich. Ich weiß, dass mein Mund offen steht. Ich sabbere ja schon. Himmel, fühlt sich das gut an. Phantastisch ... viel besser, als wenn ich es mir selbst besorge.

»Darf ich dich jetzt in mein Haus einladen?«, flüsterte er

und strich noch einmal über ihre Klitoris, was sie fast aber nicht ganz über die Klippe gebracht hätte.

»Ja«, keuchte sie, beherrscht von Lust und unfähig, etwas dagegen zu unternehmen.

Er zog seine Hand zurück, hob sie an seine Nase und sagte: »Ah, ja. Dein unverwechselbarer Geruch. Ich würde ihn immer wieder erkennen.«

Sie fragte sich, wie er seine Erektion verbergen wollte, aber als er sich erhob, wurde sie von den Jackettschößen verdeckt. Er wirkte kühl und locker, und nachdem er gezahlt hatte, gingen sie hinaus. Cheryl folgte seinem Jaguar, heiß und nass zwischen den Schenkeln. Weit hatten sie es nicht mehr; offenbar war der Yew Tree sein Stammlokal.

Er wohnte in einer umgebauten Scheune; ein langes Gebäude mit einem zweiten Geschoss unter dem gewölbten Dach. Zum Grundstück gehörten Rasen, Wiese und ein Zen Garten, den er hinter dem Haus angelegt hatte; ein Bild der Harmonie. Der dunkle Boden war in schwungvolle Muster gerecht worden, auf einen Felsstein zu, der ein ganzes Gebirge darstellen sollte. Mark hatte eine Buddhastatue aufgestellt und sie mit kleinen Bäumen umringt.

»Interessierst du dich für Bonsai?«, fragte sie. Das war sehr aufschlussreich, dachte sie, und zu jeder anderen Zeit hätte sie länger bei diesem Thema verweilt, aber sie wollte schnell zu ihrem wichtigsten Anliegen kommen – und mit Mark ins Bett steigen.

»Sehr. Bonsai heißt ›Baum im Topf‹. Einige dieser Bäume sind zweihundert Jahre alt. Später will ich noch *feng shui* in Haus und Garten einführen. Es beruhigt und ist hilfreich im Geschäft und in der Liebe.«

»Und du lebst allein? Keine Freundin?«

»Nein. Nur die unbezahlbare Mrs. Harvey, die mir den Haushalt führt.«

»Auch keine Freunde?« Sie meinte es neckend, aber natürlich musste sie an Lauras Erfahrung denken. Suchen Männer nicht immer eine Öffnung, in die sie ihr Glied stecken können, egal, ob Mann oder Frau?

»Ich bin ein langweiliger Hetero.«

Er zog sie an sich heran, Brust an Brust. Sie konnte die Härte seiner Erektion fühlen, die durch Hose und Kleid gegen ihren Bauch stieß. Sie musste noch etwas sagen, bevor dies weiter fortschritt.

»Ich habe mit keinem mehr geschlafen, seit ich Ashley kennen lernte.« Sie schaute zu ihm hoch.

»Ich glaube dir. Aber ich erinnere mich, wie es zwischen uns vor all den Jahren begann. Erinnerst du dich auch daran? Ich wollte, dass unsere Beziehung eine Zukunft hatte. Warum klappte das nicht? Kannst du mir das sagen?«

»Ich weiß es nicht. Falsche Zeit, falscher Ort. Ich hielt dich in allen Belangen für überlegen. Ich konnte dir nicht das Wasser reichen.«

»Seltsam, das habe ich über dich gedacht. Und dann hast du Ashley geheiratet.«

»Fehler Nummer eins.«

»Und hast Kinder bekommen.«

»Kein Fehler. Ich liebe sie.«

»Ich bin sicher, dass du eine wunderbare Mutter bist.«

Er legte einen Arm um ihre Schultern, und so schlenderten sie ins Haus. Beide gaben sich locker, obwohl Cheryl glaubte, jeden Moment explodieren zu müssen, so stark empfand sie die sexuelle Spannung zwischen ihnen.

Im Vestibül blieben sie stehen und küssten sich, kleine nagende Küsse, die sich zuerst auf den Mund beschränkten, aber dann bückte sich Mark und fand Cheryls duftenden Nacken und die süßen Ohrläppchen. Als er über ihren Hals leckte, murmelte er: »Ich will dich nackt haben.«

»Das kann ich mir denken.« Sie gluckste und traute sich, ihre Hand fest um seinen Steifen zu drücken.

Er fühlte sich vertraut an, ein männliches Anhängsel, und doch war er so verschieden von ihrem Ex-Mann. Ashley hatte nie ein längeres Vorspiel gewollt. Nach den Flitterwochen wurde ihr Liebesleben zu einem langweiligen Ritual, und doch war er scharf genug, um mit Yvonne zu experimentieren. Zorn blitzte auf, denn sie war immer noch gekränkt. Sie drückte Marks Erektion noch ein bisschen fester.

»Du hast dich schon vor mir ausgezogen, als wir blutige Anfänger als Juristen waren. Nachdem wir unsere Diplome erhalten hatten, bist du mit mir auf meine schäbige Bude gegangen«, sagte er, und die Stimme verriet seine Erregung. »Wir hatten zu viel Champagner getrunken, aber dadurch haben wir unsere Hemmungen verloren. Bis dahin waren wir nur gute Kumpel gewesen. Mein Zimmer war verwahrlost, überall lag schmutzige Wäsche herum, aus den Tassen wuchs Schimmel, und Teller mit Essensresten vergammelten unterm Bett. Ein paar Bücherstapel und eine kleine alte Reiseschreibmaschine. Aber für mich war die Bude mein Paradies: Du nackt auf meinem Bett. Ich drückte mein Gesicht sofort zwischen deine Schenkel. Es war viel zu schnell vorbei, selbst der Alkohol konnte mich nicht aufhalten. Ich kam, als ich gerade in dich eingedrungen war.«

»Ich war enttäuscht«, gab sie zu, »aber ich wusste nicht wirklich, was ich zu erwarten hatte. Vor dir hatte ich nur einen Freund, und der hatte keine Ahnung. Er hat mir auch keinen Orgasmus besorgt«, erinnerte sie sich und rieb mit der Hand über seinen Steifen.

»Ich will es wiedergutmachen«, sagte er. »Diesmal soll es keinen vorzeitigen Samenerguss geben.« Er griff ihre Hand und zerrte sie fast ins Wohnzimmer. Es war groß und hoch, und an geweißten Wänden und in tiefen Fensteralkoven hingen antike persische Teppiche. »Setz dich«, befahl er und drückte sie auf ein Chesterfield-Sofa, das vor einem großen schwarzen Ofen in der Kaminöffnung stand.

Sie sank auf weiche Daunenkissen, die mit Phantasieblumen von William Morrow, den sie so sehr schätzte, bedruckt waren. Marks Geschmack deckte sich auf immer mehr Gebieten mit ihrem. Herrliche Klänge erfüllten das Zimmer, und sie erinnerte sich seiner Leidenschaft für die klassische Musik. Er hatte Platten oft auf einem knarrenden alten Hi-fi-Gerät abgespielt. Jetzt quollen die Akkorde aus den teuersten Lautsprechern.

»Tschaikowski«, sagte sie lächelnd, als die schwungvollen Streicher ihre Trommelfelle vibrieren ließen. Die Musik rann ihr Rückgrat entlang und füllte jede Ritze und jeden Winkel ihres Seins aus.

»Ah, du erinnerst dich. Die Ouvertüre von Romeo und Julia. Voller wunderbarer Harmonien und lebhafter Orchestereinsätze. Ich habe die modernen Komponisten versucht, aber ich kehre immer zu den Romantikern zurück.«

»Ich liebe sie. Sie machen großartige Musik.«

»Ziehe deine ganzen Sachen aus«, wies er sie an. Er stand vor ihr und zog sich rasch aus. Seine Haut schimmerte vom Glühen, das durch die Glastür des Ofens fiel.

Cheryl wurde von Scheu ergriffen. Ihre Finger zitterten, als sie die Knöpfe der Hemdbluse öffneten. Die Seide glitt zu Boden und lag da wie verschütteter Claret. Sie atmete tief durch und wandte sich ihm zu. Sie ahnte, dass er sie inspizierte. Wollte er den Verfall sehen, den die Jahre mit sich bringen? Sie war zuversichtlich, dass er nicht allzu große Makel finden würde.

»Wunderschön«, flüsterte er ergriffen. Sein Steifer tanzte und klopfte gegen seinen Bauchnabel. »Du hast dich überhaupt nicht verändert. Immer noch eine Schönheit. Zieh das für mich über.« Er reichte ihr ein Kondom.

Sie fummelte ungeschickt damit herum. Sie hatte die Pille genommen, deshalb hatte Ashley keine Kondome benötigt. Vielleicht hätte ich darauf bestehen sollen, dachte sie voller Angst. Wie oft hatte er seinen Füller schon in andere Tintenfässer getunkt? War er immer vorsichtig gewesen?

Ashley. Warum konnte sie ihn nicht vergessen? Vielleicht bin ich nicht geschaffen für Seitensprünge. Zu alt, zu eingefahren. Marks Penis ist der Penis eines Fremden. Ich fürchte mich davor, noch weiter zu gehen. Okay, Ashley war keine Größe im Bett, aber sie war an ihn gewöhnt. Wir haben es immer im Dunkeln getan, dachte sie, deshalb war ich mir auch wegen meines Körpers nie unsicher. Jetzt aber doch.

Du kennst Mark doch auch, flüsterte ihre innere Stimme. Du hast es schon früher mit ihm getrieben. Du vertraust ihm, also stell dich nicht so an.

Mark beugte sich über sie, und Ashley wurde aus ihren Gedanken verbannt. Geschieht ihm recht, fand sie mit kindlicher Rache.

Bei der sinnlichen Hintergrundmusik konnte sie sich auf Marks Küsse konzentrieren. Die Luft vibrierte mit der puren Energie prächtiger Farben, als die Ouvertüre sich immer mehr steigerte. Das Thema der unglücklichen Liebenden bewegte sie beide. Es kam Cheryl so vor, als verharrte sie zwischen Realität und Phantasie an einem Ort, an dem nur der Sex zählte.

Mark lag neben ihr, streichelte sie und saugte an ihren Nippeln. Sie hielt seine Stange, rieb ihre Finger am Stamm entlang und nässte die Fingerspitzen mit seinen Sehnsuchtstropfen. Sie machte sich mit jeder Ader seines Penis vertraut und bewunderte die Sanftheit seiner Haut.

Er küsste ihren Hals und ihre Brüste, dann leckte er ihre Nippel, bis Cheryl sich vor Lust wand. Er rutschte an ihrem Körper entlang und tunkte die Zungenspitze in ihren Nabel. Er rutschte noch tiefer, teilte die geschwollenen Labien und massierte die hervorlugende Klitoris, bis sie auf einer gewaltigen Welle ritt, die sie ins Reich der Euphorie trug.

Cheryl war hin und weg von den Gefühlen, und die Intensität ließ sie aufschreien.

»Braves Mädchen«, flüsterte er. »Du bist gekommen. Ich habe es dir doch versprochen.«

Sie lag in seinen Armen und streichelte weiter über seinen Penis, als wäre das eine gute Methode, sich vom Orgasmus zu erholen. Sie zog ihn über sich, und als sie ihre Beine anhob und ihre Fersen auf seine Schultern legte, drang er wie von selbst in sie ein. Erst jetzt bemerkte sie, dass die CD abgelaufen war. Die einzigen Geräusche im Zimmer waren ihr gehetztes Atmen und die nassen Klatscher, wenn er gegen ihren Körper stieß.

Sie ertrank in Emotionen. Seine Leidenschaft, das schmerzende Greifen in ihre Haare, der Druck seines Schambergs gegen ihren. Leicht glitt er ein und aus, weil sie so nass und glitschig war. Es fühlte sich so an, als wollte sie ihn ganz verschlucken. Je kräftiger er stieß, desto mehr öffnete sie sich für ihn. Sie wollte noch einmal kommen.

Aber das gelang ihr nicht. Die Basis seines Penis blieb höchstens einen Zentimeter von ihrer Klitoris entfernt, aber dieser eine Zentimeter machte den großen Unterschied.

Sie schob ihre Hand hastig nach unten und rieb mit dem Daumen über die Knospe, dann hörte sie ihn keuchen und wartete auf seinen finalen Stoß, während ihr eigener Höhepunkt verdampfte.

Sie lag da, zitternd und keuchend, und ein glänzendes Feuer loderte gegen die Dunkelheit ihrer Lider. Sie hatte es geschafft! Sie hatte mit einem anderen Mann geschlafen. Dies zerschnitt die Bande zwischen ihr und Ashley wirkungsvoller als die Unterschriften auf mehreren Dutzend Scheidungspapieren.

Laura liebte die Einsamkeit ihrer Wohnung, die sie als Notbehelf zwischen dem Verkauf ihres Hauses und dem Kauf einer neuen Bleibe bezogen hatte. Es war ein seltsames Gefühl, allein zu wohnen. Kein Mann, keine Kinder. Es bestand nicht einmal die Notwendigkeit, ein Ersatzbett aufzuschlagen, falls eines der Kinder zu Besuch kommen sollte. Sie hatten geschrieben oder angerufen; sie waren eben flügge geworden. Laura vermisste sie, aber dies war die Zeit der Kinder, nicht ihre.

Sie hatte keine Verantwortung mehr, konnte lesen, Musicals sehen, Soaps im Fernsehen genießen und die neuesten Filme anschauen. In diesem Hafen der Stille konnte sie ihren Computer anschließen und mit dem Schreiben beginnen.

Diese Stille währte wahrscheinlich nur eine kurze Zeit, dachte sie, als sie ihren Text speicherte und sich auf dem Stuhl zurücklehnte. Sie wollte es immer noch tun – mit Cheryl ein Hotel kaufen, und wenn die Eröffnung hinter ihnen lag und das Hotel zum Selbstläufer wurde, dann konnten sich ihre Wege trennen, damit jeder die eigenen Ziele verfolgte – hoffentlich.

Cheryl war eine starke Persönlichkeit, und Laura war meistens bereit, ihren Vorschlägen zu folgen. Sie schaute in den Spiegel und sah sich auf ihrem Platz sitzen. Sie hatte sich noch nicht an den Anblick der blonden Strähnchen gewöhnt. Durch den kurzen Stufenschnitt sah sie zehn Jahre jünger aus – mehr wie ihre Tochter.

Sie hatte sich getraut, sich den sehnlichen Wunsch nach Kleidern aus den Siebzigern zu erfüllen; Hosenanzüge mit breiten Jackenrevers, Röcke mit der A-Linie und farbige Lederstiefeletten. Stuart war sprachlos gewesen, als er diese neue Frau gesehen hatte, immer als selbstverständlich an seiner Seite. Dieser Moment seines Staunens war für sie ungeheuer befriedigend gewesen. Sie hatte triumphiert.

Männer. Sie verfolgten Laura in ihren Gedanken, aber sie hatte nicht wirklich Zeit, sich auf sie einzulassen. Beziehungen waren zeitaufwendig und zermürbend. Und doch wollte sie nicht allein alt werden. Aber das würde sie auch nicht – Cheryl würde wahrscheinlich bei ihr sein, und Harry, wenn er von seinen saftigen Weiden genug hatte. Und Vicky?

Im vergangenen Jahr war Laura ›die Mutter der Braut‹ gewesen. Sie hatte sogar einen riesigen Hut aus Organzaseide getragen und sich wie eine Närrin gefühlt. Vicky hielt sich mit ihrem Mann, der Dozent war, in Amerika auf. Eines nicht zu fernen Tages würde sie Laura vielleicht zur Großmutter machen.

Hörst du jetzt endlich auf! Sie schimpfte mit sich selbst. Wenn sie von Vickys Schwangerschaft erfuhr, würde sie wahrscheinlich auf dem Dampfboot sein, das den Amazonas hinaufschipperte. Ich muss noch viel erleben, bevor ich die Babys meiner Tochter auf den Knien wiegen will.

Der Amazonas. Südamerika. Buenos Aires und der argentinische Tango, der in den unteren Gesellschaftsschichten, in den Bordellen, von den Huren und ihren Freiern geboren worden war. Sie ließ ihren Gedanken freien Lauf, träumte und ermutigte absichtlich diesen Schmerz, den sie in sich spürte und der sie feucht machte.

Sie stand auf, ging ins Wohnzimmer, stellte den Fernseher an und suchte im Regal nach einem besonderen Video. Sie schob die Kassette ins Gerät. Noch bevor sie es sich auf der Couch gemütlich gemacht hatte, begann Lauras Lieblingsfilm – *Der nackte Tango.*

Es war ein seltsamer, verrückter und gewaltintensiver Film, der in den zwanziger Jahren spielte. Laura hatte ihn sich schon oft angesehen, und immer wieder erregte er sie. Die Beleuchtung, die Bühnenausstattung, das dunkle, blutrote Dekor. Ein Bordell, dekadent und großartig. Die Treppe, von zwei enormen Statuen von Frauenbeinen gehalten, komplett mit Strapsen, Strümpfen und Schuhen.

Die Heldin läuft ihrem älteren Ehemann davon. Der Held ist ein Gangster, der vom Tango besessen ist. Sie verliebt sich in ihn, aber er weigert sich zuzugeben, dass er sie auch liebt. Ein Film, bei dem Laura sich in die Knöchel beißt, ein brutaler Film mit erschöpften Huren und bösen Buben.

Wie seltsam, dass ich als Hausfrau funktionieren konnte, einschließlich des Einkaufs und der täglichen Routinearbeiten, wo ich doch innerlich im Argentinien des Films lebte, dachte Laura verwundert. In meinen Gedanken arbeitete ich als Hure und tanzte den Tango mit einem dunkelhaarigen Schleicher und Brutalo im schwarz gestreiften Anzug.

Lauras Lippen teilten sich, und ihre Hand schlich hinunter zu ihrem Schoß. Erst in letzter Zeit hatte sie gelernt, sich selbst zu befriedigen. Cheryl hatte ihr Bücher und Videos verschiedener amerikanischer Autoren empfohlen und gesagt: »Sie sind die Sprecher der Klitoris. Die Mütter der Masturbation.«

Inspiriert von der Geschichte, die sich auf dem Bildschirm entwickelte, öffnete Laura die Beine und schob ihr Höschen beiseite. Ihr Schoß war mit einigen wenigen hellen Härchen besprenkelt, deshalb konnte man den Schlitz deutlich sehen. Jetzt wollte sie aufs Ganze, folgte den Ratschlägen der Sexbücher, nahm einen Handspiegel und setzte sich mit gespreizten Beinen auf den Boden. Sie stellte den Spiegel so, dass er ihre Pussy reflektierte. Sie strich mit der freien Hand über die Spalte, und die Klitoris lugte aus den Falten hervor.

Es war ein wunderbares Gefühl, und Laura hatte Angst, dass sie süchtig danach werden könnte. Sie langte nach unten und rieb ihre Finger in den Saft, der aus der Pussy rann. Ihre Lippen reagierten auf die glitschige Nässe, und ihre Klitoris pochte und ölte die Labien ein.

Seufzend gehorchte sie dem dringlichen Verlangen ihres Körpers und rieb sich heftig. Die Musik schwoll an und ebbte wieder ab, und die Tanzenden bewegten sich zum Takt. Lauras Finger glitten immer schneller über die Knospe der erregten Klitoris. Die andere Hand griff an ihre nackte Brust und quetschte den Nippel.

Oh, das ist großartig, murmelte sie. Warum habe ich davon erst vor kurzem erfahren? Warum hatte ihr das niemand gesagt? Ich habe Jahre vergeudet. Stuart hätte es wissen müssen, aber ihm kann ich wohl keinen Vorwurf machen. Er hatte kein Interesse daran herauszufinden, was eine Frau anmachte.

Es spielte keine Rolle mehr. Ich sitze hier mit meiner gierigen Klit, und sie verlangt, dass ich nicht aufhöre und weiter reibe und massiere, dass ich sie quäle, indem ich den Kopf nur ganz leicht berühre, aber nach einer Weile kann ich mich nicht länger zurückhalten. Das ist ein Teil des Tanzes – das Lechzen nach dem Orgasmus.

Sie keuchte. Die Empfindungen sammelten sich am Ende ihres Rückgrats und in der Gebärmutter. Sie drangen bis in ihre Zehen ein und rasten dann zurück. Laura glühte. Sie perlte. Sie explodierte wie ein Feuerwerk. Sie kam.

Sie fiel in die Kissen zurück und schaute zu, wie der Gangster die Heldin durch die Tangoschritte zwang. Das Telefon schrillte, und Laura stellte den Ton des Fernsehers leiser, bevor sie den Hörer abhob.

»Hallo, ich bin's, Cheryl. Ist alles klar für morgen, wenn wir uns die Projekte der Makler anschauen? Sollen wir vorher einen Kaffee trinken? Wie geht es dir?«

»Gut. Und dir?«

»Phantastisch«, rief Cheryl. »Du wirst nie erraten, was ich getan habe!«

Sie klang so begeistert, dass es für Laura nur eine Erklärung geben konnte. »Du hast gebumst.«

»Richtig!«

»Gratuliere!«

»Morgen erzähle ich dir alles. Bis dahin.«

Laura legte den Hörer auf und drehte den Ton wieder lauter. Sie brachte sich in eine bequeme Lage und schaute sich das tragische, aber befriedigende Ende des Films an.

Das Restaurant war groß und grün. Exotische Pflanzen in Blumenschalen unterbrachen die Wände und breiteten sich aus; sie kletterten und ergossen sich über die ganze Mauer.

»Der Designer ist offenbar ein Grüner«, sagte Cheryl, als sie mit Laura das Lokal betrat. »Aber auf der Speisenkarte steht nichts, was meine Geschmacksnerven anspricht. Deshalb sollten wir uns auf den Kaffee beschränken.«

Ein gläserner Lift hatte sie in das erst kürzlich eröffnete Restaurant gebracht, das sich ganz oben in einem neuen Einkaufszentrum befand. Cheryl hatte es ausgewählt, weil es nur einen Steinwurf von den Büros einiger Makler entfernt lag. Das Trödeln war jetzt vorbei. Das Geld stand ihnen zur Verfügung. Jetzt begann das ernsthafte Geschäft, das richtige Projekt zu finden.

Sie nippten am starken schwarzen Kaffee und blätterten sich durch einen Stapel von Prospekten, die eifrige Manager geschickt hatten, um einen schnellen Gewinn einzufahren. Fotos von Häusern, ob als Reihenhaus, allein stehend oder terrassenförmig, erleichterten die Entscheidung.

»Unter diesen Projekten finde ich nichts, was mich anmacht«, sagte Laura.

»Sehe ich auch so«, stimmte Cheryl zu. Sie sah einen langen harten Weg vor sich.

»Es gibt noch ein paar Makler in der Nähe, die wir aufsuchen sollten«, schlug Laura vor. Cheryl war fasziniert über das gute Aussehen der Freundin. Seit sie Stuart verlassen hatte, war sie um Jahre verjüngt.

Cheryl gab dem Impuls nach, ihr alles über Mark zu erzählen. »Gestern Nachmittag bin ich gevögelt worden«, platzte es aus ihr heraus, dann wurde sie wieder vom Verlangen gepackt, weil ihre Erinnerungen das Erleben auffrischten.

»Ja, das hast du schon am Telefon gesagt. War es Mark?« Laura schien unbeeindruckt zu sein.

Cheryl war ein wenig enttäuscht. Sie hatte eine stärkere Reaktion erwartet; Schock oder vielleicht auch Neid. »Ja, klar war es Mark. Er hat mich zum Essen eingeladen, und danach sind wir in sein Haus gegangen.«

»Hat es dir gefallen?«

»Es war eine Explosion. Um ehrlich zu sein, ich war zuerst wahnsinnig nervös. Du weißt schon – ein anderer Mann.« Cheryl senkte die Stimme. »Ein anderer Schwanz. Aber alles war gut. Jetzt ist das Eis gebrochen.«

»Du meinst, jetzt willst du dich an jeden ranschmeißen?«

»Warum nicht? Da draußen warten jede Menge potente Kerle auf mich«, erklärte Cheryl mit einem trotzigen Grinsen, aber dann schwand das Grinsen. Sie konnte Laura nichts vormachen. Ihre herausfordernde Art verflog mit einem tiefen Seufzer. »Es war schön mit Mark. Ich glaube, er möchte das Verhältnis fortsetzen, aber ich bin mir noch gar nicht sicher.«

»Ich glaube, du hast im Moment eine Menge anderer Dinge im Kopf – denn mir geht es genauso. Komm, wir müssen los. Schließlich wollen wir ein Hotel kaufen.«

Der erste Makler hatte sein Büro zwischen einem Schuhgeschäft mit nichts im Schaufenster außen einem einzigen Stiefel auf einem kleinen vergoldeten Stuhl, und einem Spielwarenladen, der Teddybären in Pullovern anbot und herrlich gekleidete Puppen mit Porzellanköpfen und kunstvollen Puppenhäusern.

Polierte Messingbuchstaben verkündeten, dass die Makleragentur Dewhurst und Marshal hieß und schon 1880 gegründet worden war. Die beiden Frauen blinzelten durchs Fenster und sahen es sofort. Es schien sie anzuspringen, obwohl es viele Fotos von Häusern gab, die zum Verkauf anstanden.

»Schau dir das an!«, quietschte Laura.

»Wow«, war alles, was Cheryl herausbrachte, während sie auf das Durcheinander von hohen Kaminen, Türmen, bleiverglasten Fenstern und einem Giebeldach schaute.

Laut las sie die Einzelheiten, die neben dem Foto standen. »Schöne alte Schule, früher im Besitz der lokalen Schulbehörde. Viele Zimmer, Schlafzimmer und Schlafsäle, eine Bibliothek, ein Veranstaltungssaal, mehrere Badezimmer und Küchen, Spielzimmer, Schwimmbad, großzügiges Grundstück mit Tennisplatz etc. Einige Renovierungsarbeiten und Modernisierungen sind erforderlich.«

Laura griff Cheryls Arm mit beiden Händen, ihr Gesicht glühte vor Aufregung. »Komm schon«, drängte sie. »Worauf warten wir denn noch?«

Sie betraten ein verstopftes Büro, in dem eine hübsche brünette Frau an einem Schreibtisch saß, die Knie übereinandergeschlagen, und ihre Fingernägel polierte. Die Wand war gespickt mit Fotos von Häusern und Wohnungen, von Apartments und Geschäften, die man entweder kaufen oder mieten konnte.

Cheryl sah die junge Frau an, und die Frau starrte zurück. Dann lächelte sie fröhlich und sagte: »Guten Morgen. Ich bin Daphne und Mr. Dewhursts persönliche Assistentin. Womit kann ich Ihnen helfen?«

»Ich bin Cheryl Barden, und das ist Laura Tilford. Wir planen die Eröffnung eines Hotels und sind an weiteren Einzelheiten über ein Haus im Fenster interessiert. Das Bild in der

Mitte, die alte Schule.« Cheryls Stimme war immer schriller geworden, weil sie plötzlich in Panik geriet: Das Haus könnte schon einen Käufer gefunden haben.«

»Oh, ja, Madam, ich weiß, welches Haus Sie meinen.«

Als sie aufstand, bemerkte Cheryl, dass sie einen kurzen Rock trug und dunkle Strümpfe. Eine weiße Bluse spannte sich über üppigen Brüsten. Es kribbelte Cheryl in den Fingern, so gern hätte sie die Brüste der jungen Frau berührt. Sie verstand das Interesse der Männer an großen Brüsten und knackigen Hintern. Verwundert über sich selbst schüttelte sie den Kopf.

»Das Haus ist noch auf dem Markt«, bestätigte Daphne. »Sehr groß und mitten auf einem riesigen Grundstück mit Ställen und solchen Sachen. Suchen Sie etwas so Großes? Ein historisches Schulhaus, aber es bedarf der Renovierung. Entschuldigen Sie mich für eine Minute, ich will Ihnen die Details heraussuchen. Vielleicht möchten Sie auch mit unserem Mr. Moor sprechen? Ich rufe ihn.«

»Vielen Dank«, sagte Cheryl und lächelte Laura an, die beide Daumen in die Luft reckte.

Cheryl hing noch ihrer Reaktion auf Daphne nach. Sie war immer streng heterosexuell gewesen, mal abgesehen von einer Schwärmerei für eine Lehrerin und einer besitzergreifenden Beziehung mit Esther, ihrer besten Freundin während der Schulzeit. Die Beziehung hatte sich nicht weiter entwickelt, und so war es dabei geblieben, dass sie ihre knospenden Brüste und die sprießenden Härchen auf den Venushügeln verglichen hatten. Ihr gegenseitiges Interesse aneinander schwand völlig, als es die ersten Verabredungen mit Jungen gab. Und warum hatte sie dann diese plötzliche Lust für Daphne empfunden?

Ein Mann in mittleren Jahren, die Haare schütter, trat aus den inneren Büros, gefolgt von Daphne. Er hielt einige Papiere in den Händen und musterte Cheryl, dann Laura und wieder zurück, als er fragte: »Eh, Mrs…?«

»Barden. Und das ist Mrs. Tilford«, sagte sie spröde. Er war nicht sehr gewinnend und gab sich überlegen, was man häufig bei Verkäufern antraf, vor allem, wenn sie es mit weiblichen Kunden zu tun hatten. Sie verdächtigte ihn, über schmutzigen Magazinen zu masturbieren. Jedenfalls sah er so aus.

»Ich bin Mr. Moor, und ich würde Ihnen gern helfen, wenn ich kann.«

Das glaube ich dir aufs Wort, dachte Cheryl und fragte sich, wie es sich anfühlen würde, wenn sie ihrem Impuls folgte und Männer wie ihn auspeitschte. Aber wahrscheinlich genossen sie das auch noch.

Nachdem er ihnen Phrasen heruntergerasselt hatte, bot er an, ihnen das Haus zu zeigen. Es hieß St. Jude, denn es war früher ein College gewesen, bis die lokale Schulbehörde es schließen musste, weil keine öffentlichen Gelder zur Verfügung standen.

Vier Meilen hinter Westcombe bog der Fiesta des Maklers nach rechts, und Cheryl folgte in ihrem Auto. Die schmale Straße wand sich einem idyllischen und nach Wohlstand aussehenden Weiler entgegen, in dem die Dächer mit Schiefer gedeckt waren und die Gärten hinter Mauern lagen. Sie fuhren am Pub vorbei, an der Post und an einigen Geschäften, und schließlich sahen sie auch die Schule, aus der eine neue Generation von Kindern strömte und von ihren Müttern in Empfang genommen wurde.

»Sie haben alle Autos«, bemerkte Cheryl, während sie wartete, dass eine Schülerlotsin die Kinder über die Straße geleitete. »Sieht nach einer reichen Gegend aus. Sehr snobby.«

»Und Kirchenfeste feiern sie hier«, warf Laura ein.

»Und es gibt Tombolas für mildtätige Zwecke.«

»Und Tee mit dem Vikar.«

»Und eine Menge Partnertausch.«

»Glaubst du, dass wir hier hinpassen?«, fragte Laura zweifelnd, während Cheryl immer noch Moors Auto folgte.

»Warum denn nicht? Als Hoteliers werden wir kaum Zeit haben, uns am Dorfleben zu beteiligen.«

»Auch nicht am Partnertausch?«, fragte Laura neckend.

»Das darf nicht wahr sein!«, rief Cheryl, die Augenbrauen gehoben. »Außerdem steht noch gar nicht fest, ob dies überhaupt das ist, was wir suchen.«

Moor betätigte den linken Blinker, und sein Auto schwang zwischen hohen Bäumen in einen Seitenweg. Teilweise kahle Äste trafen sich in der Mitte. Im Sommer würde das dichte Laub einen geheimen Tunnel bilden; Cheryl konnte ihn ganz deutlich erkennen. Es war, als hätte sie ihn schon bei einem früheren Aufenthalt gesehen, ein kunstvoll angelegter Weg aus Licht und Schatten.

Der Weg endete vor einem hohen, verrosteten, mit Kletterpflanzen überwucherten Doppeltor. Zwei Löwen standen auf soliden Steinsockeln. Flechten hatten den Stein überdeckt, aber die Tiere bewachten den Eingang immer noch. Cheryl starrte sie an, als sie aus ihrem Auto stieg.

An den Eisenstäben des Tors war ein Schild angebracht. ZU VERKAUFEN, darunter Adresse und Telefonnummer von Dewhurst and Marshal. Moor kletterte aus dem Auto und zeigte einen breiten langen Schlüssel, den er in das massive Schloss steckte. Die Tore quietschten protestierend, als er sich mit der Schulter dagegen lehnte. Sie ließen sich bis zum Anschlag öffnen.

»Kommen Sie, Ladys«, trieb er die Frauen an. »Folgen Sie mir.«

Arsch, dachte Cheryl lieblos, als sie zurück in ihr Auto stieg. Die Auffahrt war anfangs überwuchert, aber dann wurde der

Weg breiter, und gleich darauf sahen sie das Haus, und das raubte ihnen den Atem. Es schien aus der Erde gewachsen und nicht von Menschenhand erbaut worden zu sein. Die Bäume bewahrten St. Jude vor Eindringlingen. Wie unanständige steife Finger ragten die Türme, teils zerbröckelnd, gen Himmel. Zinnen und vorspringende Ecken fielen den Frauen auf, gewölbte Fenster, Statuen in Nischen und Wasserspeier auf den Regenrinnen. Es war alles, worauf Cheryl gehofft hatte – und mehr.

Laura gab sich zurückhaltender. »Es ist ein einziges Chaos, Mr. Moor. Ich darf gar nicht an die Kosten für die Renovierung denken.«

»Es ist nicht so schlimm, wie es auf den ersten Blick aussieht, Mrs. Tilford. Die elektrischen Leitungen sind alle erneuert worden, und das Dach ist auch in Ordnung. Es hat nur einen Leerstand von achtzehn Monaten gegeben. Das Haus muss nur noch mal auf Vordermann gebracht werden.«

»Was ist mit dem Denkmalschutz?«, fragte Cheryl. »Ich schätze mal, dass es vor dem neunzehnten Jahrhundert erbaut wurde und deshalb auf der Liste der schützenswerten Häuser steht.«

»Ich nehme an, dass sie auf einem Mitspracherecht bestehen, obwohl die Schulbehörde keine Schwierigkeiten mit dem Denkmalschutz hatte«, erklärte Moor, dann führte er sie zu einer kreisrunden Auffahrt, die vor den breiten Stufen endete. Unter einem Steinbogen befand sich das monumentale Portal.

Der Schlüssel ließ sich leicht ins Schloss schieben. »Sonst lässt sich Mr. Dewhurst nicht entgehen, Klienten das Haus zu zeigen, aber zurzeit urlaubt er auf den Kanalinseln.«

Cheryl wollte ihn schon zurechtweisen, dass er sie mit seinem Geschwätz verschonen sollte, aber dann spürte sie, dass er nervös war. Stand sein Job auf der Kippe, wenn er das Haus nicht verkaufte? Er war nicht mehr jung, und es musste viele junge, gewiefte Kandidaten für seinen Posten geben. Oder liegt es an diesem Haus, dass er so schwitzt? Wenn ich ein Tier wäre, könnte ich seine Angst riechen, dachte Cheryl. Oder wird er geil, weil er mit uns allein im Haus ist?

Er trat zur Seite, damit sie und Laura an ihm vorbei ins Haus gehen konnten. Sie wurden erschlagen von der Größe der Empfangshalle.

»Wie ein verdammter Ballsaal«, zischte Cheryl und vergaß, dass sie sich vorgenommen hatte, vor dem Makler nicht zu fluchen.

»Beeindruckend, nicht wahr?«, begeisterte sich Moor.

Paneele an den Wänden, ebenmäßiger Steinboden, offene Kamine, groß genug, dass ein Mann darin stehen könnte; es gab sie zu beiden Seiten. Über ihnen erstreckten sich Baldachine bis zu den Dachsparren.

Ihre Schritte hallten wider, als gingen sie durch eine Kirche. Aber es war keine Kirche, die Cheryl vorschwebte, auch kein College und kein Hotel, obwohl man es durchaus als Hotel umbauen könnte. Als vorgetäuschter Verwendungszweck sogar ideal. Sie zitterte leicht, als ihre Vision eine stärkere Kontur annahm. War das überhaupt möglich? Was würde Laura dazu sagen?

Moor zeigte ihnen den Speisesaal, die verschiedenen Empfangsräume, die Küchen und im Obergeschoss zahlreiche Zimmer, die Cheryl erst zu ihrer Vision inspiriert hatten. Sie musste jetzt gleich ein Gespräch mit Laura führen.

Weitere Zimmer, weitere Flure, alle groß und alle mehr oder wenig baufällig. An Decken und Wänden gab es Stellen von Schimmel, aber Cheryl begeisterte sich an der Üppigkeit des Hauses und an den schier endlosen Möglichkeiten. St. Jude würde in ein Freudenhaus verwandelt. Sie lief Moor und Laura voraus, öffnete Türen, schaute in die Zimmer und spürte, wie das Blut in ihr pochte und wie die Nerven auf die

Atmosphäre und auf ihre verrückte Phantasie reagierten. Ein wundervolles Haus. Sie musste es haben.

Jetzt waren sie unten in einem Seitenzimmer. »Man hat mir gesagt, dass dies das Büro der Vorsteherin gewesen ist, damals, als St. Jude ein Internat für Jungen war«, sagte Moor und grinste Cheryl an. »Die Vorsteherin war für die Disziplin aller Schüler außerhalb der Unterrichtszeiten zuständig.«

»Tatsächlich?« Cheryl hakte nach. »Ich nehme an, die Jungen wurden zu ihr geschickt, wenn sie was wirklich Schlimmes getan hatten. Hat sie die Jungen mit dem Rohrstock traktiert? Hat sie ihnen die Hosen runtergezogen und sie übers Pult gelegt, ehe sie den Stock tanzen ließ?«

Moor schwitzte noch mehr, und Cheryl fiel auf, dass er seine Hände vor seinen Körper hielt, als müsste er eine Erektion verbergen. Schäm dich, dachte Cheryl. Oh, ja, das Zimmer der Vorsteherin werden wir behalten.

Laura bewegte sich wie in Trance. Das Potenzial von St. Jude überwältigte sie. Die Kulisse von *Der nackte Tango* würde genau hierhin passen. Art Deco im ganzen dekadenten Glanz. Ein Bordell für Geschäftsleute und für gelangweilte Frauen, Huren, Gigolos, Zuhälter und Gangster, und sie selbst wäre die allmächtige Vorsteherin. Aber würde Cheryl damit einverstanden sein? Wollten sie nicht ursprünglich ein elegantes Fünf-Sterne-Hotel eröffnen?

»Wir machen beides«, sagte Cheryl, als sie zum Auto gingen, um sich abzusprechen, bevor sie Moor eine Antwort gaben.

Bis dahin war es eine Zeit der Geständnisse gewesen: Beide Frauen waren erstaunt und entzückt, als sie bemerkten, dass ihre Ambitionen auf einer Wellenlänge lagen. Beide träumten insgeheim davon, ein eigenes Hurenhaus zu besitzen, mit

Phantasiezimmern, in denen jedes sexuelle Verlangen befriedigt werden konnte.

»Diese Türme und Schlafsäle«, rief Laura.

»Wir können viktorianische Zimmer einrichten, in denen die Mädchen enge Korsette tragen und mit Rüschchen besetzte Höschen. Und dann wird es dunkle Verliese zum Bestrafen geben und Harems und Geisha-Teestuben und ein Raumschiff, in dem man die Schwerelosigkeit kennen lernt – einfach alles, was es unter der Sonne gibt«, rief Cheryl begeistert.

»Und die Szenarien des Jazz Age«, ergänzte Laura und geriet ins Schwärmen, »mit Tanz und Popoklatschen und all den ausgelassenen Spielen.«

»Aber wir wollen natürlich auch für normale Gäste da sein, und ich würde gern einen Chefkoch einstellen, damit St. Jude sich den Ruf einer erstklassigen Küche erobert. Oh, Laura, stell dir das doch nur einmal vor! Den Spaß, den wir haben werden! Wir sind zwei unabhängige Frauen und besitzen ein Hotel und ein Bordell! Wir werden zum Hafen für alle, die ein alternatives Sexleben suchen.«

»Ich kann es gar nicht mehr erwarten, damit anzufangen«, sagte Laura. »Komm, wir gehen zu Moor und sagen ihm, dass wir ein Angebot abgeben werden, aber eine Wertschätzung des Anwesens abwarten wollen.«

»Gehen wir zum geilen Agenten«, sagte Cheryl, öffnete die Fahrertür, stieg aus und streckte die langen Beine. »Hast du ihn angesehen, als wir im Büro der Vorsteherin waren? Mich würde es nicht überraschen, wenn ihm einer abgegangen wäre. Ihm gefiel der Gedanke der bösen Jungs und des Rohrstocks, den die Vorsteherin schwang.«

»Meinst du, er könnte unser erster Kunde sein?«, fragte Laura gespannt.

»Vielleicht.«

# Drittes Kapitel

»Töchter! Himmel, wer will schon Töchter haben?«, knurrte Joanna vor sich hin. Cheryls Probleme belasteten sie und störten ihren Seelenfrieden, den sie bei einer Körpermassage in der Schweißbude gefunden hatte. Jetzt konnte sie es kaum erwarten, dass sie Sex mit ihrem neuesten Geliebten haben konnte.

Ich sollte mich besser kontrollieren können und meinem inneren Sein ermöglichen, während der Meditationen eins mit dem Kosmos zu werden, mahnte sie sich. Himmel, ich übe das doch schon lange genug! Aber Cheryls Probleme stießen immer wieder mit ihr zusammen, vor allem, seit sie im Fell Tor wohnte. Sie passte nicht wirklich hierhin, eine ständige Erinnerung an ihren Vater, den Börsenmakler Giles Newman, den Joanna geheiratet hatte, als sie achtzehn gewesen war. Ein Jahr später hatte sie ein Kind zur Welt gebracht, und kurz danach war sie weg.

Ein Lächeln hob ihre Mundwinkel, und obwohl ihre Augen geschlossen waren, konnte sie ein innerliches Kichern nicht vermeiden, als sie dachte: Ich bin mit einer fröhlichen Zigeunertruppe abgehauen. Oder mit ihren Nachfolgern, den Hippies. Und Cheryl kam mit mir, aber bei der Scheidung erhielt Giles das Sorgerecht, und ich musste mich mit dem Besuchsrecht begnügen. Das war nicht fair. Nur weil er immer alles genau nach dem Buchstaben des Gesetzes machte, was ich nie wollte und wohl auch in Zukunft nicht will.

Auf eine Weise war ich erleichtert, erinnerte sie sich. Da ich Cheryl bei ihm und seiner neuen Frau gut versorgt wusste, konnte ich mein Nomadenleben fortsetzen. Ich lebte in einem umgebauten Bus und fand meine Stärke bei Ölfarben und Leinwand.

Wie schnell die Jahre verflogen sind, dachte sie mit einem Seufzer und blinzelte unter gesenkten Wimpern auf den schönen nackten Mann, der ihr gegenüber saß. Deven mit den himmlischen blauschwarzen Haaren und dem geschmeidigen oliv-getönten Körper. Er hatte das Gesicht eines Hindu-Gottes, Krishna vielleicht, und einen Penis, der interessant gebogen aus dem drahtigen Nest wuchs. Deven saß in der Lotusposition da und hatte die eleganten Hände in heiterer Gelassenheit gefaltet.

Die Luft war vom Weihrauch geschwängert, aber sie konnte ihn trotzdem riechen, den exotischen Duft von Zimt, der durch seine Poren atmete. Zusammen mit dem Duft seiner Haare und der männlichen Moschusessenz, die von den Genitalien aufstieg, war Joanna versucht, ihr Streben nach geistiger Harmonie für den Augenblick aufzugeben. Ihr Chakra, das wie eine voll erblühte Rose über ihrem Geschlecht lag, ließ ihre Klitoris pulsieren.

Das Pochen der Trommel und die gezupften Saiten einer Sitar drangen durch den Wintergarten und ... sei still, befahl sie sich. Du hast die ganze Nacht noch vor dir. Deven gehört dir für mehrere Stunden. Ein lustvolles Zucken voller Körperlichkeit schoss durch ihren Schoß. Sie hatte Mühe, sich auf ihre Gedanken zu konzentrieren.

Eine Waldlichtung, Sonnenstrahlen, die hereinfielen und von einem wolkenlosen blauen Himmel schienen, ein Pfad, der zu einem Wasserfall führte. Knie dich hin und schaue dein Spiegelbild im Wasser an. Was siehst du?

Deven verdeckte ihre Sicht. Er wurde größer und größer und verdeckte auch den Blick auf die Landschaft. Der Penis hob sich wie ein Totempfahl zwischen seinen Schenkeln.

Joanna verlor die Bilder ihrer Meditation, und plötzlich öffnete sie die Augen. Sie schaute in die tintenschwarzen Pupillen und wurde in sie hineingezogen.

Oh, Mann, dachte sie. Ich habe das schreckliche Gefühl, dass ich mich schon wieder verliebe. Das ist sehr schlecht. Ich halte nichts mehr von Liebe. Jedenfalls nichts von der eins zu eins Variante. Dafür gibt es viele andere Arten von Umarmungen, die zu nichts verpflichten.

Sie konnte nicht mehr zählen, wie oft sie das Opfer ihrer Emotionen geworden war, und sie wusste auch nicht, mit wie vielen Männern sie schon geschlafen hatte. Aber heutzutage musste man vorsichtig sein, was wenig mit Alter und Gelegenheiten zu tun hatte. In den Kreisen, in denen sie verkehrte, gab es Gelegenheiten satt, und bei ihrem faltenlosen Gesicht und dem sinnlichen Körper, bei ihrer Ausstrahlung als Künstlerin und ihrer klugen Art hatte sie über einen Mangel an Verehrern nicht klagen können. Ihr Appetit war auch nicht geschwunden.

Sie haderte mit dem Schicksal. Da sie kaum noch schwanger werden konnte, hätte Sex entspannter denn je sein sollen, aber nein, jetzt bestand die Gefahr, dass man sich einen Virus einhandelte, ein Ding mit einem langen Namen und verheerenden Folgen. Verdammt, dachte sie, als sie Deven anstarrte und ihm unanständige Nachrichten über eine telepathische Leitung schickte, von der sie hoffte, dass sie zwischen ihnen bestand und funktionierte.

Wie konnte man sicher sein, ob diese ganze Kopfsache, von der sie einem erzählten, nicht irgendein Unsinn war, der keinen anderen Zweck hatte, als den Leuten, die darauf hereinfielen, das Geld aus der Tasche zu ziehen?

Sie war plötzlich voller Zweifel und ungeduldig mit den Techniken, die sie mühsam gelernt hatte, um ihre sexuelle Erlebnisfähigkeit zu erweitern. Warum eigentlich? Sie wollte in diesem Moment nichts anderes als eine einfache, befriedigende Nummer.

Sie konnte nicht leugnen, dass man viel erreichen konnte, wenn man seine Sinne auf den Geliebten einstellte. Meditation und Atemtechnik wurden eingesetzt, um die Erregung zu verstärken, sodass ein Penis über Stunden steif blieb. Sie selbst war erfahren darin, ihre inneren Muskeln zusammenzuziehen, um den Penis zu melken, während ihr Partner passiv über oder unter ihr lag, aber – und es war ein großes Aber – sie musste zugeben, dass sie die meiste Lust durch einen Vibrator erreichte.

Oh, mein Lieber, dachte sie, ganz verzückt von Devens klaren Augen. Wie unfreundlich. Falls er das wüsste, wäre er entsetzt. Oder nicht? Vielleicht gefällt es ihm, wenn er mich mit einem Sexspielzeug beobachten kann. Aber alle Männer, und das schließt auch jene ein, die sich für aufgeklärt halten, leiden unter dem Wahn, dass eine Frau ihren Penis für zu klein hält.

Wir haben den Nachteil, dass wir über ein winziges Organ verfügen, das man erst einmal finden muss. Aber es ist hundertmal empfindsamer. Dieser Gedanke reichte schon aus, dass es in der ganzen Region zu prickeln begann. Sie presste ihren Po auf den Perserteppich. Da sie mit überkreuzten Beinen dasaß, war es leicht, Verbindung mit der Klitoris aufzunehmen, aber die Reibung auf dem Boden genügte nicht. Sie brauchte etwas, was sie sofort kommen ließ. Seit wenigstens einer Stunde saß sie da, gequält durch Devens Nähe. Sie versuchte, sich gegen ihre lüsternen Gedanken zu wehren, aber das gelang nicht.

Sie schob alles auf Cheryl und ihren Telefonanruf kurz vor Beginn ihrer Session. Ihre Tochter hatte von einem alten Haus geschwärmt, das sie und ihre elfenhafte Freundin Laura gefunden hatten. Sie wollten es kaufen und ein Hotel daraus gestalten.

»Du musst es dir anschauen, Mummy«, hatte Cheryl begeistert gesagt, und dass sie diesen Kosenamen für den weiblichen Elternteil benutzt hatte, ließ Joanna zusammenzucken. Cheryl hatte ihn von Angela gelernt, Giles' zweiter Frau, einem Snob, den Joanna verabscheute. Sie träumte davon, dass Angela ihre Kontrolle verlor und zur wilden Nymphomanin wurde, die nicht genug bekommen konnte.

Wie kam Cheryl dazu, sie ›Mummy‹ zu nennen? Joanna blickte düster drein. Das hatte sich schon schlimm angehört, als sie ein kleines Mädchen war, aber jetzt klang es nur noch gefühlsduselig. Noch schlimmer war gewesen, dass dieser Weinsäufer Ashley sie als ›Schwiegermama‹ tituliert hatte, wenn er überhaupt mit ihr gesprochen hatte. Aus seinem Mund war das eine Beleidigung und ihre gegenseitige Verachtung sehr intensiv gewesen.

Das Beste, was Cheryl hatte tun können? Diesen Wicht zu verlassen. Jetzt versuchte Joanna aber, alle Gedanken von sich zu schieben. Sie sollte sich auf Deven stürzen, wie ein überhitzter Sonnenbader sich ins Wasser wirft. Schade, dass Cheryl sich nicht früher von dem Schlappschwanz getrennt hat. Ich habe schnell festgestellt, dass Giles nichts draufhat. Ich habe ihn nur geheiratet, weil meine Eltern mich unter Druck setzten. Himmel, manche gut meinenden Leute richten schlimme Dinge an. Sie waren besorgt wegen meiner Pläne, mich den Blumenkindern anzuschließen. Ihnen war lieber, dass ich mich an einen Mann band, der für mich sorgen konnte.

Giles wollte mich kontrollieren und schaffte das nicht. Wie auch meine Eltern es nicht geschafft hatten. Vielleicht hatte es vor einigen Generationen ein schwarzes Schaf in der Familie gegeben. Woher sollte ich sonst den Drang haben, mich künstlerisch auszudrücken?

Ich habe Deven auf eine Leinwand gebannt, und er tut dem Auge so gut, dass ich eine akkurate Darstellung von ihm haben will. Sie könnten sagen: Warum fotografierst du ihn nicht? Habe ich längst gemacht. Ich arbeite mich an diesen Fotos ab.

Joanna hatte die meisten ihrer Geliebten, männlich und weiblich, gemalt, und diese Bilder sowie ihre phantastischen Traumlandschaften hatten eine Galerie zu einer Ausstellung ihrer Arbeiten inspiriert. Seit Jahren arbeitete sie mit einem Agenten zusammen, der sich um die geschäftlichen Dinge kümmerte. Sie hatte Fell Tor wahnsinnig preiswert erworben, weil gerade eine Immobilienkrise den Markt ruinierte.

Heute war der Besitz wenigstens eine Million Pfund wert, ein Bauernhof aus dem fünfzehnten Jahrhundert, einschließlich Burgruine, einem See und vielen Morgen Land. Dort hatte sie ihre Kommune mit Gleichgesinnten eingerichtet, und dort hatte sie auch ihr Studio. Und nun hatte sie ihrer Tochter ein Zuhause anbieten können. Und dort würde sie in wenigen Minuten mit dem auffallend schönen Deven schlafen. Er mochte ein Schauspieler sein, aber was soll's? Wenigstens war er kein krankhafter Möchtegern wie Giles, Angela und Ashley.

Es war eine völlig andere Sache, als Besitzer durch St. Jude zu schreiten. Aus den aussichtsreichen Interessenten waren Käufer und nun Eigentümer geworden. Ein kalter Schauer lief Cheryls Rücken hinunter, und Zweifel legten sich wie Schatten auf ihre Freude. Angenommen, ihre Pläne gingen nicht auf, und sie mussten wieder verkaufen, sogar mit Verlust? Sie pumpten jeden Penny, den sie erübrigen konnten, in das Projekt.

»Wir können gar nicht scheitern«, sagte sie laut zu den Wänden in der riesigen Eingangshalle, zur monumentalen Treppe, den Spinngeweben und den Gespenstern.

Es gab auch kein Zurück mehr. Unterschrieben und besiegelt. St. Jude gehörte Laura und ihr.

Cheryl war allein gekommen, weil sie überprüfen wollte, wann sie einziehen konnte. Fell Tor ging ihr auf den Geist. Obwohl sie an die Verschrobenheit ihrer Mutter gewohnt war, hatte sie nicht damit gerechnet, dass sie noch exzentrischer werden würde. Sie zog gern hauchdünne fließende Roben an und bewegte sich wie die Königin von Sheba. Wenn sie Lust hatte, malte sie, sonst lag sie faul auf der Haut und verprasste Geld wie ein trunkener Seemann.

Ihre jüngste Eroberung, aus den Seiten des *Kama Sutra* geflohen, hieß Deven, und Cheryl hatte schon die Klingen mit ihm gekreuzt. Sie nahm an, dass er es auf Joannas Besitz abgesehen hatte. Er betrachtete sich als Guru und behandelte Cheryl wie ein widerspenstiges Kind. Es war mehr als nur ärgerlich, vor allem auch deshalb, weil sie ihn gefährlich attraktiv fand.

Zeit, sich zu verändern, dachte sie, als sie durch die große Halle schritt. Sie überlegte schon, wohin sie ihre Möbel stellen sollte, sobald sie sie aus dem Lager geholt hatte. Sie und Laura hatten ihre Wohnverhältnisse schon einvernehmlich geregelt. St. Jude war so groß, dass sie beide ihre großzügigen Apartments beziehen konnten. Es gab sie schon – eines hatte der Schulleiter bewohnt, das andere die Vorsteherin.

Mark hatte einen Architekten gefunden; Arthur Huntley, der auch bereit war, mit der Denkmalschutzbehörde zu reden und zu planen. Offenbar wusste die Behörde schon vom Verkauf der Schule und hatte mit dem früheren Besitzer vereinbart, dass er bestätigen sollte, welche baulichen Veränderungen es eventuell schon gegeben hatte. Der Denkmalschutz wollte bei jedem Umbau um Erlaubnis gefragt werden.

Cheryl teilte Mark mit, er sollte seinem langjährigen Freund (auch sie kannten sich seit der Uni) ausrichten, dass die neuen

Besitzer das Projekt wegen seiner faszinierenden Architektur erworben hätten, deshalb bestand nicht die Gefahr, dass sie sich daran versündigten.

Sie konsultierte Laura bei allen Fragen, aber bei ihrer Vorbildung als Anwältin lag es auf der Hand, dass sie die rechtlichen Sachen mit Marks Hilfe allein entschied. Er hatte sich auch mit ihr den Besitz angesehen und sie mit seinen Zweifeln, Bedenken und bösen Omen deprimiert.

Von den Bordell-Plänen sagte sie ihm nichts. Es sollte ein Hotel werden und ein Tagungsort jeder Art. Sie ahnte, dass er dem Freudenhaus gegenüber nicht so positiv reagiert hätte, deshalb verschwieg sie es ihm. Außerdem zeigte er immer wieder bestimmte Besitzansprüche, auf die Cheryl aber nicht einging.

Sie akzeptierte ihre Liebestreffen, gab ihm, was sie konnte, lauschte seinen Warnungen, dachte über sie nach und verwarf sie dann. Nichts würde sie und Laura aufhalten, ihren Traum zu verwirklichen. Sie hatten ein sachliches Gespräch mit Huntley geführt, der auf Kostenvoranschläge verschiedener Baufirmen wartete, aber daneben suchten sie einen Inneneinrichter, der sich an ihre speziellen Anweisungen hielt. Hotel, Restaurant und Gästezimmer würden geschmacklich tadellos eingerichtet sein, was sie dem Architekten überließen. Das Schwimmbad, die Turnhalle und der kleine Saal für Tischtennis und Billardtische mussten nur renoviert werden. Außerdem hatten Cheryl und Laura geplant, ein Squash Center, eine luxuriöse Massageanlage und einen Schönheitssalon anzubauen.

Dies alles war offen gelegt, aber daneben gab es einen anderen, geheimen Plan. Es war ihre Absicht, aus den Türmen kreative Phantasieräume zu gestalten. Sie mussten pompös dekoriert sein. Die Verliese würden im Keller eingerichtet.

Sie brauchten die Hilfe eines Experten, der sich auskannte

mit den psychologischen Hintergründen für das Verlangen nach Strafe und Unterwerfung. Cheryl war sicher, dass sie den richtigen Mann finden würden.

Es war ein heißer Nachmittag, und die bunten Gläser in den bleiverglasten Fenstern warfen brillante Muster auf den staubigen Boden, als Cheryl die Flure und Räume inspizierte. Die Tür, die zum Ostturm führte, knarrte wie etwas aus einem Horrorfilm, als sie sie aufzog. Vor ihr lag ein Flur mit einem großen langen Raum, der einmal ein Schlafsaal gewesen war. Etwa zwanzig Jungen würden hier untergebracht gewesen sein.

Sie schlenderte durch den leeren Raum und bildete sich ein, die Stimmen der Kinder zu hören. Kinder machten immer einen Heidenlärm, deshalb musste er noch in jeder Mauerritze stecken. Sie wanderte hinüber zu einem der schmalen Fenster und schaute hinunter auf das überwucherte Grundstück. Ihr aktives Programm setzte sofort ein; sie sah von der Sonne gebräunte Gärtner in ihren verschwitzten Netzhemden. Ihre verwaschene Jeans war so eng geworden, dass die Beulen darunter gut sichtbar waren.

Ja, dachte sie, Laura und ich müssen uns umhören und einen guten, muskulösen Landschaftsarchitekten suchen. Es wird ein langer, heißer Sommer. Laura hat ihre neu gefundene Sexualität noch nicht ausgelebt, und obwohl ich Mark habe, genügt er mir nicht. Ich kenne ihn schon so lange, als gehörte er zur Familie. Ich brauche mal einen ganz Neuen oder zwei.

Die schweren Gefühle, die sich in ihren Lenden sammelten, ließen ihre Haut kribbeln. Sie trug Leinenshorts, die sich wunderbar um ihren Schoß schmiegten. Ihr Top war kurz, und vor noch gar nicht langer Zeit wäre sie viel zu verlegen gewesen, sich so in der Öffentlichkeit zu zeigen. Heute war sie nur noch besorgt, ob sie sich vielleicht lächerlich machte. Mark hatte ihr eine gehörige Dosis Selbstbewusstsein injiziert. Jetzt war sie stolz auf ihre schlanken braunen Beine.

Trotz aller Hilfe, die sie angeheuert hatten, war ihr bewusst, dass sie und Laura wie Sklaven schuften mussten, wenn sie ihren Traum verwirklichen wollten. Aber der Traum war jede Anstrengung wert.

Sie hatte auch Pläne für den Westturm. Beide Türme sollten Begegnungsstätten für Menschen sein, die etwas Besonderes suchten. Cheryl hatte sich durch Lektüre schlau gemacht über die speziellen Aktivitäten, und sie begriff schnell, dass sie die Assistenz von jemandem brauchte, der sich in dieser Szene auskannte. Eine weitere Aufgabe, die sie in eine Liste der Dinge eintrug, die noch erledigt werden mussten, bevor St. Jude offiziell eröffnet werden konnte.

Cheryl ließ sich auf die breite Fensterbank sinken und spürte die Kälte auf den Backen und das Scheuern der Unterschenkel auf dem groben Putz. Sie hob ein Bein an und stellte den Fuß auf den Sitz. Das Wissen, in ihrem Königreich allein zu sein, schickte aufregende Gedanken durch ihren Kopf. Hier konnte sie tun, was sie wollte. Sich nackt ausziehen und tanzen, sich auf der Fensterbank ausstrecken und ihre Haut aufkratzen oder einen Finger in die Pussy stecken und masturbieren. Das schien im Moment die beste Lösung zu sein.

Der Stoff saß zu stramm für ein bequemes Streicheln, deshalb öffnete sie den Hosenstall der Shorts, schob ihre Hand hinein und drückte einen Finger in die feuchte Furche. Der vertraute Lustpfeil schoss tief in ihre Öffnung hinein. Sie begann zu zucken, und ihre Labien schwollen an und ließen ihre Klitoris wachsen.

Sie schloss die Augen und lehnte den Kopf gegen das Fenster. Ihr Finger bewegte sich behutsam über die Spalte. Sofort begannen die warmen Gefühle, prickelnd, ihr ganzes Sein durchdringend. Sie keuchte, und ihre Beine fielen schlaff auseinander. Höschen und Shorts waren eine Behinderung, aber sie wollte den Fluss der Gefühle nicht stören, weil sie einfach gut waren. Unter ihrem sich rasch bewegenden Finger wurde die Klitoris zum harten Knopf. Sie wusste, dass sie jeden Moment kommen würde. Sie schloss wieder die Augen.

Dann gefror sie, und ihr Finger verließ die heiße Klitoris, denn sie hatte über sich ein Geräusch gehört. Sie wurde an den schrecklichen Tag erinnert, als sie unerwartet nach Hause gekommen war und Ashley und Yvonne Harper im Bett überrascht hatte.

Der Schmerz schoss wie ein Messerstich durch sie. Der Schmerz ließ nicht nach, weil sie ihm den Verrat nicht verzeihen konnte. Die Wellen in ihrem Schoß ebbten ab. Sie zog die Hand zurück und schloss den Reißverschluss der Shorts. Sie saß da, den Kopf in Lauschstellung leicht geneigt. Wieder hörte sie einen dumpfen Schlag.

Irgendein Spuk? Aber an solchen Unsinn glaubte sie nicht. Eher rechnete sie mit Hausbesetzern. Der Stolz der Besitzerin schwoll in ihr an. Sie wollte diese Leute aus ihrem Haus haben. Sie reinigte den klebrigen Finger, aber sie konnte den Duft ihrer eigenen Erregung immer noch riechen. Sie schritt entschlossen zur Tür und trat hinaus auf den Flur. Leise wandte sie sich der Wendeltreppe zu.

Ihre Sandalen verursachten keine Geräusche auf den Stufen, und so gelangte sie ohne Zwischenfall ins zweite Stockwerk. Die Etage war etwas kleiner als die erste, aber auch hier gab es einen Flur, ein Badezimmer und einen Schlafsaal. Architektur und die Ansammlung der Fenster entsprachen dem, was Cheryl eine Etage tiefer schon gesehen hatte. Es gab ein weiteres Geschoss, das zu den Zinnen führte.

Sie hatte schon einmal ganz oben gestanden; es war sehr windig gewesen, und sie hatte sich an der Brüstung festhalten müssen, als sie ihr Land in Augenschein nahm.

Der Turm war aber kein sicherer Platz für abenteuerlustige Kinder, dachte sie und begriff, warum die Türen zu den Türmen abgeschlossen und verriegelt gewesen waren.

Die dumpfen Schläge, die sie gehört hatte, kamen nicht von ganz oben, sondern aus einem Zimmer rechts von ihr. Cheryl zögerte nur einen Moment, dann drückte sie die Tür auf.

Zuerst wurde sie vom Sonnenlicht geblendet. Dann sah sie ihn. Ein großer, bärtiger dunkelhaariger Fremder, der ein Metallmessband in einer Hand hielt, mit dem er den Kaminplatz ausgemessen hatte.

Er drehte sich um, betrachtete sie ausgiebig, lächelte dann und fragte: »Wer sind Sie?«

»Das könnte ich Sie auch fragen«, gab sie zurück. Ihr Herz pochte schwer. Sie wünschte, sie hätte sich anders angezogen. Shorts! Wie kann man nur?

»Ja, klar«, sagte er lässig, inspizierte sie aber weiter. »Ich bin Felan Boynton. Mr. Huntley hat mich angerufen, weil er will, dass ich ihm helfe, die Renovierungskosten zu ermitteln.«

»Sie arbeiten also für eine Baufirma?«

»Es ist meine Firma«, stellte er klar, dann legte er das Messband auf den speckigen Kaminsims.

Cheryl konnte sich nur ganz schwach erinnern. Boynton & Sohn. Sie hatte gehört, wie Huntley und Mark sich über die Firma unterhalten hatten. Das war er also, oder war er der Sohn? Oder hatte er einen Sohn, der noch lernte und ihn später beerbte? Sie fand, dass sie sich ein bisschen zu intensiv mit dem Mann befasste. Offenbar konnte sie ihre Verzweiflung nicht unterdrücken. Kein Mann schien vor ihr sicher zu sein. Es ist, als hätte mir jemand meinen Tee mit Viagra versüßt.

Er kam näher und komplettierte den Tumult in ihrem Bauch. Er war sehr groß und gebaut wie ein Baseballspieler. Das schroffe Gesicht sah gut aus; er hatte durchdringende blaue Augen und einen dunklen Bart, der die Oberlippe und sein Kinn bedeckte; sehr dicht aber kurz gehalten. Seine Haare waren länger und im Nacken zu einem Pferdeschwanz gebunden. Das gefiel ihr auch. Alter? Sie schätzte ihn auf Mitte dreißig. Stimme? Tief und gebildet. Verhalten? Lässig, ansatzweise ironisch, eine Spur von Ungeduld. Er würde sich nicht lange mit Narren abgeben. Der stählerne Blick seiner Augen verriet, dass er sich durchsetzen konnte.

»Sie wissen jetzt, wer ich bin und was ich hier zu tun habe. Vielleicht verraten Sie mir nun, wer Sie sind«, sagte er. Das war keine höfliche Bitte. Das war ein Befehl.

Aus irgendeinem Grund, den sie nicht ausloten konnte, wollte Cheryl ihm nicht sagen, dass sie die Besitzerin von St. Jude war und er bald auf ihrer Gehaltsliste stehen würde. Sie hob die Schultern, schüttelte die Ringellöckchen und wusste, dass sie in den Sonnenstrahlen leuchten würden. Die Luft schien gefüllt mit Pheromonen zu sein, und sie wollte, dass Felan es ihr ordentlich besorgen würde.

»Schlampe«, murmelte der verdammenswürdige Dämon in ihrem Schädel. Er hatte immer was auszusetzen.

»Du kannst mich mal«, gab sie telepathisch zurück.

»Ich fand eine Tür unverschlossen vor und wollte mich mal umsehen«, log sie und hob den Blick. »Alte Gebäude interessieren mich.«

»Mich auch. Aber ist das kein verbotenes Betreten?«

»Und Sie? Machen Sie was anderes?« Zu ihrer Überraschung stellte sie fest, dass sie die Hände zu Fäusten geballt hatte. Er hatte den Fehdehandschuh hingeworfen, und das sollte er noch bereuen.

Er starrte sie spöttisch an und schob eine Strähne aus seiner Stirn. »Ich habe die Erlaubnis, hier zu sein.« Er hielt ihr die Schlüssel hin und ließ sie klirren.

»Wo haben Sie die denn her?«, fragte sie und beschloss, ihn nicht zu mögen. Er war viel zu überzeugt von sich.

Er ließ ein schiefes Grinsen sehen. »Mr. Huntley und Mr. Warfield haben mir die Genehmigung erteilt.«

Oh, verdammt. Cheryl kochte innerlich. Welches Recht hatte Mark, ihre Schlüssel jedem dahergelaufenen Baufritzen zu übergeben? Er hatte ihr nicht gesagt, dass ein Experte an diesem Nachmittag für die Ermittlung der Kosten im Haus sein würde. Sie fühlte sich übergangen. Sie behielt gern die Kontrolle. Niemand traf Entscheidungen für sie. Nicht mehr. Diese Tage waren vorbei.

»Wer ist der Besitzer?«, fragte sie zähneknirschend und wollte den unverfrorenen Mann testen.

Er hob seine breiten Schultern. Cheryl fiel auf, wie sich die Muskeln in seinen Armen bewegten. Unter seinem Unterhemd quollen Haare heraus. »Zwei Frauen haben es gekauft. Sie wollen ein Hotel daraus machen. Wenn Sie mich fragen, haben sie mehr Geld als Verstand.«

Er war noch einen Schritt näher getreten, und Cheryl hatte plötzlich ein klaustrophobisches Gefühl. Am liebsten wäre sie einen Schritt zurückgetreten, aber diese Schwäche ließ sie nicht zu. Stattdessen starrte sie in seine Augen und blaffte: »Niemand hat Sie gefragt. Warum sollen sie nicht was Außergewöhnliches riskieren?«

»Dafür gibt es keinen Grund, außer dem, dass es ein Reinfall wird. Warum fahren Sie mich so an? Sind Sie so eine verkappte Kommunistin oder eine Feministin, die allen Männern am liebsten die Eier quetschen wollen? Das kann ich nicht glauben. Dafür sind Sie viel zu sexy.«

»Hören Sie auf, mich so gönnerhaft und herablassend zu behandeln.«

»Ich?« Er machte ein Gesicht, als hätte ihn ihre Unterstellung verletzt.

Der Arsch macht sich über mich lustig. Cheryl fühlte, wie ihr Gesicht entflammte, und hoffte, dass er das auf die Sommersonne schob. In Wirklichkeit verursachte die schiere Männlichkeit dieses Mannes ihre Hitze. Himmel, das ist ja gerade so, als lebten wir in der Steinzeit. Oder im Dschungel. Ich – Tarzan, du – Jane.«

Aber sie war noch zu neu auf dem Markt und mochte auch nicht glauben, dass jemand sie sexy finden könnte. Ashley hatte sehr erfolgreich daran gearbeitet, sie klein zu halten. Es ist, als ob ich an einer Reha teilnehme, dachte sie, wo ich mein Selbstwertgefühl finden soll. Im nächsten Moment setzte die Panik ein. Ich muss hier raus, bevor ich mich mit Felan auf den Boden werfe.

Sie wandte sich ab und wollte gehen, aber da fühlte sie seinen Griff auf ihrer Schulter. Mit dem Handrücken strich er über ihr Gesicht. »Warum sind Sie so defensiv?«

»Bin ich doch gar nicht«, log sie. Jeder kleine zuckende Nerv lebte auf unter der Berührung seiner Hand.

Er war so groß. Ihr Kopf reichte ihm nur an die Kehle. Jetzt zog er sie an sich, und ihre Brüste wurden von seinem Brustkorb gequetscht. Ihr Bauch zuckte, als sie seinen harten Speerstab spürte.

Sie hatte zwei Möglichkeiten: Sie konnte kratzen, beißen und ihm in die Hoden treten, oder sie konnte dem Pochen in ihren Adern nachgeben. Es war lächerlich. Sie benahm sich lächerlich. Er könnte ein Vergewaltiger sein. Ein Mörder. Es würde auch schon schlimm genug sein, wenn er sich als verheiratet herausstellte, denn sie hatte sich ein Versprechen gegeben – nie etwas mit verheirateten Männern anzufangen. Eins stand fest: Er war nicht schwul. Die Signale waren unübersehbar. Später würde sie sich ihm als Chefin zu erkennen geben.

Aber das lag in der Zukunft. Dies war jetzt. Sie entschied sich für die Option Sex.

Ein eisenharter Arm legte sich auf ihren Rücken. Die Hand

des anderen Arms schob sich zwischen die beiden Körper und drückte ihre Brüste. Er nahm sie nacheinander in die Hand und schaute nach, ob der BH einen Vorderverschluss hatte. Als er ihn nicht fand, schob er die Körbchen nach unten und legte ihre Brüste frei. Mit dem Daumen strich er über die Nippel.

Cheryl atmete tief aus, und dann stoppte sein Mund jeden neuen Atemzug. Der Mund war groß, wie alles an ihm, und seine Lippen nahmen ihre gefangen. Seine Zunge drang tief in sie ein, tänzelte mit ihrer Zunge und erforschte Gaumen, die inneren Wangen und ihre Zähne. Sein Bart kratzte, aber es war aufregend und neu. Er war unaufhaltsam. Nicht, dass sie das versuchen wollte. So erregende Küsse hatte sie noch nie erlebt; sie fühlte sich wie ein Teenager, mit dem ersten Freund im Autokino. Petting war angesagt.

Dann setzte die Wirklichkeit ein. Er war beharrlich, aber sie waren keine jungen Leute mehr, sondern reife Erwachsene, die wussten, was sie wollten. Seine Hand schob sich von den Brüsten zu ihrem Schoß. Er öffnete ihre Shorts, und sie fühlte die Brutalität einer fremden Männerhand zwischen ihren Schenkeln. Nicht wirklich anders als bei Ashley oder Mark, aber eben fremd. Sie hatten höchstens zwölf Sätze miteinander gesprochen, und er erforschte schon ihre intimsten Stellen. Noch alarmierender war, dass sie seine Finger in ihrer Pussy spüren wollte. Damit sollte er sie auf seinen Schaft vorbereiten, der sich durch den Baumwollstoff lang und kräftig anfühlte.

Er roch nach Hitze und frischem Schweiß, der das Deo seiner Achselhöhlen überlagerte. Seine Haare hatten sich gelöst und fielen ihm auf die Schultern. Einzelne Strähnen kitzelten ihr Gesicht, als er sich über sie beugte. Die Haare waren sauber und rochen nach Kräutershampoo.

Würde? Sie pfiff darauf. Alter und Anstand? Wen interessierte das schon? Sie war nur sich selbst verantwortlich und konnte ihre eigenen Entscheidungen treffen. Jetzt entschied sie sich für Felan. Wenigstens für heute. Sie stellte sich auf die Zehenspitzen und hob ihm ihren Schoß entgegen, bot ihn seiner Hand an. Er packte ihn, teilte den Pfad und tauchte mit einem Finger in die nassen Falten. Er drang in sie ein; sein Daumen rieb über ihre Klitoris, vor und zurück. Ihre Beine begannen zu zittern, und sie war weit weg von St. Jude, als die Ekstase sie überfiel.

Seine freie Hand packte ihren Po, und ein Finger hatte es auf ihren Anus abgesehen. Sie drückte dagegen, um die Invasion der Stelle zu erleben, die noch jungfräulich war. Ihr Gedanke erstaunte sie, und dann fühlte sie auch schon, wie er bis zum ersten Gelenk in sie eindrang.

»Bist du dazu überhaupt in der Lage?«, murmelte er gegen ihr Ohr. »Oder sollen wir lieber so beginnen?«

Im nächsten Augenblick hatte er sie auf den Knien. Die Fußbodenbretter waren schmutzig, und sie gewahrte ihre unbequeme Position. Er hatte die Jeans geöffnet, und sein Penis lugte heraus, ein dicker Stamm, wie sie gefühlt hatte, und giftig gerötet. Die Vorhaut rollte sich über die glänzende feuchte Eichel. Sie starrte darauf, und ihre Hand schloss sich um den Stamm und strich auf und ab. Seine ersten Tropfen verteilte sie über der ganzen Spitze.

»Sehr gut, meine kleine Schlampe. Mach mich mit deinem Mund fertig«, sagte er, und sein ordinäres Reden ging ihr durch und durch.

Niemand hatte jemals schmutzig mit ihr geredet. Sie liebte die Ungeduld in seiner Stimme. Sie wollte sich vor ihm ausstrecken, und er konnte sie nehmen, wie immer er wollte. Es war, als könnte sie ein Leben lang auf ihren Knien bleiben, als sie zu ihm aufschaute.

In dieser Sekunde lernte sie mehr über Unterwerfung, als viele Bücher ihr hätten beibringen können. Es kam auf den richtigen Augenblick an, auf den richtigen Mann und die richtige Stimme. Aber ich bin doch eher eine Feministin, oder? Sie protestierte zwar, aber ihr Körper dachte anders.

Sein Schaft klatschte ihr ins Gesicht, eine mächtige Waffe, die nach oben zeigte. Cheryl hätte sie gern in sich gespürt. Sie brauchte seine fleischige Länge, um ihre klammernde Pussy zu füllen. Er fuhr mit den Fingern durch ihre Haare und zog sie näher an seine Eichel heran.

Sie öffnete die Lippen und nahm ihn in den Mund. Er schmeckte streng, und sie leckte das Salz, das seinen Schaft benetzte. Knurrend verstärkte er den Griff in ihre Haare, dann schob er sich tiefer in ihren Rachen. Zuerst empfand Cheryl einen Würgereiz, aber schließlich überwand sie den Anfall. Sie war keine erfahrene Saugerin, eher durch mangelnde Praxis als durch Abneigung.

Mark wurde scheu, wenn es dazu kommen sollte, als fürchtete er, Kontrolle abgeben zu müssen, und Ashley war nie einer für Experimente gewesen – wenn er bei ihr war. Felan, so schien es, war bereit, jeden Pfad zu betreten. Er war völlig ungehemmt. Sie freute sich darauf, seinen Mund auf ihrer Spalte zu fühlen, damit er sich revanchieren konnte.

Er stand da, die Beine leicht gespreizt und hart wie ein Fels, während sie ihm freigiebig mit lustvollem Lutschen wahre Wonnen bescherte. Sie löste sich für einen Moment von ihm und schaute hoch. Dabei sah sie, dass er den Kopf zurück in den Nacken gelegt hatte, und sein fletschender Ausdruck war der eines Mannes, der Qualen litt. Sein Schaft pendelte hin und her und suchte wieder ihren Mund. Sie fing die Eichel ein, saugte sie tief in den Mund und molk dann immer mehr von seinem Schaft. Sein Orgasmus konnte nicht mehr weit sein.

Für wen hielt er sie? Eine Schlampe, die sich jeder nehmen konnte? Eine Mieze, die man nicht lange überreden musste? Ihr war es egal. Sie setzte ihre Zunge so geschickt ein, als wäre sie eine der Huren, die sie später einstellen würde. So ein verdorbenes Verhalten erregte sie. Ihre Geschmacksknospen registrierten was Neues, als er zu ejakulieren begann. Zurückweichen oder schlucken? Sie ließ ihn abschießen und schluckte und schluckte. Es schien, dass er eine kleine Ewigkeit kommen konnte. Dann waren die letzten Tropfen heraus, und er steckte den Schwanz zurück in die Jeans.

Sie stand auf und wischte sich mit dem Handrücken über die Lippen, dann zog sie ein Papiertaschentuch aus ihrer Handtasche. Sie konnte Felan nicht anschauen. Da ihre Leidenschaft vorüber war, wurde er wieder zum ärgerlichen Fremden. Aber was sollte man auch zu einem Mann sagen, der gerade in deinen Mund gekommen war?

Dies war eine derbe Begegnung gewesen, der alles fehlte bis auf das Trachten nach einem Orgasmus. Beinahe schämte sie sich, aber dann erwärmte sie sich an der Tatsache, dass er sie gewollt hatte. Okay, es war der pure männliche Trieb, eine Öffnung zu finden, um den Druck seiner Hoden zu lindern. Aber es war passiert, und er war ein feines männliches Exemplar. Er hätte keine Schwierigkeit gehabt, eine andere Pussy zu finden.

Er bückte sich und hob sein Werkzeug auf, dann ging er rückwärts zur Tür. Die Stille klang harsch in ihren Ohren, aber wenn sie sich stark konzentrierte, konnte sie draußen Vogelgezwitscher hören. Ihre Kleider hatte sie wieder gerichtet; sie sah ganz normal aus. Wäre jemand hereingekommen, hätte niemand geahnt, was sich hier noch vor ein paar Minuten abgespielt hatte.

»Ich werde mit dir aus dem Haus gehen«, sagte Felan abrupt. »Ich kann dich nicht hier zurücklassen. Irgendwie fühle ich mich verantwortlich für den Komplex.«

Es war fast eine Beleidigung. »Hältst du mich immer noch für einen Eindringling?«, fragte sie empört.

»Ich weiß nicht, wer du bist, abgesehen davon, dass du wirklich gut bläst«, antwortete er mit einem schelmischen Heben der Augenbraue.

»Na, das ist doch nett!«

»Weißt du, in meinem Job weißt du nie, was in der nächsten Sekunde passiert. Das ist ja das Lustige an diesem Job.«

Nahm er sie auf den Arm? »Du hältst dich wohl für Mister Perfekt, was? Aber da habe ich Besseres erlebt, sage ich dir.« Sie wurde immer wütender auf ihn. »Ich bin weg«, sagte sie und lief in den Korridor.

Er war hinter ihr. Sie konnte ihn mehr ahnen als sehen. Sie erreichten die große Eingangshalle fast gleichzeitig und gingen auf das Portal zu.

Sie wollte sagen: »Gib dir keine Mühe. Ich habe einen Schlüssel. Dies ist mein Haus.« Aber sie sagte es nicht und wartete, während er seinen Schlüssel ins Schloss steckte.

Sie ging weiter die Treppe hinunter, als er fragte: »Kann ich dich irgendwohin fahren? Mein Van steht gleich um die Ecke.«

»Nein, danke. Ich habe mein Auto auf der Straße abgestellt.«

»Okay«, sagte er und starrte sie verunsichert an.

Sie war froh, dass es ihr gelungen war, ihn etwas aus der Fassung zu bringen. Sie machte auf dem Absatz kehrt und ging die Abfahrt hinunter.

»Also, Ashley, was ist passiert in der Zeit, in der ich weg war?« John Dempsey ging in den Angriff über, noch bevor der erste Gang serviert wurde. Sein Wahlspruch war, dem Tag an die Gurgel zu springen, bevor der Tag dich packte. Er fixierte den Mann, der ihm gegenüber saß, mit stechenden Augen und strahlte eine Aura von Arroganz und Macht aus. »Hast du deine Frau wieder auf Linie gebracht?«

Er war groß, und seine eisengrauen Haare waren kurz geschnitten. Sein Gesicht war gebräunt von Wind und Wetter, gerade jetzt, da er von einer Regatta in Florida zurückgekehrt war. Er mochte ein prominenter Geschäftsmann sein, aber seine erste Liebe war, über das Deck seiner Jacht zu schreiten. Er und Ashley trafen sich zum Mittagessen im Restaurant des Westcombe Segelclubs. Er frequentierte das Lokal so oft wie möglich, weil er viel Geld in das Restaurant investiert hatte.

Ashley warf ihm einen vorwurfsvollen Blick zu und spielte nervös mit dem Brot auf einem kleinen Seitenteller. Er war schlank und gut gekleidet wie immer; er hatte glatte Gesichtszüge und hielt sich ausgezeichnet mit seinen siebenundvierzig Jahren. Ein feiner Segler und oft genug Johns Rivale um die Trophäen.

John respektierte ihn dafür und für seinen Scharfsinn. Er nutzte Ashleys Computerfirma, um die eigenen komplexen Geschäftsinteressen besser wahrzunehmen, aber wie er mit Cheryl umsprang, dafür hatte John nichts als Verachtung übrig. Der Mann war ein Idiot, weil er nicht verhindert hatte, dass seine Affäre mit der Schlampe Yvonne von Cheryl entdeckt werden konnte. Yvonne setzte dem Commodore schon lange Hörner auf – verdammt, John selbst hatte sie schon gevögelt. Sie war für den Segelclub das, was die gewöhnliche Nutte für die jungen Kerle von Westcombe war – die Stadtmatratze, auf die sich jeder mal legen konnte.

Sie saßen an einem Fenstertisch, mit feinstem Damast gedeckt, und hatten einen freien Blick über die funkelnde Bucht. Plötzlich spürte John eine beginnende Erektion, als er an die vollbusige Frau mit ihrer Neigung für ungewöhnlichen Sex dachte. In erster Linie waren ihm geschäftliche Dinge wichtig, die erregten ihn am meisten, aber gleich danach folgten die Frauen – in allen Größen und Formen, und er war reich genug, um sich die besten erlauben zu können. Er liebte die Haut der Frauen, ihre Brüste, ihr Stöhnen und Seufzen, wenn er sie nahm, er liebte ihre duftenden Haare und ihre kapriziöse Art sowie die schiere animalische Ausstrahlung von ihnen.

Er hatte Cheryl immer haben wollen und hatte seine Gefühle offen gelegt, aber das Luder hatte sich ganz spröde gegeben und sogar an seiner Manneskraft gezweifelt. Diesen Affront hatte er nie vergessen. Begriff sie nicht, dass er eines Tages der Bürgermeister von Westcombe sein würde?

»Cheryl ist nicht mehr da«, hörte er Ashley sagen. »Hast du nicht gewusst, dass wir geschieden sind?«

»Was?« John setzte sich aufrecht hin, und dabei rutschte eine Hand zwischen seine Beine. Er befühlte kurz seinen Penis. Cheryl war frei? Sie vermisste bestimmt das regelmäßige Spiel im Bett. Und da komme ich ins Spiel, dachte er, aber laut sagte er: »Ich wusste, dass ihr einen Riesenkrach hattet, als sie dich mit Yvonne erwischt hat, aber danach war ich in den Staaten und habe nicht erfahren, wie die Geschichte weiter ging. Ich war fast ein Jahr weg. Unter anderem musste ich Raymond Golding umgarnen, den texanischen Ölbaron. Wir sind uns handelseinig geworden, aber eine der Bedingungen ist, dass ich ihm hier bei uns einen Landsitz besorge. Er ist auf der Suche nach seinen Wurzeln und hat irgendwelche Verbindungen zu den Pilgrim Fathers – glaubt er jedenfalls. Mir schwebt St. Jude vor. Ich könnte das preiswert von der Schulbehörde kaufen und es zu einem Bombenpreis an Golding weiter verkaufen. Was sagst du dazu? Ist die frühere Schule noch zu haben? Ich gehe davon aus, denn wer würde sich so ein Ungetüm anschaffen wollen? Höchstens einer, der steinreich ist oder eine Schraube locker hat.«

Ashleys Gesicht wurde teigig. Er erholte sich auch nicht, als die vollbusige Kellnerin den ersten Gang servierte. »Dank dir, meine Liebe«, gierte John und gab ihr einen Klaps auf den Po. Er hatte zur Bedingung gemacht, dass alle weiblichen Mitarbeiter des Clubs gut aussahen.

Er ließ es sich schmecken. Die weiße Serviette hatte er über den Maßanzug gelegt. Teure Kleidung trug zur Selbstsicherheit bei. Seine Anzüge kamen aus der Savile Row, und auch seine Hemden wurden ihm auf den Leib geschneidert. Seine Schuhe kamen aus Italien, und seine Segelausrüstung kaufte er in den besten Sportgeschäften.

Dann legte Ashley seine Gabel hin. Er sah so aus, als wünschte er sich, dass die Erde sich öffnete und ihn verschluckte. »St. Jude ist verkauft«, sagte er.

Für einen kurzen Moment verlor John seine Sicherheit. Er stieß einen Keuchlaut aus, und ein Teil einer Krevette fiel ihm aus dem Mund. »Verkauft?«, rief er und griff nach seinem Weinglas. »Verkauft? Zum Teufel an wen denn?«

»An meine Ex-Frau«, antwortete Ashley, und John hätte schwören können, in Ashleys Augen ein bisschen gehässigen Trotz sehen zu können.

»Cheryl? Ich bin sprachlos! Warum das denn?« John hatte wieder die Kontrolle über sich gewonnen. Selten ließ er zu, dass jemand seine wahren Gefühle sah. Das verriet Schwäche und brachte nur Nachteile.

Aber innerlich kochte er vor Wut. Diese verdammte Hexe! Das feministische Luder, das sich über ihn lustig gemacht hatte. Er hatte sich schon als Partner Goldings gesehen. Das Geschäft würde ihm Millionen einbringen. Wenn er St. Jude als englische Niederlassung nahm, konnten sie gemeinsam Häuser der oberen Preisklasse bauen, ein ganzes Dorf würde entstehen, mit Schule und Supermarkt. Sogar einen Golfplatz hatte er geplant.

»Sie hat die Schule zusammen mit ihrer Freundin Laura Tilford gekauft, die ebenfalls geschieden ist. Sie haben das Geld zusammengelegt, das sie bei den Scheidungen herausgeholt haben. Ich habe gehört, dass sie ein Hotel eröffnen wollen.«

»Aber ich habe diesem Schwachkopf Moor gesagt, er sollte mich wissen lassen, wenn jemand ein Angebot abgibt«, sagte John und stellte sich vor, wie er den Makler langsam auf kleiner Flamme rösten wollte.

»Du warst in Amerika. Vielleicht hat er sogar versucht, dich zu erreichen, was ihm dann nicht gelungen ist. Die Frauen hatten das Geld, und er hatte Anweisungen, wie er sich zu verhalten hatte. St. Jude stand schon lange zum Verkauf, und Dewhurst und Marshal wollten es endlich von ihrer Liste streichen können.«

»Du brauchst ihn nicht in Schutz zu nehmen, Ashley. Ich schätze, ich könnte Cheryl aufsuchen und ihr mehr Geld anbieten, als sie ausgegeben hat.«

»Sie wird darauf nicht eingehen«, prophezeite Ashley. »Sie ist vernünftigen Argumenten nicht aufgeschlossen, und von mir will sie nichts mehr wissen. Ich bin überzeugt, dass ihre Mutter, die alte Hexe, dahintersteckt.«

»Du hast die Kontrolle über sie verloren, Mann. Eine Frau wie sie muss erfahren, wer der Herr im Haus ist.« Während er sprach, sprang seine Erektion hoch. Er lechzte danach, Cheryl zu fesseln, damit sie seiner Gnade ausgesetzt war.

Das letzte Mal, dass er sie gesehen hatte, war sie eine Idee zu plump gewesen, um der gegenwärtigen Mode zu entsprechen, aber ihn hatte das nicht gestört. Größe und Umfang spielten keine Rolle, fand er, nicht einmal Schönheit. Es war die sexuelle Energie, die eine Frau ausstrahlte; davon ließ er sich beeindrucken, und Cheryl hatte im Überfluss davon.

Sie strahlte Wärme aus und das Versprechen von Erfüllung, was an ihren vollen Brüsten und ihrem herrlich gerundeten Arsch lag. Ihm könnte einer abgehen, wenn er länger an sie dachte, also lenkte er seine Gedanken auf Moor und überlegte, was er mit ihm anstellen sollte – öffentliche Erniedrigung allein reichte nicht aus.

Die honigblonde Schönheit brachte den Hauptgang, zwei feine Filetsteaks mit allem Drum und Dran. Der Manager des Restaurants hatte sich am Morgen bei John gemeldet und ihm gesagt, dass der Club Punkte in einem Gourmetmagazin errungen hatte und sich langsam einen Ruf als Feinschmeckerlokal verschaffte. Das war dem neuen Küchenchef zu verdanken, sagte Eddie, der Manager, der so gut sei, dass er seine eigene TV-Schau haben könnte.

»Sag ihm das bloß nicht«, riet John. »Wenn er so gut ist, wollen wir ihn nicht verlieren.«

Er war irritiert über Ashley, der sein Essen reinschaufelte. Er konnte seinen Appetit nicht beherrschen, ob es ums Essen, um Alkohol oder um Frauen ging.

»Ich habe Büffelfleisch im Westen gegessen«, sagte John, nachdem er einen Bissen Rind auf seine Gabel gespießt hatte und zu seinem sinnlichen Mund führte. »Und Alligatorenfleisch in New Orleans. Warst du schon mal da, Ashley?«

»Nein.« Ashley schüttelte den Kopf. Sein Appetit schien verflogen zu sein. »Ich bin nicht so sehr fürs Reisen.«

»Solltest du aber. Es erweitert den Horizont«, belehrte ihn John. »Vielleicht hättest du deine Frau behalten können, wenn du ein bisschen mehr abenteuerlustig gewesen wärst.«

»Das glaube ich nicht.«

»Hat sie sich nicht für die Hundestellung begeistern lassen?« John wusste, dass er sticheln konnte, um der Wahrheit ein bisschen näher zu kommen. Ashley würde sich nicht wehren. Er fühlte sich schon schuldig, weil Cheryl Johns Pläne durchkreuzt hatte. Niemand im eng gewebten Netzwerk, das in Westcombe herrschte, legte sich mit John an. Das war nicht klug, denn er hatte zu viel Einfluss.

Himmel! Sein Steifer begann zu schmerzen. Die blonde Mieze beobachtete ihn von ihrem Platz aus, wo sie stand und bereitwillig wartete, den Gästen weitere Wünsche zu erfüllen. Sie trug einen kurzen schwarzen Rock und eine Bluse sowie eine kleine Rüschchenschürze, deren Bänder sie um die Taille gezogen hatte. Sie hatte feine Beine, stellte John fest, und ihre Waden waren stark ausgeprägt, was wohl an den hohen Absätzen lag. John hatte auch gesehen, dass ihre Pobacken wackelten, wenn sie durchs Restaurant schritt.

John glaubte an altmodische Werte. Er hatte sich seine Lust seit dem vierzehnten Lebensjahr bei den niedrigen Ständen geholt. Er war der verwöhnte Sohn eines Selfmademans, der ihn aufs Internat und auf die Universität geschickt hatte. John hatte seine gesellschaftliche Stellung immer ausgenutzt, wenn es darum ging, ein Dienstmädchen zu verführen. Sie waren leichtere Beute als die Mädchen der Oberschicht, die forderten, dass man sich zu ihnen bekannte, und vielleicht auch noch eine Heirat.

Da sei der Himmel vor! Er hatte natürlich geheiratet, das war jetzt zwanzig Jahre her. Emily war ein hageres, eingeschüchtertes und wohlerzogenes Mädchen gewesen und hatte den Erben geboren, wie er verlangt hatte, und zwei Töchter. Danach ging sie in der Wohltätigkeit auf, und abgesehen davon führte sie das Damenkomitee des Segelclubs. Sie würde eine ausgezeichnete First Lady abgeben.

»Cheryl war vor den Kindern an Sex interessiert«, sagte Ashley und zog John aus seinen Gedanken. »Danach war sie irgendwie nicht mehr in der Stimmung gewesen. Ich schätze, das ist der Grund, warum ich Yvonne gevögelt habe. Und jetzt sickert durch, dass Cheryl was mit Laura hat.«

Jetzt gab es bei John kein Halten mehr. »Willst du andeuten, dass sie lesbisch sind?«

»Nein ... also, das glaube ich nicht. Ich habe nie irgendein Anzeichen bemerkt ...«

»Ich setze ein Pfund gegen einen Penny, dass sie es doch sind«, polterte John, und er spürte, wie es in seinen Achselhöhlen feucht wurde. Dunkle Kreise bildeten sich im blauen Designerhemd.

Oh, dieser quälende Traum von zwei Frauen, die es im Bett zusammen treiben! Er würde ihnen dabei zuschauen, wie sie gegenseitig ihre Nippel leckten und ihre Schöße gegeneinander rieben. Sie würden ihn einladen, mit ihnen zu spielen. Himmel, jetzt erst würden sie wissen, was sie vermisst hatten. Hier habt ihr eine kolossale Ladung, Mädchen, würde er ihnen zurufen und ihnen seine Rute zeigen. Cheryl und Laura.

Er konnte sich an die graue Maus kaum erinnern, aber als Schülerin der sapphischen Liebe hatte sie sich völlig neu stylen lassen. Er winkte die Kellnerin heran. Sie senkte voller Unschuld den Blick, aber ein wissendes Lächeln spielte um ihre roten Lippen.

»Ich weiß gar nichts über ihre Privatleben«, sagte Ashley und schob den Teller von sich.

Sie hatten sich für ein Dessert entschieden, dann folgten Brandy und Zigarren. »Ich werde mich damit nicht zufrieden geben«, sagte John und starrte ihn mit messerscharfen Augen an.

»Womit?«, fragte Ashley und hustete den blauen Rauch von Havannas Bester aus.

»St. Jude«, fuhr John fort. Der blaue Rauch hing wie eine Nebelwand zwischen ihnen.

»Ich sehe nicht, was du tun kannst«, meinte Ashley schwach. Ihm fiel in der Gegenwart dieses klugen, dominierenden Mannes kein gescheiter Kommentar ein. »Der Verkauf ist über die Bühne, die Handwerker ziehen bald ein. Sie wird ein erfolgreiches Hotel daraus machen, davon bin ich überzeugt. Ich traue es ihr zu.«

»Und ihre Lesbenfreundin, diese Laura?« John sah Ashley mit verengten Augen an.

»Ich kenne sie nicht gut genug. Sie sind schon seit vielen Jahren befreundet, aber ich glaube, du bist auf dem Holzweg. Ich sehe sie nicht als Lesben.«

»Du willst sie nicht so sehen, weil du dich blamieren würdest, wenn sie Pussy deinem Schwanz vorzieht.« John war ein wenig betrunken, und die fundamentalen Derbheiten, die innerhalb einiger Generationen des Wohlstands nicht ausgelöscht werden konnten, drängten an die Oberfläche. Er war vom Charakter her vulgär und gemein. »Ich werde was gegen Cheryl unternehmen. Sie wird St. Jude nicht behalten.«

»Dann wünsche ich viel Glück. Ich würde es nicht gern mit ihr aufnehmen. Jedenfalls nicht, wie sie heute drauf ist«, sagte Ashley. Dann stand er auf, legte seine Serviette auf den Platz zurück und verabschiedete sich.

Als er gegangen war, winkte John die Kellnerin heran. Sie hastete quer durchs Restaurant, und ihre Brüste hüpften unter der hoch geschlossenen Bluse.

»In einer Minute gehe ich auf die Damentoilette«, sagte er mit leiser, eindringlicher Stimme, als wollte er sie hypnotisieren. »Du wirst da sein und auf mich warten. Schließ die Tür ab, damit niemand zur Toilette gehen kann. Ich klopfe dreimal an die Tür, und du lässt mich dann herein. Hast du verstanden?«

»Ja, Sir«, sagte sie und errötete.

## *Viertes Kapitel*

Die Angebote der Baufirmen trudelten ein. Der Architekt hatte sie zu Mark geschickt. Er sollte sich die einzelnen Angebote anschauen, danach würde man entscheiden. Eines der Angebote kam von Boynton & Sohn.

»Es ist mit weitem Abstand das gescheiteste Angebot, und die Firma hat einen guten Ruf. Das sind keine Cowboys«, sagte Mark beim Kaffee in Lauras Wohnung. »Ich weiß, dass Huntley für sie ist, aber ich trage es deshalb vor, weil du immer alles entscheiden willst.«

»Ja, und ich bin mir nicht so sicher«, sagte Cheryl aus der Tiefe ihres Ohrensessels. »Ich habe gehört, dass Will Hewitt gute Arbeit leistet. Warum schlagen wir Huntley nicht vor, dass wir ihn nehmen sollen?«

»Weil sein Preis viel zu hoch ist«, erklärte Mark.

»Und was ist mit dieser anderen Firma? Hier ist sie.« Cheryl wühlte sich durch ein paar Briefbogen durch, zog einen heraus und reichte ihn Mark.

Mark setzte die Brille auf und schob sie dann auf die Nase, damit er darüber hinwegsehen konnte. »Dobey and Co? Ich habe gehört, dass sie kurz vor der Pleite stehen.«

»Also läuft alles auf Boynton heraus«, schlussfolgerte Laura und fragte sich, warum Cheryl sich querlegte. Seit ein paar Tagen war sie schon kurz angebunden und nervös, aber sie rückte nicht damit heraus, was ihr aufs Gemüt drückte. Männerärger? Hatte sie sich mit Mark gestritten? Er schien okay zu sein, aber Laura war sicher, dass der Beziehung auch etwas fehlte.

Es gab viel zu viel zu tun, um ihre Energie mit den Ursachen von Cheryls Launen zu verschwenden. Vielleicht kriegte sie auch nur ihre Tage. Laura wartete ungeduldig darauf, dass die Renovierung begann.

Ihre Wohnung war nicht schlecht, aber sie war klein und unzulänglich. Sie hätte was Besseres finden können, aber sie wollte nicht zu viel Geld ausgeben. St. Jude war wie ein trockener Schwamm, der Geld wie Wasser zog. Es war von entscheidender Bedeutung, dass das Haus schnell fertig gestellt wurde, damit der Betrieb aufgenommen werden konnte.

Sie arbeitete bereits an der Doppelseite für den Westcombe Star. Sie plante einen Internet-Auftritt, denn ihr Hotel musste draußen bekannt werden. Es hatte eine Weile gedauert, bis sie Stuarts Einfluss abgewehrt hatte und zu einem eigenen Menschen geworden war. Sie war auf einem guten Weg.

Er hatte kaum Einwände erhoben, als sie ihm eröffnete, von seinen Affären zu wissen. Er gab zu, dass seine Beziehung mit Terry schon seit Jahren Bestand hatte. Er entschuldigte sich sogar dafür, dass er sie überhaupt geheiratet hatte. Er hatte es getan, um sich selbst davon zu überzeugen, nicht nur homosexuell zu sein. Einige Jahre hatte er den Schein gewahrt, aber er hatte immer mehr Mühe damit gehabt. Die Chatrooms im Internet hatten sich als ideal für Menschen wie ihn erwiesen – ohne Gefahr konnte er Menschen mit ähnlichen sexuellen Neigungen kennen lernen. Er flehte sie an, ihm zu verzeihen.

Sie bemühte sich, fair zu sein; sie las Dokumente über Schwule und Lesben und zwang sich, ihren Gefühlen mit Vernunft zu begegnen. Sie konnte ihn jetzt verstehen, aber ihm verzeihen? Dafür war es noch zu früh. Wenn ich mich wieder verliebe, wenn mir die Sonne wieder scheint, dann werde ich vergeben können, aber nicht vergessen.

Ihre Kinder hatten sich als viel liberaler erwiesen. Sie hatte nur am Telefon mit ihnen gesprochen. Harry hielt sich immer noch irgendwo im Himalaja auf. Und Vicky war die Königin des Campus in Maryland. Keine große Stütze, wenn man sie brauchte, und sie waren auch nicht sonderlich aufgebracht, dass ihr Vater im falschen Bus unterwegs war. Sie wünschten ihr viel Erfolg mit dem Hotel, aber mit dem Herzen waren sie nicht dabei, dafür hatten sie genug mit sich selbst zu tun. So sollte es auch sein, dachte Laura. Sie schulden mir nichts.

»Was soll ich also tun?« Marks Stimme unterbrach ihre Gedanken.

»Warum besuchen wir sie nicht alle?«, schlug Laura vor. Cheryl schien nicht in der Lage oder nicht bereit zu sein, irgendeine Entscheidung zu treffen.

»Das scheint mir eine kolossale Zeitverschwendung zu sein«, sagte Mark stirnrunzelnd. »Schließlich haben wir die Angebote und Huntleys Empfehlung, das sollte für die Entscheidungsfindung reichen.«

»Du kennst Boynton, nehme ich an?«, fragte Cheryl scharf.

»Ja. Ich kenne Felan Boynton. Ich hatte Klienten, die ihn engagiert haben und ihn für umgänglich, ehrlich und vertrauenswürdig hielten.«

»Oh, der heilige Bauunternehmer. Jemand besorge ihm schnell einen Heiligenschein!«

Laura wurde von der Heftigkeit in Cheryls Tonfall überrascht. Sie war noch mehr verdutzt, als Cheryl aufstand, ihre Sachen einsammelte und damit das Treffen scheinbar für beendet erklärte. Sie schaute zu Mark und ging zur Tür.

»Kann ich festhalten, dass wir uns für Boynton entschieden haben?«, rief er ihr nach.

»Du kannst machen, was du willst.« Sie ging weiter, ohne sich umzudrehen.

»Ganz im Gegenteil. Es geht nicht um mich, denn du zahlst die Rechnungen«, gab er zurück, und Laura sah ihn das erste Mal verärgert.

»Und ich«, fügte sie leise hinzu.

»Und Laura«, rief er Cheryl laut hinterher.

»Es ist mir wirklich egal«, sagte Cheryl und blieb stehen, die Hand auf dem Türknopf. »Je eher das Ding renoviert ist, desto mehr wird es mich freuen.« Und schwebte davon.

Laura und Mark wechselten einen Blick, dann hob er die Schultern. »Stimmst du zu?«

»Ja, und sie auch, sobald sie sich beruhigt hat. Ich habe keine Ahnung, welche Laus ihr über die Leber gelaufen ist.«

Als er gegangen war, bereitete sich Laura auf eine Einkaufsreise vor. Cheryl hatte es ihr überlassen, das Personal fürs Hotel zu organisieren, die Kostüme und das Dekor für die heimlichen sexuellen Extravaganzen zu kaufen und willfährige Mädchen – und Jungs – zu finden.

Das war keine schlechte Arbeitsaufteilung, denn sie konnte besser mit Menschen umgehen als Cheryl. Weil sie nicht wusste, wo sie sonst anfangen sollte, beschloss sie, nach London zu fahren und sich Soho vorzuknöpfen, Herzstück der Pornographie. In einem Nachtprogramm auf Kanal 5 hatten sie einen Sexladen gezeigt, der *Schäm dich nicht* hieß. Dort, so hatten sie im Fernsehen gesagt, konnten Frauen sich sexy Unterwäsche anschauen und Sexspielzeug, ohne bedrängt oder in Verlegenheit gebracht zu werden. Männer waren nur in ihren eigenen Revieren erlaubt, es sei denn, sie wurden von einer Frau begleitet.

Was tue ich hier eigentlich?, fragte sich Laura, als sie im Verkehrsstau steckte. Über Richmond war sie in die Stadt gefahren. Früher war immer Stuart in die City gefahren, wenn sie mit den Kindern im Tower oder im Naturhistorischen Museum waren. Und die ganze Zeit hatte er mit einer Lüge gelebt, und statt mit der Familie nach London zu fahren, hätte er viel lieber nach Schwulen gesucht. Er würde wohl der Aktive sein, mutmaßte sie, nicht der Passive.

Ein ungeduldiges Hupen erinnerte sie daran, weiterzufahren. Sie wünschte, sie wäre mit dem Zug gefahren, obwohl die Bahnen unzuverlässig verkehrten. Dann eben mit dem Bus. Aber das dauerte Stunden. Sie wünschte, sie könnte die Zeit zurückdrehen und sich einbilden, in einer stabilen Ehe zu leben und nicht in diesem Chaos.

Sie hatte sich selbst überrascht, als sie sich traute, ein Zimmer im Dickens Hotel zu bestellen. Sie fuhr ihr Auto auf den ihr zugewiesenen Parkplatz und nahm einen Bus von Knightsbridge nach Soho. In den Straßen drängten sich die Käufer und die Touristen. Es gab einen hohen Anteil an Ausländern. London hatte sich verändert, seit sie das letzte Mal hier gewesen war. Auch die Mode hatte sich verändert, und in ihrer Baumwollhose und der weiten Jacke fühlte sie sich viel zu auffällig gekleidet.

Die Männer trugen Jeans und T-Shirts, und ihre Haare waren geschoren wie die der Insassen von Alcatraz. Es war ein Stil, den sie verabscheute. Die jungen Leute wollten wahrscheinlich zeigen, wie hart sie waren. Sie hatten Augenbrauen, Lippen und Nasen gepierct, und Laura wollte sich gar nicht erst vorstellen, wie es unter der Kleidung weiterging.

Die Angestellten von Banken und Verwaltungen hasteten in ihren teuren leichten Anzügen – lässig geschnitten wegen des warmen Wetters – ihren Büros entgegen. Auch sie bevorzugten kurze Haare. Die jungen unter den Frauen waren knapp bekleidet; kurze Röcke, kurze Hemdchen, unter denen die BH-Träger sichtbar waren; Schuhe mit keilförmigen Absätzen und auffälliger klotziger Schmuck.

Ihr Make-up war übertrieben, ihr Haar zerzaust und von Strähnen durchzogen oder mit leuchtenden Spangen und Kämmen aufgetürmt. Sie waren frech und lebhaft. Sie glaubten an Girl Power. Sie alle hatten Handys dabei, und viele sprachen hinein, während sie über den Bürgersteig stöckelten.

Ich bin nicht mehr aktuell, dachte Laura, auch jetzt noch nicht, nachdem ich mich habe aufbrezeln lassen. Den Gang der Zeit kannst du nicht aufhalten. Eigentlich sollte ich mich in den besten Jahren befinden. Jemand hatte gesagt, dass das Leben erst mit vierzig beginnt.

Sie fand Wardour und Compton Street und all die kleinen Gassen, die rechts und links abbogen, und in einer davon entdeckte sie den Sexshop *Schäm dich nicht*. Es gab nur eine kleine Straßenfront mit einem Erkerfenster. In einem Holzkübel wuchsen Blumen. Laura sah die alte Tür und drückte sie auf. Eine Glocke schlug an.

Oh, Mann, dachte Laura, als sie die Glocke hörte. Jetzt kann ich nicht mehr zurück.

Niemand behelligte sie. Zwei andere Frauen gingen die atemberaubenden Waren durch, und eine Frau stand hinter der Ladentheke. Die Frau hatte flammend rote Haare, große Brüste und schön geformte Beine. Sie trug ein durchsichtiges Top und einen Rock mit einem knappen Höschen darunter. Sie lächelte Laura freundlich zu, dann fuhr sie fort, in einem Katalog zu blättern, und Laura starrte gebannt auf die langen purpurn lackierten Nägel.

Laura war überwältigt. Es gab so viel zu bestaunen. Die ganze Bandbreite exotischer Kleidung, und an den Wänden hingen schwarze Lederbustiers und Miniröcke aus Lackleder, rote PVC-Anzüge, Höschen mit offenem Schritt, BHs mit Löchern für die Nippel und aufregende Strapse. Es gab geformte Gummikorsetts mit engen Schnüren, Seidenstrümpfe, einige glatt, andere im Fischnetzmuster, und Schuhe aller Arten, fast alle mit hohen Absätzen, auch Stiefel und Stiefeletten und einige Stiefel, die man bis über die Oberschenkel zog.

Aus diesem Füllhorn aus Seide und Leder ragten einige Harnische und andere Bondage-Utensilien heraus. Laura konnte sich den Verwendungszweck nur vage vorstellen. In einem

Glasschrank sah sie weitere alarmierende Geräte – Peitschen, Rohrstöcke, Riemen, Paddel, Knebel, Klammern und Augenbinden.

Ihr war bewusst, dass ihr ungläubiges Starren an einem solchen Ort auffallen würde, aber sie mochte ihre Eindrücke nicht zurückhalten. Es war, als hätte sie die private Sammlung eines Sadisten entdeckt. Ihre Pussy begann zu zucken, und als sie hinüberging, um sich das Sortiment der Vibratoren anzusehen, wurde das Zucken noch schlimmer. Sie selbst hatte noch nie einen Vibrator benutzt, aber sie spielte mit dem Gedanken, und hier lernte sie eine Menge Möglichkeiten kennen.

»Sie müssen nicht wie Schwänze aussehen, damit sie ihre Arbeit tun«, sagte eine Stimme an ihrer Seite, und Laura fuhr herum und starrte in die umbrafarbenen Augen der Rothaarigen.

»Wirklich nicht?« Sie spürte, wie sie errötete.

»Nein, natürlich nicht. Wir spezialisieren uns auf alle Typen. Was suchst du? Einen Dildo oder einen Vibrator? Ein Vibrator vibriert, der Dildo nicht. Beide können für die Penetration oder für die Stimulierung der Klitoris benutzt werden.«

»Ich verstehe«, würgte Laura hervor, obwohl sie nicht genau verstand, was man ihr sagen wollte.

»Ein Vibrator mit Netzanschluss bietet den Vorteil, dass du nicht plötzlich ohne Batterien dastehst. Wenn du ihn innen benutzen willst, muss er vor allem sicher sein. Mein liebstes Modell ist dieser«, sagte die Rothaarige und nahm einen pinkfarbenen Stab in die Hand, oben mit einem Ding besetzt, das wie ein Scheuermop aussah. Sie schaltete ihn ein, und der Kopf rotierte. »Dann haben wir noch dieses Modell, das sich ›Kitzler‹ nennt.« Sie zeigte ein Exemplar, das wie eine Zunge aus rotem Gelee aussah. Auf einen Knopfdruck hin bewegte sich die Zunge von Seite zu Seite und auf und ab.

Laura war fasziniert. Wie würde es sich anfühlen, wenn so ein obszönes Ding über ihre Klitoris strich? Sie war schockiert, aber ihre Pussy schmerzte, und ihr Höschen war feucht.

»Ganz irre«, sagte sie mit krächzender Stimme.

»Hast du noch nie so etwas ausprobiert? Ich versichere dir, das ist das Beste für den Cunnilingus. Besser als ein Mann – es wird nicht müde, und das Kinn tut nicht weh, und es denkt erst recht nicht an den eigenen Orgasmus.« Sie streckte ihre Hand aus und sagte: »Ich bin Bronwen. Bronwen Davis.«

»Ich bin Laura Tilford.« Es mochte leichtsinnig sein, ihre Identität preiszugeben, aber Neugier und Lust überwanden Lauras Vorsicht.

»Du brauchst nicht vorsichtig zu sein, wenn du hier bist«, versicherte Bronwen ihr. »Wir bemühen uns besonders um Frauen, die mit dem Spielzeug noch nicht so vertraut sind. Du kannst alles fragen, was dir einfällt. Nimm die Vibratoren in die Hand. Wenn wir ein neues Modell ins Sortiment aufnehmen, teste ich es selbst. Ich will mich davon überzeugen, dass sie schön brummen. Willst du den Klang mal hören? Natürlich willst du wissen, ob sie zu laut sind, damit du nicht den Staubsauger einschalten musst, um das Geräusch zu überdecken.«

»Ist es dein eigenes Geschäft?« Laura war von Bronwens festem Händedruck überrascht, während sie sich in ihrer warmen Hand wie Pudding anfühlte. Sie war froh, das Thema zu wechseln, aber es fiel ihr schwer, den Blick vom Kitzler, den Dildos und den Vibratoren zu wenden.

»Ich bin die Geschäftsführerin.« Bronwen musterte Lauras Figur. »Möchtest du irgendwelche Kleidungsstücke anprobieren? Da drüben gibt es eine Umkleidekabine.« Sie wies quer durch das Ladenlokal, wo ein Mädchen mit einem Mohikanerbüschel und Kriegsbemalung eine Kundin bediente. »Kat, kannst du ab und zu einen Blick auf die Eingangstür werfen? Ich kümmere mich um die Lady hier.«

»Okay, Bron.«

»Oh, ich weiß nicht ... ich wollte mich doch nur mal umschauen ... Ich muss nämlich herausfinden ...« Laura kam aus dem Stammeln nicht heraus.

Bronwen lächelte. »Natürlich, das verstehe ich doch. Welche Größe hast du? Vierzig?« Sie ging zu einem Ständer, holte mehrere Sachen heraus, steckte sie aber gleich wieder zurück, wenn sie fand, dass sie für Laura nicht richtig waren. »Das hier ist besonders beliebt. Wir nennen es Boudicca. Wenn du es anziehst, fühlst du dich wie eine Gladiatorin.«

Laura war nicht sicher, ob sie sich so fühlen wollte, aber dann erinnerte sie sich an ihren Auftrag. »Ich werd's anprobieren«, sagte sie und folgte Bronwen in einen Alkoven.

Viel Platz gab es nicht, dafür aber auf der Rückseite einen lebensgroßen Spiegel. Ringe klirrten auf einer Querstange, als Bronwen den Vorhang zurückzog. Lauras Herz pochte laut und blendete die Geräusche im Geschäft aus und auch ihre eigenen Gedanken. Bronwens Parfum war prickelnd, eine Mischung aus Jasmin, Rose und ihrem eigenen Körperduft. Sie berührte Laura leicht, als sie einen Haken für den Boudicca fand.

»Zieh dich aus«, sagte sie so selbstverständlich, dass Laura gehorchte.

»Soll ich mein Höschen anbehalten?«, fragte sie nervös, als alle anderen Kleidungsstücke ausgezogen waren. »Ich meine ... ich will keine Flecken hinterlassen.«

»Von Pussysaft? Bist du so erregt?«, fragte Bronwen und lächelte breit. Gewandt griff sie zwischen Lauras Beine. »Oh, ja, du bist sehr nass.« Laura war verdutzt über die erotischen Gefühle, die sie beherrschten, als die schlanke Hand mit den purpurnen Nägeln sie berührte.

Ein Finger glitt unter die Beinöffnung und strich über Lauras spärlichen braunen Busch. Jedes einzelne Haar schien

Schockwellen zu ihrer Klitoris zu schicken. Laura blieb reglos stehen, hielt ihren Körper steif und wehrte sich gegen die Welle der Empfindungen, die ihr fremd war, völlig anders als alles, was sie bisher gefühlt hatte.

Sie hatte sich bei einer Frau noch nie sexy gefühlt. Auch nicht während der Pubertät und nicht mit der besten Freundin. Sie begehrte Männer – oder nicht? Richtige Männer mit richtigen Riemen. Männer, bei denen sie sich schwach und feminin geben konnte, Männer, die sie schätzten und bewunderten. Die Helden ihrer Phantasie.

Bronwen zog ihre Hand zurück und sagte: »Keine Sorge. Was ich dir mitgebracht habe, hat sowieso keinen Zwickel.« Sie half Laura in einen Bodysuit aus goldenem Leder und einer Kette, und dazu noch in einen winzigen Rock, der ganz oben auf den Schenkeln aufhörte.

Es passte genau. Ihre Brüste wurden nach oben gedrückt, und die Nippel lugten über den Rand. Bronwen kniete sich und ließ Laura die Sandalen abstreifen, damit sie ihr die Stiefel anziehen konnte, die zum Boudicca passten. Sie wurden an den Außenseiten geschnürt. Laura hätte auf ihren vierzehn Zentimetern beinahe das Gleichgewicht verloren. Sie starrte sich selbst im Spiegel an. Sie fand sich unanständig, barbarisch und so gar nicht wie Laura Tilford, Mutter und Ex-Ehefrau.

Das goldene Leder war eng geschnürt, und durch die Einschränkung wurde ihre Taille enger, und Brüste und Hüften waren viel stärker betont. Das Auge wurde vom feinen Flaum auf ihrem Venushügel angezogen und von der dunklen Ritze, die in das Geheimnis darunter versank. Die Stiefel endeten in der Mitte der Oberschenkel; sie schienen die Aufmerksamkeit auf die Pussy lenken zu wollen. Die hohen Absätze fügten ihren ohnehin schon langen Beinen noch einige Inches hinzu, und so fühlte sich Laura groß und anmutig wie ein Mannequin, bevor es über den Laufsteg schreitet.

Das waren berauschende Gedanken, die einen Ehrgeiz anstachelten, von dem sie geglaubt hatte, dass er sein Verfallsdatum längst überschritten hatte. Der Traum, ein Model zu sein, eine Schauspielerin, ein Filmstar. Jetzt freute sie sich auf die Möglichkeiten, die St. Jude ihr boten. Es würde der ideale Ort sein, um Phantasien wahr werden zu lassen. Nicht nur für die Gäste, die sie durch clevere Werbung gewinnen wollten, sondern auch für sie und Cheryl. Das Leben beginnt mit vierzig? Nichts konnte wahrer sein.

»Es steht dir gut«, schmeichelte Bronwen ihr und hielt plötzlich eine Perücke in der Hand. Genau so hatte sich Laura immer die Haare gewünscht und alle beneidet, die von der Natur mit dichten krausen Haaren ausgestattet worden waren. »Warte mal.« Bronwen zog Lauras glatte Haare zurück und setzte ihr vorsichtig die Perücke auf. Noch etwas zupfen hier und etwas ziehen da, und schon war Laura verwandelt. Es war ein Wunderwerk. Die wunderbare Mähne fiel in einer Kaskade von Lagen von Löckchen bis fast zur Taille.

»Oh, nun schau doch«, murmelte sie, das Gesicht von Löckchen eingerahmt. Sie war kaum zu erkennen, und das veränderte ihre ganze Haltung. Plötzlich fühlte sie sich in ihren Bleistiftabsätzen wie zu Hause, sie spreizte die Beine ein wenig und scherte sich nicht um Flaum und Spalte. Sie atmete ein und hob die Brüste an. Sie war wunderbar!

Bronwen war sehr zufrieden mit der Ausstattung ihrer Kundin. »Es verdutzt mich immer wieder«, sagte sie. »Die Veränderung der Frauen, meine ich. Stecke sie in ein Kostüm, verändere ihr Make-up, gib ihnen eine Perücke – und sie nehmen eine neue Identität an.«

»Ich kann es nicht glauben.« Laura wusste, dass ein zufriedenes Lächeln um ihre Lippen spielte, und das wollte sie auch nicht für sich behalten. »Ich dachte, ich wäre zu alt.«

»Niemals!«, rief Bronwen entschieden. »Du hast eine anmutige Figur. Bist du bereit, auch einige der anderen köstlichen Dinge zu versuchen?« Sie hielt Laura die vibrierende Zunge hin.

»Ich weiß nicht ...« Laura zögerte, aber dann war Bronwen schon vor ihr auf den Knien, und der Kitzler begann zu wedeln. Die Verlockung, ihren Schoß näher an die rote Zunge heranzubringen, war zu groß, deshalb konnte sie nicht widerstehen. Laura schrie auf, als die Zunge auf die geschwollene Klitoris traf.

»Halte dich nicht zurück. Genieße einfach nur«, murmelte Bronwen und schob Lauras Labien mit der freien Hand auseinander. »Spiel mit deinen Nippeln, dann hast du das dreifache Vergnügen.«

Laura hob ihre Brüste in beide Hände; sie fühlte das Leder und die anschwellenden Halbkugeln, deren braune Nippel entblößt waren. Ihre Daumen rotierten auf den Warzen. Das Gefühl intensivierte das heftige Schütteln in ihrem Bauch. Die künstliche Zunge schleckte sie, und Bronwen kannte die entscheidenden Stellen. Die Zunge leckte links und rechts der Klitoris, dann nahm sie sich die Knospe selbst vor.

»Ah ... oh«, stöhnte Laura und näherte sich der Ziellinie. Ihr Orgasmus gewann an Schwung.

Sie begann zu schreien und vergaß, dass andere Kunden im Geschäft sein könnten. Sie stellte sich in einem Lederharnisch vor, absolut gefangen in den Riemen und Gurten. Es war, als ob die Zügel ihre sexuellen Reaktionen kontrollierten. Aber dann setzte sie sich durch, und es kam ihr gewaltig, ausgelöst von der künstlichen Zunge, von Bronwens sanfter Labienmassage und von ihren eigenen Daumenrotationen auf den Nippeln. Während sie sich anspannte, den Rücken krümmte und sich dann entspannte, zuckte ihre Pussy um die drei Finger, die Bronwen jetzt tief in sie eingeführt hatte.

»Gut, was?« Bronwen lächelte sie an, als Laura auf die Füße

kam. Der Minirock rutschte ein paar Zentimeter nach unten und bedeckte ihren schwarzen Satinschoß. »Jetzt bin ich auch nass«, sagte sie.

Laura lehnte sich gegen die Wand, verloren in einem sinnlichen Nebel. Bronwens Worte führten dazu, dass sie sich schuldig fühlte. »Willst du auch kommen?«, fragte sie und merkte, dass sie sich danach sehnte, sie intim zu berühren.

Bronwen gluckste. »Ich bin heiß, aber das ist nicht ungewöhnlich für mich. Ich bin es gewohnt, Lust zu geben und nicht unbedingt zurückzuerhalten. Ich war ein Callgirl und habe auch als Hure gearbeitet, bevor ich hier angefangen habe. Auch jetzt verdiene ich mir nebenbei noch ein bisschen dazu.«

Laura schüttelte den Kopf. »Du hast in der Horizontalen gearbeitet?«

»Ja. Warum? Fasziniert es dich?« Bronwen setzte sich mit übereinandergeschlagenen Beinen auf die Bank und ließ die Hände über ihre perfekten Schenkel gleiten. »Wenn du was hast, dann protze damit«, sagte sie. »Das hat mir mal ein Freund geraten. Ich brauchte das Geld. Ich brauche es immer noch. Ich habe ein Kind im Internat, und das Schulgeld könnte von Halsabschneidern sein.«

»Es ist so«, begann Laura und zauderte. »Also, ich suche eine erfahrene Person, die mir hilft ein Bordell zu führen«, platzte sie heraus.

Jetzt war es an Bronwen, überrascht zu schauen. »Du nimmst mich auf den Arm.«

»Nein, es ist mein Ernst. Warum?«

»Du siehst einfach nicht aus wie eine Puffmutter.«

»Bin ich auch nicht. Jedenfalls noch nicht.«

»Gut, dann erzähl mal. Zieh dich an, und wir gehen ins Büro. Kat kann uns Kaffee bringen.«

Laura erzählte alles. Die Atmosphäre hätte nicht richtiger

und passender sein können; umgeben von Pornos und Sexspielzeugen berichtete Laura von dem Plan, unter dem Deckmantel eines Hotels ein Haus zweifelhaften Rufs zu eröffnen.

»Das ist eine verdammt gute Idee«, rief Bronwen und drehte sich im Lederstuhl vor dem Rechner. »Ich könnte ein solches Geschäft im Schlaf führen, auch wenn ich dabei auf dem Kopf stehen müsste. Stell dir nur die ganzen Szenarien vor. Die unanständigen Neunziger. Arabische Nächte. Dominas und Sklavinnen. Meister und Unterwürfige. Böse Mädchen, denen man den Arsch versohlt und freche Jungs, die man auspeitscht. Was für Möglichkeiten! Römische Orgien. Haremskostüme. Griechische Tuniken, Federboas, Schlüpfer in purpurner Seide, in Pussypink, heißem Rot – und das ist alles erst der Anfang. Wir brauchen Ledermützen, Lederschnüre, Klammern für die Nippel und Kleider für Männer, die in Frauensachen rumlaufen wollen. Nicht zu vergessen die Auspeitscher und Ruten für CP.«

»CP? Was ist das denn?«

»Corporal Punishment. Das ist der Fachbegriff für die körperliche Züchtigung. Auch die Prügelstrafe in Schulen und Ausbildung gehört dazu. Ich wette, du wirst eine ganz neue Sprache lernen.« Bronwens braune Augen tanzten.

»Ja, so sehe ich das auch. Du bist eine wahre Inspiration.«

Laura hatte sich mit dem Po halb auf den Schreibtisch gesetzt, um Bronwens lebhaften Gesichtsausdruck zu sehen und die Bewegungen der schweren Brüste unter dem durchsichtigen Unterrock. Ihre Klitoris prickelte noch vom eben erst erlebten Orgasmus, und sie lechzte nach mehr. Dann sagte sie: »Aber du bist ja hier beschäftigt.«

Bronwen warf ihr einen berechnenden Blick zu. »Ich könnte überredet werden zu kündigen, wenn das Angebot großzügig genug ist. Zur Abwechslung mal auf dem Land zu arbeiten, das könnte mich reizen.«

»Ich weiß nichts über dich«, sagte Laura und bedauerte sofort, dass ihr dieser Satz herausgerutscht war. »Außerdem muss ich mit meiner Partnerin darüber reden.«

»Fein. Ich werde euch nicht über den Tisch ziehen. Hier hast du meine Adresse und Telefonnummer. Es bleiben noch ein paar Tage Zeit, oder?«

»Ja, wir haben gerade erst mit den Umbauarbeiten begonnen. Ich glaube, dass wir St. Jude nicht vor Herbst eröffnen können.«

»Was hältst du davon, wenn wir uns heute Abend treffen? Ich bringe einen Kollegen mit. Sage mir, in welchem Hotel du reserviert hast.«

»Nun, was sagst du, Luke?«, fragte Bronwen. Sie saß gespreizt auf seinem Schoß, das Gesicht ihm zugewandt. Er hatte es sich im Computersessel gemütlich gemacht. Seine Beine waren weit auseinander, er hatte den Reißverschluss aufgezogen, und sein Prügel steckte tief in ihr.

»Es hört sich an, als wärst du verrückt«, sagte er mit plötzlicher Unsicherheit, weil sie sich anhob und ihn fast verloren hätte, aber dann hüpfte sie schnell zurück, bis ihre Pussy ihn wieder eingesaugt hatte und ihre Klitoris gegen seine Wurzel rieb. »Warum willst du so eine gemütliche Nummer wie diese hier aufgeben? Ich lebe gern in der Stadt. Wer braucht grüne Felder und Bauern?«

»Und das Meer«, ergänzte Bronwen und schob eine Hand zwischen den Körpern hinunter und rieb ihre Knospe. »London ist okay, aber gib's zu, in diesem Shop werden wir nie was reißen. Wenn der Laden uns gehörte, hätten wir eine Chance. Also müssen wir weiter auf den Lotteriegewinn warten.«

Sie wusste, dass er allem zustimmen würde, was sie wollte. Wenn es hart auf hart ging, war er Wachs in ihren Händen.

Manchmal war er ihr Sklave, aber wenn sie in der richtigen Stimmung war, wurde sie seine Sklavin. Er kannte sie gut genug, um zu wissen, in welcher Stimmung sie war. Luke war für alles zu gebrauchen und wäre für Lauras Bordell von unschätzbarem Wert. Frauen wurden feucht, wenn sie ihn sahen. Männern mit gewissen Neigungen gelüstete es nach ihm und seinem jungenhaften Aussehen mit dem braunen Teint.

Er hatte die Fähigkeit, alles zu sein für alle, die ihn begehrten. Was sie selbst anging, glaubte Bronwen, dass sie ihn auf ihre Art liebte, aber sie würde sich nie einem Menschen hundertprozentig anvertrauen. Sie wollte immer ein Stück Unabhängigkeit behalten. Auf diese Weise vermied man allzu große seelische Verletzungen.

Sie lebten zusammen, und während sie für ihre Freier absolut nichts empfand und nur einen professionellen Dienst verrichtete, war sie stolz darauf, dass sie vor Leidenschaft brannte, wenn sie mit Luke zusammen war. Seine festen muskulösen Backen passten so gut in ihre Hände. Die Grübchen in seinen Flanken waren entzückend anzusehen. Er roch gut, nach frischem Schweiß und teurem Körperspray.

Luke sparte nie und gönnte sich kleine Luxusartikel, die er als Notwendigkeit betrachtete – Kleider, Haarstylist, Zahnkosmetik – lieber verzichtete er aufs Essen als auf diese Annehmlichkeiten. Bronwen verstand das. Sein Körper war die Ware, die er anzubieten hatte – genau wie sie auch. Und sein größtes Plus? Er war außergewöhnlich gut bestückt.

Manchmal sagte sie zu ihm, halb scherzend, halb ernst: »He, Pferdeschwanz! Wir könnten viel mehr Geld machen, wenn wir dich an einen Pornoproduzenten verkaufen.«

Sie war nicht eifersüchtig, wenn er sich mit anderen einließ, solange es sich um eine finanzielle sexuelle Transaktion handelte und nicht um eine emotionale Beziehung. Die Emotionen sparten sie füreinander auf. Sie teilten ihre Hoffnungen und Träume und passten auf sich auf; treu sorgende Freunde und ein Liebespaar zugleich.

Sie senkte ihr Gesicht und schaute in seine braunen Augen. Er hatte unfair lange gebogene Wimpern. Sie küsste ihn, erst die Mundwinkel, dann die leicht geschürzte Mitte seiner Lippen, und dann penetrierte sie seinen Mund, gerade so, wie sein harter Schaft ihre Pussy durchdrang.

Er schmeckte nach Pfefferminz. Ihre Erregung hob sich auf eine höhere Ebene. Mit den Armen brachte sie sich in Position, dann ließ sie sich hart nach unten fallen. Aber auch jetzt, als sie die Hand wegzog, konnte seine Wurzel nicht die Reibung der Klitoris erzeugen, die sie brauchte.

Luke begriff. Er stieß eine Hand unter sie, fand ihren Lustknoten und rieb ihn. Bronwen hielt sich mit einem Arm an ihm fest und befingerte ihre Brüste durch das dünne Top. Sie spürte die Hitze, die ihre beiden Kugeln ausstrahlten. Luke stieß von unten zu und hörte nicht auf, ihre Klit zu massieren, und Bronwen fühlte, wie der Orgasmus auf den Gipfel stieg. Die Lust ergoss sich in gewaltigen Wellen über sie. Luke schrie auf und stieß noch tiefer und schneller in sie hinein. Sie fühlte, wie es ihm kam, und sie fuhr fort, ihn noch eine Weile zu reiten, bis die letzten Zuckungen abgeklungen waren. Sie fiel nach vorn, die Arme um seinen Hals, das Gesicht in seinem nachtschwarzen Haar.

»Das war krass, Babe«, murmelte er. Sein Atem kitzelte ihr Ohr.

Sie wollte nicht zurückkommen auf Alltagsprobleme, aber ihr blieb nichts anderes übrig. Sie setzte sich auf, schwang ein Bein über seinen Schoß und stand auf. »Bist du also bereit für das Neue?«, fragte sie und fuhr sich mit beiden Händen durch die Haare.

Luke steckte sein abgeschlafftes Glied weg und zog den

Reißverschluss hoch. Er grinste sie an. »Wenn es das ist, was du willst.«

»Ich habe mich noch nicht endgültig entschieden, aber ich habe vereinbart, dass ich Laura heute Abend treffe. Wenn du mitkommst, können wir vielleicht mehr erfahren.«

»Mir egal«, sagte er, dann gingen sie zurück ins Geschäft.

Der Shop brummte von den vielen Käuferinnen, die am späten Nachmittag Zeit gefunden hatten. Bronwen schaute ihm zu, wie er seinen Charme aufdrehte. Er hatte das Geschick, die Ladys ebenso gewandt anzusprechen wie die weiblichen Beraterinnen. Wenn dir das auch bei Laura gelingt, ist das schon die halbe Miete, dachte Bronwen.

Daran könnte ich mich gewöhnen, dachte Laura, als sie an die Rezeption trat und ihren Schlüssel erhielt. Ein schmucker uniformierter Page trug ihre Tasche, und ein Aufzug brachte sie geräuschlos in die dritte Etage, wo er ihr das Zimmer zeigte. Sie gab ihm ein Trinkgeld, vielleicht ein zu hohes.

Ein Hauch von Abenteuer durchrieselte sie, und das Gefühl, etwas erreicht zu haben. Sie hatte es geschafft. Sie war durch London gefahren und hatte den Sexshop gefunden, und dann hatte sie auch noch ein sexuelles Erlebnis mit der Geschäftsführerin gehabt.

Sie konnte sich dieses Verdienst nicht anschreiben, aber der Beweis war bei jedem Schritt da – der Geruch ihrer Säfte, der von ihrem Delta nach oben waberte. Und jetzt hatte sie das Hotel betreten, als sei das eine tägliche Routine für sie, und ließ sich in eines der teuersten Zimmer einweisen – nicht das teuerste, aber gewiss kostenträchtig. Vor noch nicht langer Zeit hätte eine solche Verschwendung sie alarmiert. Sie und Stuart kamen bequem über die Runden, aber seit sie ihre getrennten Wege gingen, lief es noch besser für sie.

Sie hätte gern die Küche und die einzelnen Zimmer gesehen, besonders das Hochzeitszimmer. Sie nahm sich vor, ein paar Dinge schriftlich festzuhalten, aber jetzt war es ihr unmöglich, sich auf so etwas Weltliches einzustellen. Sie konnte nur an Bronwen denken und an ihr Versprechen, vorbeizukommen.

Sie packte ihre Tasche aus und sah sich im Zimmer um. Ein Doppelbett, Fernseher, Telefon, eine Minibar mit kleinen Flaschen Schnaps und einem Karton Milch. Daneben auf einem Tisch der Wasserkessel, die Kaffeemaschine, Teebeutel (Kräutertee und schwarzer Tee), Trinkschokolade, Zucker und kleine Sahnedöschen. Auf dem Schreibtisch lag Briefpapier mit dem Logo des Hotels, und es gab einen Wegweiser zu den wichtigsten Dingen, die man sich in der Stadt ansehen sollte. Im Nachtschrank lag die obligatorische Bibel. Ein Kleiderschrank mit Spiegeltüren stand dem Eingang zum Bad gegenüber. Zum Bad gehörten eine Duschkabine und ein Bidet, außerdem die gewöhnlichen Einrichtungen eines Badezimmers.

So soll es auch in St. Jude sein, dachte sie. Wahrscheinlich gibt es Firmen, die sich auf solche Einrichtungen spezialisieren. Ich sollte Cheryl anrufen. Aber aus einem unerklärlichen Grund widerstrebte es ihr, jetzt schon mit ihr zu sprechen. Kopf und Körper rotierten noch. Sie musste ihre Gefühle zu Bronwen erst noch ordnen und sich daran gewöhnen, welche Wende ihre Sexualität genommen hatte.

Sie war auch hungrig. Seit sie Westcombe hinter sich gelassen hatte, hatte sie nichts mehr gegessen bis auf ein Raststättenbrötchen. Sie schaute auf die Öffnungszeiten des Hotelrestaurants. Zu früh fürs Abendessen, aber nicht zu spät für den Nachmittagstee.

Eine allein stehende Frau hatte die Kraft, dass Köpfe sich drehten, auch noch in der heutigen Zeit. Sie wusste, dass sie attraktiv aussah, und ihre jüngste Begegnung hatte ihre Gesichtsfarbe verstärkt und den Augen ein Funkeln verliehen. Sie fand einen Tisch und bestellte sich ein getoastetes Käsesandwich sowie ein Kännchen Tee.

Der Geräuschpegel der leisen Unterhaltungen um sie herum, die konservative Einrichtung und das freundliche Ambiente hatten eine besänftigende Wirkung auf sie. Sie nippte den Tee aus einer dünnen Porzellantasse und dachte über ihre Situation nach.

Bronwens Nummer stand in ihrem Adressbuch. Sie konnte sie also mit ihrem Handy anrufen und den Termin für den Abend absagen. Sie konnte sagen, dass sie mit Cheryl gesprochen hätte. Sie könnten ihr leider kein Angebot vorlegen.

Aber innerlich widerstrebte es ihr, den Kontakt mit der starken, selbstsicheren Hure zu verlieren. Sie brauchten jemanden wie sie, wenn sie ihre Pläne für St. Jude beibehalten wollten. Wo sonst sollten sie eine so erfahrene Frau finden? Je länger sie darüber nachdachte, desto deutlicher war sie überzeugt, dass dies der ideale Weg war.

»Ist alles zu Ihrer Zufriedenheit, Madam?«, fragte der Kellner, der sie bedient hatte.

Es war, als fiele es ihr wie Schuppen von den Augen: Überall, wohin sie sah, fielen ihr gut aussehende, sympathische Männer auf. Er war mittelgroß und schlank und hatte einen faszinierenden Akzent, griechisch oder italienisch. In seinen Augen lag ein Zwinkern, und es sah so aus, als flirtete er tatsächlich mit ihr. Oh, Bronwen, dachte sie, schockiert und glücklich zugleich, was hast du mit mir angestellt?

»Ja, danke sehr«, antwortete sie und schaute hoch zu ihm. »Alles bestens.«

»Kann ich sonst noch etwas für Sie tun, Madam?«, fragte er, und obwohl seine Frage unschuldig genug war, ahnte sie den Unterton, der ihre Wangen rot färbte.

»Im Augenblick nicht, danke.« Sie war froh, dass ihre Stimme nicht zu zittern begann.

»Sie können von Ihrem Zimmer aus den Zimmerservice anrufen«, erinnerte er sie.

»Ja, danke.« Würde er sie bedienen, wenn sie tatsächlich den Zimmerservice anrief?

Prächtiger Junge aus der Fremde, mit deinem knackigen Po und der viel versprechenden Beule in deiner Hose, will ich dich auf meinem Zimmer haben? Ich weiß, wohin das führen würde, und ich bin nicht sicher, ob ich dazu schon bereit bin. Liegt es in meiner Natur, Fremde zu masturbieren? Oder dass sie mich zum Orgasmus bringen? Einmal habe ich das heute schon erlebt, dachte sie. Himmel, was ist in mich gefahren?

Der Kellner ging weiter, und sie schaute auf ihre Uhr. Genau fünf Uhr. Wenn sie sich beeilte, konnte sie unter die Dusche und sich anziehen, bevor Bronwen eintraf. Sie hatte versprochen, einen Freund mitzubringen. Während sie unter der Dusche stand, spekulierte Laura darüber.

Sie legte frische Wäsche heraus und entschied sich für Rock und T-Shirt. Sie war von ihrem Spiegelbild enttäuscht und vermisste die schamlose Frau aus der Umkleidekabine. Die schlichte Laura Tilford gefiel ihr nicht mehr.

Ihr neues Outfit steckte in der Plastiktüte, zusammen mit Stiefeln und Perücke. Sie wollte nicht daran denken, wie viel sie dafür bezahlt hatte, vor allem, weil sie nicht sicher war, ob sie die Sachen jemals wieder anziehen würde. Ich kann sie als Geschäftsausgaben abschreiben, dachte sie. Forschungsarbeit, wenn man so will. Ich kann Cheryl zeigen, welcher Art unsere Outfits sein müssen.

Sie zuckte zusammen, als das Telefon klingelte. »Mrs. Tilford, hier steht eine Miss Davis an der Rezeption. Sie sagt, dass Sie sie erwarten«, sagte die geisterhafte Stimme.

»Bitten Sie sie hoch zu mir«, antwortete Laura und hoffte, dass es überzeugend klang.

Sie legte den Hörer auf und schwankte. Sie kämpfte noch einmal überflüssigerweise mit ihren Haaren und tupfte Puder auf die Nase. Ein Spritzer Parfum folgte – sie hatte es am Nachmittag erst im Geschenkeladen des Hotels gekauft und viel zu viel dafür bezahlt. Sie setzte sich auf den Stuhl vor dem Frisiertisch, dann versuchte sie das Sofa am offenen Fenster. Der Verkehr hatte sich zu einem anhaltenden Gepolter beruhigt, an das sich die Ohren schon gewöhnt hatten.

Es war zu heiß, um die Fenster zu schließen. Englische Hotels lebten auf Kriegsfuß mit der Klimaanlage. Klimaanlage würde auch auf ihrer Liste stehen. Sie blätterte durch die Broschüre, um herauszufinden, ob das Hotel über einen Swimmingpool verfügte. Sie fand keinen Hinweis darauf, aber sie notierte, dass der Pool von St. Jude stets in Betrieb sein musste. Wichtig für ihr eigenes Wohlbefinden, und schließlich auch für das der Gäste.

Obwohl sie vorgewarnt war, erschrak sie beim Summer. Sie ging zur Tür und öffnete sie. Bronwen stand im Türrahmen, und der junge Mann neben ihr hatte Filmstar-Potenzial. Laura wurde an den Kellner erinnert; ein geschmeidiger junger Mann mit der Gestalt eines Tänzers.

»Ich grüße dich«, sagte Bronwen. »Das ist Luke Dowling.« Sie trat über die Türschwelle. »Luke, das ist Laura.«

Die Formalitäten waren vorbei, und Bronwen hielt auf die mit Chintz bedeckte Couch zu, breitete sich darauf aus und zündete eine Zigarette an. Luke lächelte Laura an, nahm ihre Hand und hauchte einen Kuss auf den Handrücken. So eine altmodische Geste überwältigte Laura, und Arme und Beine wurden schwach, als sie seine vollen, festen Lippen spürte. Ein junger Charmeur mit alten Eigenschaften!

»Ich fühle mich geehrt, dich kennen zu lernen, Laura«,

sagte er und richtete sich auf. Die Wärme in seinem Blick fasste sie als etwas ganz Besonderes auf. »Bronwen hat mir gesagt, dass du voll Anmut bist, aber das war noch eine Untertreibung.«

Es hatte Laura die Sprache verschlagen, aber eine innere Stimme warnte sie, dass er sich allzu perfekt gab. Sie zog ihre Hand zurück und wischte sie an ihrem Rock ab. »Bronwen hat dir von meinen Plänen erzählt?«, fragte sie und versuchte, sich wie die zukünftige Arbeitgeberin anzuhören.

»Ja, das hat sie«, antwortete Luke. Er schien verwirrt, als hätte er nicht mit ihrer kühlen Art gerechnet und eher erwartet, dass sie ihn anhimmelte. Aber er lächelte sie weiter an und bewahrte seine Würde, obwohl er unter seiner dünnen Hose eine gewaltige Erektion mit sich schleppte.

Laura spekulierte über das, was Bronwen ihm über sie erzählt hatte. Hatte sie erwähnt, dass sie beim Orgasmus aufgeschrien hatte? Und ahnte er, dass sie das Potenzial hatte, unersättlich zu sein, der ein Orgasmus nie genug war? »Warum setzt du dich nicht«, sagte sie und spielte die Gastgeberin, wie sie es zahllose Male hatte tun müssen, wenn Stuart Geschäftspartner nach Hause brachte. »Kann ich dir was zu trinken holen?« Sie ging im Kopf den Inhalt der Minibar durch.

»Hast du ein Bier?«

»Ich glaube, ich habe eine Dose oder zwei gesehen«, sagte sie und öffnete die Tür.

Die Miniatur-Fläschchen standen in Reih und Glied da, und darunter fand sie zwei Dosen Lager.

»Das reicht mir«, sagte Luke.

»Und ich hätte gern einen Gin und Tonic, bitte«, sagte Bronwen.

Laura schenkte sich auch einen ein und fügte Eis hinzu. Bronwen lächelte ermutigend und erklärte: »Luke arbeitet bei mir. Ich habe ihm von St. Jude erzählt, und er hat Interesse. Du könntest einen Mann gut gebrauchen. Er findet die richtigen Türsteher und hilft, dass es keinen Ärger gibt. Aber wie ich schon sagte, wir müssen über Geld reden.«

»Natürlich, aber vorher muss ich mich mit Cheryl absprechen, das Hotel gehört uns beiden zu gleichen Teilen. Sie hat mir den Auftrag gegeben, das richtige Personal zu finden, aber sie will über die finanziellen Aspekte ins Bild gesetzt sein.«

»Natürlich. Aber ist dir klar, dass du vorsichtig sein musst? Ich nehme an, du weißt, wenn zwei Personen unter einem Dach Sex verkaufen, dann gilt ihr Haus als Bordell; das ist illegal und wird die Polizei wegen Durchsuchungen auf den Plan rufen.«

Laura musste schwer schlucken. »Nein, das habe ich nicht gewusst.« Plötzlich schienen all ihre schönen Pläne wie Seifenblasen zu platzen.

»Es ist okay.« Bronwen tätschelte ihre Hand. »Um das zu umgehen, gründen wir einen exklusiven Club, und nur wer einen Beitrag zahlt, darf eintreten. Wir lassen Mitgliedsausweise drucken und eröffnen ein Bankkonto. Auf diese Weise nehmen wir kein Bargeld ein; die Mitglieder überweisen den Betrag. Die Mädchen und Jungs, die wir einstellen, arbeiten als Entertainer.«

»Das hört sich gut an. Ich werde mit Cheryl darüber reden.«

»Du kannst mir die Vorbereitungen überlassen, und ich mache St. Jude diskret bekannt – zuerst für die Entertainer, dann für die Gäste. Du kannst mir auch die Kostüme und die verschiedenen Spielzeuge anvertrauen. Weil ich die Preise kenne, sparst du allein damit ein kleines Vermögen. Und was die Darsteller angeht – du hast vielleicht keine so starke Probe meines Könnens erlebt, deshalb wollen Luke und ich das geraderücken, stimmt das, Tiger?«

Bronwen sah ihn mit verengten Augen an und hob ihren Rock. Sie trug kein Höschen, und der Fuchsbusch leuchtete.

»Ich habe dir ein Geschenk mitgebracht«, fuhr sie fort und holte ein Päckchen aus ihrer Schultertasche.

Es enthielt ein Paar Schuhe mit sexy Riemchen um die Knöchel und noch einige mehr Riemchen um die Zehen. Laura versuchte, auf den unmöglichen Absätzen zu gehen, hielt sich auf dem Teppich, wäre aber beinahe gestürzt. Sie versuchte es noch einige Male, bis sie wusste, wie es ging. Die Absätze waren noch höher als bei den Goldlederstiefeln.

»Danke«, murmelte sie.

»Ich habe auch noch ein paar andere Sachen eingepackt«, fuhr Bronwen fort und kramte weiter in der Tasche. Da war das mit Gewehrkugeln beschlagene Halsband, das Laura in der Umkleidekabine gesehen hatte. Bronwen reichte es Luke, und Luke legte es um Bronwens Hals und schnallte es fest.

»Ist das nicht zu unbequem?«, fragte Laura, verwirrt vom zufriedenen Ausdruck auf Bronwens Gesicht und davon, wie sie vor Luke auf die Knie fiel, der eine Leine am Halsband befestigte und zur Probe einmal kurz daran zog.

Er zog sie hoch und hielt sie im Würgegriff, und Laura zuckte, als sie der Charade zuschaute. Luke plünderte Bronwens Mund mit dem brutalen Hunger eines Barbaren. Seine Hände waren rau, als er ihre Schulterträger nach unten drückte und ihre Brüste entblößte. In kurzer Zeit war sie nackt, dann warf er sie bäuchlings aufs Bett und fesselte ihre Hand- und Fußgelenke. Dazu benutzte er Kordeln aus ihrer Tasche.

Laura konnte sich nicht von der Stelle rühren. Sie war es nicht gewohnt, nackte Körper zu sehen. Es erregte sie, Bronwens große Brüste und ihren flachen Bauch zu sehen, den feurigen Busch und die cremig-weiße Haut, aber es war ihr auch peinlich. Was auch immer dieses Ritual in ihrem Hotelzimmer zu bedeuten hatte, sie würde es nicht verhindern und nicht unterbrechen.

Die einzelnen Bewegungen schienen einer bestimmten Choreographie zu folgen. Es hatte was Wildes und Schönes an sich, wie Luke ein Kissen unter Bronwens Hüften schob, um ihre Pobacken anzuheben. Im nächsten Moment spannte er seinen Gürtel um seine Hand und brachte ihn heftig klatschend auf ihren Hintern.

Laura fühlte den Schlag, als wäre ihr eigener Po betroffen gewesen. Pure Einbildung. Im richtigen Leben hatte noch niemand sie derart geschlagen. Sie war sich ihres Tuns kaum bewusst, als sie zwischen ihre Schenkel griff und ihren hungernden Schoß durch den Rock packte.

Sie sah, wie sich Lukes Arm wieder hob und hörte das Sirren, als das Leder durch die Luft schoss und Bronwens zartes Fleisch traktierte. Deren Pobacken blühten von knallroten Striemen, und sie ruckte auf dem Bett und zerrte an ihren Fesseln, die aber den Attacken standhielten. Ihr tizianrotes Haar lag ausgebreitet auf dem Kissen, ihr Gesicht auf eine Seite gedreht. Tränen rannen ihr aus den Augenwinkeln, aber ihr Stöhnen klang nach Gier und nicht nach Schmerzen. Ihre Pussy war zwischen den Beinen zu sehen; die Nässe glitzerte feucht in den feinen roten Haaren. Luke spielte mit einem Finger und schob ihn voller Lust behutsam in sie hinein.

Bronwen grunzte, dann bettelte sie: »Mach schon, Luke. Füll mich. Jetzt.«

Stumm wies er ihr Verlangen zurück; er wischte seinen Finger in ihrem Haar ab und knallte den Gurt noch zweimal quer über ihre Pobacken. Er schaute unvermittelt zu Laura, und sie hörte auf zu masturbieren und schämte sich, von ihm erwischt worden zu sein. Er grinste und legte das größte Gemächt frei, das sie je gesehen hatte, ob im Leben oder auf Fotos. Er war voll erigiert; ein prächtiges Exemplar, dick und lang, und Laura mochte nicht glauben, dass es eine Scheide gab, die diese Erektion aufnehmen konnte.

Er strich liebevoll darüber, zog die Vorhaut herunter und entblößte den glänzenden purpurnen Kopf, dann schob er die Vorhaut wieder hoch. Unter dem Druck nahm der Schaft noch an Länge und Umfang zu; er pulsierte aggressiv. Laura wollte ihn unbedingt berühren. Er spürte das, lächelte und sagte: »Bronwen braucht dich. Streichle sie.«

Laura ging hinüber zum Bett, kniete sich daneben und schob eine Hand unter Bronwens Bauch. Die Sanftheit ihrer Haut war unglaublich, und ihr Geruch war so, als hätte man im Meer gebadet. Sie fühlte das liebliche Nest der Schamhaare, und Laura war so, als berührte sie die eigenen Härchen. Nur Bronwens Klitoris war anders, viel größer und ausgeprägter, fast wie ein Minipenis.

Bronwen stöhnte und wandte Laura das Gesicht zu. »Ja, das wäre schön«, sagte sie heiser, »reibe ihn für mich.«

Ermutigt und sogar stolz darauf, dass sie Bronwen helfen konnte, schon Laura ihren Mittelfinger in Bronwens Pussy. Vor und zurück. Es war, als masturbierte sie sich selbst. Luke kniete hinter Bronwen auf dem Bett und führte seinen geschützten und feuchten Schaft in ihre Muschi. Er ließ sich Zeit und drang zentimeterweise in sie ein. Bronwen hob ihre Hüften an, und Laura erhielt leichteren Zugang zu Bronwens Klitoris.

Sie war in Schweiß gebadet und wünschte, sie wäre auch nackt. Ihre Nippel schmerzten, ihre Knospe pochte. Luke stieß die letzten Zentimeter hinein, dann war sein Schaft verschwunden wie ein Korken in der Flasche. Er begann mit leichten Bewegungen, und Bronwen stieß Schreie aus. Laura befürchtete, dass andere Hotelgäste sie hören könnten. Sie wünschte, sie hätte daran gedacht, den Fernseher einzuschalten.

Sie rieb hastig und wild und fühlte, wie Bronwen zitterte, und Laura fragte sich, ob die Freundin gekommen war. Über Lukes Höhepunkt wurde sie nicht in Zweifel gelassen, denn er warf den Kopf in den Nacken und gab ein lautes Grunzen von sich.

Bronwen rührte sich. »Rutsch von mir, du Ochse.« Sie zwinkerte Laura zu. »Danke, meine Liebe. Du hast es genau richtig gemacht.«

Luke wälzte sich von ihr, lach flach auf dem Rücken, einen Arm über den Augen. Sein mit Latex eingepackter Penis war von der Größe reduziert, aber er war immer noch so lang, dass manch ein Mann ihn beneiden würde. Die Luft roch nach Sex. Laura konnte Bronwen an ihren Fingern riechen. Ihr Körper pochte. Sie wollte Finger und Lippen auf sich spüren. Ohne weitere Stimulierung konnte sie nicht kommen, aber sie wollte auch nicht von Lukes monströsem Schaft gepfählt werden.

»Zieh dich aus, meine Blume«, sagte Bronwen. »Komm und lege dich zu uns.«

# *Fünftes Kapitel*

Er war nie ein Mann, der das Gras unter seinen Füßen wachsen ließ, deshalb rief Mark jeden Bauunternehmer zusammen. Laura war noch in London, Huntley war sonst wo beschäftigt, deshalb lag es an Cheryl, die nächsten Entscheidungen zu treffen.

Sie befand sich nicht gerade in guter Stimmung. Es war ermüdend, in Fell Tor zu wohnen. Deven drängte sich gern in den Vordergrund. Er hörte nicht auf, seinen Charme zu versprühen, und das machte er auf eine Weise, wie sie nur ein Mann beherrscht, der tantrischen Sex in allen Variationen erleben wollte.

Es ist unglaublich, dachte sie. Einfach lächerlich. Wenn ich hier noch länger wohne, dann gehe ich noch so weit, den Geliebten meiner Mutter zu vögeln. Oder will er mit Mutter und Tochter ins Bett? War das sein ultimatives kosmisches Ziel? Blödsinn. Er ist nicht mehr spirituell wie jeder potente Mann, dessen Schwanz an zu prickeln fängt, wenn er Pussy riecht. Ich weiß das, und Mutter weiß es, aber das hält uns nicht davon ab, auf seinen faulen Zauber hereinzufallen.

Ganz abgesehen davon wurde es Zeit, dass sie sich wieder um ihr eigenes Schicksal kümmerte, dass sie selbst entschied, was sie aß und mit wem sie ihre Freizeit verbrachte. Tatsächlich war es so verdrießlich, bei ihrer Mutter zu leben, wie sie sich das vorgestellt hatte.

Ich muss hier raus, beschloss sie. Ich könnte wie Laura eine Wohnung mieten, aber das wäre überflüssig, wenn die Handwerker sofort mit meinen Zimmern in St. Jude beginnen. Mit diesem vorrangigen Gedanken besprach sie sich mit dem ersten Handwerker, mittleres Alter, Neigung zur Glatze. Er hieß Will Hewitt. Er war in Westcombe geboren und aufgewachsen und gehörte zu dem Menschenschlag, den Sentimentalisten ›das Salz der Erde‹ nennen würden.

Er war bestimmt gründlich und verlässlich, dachte Cheryl, aber ihm fehlte die Phantasie, und Cheryl musste Mark zustimmen, dass er mit seinem Kostenvoranschlag weit übers Ziel hinausgeschossen war.

Der nächste Kandidat war von Dobey and Co. Sobald er seinen Fuß ins Büro der Hausverwalterin gesetzt hatte, war er Cheryl unsympathisch. Sie wünschte sich sehr, dass es nicht so wäre, und hoffte bis zuletzt, dass sie Felan Boynton nicht beauftragen musste, aber die Antipathie war so stark, dass sie nicht zu ignorieren war. Der Vertreter Dobeys war ein Besserwisser, und wenn er Dobeys bester Mann war, würde er bald in den Konkurs gehen. Mark war auch nicht angetan von ihm.

»Keiner von ihnen scheint sich mit alten Gebäuden auszukennen«, sagte er, als sich die Tür hinter Dobeys Mann schloss. »Jetzt bleibt nur noch Felan Boynton.«

Gegen ihr eigenes Wollen spürte Cheryl, wie es in ihrem Schoß zu zucken begann, als sie nur seinen Namen hörte. Sie hatte sich eigens für ihn an diesem Tag gekleidet. Nichts Auffälliges oder Provozierendes, nur ein schlichtes Outfit mit einem Rock mit A-Linie, der ihr bis zu den Waden reichte, und einer Hemdbluse. Sie hatte sich die Haare aufgedreht und nur spärlich Kosmetik eingesetzt.

Felan stand unter Schock, als ihm bewusst wurde, dass die Frau, die er zu einem Blowjob gezwungen hatte, identisch war mit der Frau, die hier das Sagen hatte. Die Aussicht, ihn wiederzusehen, erzürnte und erregte sie zugleich. Ihre Oberbekleidung war also recht bescheiden, aber ihre Wäsche war es nicht, und jedes Mal, wenn sie an Felan dachte, wurde der Zwickel ihres schwarzen Seidenslips feucht. Das ärgerte sie ungemein, denn sie hatte sich davon zu überzeugen versucht, dass er ihr nichts bedeutete, auch wenn sie ihn in dieser Woche als bevorzugte Masturbationsvorlage benutzt hatte.

Sie zwang sich zu äußerster Kontrolle und wandte nicht den Kopf, als sich die Tür öffnete und Mark sagte: »Komm rein, Felan. Schön, dich zu sehen. Wie sieht's aus?«

»Will nicht klagen.« Das tiefe Timbre seiner Stimme spielte mit ihren Nippeln wie verrückt. Sie kräuselten sich unter dem Spitzen-BH und der Hemdbluse. Ihre Klitoris vergrößerte sich, als wollte sie sich am Stoff des Slips reiben.

»Dein Kostenvoranschlag scheint mir fair zu sein«, fuhr Mark fort und sagte dann: »Das ist Mrs. Barden, Teilbesitzerin von St. Jude.«

Es gab kein Entrinnen. Cheryl drehte sich auf ihrem Stuhl um und sah Felan an. Es war wie ein Schlag zwischen die Augen. Sie hatte gedacht, sie hätte vergessen, wie attraktiv er war. Aber es war unmöglich, ihn zu vergessen, so groß, so dunkel, so zwingend und so männlich.

Sein Erstaunen verwandelte sich bald in Vergnügen. »Sie«, sagte er, »sind Mrs. Barden?«

»Ja«, antwortete sie. Was sollte sie sonst noch sagen?

»Ihr kennt euch?«, fragte Mark verdutzt.

»Wir haben uns einmal zufällig gesehen«, warf Cheryl rasch ein. Ihre Nackenhaare richteten sich auf. Sie war ihm keine Erklärung schuldig, und Felan auch nicht.

»Wie ich schon Huntley erklärt habe«, begann Felan, »fällt hier eine Menge Arbeit an, und die von mir errechneten Kosten sind so akkurat, wie es nur geht.« Dann sprach er Cheryl an. »Wie ich Ihnen vor ein paar Tagen schon sagte, Mrs. Barden, »ich liebe alte Häuser und würde dieses hier gern restaurieren.«

Cheryl konnte nur an eins denken – an seine Erektion in ihrem Mund. Sie hätte das gern noch einmal wiederholt, und sie würde ihn auch gern in sich spüren, während seine rauen Finger sie rieben und zwickten. Ihr Gesicht war heiß, und ihr Rock klebte an ihren Backen. Der abgewetzte Lederstuhl, auf dem sie saß, musste der Hausverwalterin gehört haben. Wie würde Felan reagieren, wenn sie ihm ihre Pläne für die Türme erzählte?

Wenn sie zustimmte, ihm den Auftrag zu geben, würde sie keine Ruhe vor der Lust haben, die er in ihr erzeugte. Sie wünschte, es wäre irgendeiner, nur nicht er. Er war eine sehr dominante Person, die sich und ihren Weg durchsetzen wollte und sonst nichts.

Normalerweise war sie es, die einen Streit genoss, aber sie glaubte nicht, dass sie sich gegen ihn durchsetzen konnte. Er wusste genau, wie er ihr einen Orgasmus beschaffen konnte. Dies brachte ihm einen unfairen Vorteil. Wie konnte sie einem Mann Befehle erteilen, wenn sie seinen Schwanz im Mund gehabt hatte? Würde er sich nicht ins Fäustchen lachen? Sie würde keine Autorität bei ihm ausüben können.

Mark saß da, einen dumpfen Ausdruck im Gesicht. Aber man konnte ihm nicht schnell etwas vormachen, und sie ahnte, dass er ihnen auf den Schlichen war. Vielleicht wurde ihm die ganze Wahrheit nicht bewusst, aber argwöhnisch war er schon. Niemand mit einem Hauch von Sensibilität konnte übersehen, dass die Atmosphäre im Zimmer wie aufgeladen war. Die Funken waren beinahe sichtbar.

Sie warteten auf eine Reaktion von ihr, aber auch wenn es um ihr Leben gegangen wäre – sie wusste nicht, was sie tun sollte. Mark kam ihr zu Hilfe. »Es gibt noch viele Details zu klären. Der Pool zum Beispiel. Er braucht neue Fliesen, und das Filtersystem ist überaltert ...«

»Ich will mein Apartment fertig haben vor allem anderen. Ich muss jetzt schon einziehen.« Ihre Stimme klang schrill.

Mark hob eine Augenbraue wegen ihres vehementen Einwurfs, antwortete aber: »Ja, gut. Ich schlage vor, dass Felan sich die Zimmer gründlich ansieht, dann kann er sagen, wie lange er braucht, um sie zu restaurieren.«

»Oh? Dann ist es also eine ausgemachte Sache, dass er den Vertrag erhält?« Sie konnte ihre schrille Stimme nicht kontrollieren. Ausgerechnet jetzt, da sie wie eine würdevolle Arbeitgeberin sein wollte, benahm sie sich wie eine verwöhnte Göre.

»Es liegt bei dir«, sagte Mark und hob die Schultern unter dem cremefarbigen Leinenjackett. »Du bist die Frau mit dem Geld. Aber ich persönlich sehe nicht, welche Einwände du noch haben kannst. Der Preis stimmt, und Felans Reputation ist in der Region unübertroffen.«

»Laura«, sagte sie und griff nach einem Strohhalm.

»Wenn ich das richtig verstanden habe, ist Laura nur zu glücklich, dir die Entscheidung zu überlassen.«

Verdammt, fluchte Cheryl innerlich. Sie konnte sich nicht länger drücken.

Felan stand ganz kühl da, die Hände in die Taschen seiner weiten Blue Jeans vergraben. Breite gelbe Hosenträger, auf denen ein Maßband abgedruckt war, hielten die Jeans. Die kupferne Tönung seiner nackten Arme und seines Brustkorbs bildeten wegen seines weißen Unterhemds einen noch größeren Kontrast. Seine Muskeln waren die eines Mannes, der körperlich hart arbeitete und keine Sitzungen im Fitness Center brauchte. Er sah gut und sauber aus, gut genug zum hastigen Verschlingen. Sie fand es schwer, darüber hinaus zu denken.

Plötzlich kapitulierte sie. Was soll's! Tapfer redete sie sich zu, dass sie mit ihm fertig werden würde. Sie würde ihn austrocknen, klein kauen und ausspucken, was übrig blieb. Das war dummes Geschwätz, und sie wusste es, aber sie wollte nicht länger argumentieren.

Sie wünschte, Laura wäre da. Aber sie hatte ein längeres Telefonat gestern Abend ganz spät erhalten. Irgendwas über eine Frau, die bereit war, nach St. Jude zu kommen, um das Bordell zu führen. Aber man durfte es so nicht mehr nennen. Es musste ein teurer Club sein, sonst war das Unternehmen gefährdet.

Die Frau hieß Bronwen, und sie hatte auch einen Mann dabei, Luke. Laura hatte sie eingeladen, sich St. Jude einmal anzusehen. Dann hatte sie am Telefon weiter von Lederkluften und S&M erzählt und von Bronwens reichhaltigen Erfahrungen.

Cheryl hatte Lauras Enthusiasmus nicht zügeln wollen und hatte die Freundin nicht daran erinnert, dass es noch ziemlich früh für solche Details war. Es gab eine Menge zu tun, bevor die erste Orgie auf St. Jude steigen konnte. Es schien, dass sie zu Aktionen angestoßen wurde; zuerst Laura und jetzt Felan.

»War's das dann?«, fragte Felan scharf. »Ich habe noch einen anderen Kunden, der mich heute unbedingt sehen will.«

»Bist du dir sicher, Cheryl?«, fragte Mark, offenbar bereit, aufzustehen und hinauszugehen. »Um halb drei habe ich auch einen Termin. Ich fürchte, du hast nicht mehr viel Zeit für eine Entscheidung. Sollen wir nicht Felan den Auftrag geben?«

»Ja, warum nicht?«, murmelte sie.

»Ja, gut. Dann sollten Sie mich zu Ihrem Apartment führen, damit ich es mir anschauen kann«, schlug Felan vor. Der simple Satz war voller Andeutungen.

Mark durchquerte das Zimmer, gab ihr einen Kuss auf die Wange und sagte: »Ich bin sicher, du hast die richtige Entscheidung getroffen. Wir sehen uns heute Abend – du erinnerst dich? – zum Essen.«

»Ich muss mit Laura reden«, murmelte sie zögerlich, denn sie war nicht sicher, ob sie mit ihm allein in seinem Haus sein wollte. Er würde ihr da vielleicht unangenehme Fragen über ihre Bekanntschaft mit Felan stellen. Sie musste sich erinnern, dass sie nicht mit Mark verheiratet war – weder jetzt noch in Zukunft, schätzte sie.

»Ja, schon gut. Ruf mich später an.«

Stille fiel auf sie herab wie bei einem Bestatter, als sie mit Felan allein war. Dann: »Warum hast du mir nicht gesagt, dass du die Besitzerin bist?« Er starrte sie mit seinen intensiven blauen Augen an.

»Es hat nichts mit dir zu tun, wer ich bin oder nicht bin«, gab sie wütend zurück. »Du hast den Auftrag erhalten, hier zu arbeiten, nicht mehr und nicht weniger.«

Sein Grinsen war spöttisch. »Okay, Madam. Sollen wir uns jetzt dein Apartment anschauen? Oder wäre es dir lieber, wenn wir eine Anstandsdame dabei haben?«

»Glaubst du, ich hätte Angst vor dir?« Sie drückte sich an ihm vorbei zur Tür. Von außen war Cheryl eisig, aber innerlich kochte sie. Sie würde ihn am liebsten in die Arme nehmen und ein Bein um seine Hüften schlingen.

Er blieb noch einen Moment stehen, dann folgte er ihr in den Flur. »Vor mir nicht«, sagte er. »Eher vor dir selbst.« Zu ihrem Entsetzen und Entzücken fuhr er mit einem frechen Finger ihr Rückgrat entlang und hörte erst auf, als er das Gummiband des Rocks erreichte.

»Nimm deine Hände von mir«, sagte sie zähneknirschend und stolzierte voraus, möglichst mehrere Schritte zwischen ihr und ihm. Sie hörte ihn lachen und wollte ihn am liebsten ins Gesicht schlagen.

Sie nahmen die breite Treppe in der Mitte des Hauses.

»Ich werde die Treppe mit Teppich auslegen lassen«, sagte sie.

»Vandale«, schimpfte er. »Du zerstörst den Gesamteindruck, verstehst du? Das Holz muss geschmirgelt und poliert werden, das ist alles.«

»Sie macht zu viel Krach. Außerdem entscheiden Laura und ich ja, was wir wie erneuern.«

Er verzog das Gesicht, sagte aber nichts mehr, bis sie vor der Tür anlangten, die in die Vorhalle der Direktorwohnung führte. »Ich habe mir schon Notizen darüber gemacht«, sagte er, schritt den Flur ab und betrat das große Wohnzimmer. »Hier ist es zu dunkel, zu düster. Ich glaube, für die Paneele sollte man ein blasses Taubengrau verwenden, und die Decke sollte weiß sein. Ein Spritzer Wedgwood Blau für die Simse und Randleisten. Früher war das Zimmer mit Kronleuchtern ausgestattet, die man wieder ersetzen sollte. Nur zwei, die von den Medaillons herunterhingen. Sie sollten auch in Blau sein, und dazu brauchen wir passende Wandleuchten und Stehlampen mit großen Schirmen.«

»Ach? Mir sind Punktscheinwerfer lieber«, sagte sie impulsiv. Das stimmte zwar nicht, aber sie war entschlossen, ihm zu widersprechen.

Er verzog das Gesicht. »Wenn es sein muss, kann man sie in der Küche verwenden, weil sie modernisiert werden muss, aber auch dort muss ich auf geweißten Wänden bestehen und auf Eiche für die Rundbogentüren. Wir brauchen eine Belfast Spüle und einen Herd, der antiquiert aussieht und ...«

»Ich muss ihn mit Gas befeuern können. Mit anderen Brennstoffen kenne ich mich nicht aus.«

»Das Haus wird mit Öl befeuert. Es gibt keinen Gasanschluss, nur Elektrizität.«

»Das ist mir egal. Meistens werde ich mir das Essen aus der Küche bringen lassen. Ich habe im Laufe der Jahre genug gekocht und kann es nicht mehr ausstehen.« Sie sprach eine alte Abneigung aus.

Er hob abwehrend beide Arme. »Genug gehört. Leere deine emotionalen Bürden nicht auf meinem Bett aus.«

»Diese Absicht habe ich auch nicht«, fauchte sie. Ihr Gesicht war heiß, ihre Pussy war heiß, und sie war wütender, als sie seit langem gewesen war.

Er lächelte, und seine Augen wurden wärmer. Sie wünschte, sie wären so abweisend geblieben, sonst fiel es schwerer, ihn zu hassen. »Du musst mich mal für dich kochen lassen. Mir macht das Kochen gewaltigen Spaß.«

»Spülst du danach und trocknest auch ab? Ich wette nein«, beschuldigte sie ihn und erinnerte sich daran, wie Ashley ab und zu mal gern den Chef spielte und auch an die gegenseitigen Vorwürfe, wenn sie den Zustand der Küche sah.

»Komm und überzeuge dich selbst«, forderte er sie heraus.

»Solltest du nicht vorher deine Frau fragen, bevor du Leute zu dir nach Hause einlädst?«

»Ich bin geschieden«, sagte er. »Ich lebe allein.«

Da diese Frage geklärt war, streckte sie neue Fühler aus, aber sie ignorierte ihre wilde Neugier. »In Westcombe?«, fragte sie wie nebenbei und ging an den Wänden vorbei, als wäre der Zustand der verblichenen Tapete von höchster Bedeutung.

»Nicht weit weg«, sagte er vage.

Sie spürte die Wärme seines Körpers, als er hinter sie trat. Er stand so nahe, dass sie seinen Atem im Nacken spürte. Sie wünschte, sie hätte ihre Haare nicht aufgetürmt. Sie ließen den Nacken zu ungeschützt.

Unwillkürlich legte sie ihre Arme gegen die Wand, die Hände flach dagegen, und registrierte die klamme Kälte, die aus nicht genutzten Räumen drang. Seine Körperwärme wurde dadurch noch verlockender. Sie erwischte einen Hauch von frisch geduschten männlichen Genitalien und einem Anflug eines guten Parfums. Es gefiel ihr, dass er sich auf diese Weise auf das Gespräch mit ihr vorbereitet hatte, obwohl er noch gar nicht wusste, dass er sie dabei sehen würde.

»Du wirst froh sein, dass du dich so entschieden hast.« Sie sprach, ohne es zu wollen.

Sie fühlte das rumpelnde Lachen in seiner Brust, fühlte seine Arme, die sich um ihre Rippen legten und seine Hände, die ihre Brüste umschlossen. Seine harte Erektion bohrte sich in ihren Rücken, und seine kräftigen Schenkel quetschten ihre Pobacken. Er senkte den Kopf, und sie schüttelte sich, als seine Lippen ihre Haut kosten, und zwar genau an der Stelle, wo die Schultern auf ihren Nacken treffen. Gänsehaut bildete sich auf allen Gliedmaßen, und ihre Klitoris pochte zum Klopfen in ihren Brüsten.

»Wegen dir, meinst du? Ich glaube nicht, Mrs. Barden.« Er gluckste, und sein Atem kitzelte ihr Ohr. Das Schaben seines Bartes trug zur Verführung bei. »Ich führe das eher auf meine Hoffnung zurück, dass ich vielleicht noch mal Glück haben werde.«

Sein Spott erwies sich als ihre Rettung. Sie versteifte sich, schob seine Hände weg und glitt an der Wand entlang. Sie drehte sich um und schnarrte: »Wir sind wegen eines Auftrags hier, Mr. Boynton. Sie wollen sich das Apartment ansehen, damit Sie mit der Restaurierung sofort beginnen können. Ich will innerhalb einer Woche in der Lage sein, hier einzuziehen, deshalb sollten Sie es zügig angehen lassen.«

Von diesem Moment an sprachen sie nur noch Dienstliches miteinander. Sie verwarf seine Vorschläge, und er machte sich Notizen und zeichnete. Sie debattierten, sie stritten sogar, aber auf einer strengen Auftraggeber / Auftragnehmer Beziehung. Kein intimes Wort mehr, selbst dann nicht, als sie ihr Schlafzimmer besprachen.

Sie wusste genau, was sie wollte: Ein Himmelbett im Stil des späten achtzehnten Jahrhunderts, und ihm sollte sich alles andere unterordnen – gestreifte Tapete, viel Vergoldetes, Gipsamoretten, und all den Luxus und die Dekadenz dieser Zeit, aus der auch der Regent's Pavilion in Brighton stammte.

»Ich werde zu entsprechenden Versteigerungen gehen«, sagte sie.

»Ich hoffe, sie haben ein extra dickes Bündel dafür zurückgelegt.«

»Lassen Sie das meine Sorge sein. Sie brauchen sich nur an meine Anweisungen zu halten.«

»Ja, Ma'am. Gewiss, Ma'am.« Er schob eine Locke aus der Stirn.

Sie sah kurz hoch, stellte sich trotzig vor ihn und sagte: »Das wird nicht funktionieren.«

Er musterte sie über eine längere Zeit, ein hämisches Grinsen im Gesicht. »Doch, doch, es wird funktionieren.«

»Wird es nicht, solange Sie mich nicht ernst nehmen.«

»Aber das tue ich doch«, protestierte er und streckte die Arme aus. »Ich rufe mir immer wieder in Erinnerung, dass Sie Mrs. Barden sind, meine neue wichtige Auftraggeberin, die Geld wie Heu hat, und nicht die Frau, die illegal ins Haus eingedrungen ist und mir den besten Blowjob meines Lebens verpasst hat.«

»Hören Sie auf!«, schrie sie. »Ich will nicht mehr daran denken!«

»Aber Sie denken die ganze Zeit daran, nicht wahr? Die ganze Zeit. Ich auch«, sagte er, und in seiner Stimme lag nichts Humoriges mehr. »Der Anwalt – vögelt der Sie?«

»Sie haben vielleicht Nerven!«, rief sie empört. Dann wechselte sie das Thema. »Lassen Sie mich Ihre Farbmuster sehen. Die Auswahl ist gewaltig, und das ist gut so. Dieses Haus soll wie ein Palast aussehen.«

Unter großer Anstrengung gelang es ihr, die nächste Stunde ein Arbeitsgespräch mit ihm zu führen, obwohl immer die Gefahr bestand, dass die Anspannung explodierte.

Aber sie explodierte nicht, und als Cheryl später das Haus verließ, wusste sie, welche Farben Felan beim Großhändler bestellen würde. Er hatte versprochen, dass er an dem Abend seine Mannschaft zusammenstellte, und morgen würden sie mit der Arbeit beginnen.

Als sie in ihrem Auto saß, rief sie Laura auf dem Handy an. Sie meldete sich nicht. Himmel! Wo blieb sie so lange? Bronwen und Luke musste ja ganz große Nummern sein. Bumste Laura sie beide?

Westcombe brummte vor Besuchern, obwohl die Saison noch gar nicht richtig begonnen hatte. Anfang Juni, also noch einige Wochen bis zu den Ferien, wenn Eltern und ausgelassene Kinder die Strände eroberten. In dieser Zeit war es gut, einen großen Bogen um die Stadt zu fahren. Obwohl viele Pauschaltouristen ins Ausland flogen, blieb ein harter Kern im Land, überzeugt, dass ein traditioneller Urlaub an der englischen See das Wahre war, auch wenn man Regen, Stürme und Überschwemmungen in Kauf nehmen musste.

Cheryl fuhr bei Lauras Wohnung vorbei. Sie erhielt keine Reaktion auf ihr mehrfaches Klingeln. Schließlich gab sie auf und fuhr zurück nach Fell Tor.

Auch wenn es ihr da nicht gefiel, konnte sie dort duschen und sich abkühlen. In ihrem Kopf tummelten sich so viele Emotionen, die alle an die Luft wollten, aber sie konnte die Bilder von Felan nicht abschütteln. Von der Straße bogen mehrere schmale Wege ab, darunter eine Strecke, die ins Moor führte. Cheryl spürte die Gier in sich und spreizte unwillkürlich die Beine, als sie auf die Bremse gehen musste.

Der Geruch ihrer Säfte stieg von der Spalte hoch zu ihr, und einen Moment lang war sie versucht, auf dem Seitenstreifen anzuhalten und sich dem tobenden Verlangen nach einem Orgasmus zu ergeben. Aber stattdessen versprach sie sich, sobald sie ihr Schlafzimmer erreicht hatte, würde sie sich den Nachmittag über mit ihrem Lieblingsvibrator abgeben. Damit würde sie Felans Bilder vertreiben. Oder?

»Was hältst du von ihnen?«, fragte Laura nervös, als sie einen Moment erwischte, in dem sie mit Cheryl allein war.

Sie hatten Bronwen und Luke in den Türmen gelassen. Bronwen hörten sie mehrmals kleine entzückte Schreie ausstoßen, besonders, als sie das Kellergeschoss erforschte.

»Sie scheinen ihr Geschäft zu kennen«, sagte Cheryl vorsichtig. »Erkläre mir noch einmal, wie du sie kennen gelernt hast.«

Laura ging ihre Geschichte noch einmal durch, angefangen mit dem Besuch im Sexshop *Schäme dich nicht* bis zum Abend, als Bronwen und Luke sie im Dickens Hotel besucht hatten. Errötend gab sie intime Details preis, aber wenigstens kippte ihre Stimme nicht. Cheryl nickte und hörte ohne Kommentar zu, setzte in der halb unterirdischen Küche mit den vielen Spinngeweben den Wasserkessel auf und musste daran denken, dass in dieser Küche lange Zeit für hundert Schüler gekocht worden war. Sie hatte Geschirr und ein Tablett mitgebracht, eine Dose Kaffee, Zucker und Büchsenmilch.

»Traust du ihnen?«, fragte sie.

»Ja, ich glaube schon. Wir müssen allen Leuten vertrauen, die wir einstellen.«

»Nicht unbedingt. Wir können Agenturen einschalten, die uns Zimmermädchen und Kellner, Gärtner, Platzwarte, Köche und Verwalter schicken, und sie alle werden Referenzen haben«, sagte Cheryl, »aber ich weiß nicht, ob es eine solche Agentur auch für ein Bordell gibt.«

»Deshalb war ich ja so glücklich, dass ich ihnen fast über den Weg gelaufen bin«, sagte Laura. Sie trottete hinter Cheryl her, die das Tablett mit dem Kaffee trug, als sie zurück in den Ostturm gingen. »Und ihre Empfehlung, das Etablissement als Club zu führen, hört sich überzeugend an. Ich hätte daran niemals gedacht. Du?«

»Nein, obwohl ich mich erinnere, von Polizeirazzien in Bordellen gelesen zu haben. Die Besitzer mussten hohe Geldstrafen zahlen. Ich glaube, ich bin davon ausgegangen, dass wir kein hohes Risiko eingehen, weil wir unter dem Deckmantel eines Luxushotels operieren. Aber du hast Recht. Es ist gut, jemanden zu haben, der sich auskennt«, stimmte Cheryl zu.

»Es ist schade, dass die Arbeiten gerade erst beginnen«, sagte Laura. »Ich hoffe, dass sie dadurch nicht den Mut verlieren.«

Sie hatte den Bauunternehmer Felan mit den schwarzen Brauen kennen gelernt; sie fand, dass er wahnsinnig gut aussah, und begriff nicht, dass Cheryl ihn so kratzbürstig behandelte. Weil sie keine Zeit verlieren wollte, hatte sie Bronwen und Luke für Samstag und Sonntag eingeladen. Sie besaß ein Gästezimmer und freute sich darauf, sie wiederzusehen.

Dies war ihr erster Blick auf St. Jude, und da sonniges Wetter herrschte, würden die Städter beeindruckt sein. Der Urwaldgarten, das überwucherte Sommerhaus, die großen Räume und die Pracht, die man ahnen konnte, weil Felans Mannschaft schon begonnen hatte, ihr Können zu zeigen. Während Bronwen sich auf die Bauarbeiter stürzte, schlenderte Luke durch die einzelnen Räume, die Augen zu Schlitzen verzogen, als wollte er eine Inventur anlegen.

»Es sind die Türme, die euer spezielles Gebiet wären, wenn ihr beschlossen habt, bei uns anzufangen«, sagte Cheryl, als sie den Kaffee verteilt hatte.

»Die Keller haben ein gewaltiges Potenzial. Wir brauchen

einen Designer mit dem richtigen Gefühl für das, was die Phantasie des Einzelnen braucht«, sagte Bronwen. »Und ich kenne genau den richtigen Typen dafür.«

»Alroy«, warf Luke ein, sprang auf eine Fensterbank, hielt sich am Mittelpfosten fest und starrte hinunter auf den tiefen Fall bis auf die Terrasse.

»Das ist unser wichtigster Mann. Er ist brillant. Und kennt jeden Zentimeter der Szene. Er wird Entwürfe vorlegen, von denen ihr verblüfft sein werdet. Er ist der Beste.« Bronwen ging zu Luke auf die Fensterbank. Laura fand, dass sie wie ein prächtiges Sittichpärchen aussahen.

Sie glitzerte, und er auch. Sie hatten sich eine Bräune zulegen können, weil sie sich auf dem Flachdach ihrer Wohnung hatten ausstrecken können, und weil ihnen das nicht schnell genug ging, hatten sie im Solarium die letzte Schicht geholt. Laura war aufgefallen, wie überrascht Cheryl bei der ersten Begegnung gewesen war.

Die Arbeiter hatten Punkt zwölf aufgehört, und sie hatte auf ihren Abzug gewartet, um Bronwen und Luke St. Jude zeigen zu können. Bronwen trug ein kurzes Baumwollkleid, orangefarbene Kreise auf goldenem Untergrund. Die Brüste schwebten frei, und die langen Beine zeigte sie ohne jedes Zaudern. Das ungezähmte Haar fiel in lockigen Kaskaden über Nacken und Ohren. Sie trug hochhackige Sandalen mit Riemchen über den Zehen. Sie hatte sie erst in Lauras Wohnung angezogen, denn von London war sie barfuß gefahren.

Cheryl hatte schlucken müssen, als ihr Luke vorgestellt wurde, diese jungenhafte Version von John Travolta. Das amüsierte Laura, denn sie wusste ja, welche Wirkung er auf sie gehabt hatte. Sie war permanent erregt in seiner Nähe, und sie war sicher, dass es Cheryl auch so ging.

»Soll ich Alroy anrufen und ihn fragen, ob er sich das mal

ansehen will?«, fragte Bronwen. Sie sprang von der Fensterbank und landete neben Cheryl.

»Ja, das wäre ganz gut, denn ich will das von meinen Arbeitern fernhalten.«

»Dann überlass es mir. Ich habe eine Menge Ideen im Kopf, was dieses Haus betrifft. Alroy und ich haben früher schon an solchen Objekten gearbeitet.«

Cheryl nickte zwar, aber Laura ahnte, dass sie auch keine bessere Vorstellung hatte als sie selbst. Worauf hatten sie sich da eingelassen?

»Ist es überhaupt möglich, das Hotel und den Club gemeinsam zu führen? Wird sich das nicht herumsprechen? Was ist mit den Mitarbeitern, besonders mit den Putzfrauen?«, fragte Laura.

»Ich sehe kein Problem«, antwortete Bronwen, nachdem sie am Kaffee genippt hatte. Ihre braunen Augen sahen sich im Raum um. »Ihr betreibt die normale Werbung für ein Luxushotel und zieht damit normale Gäste an. Die andere Hälfte der Kundenwerbung überlasst ihr mir. Ich kenne die richtigen Stellen, an denen man die Nachricht von diesem fabelhaften Club verbreitet, in dem man für einen Preis alles arrangieren kann, wovon der Kunde bisher nur geträumt hat.«

»Nichts Derbes«, sagte Cheryl.

»Würde ich denn jemals …?« Bronwen legte eine Hand auf ihren Busen und sah Cheryl mit großen Augen an. »Ich verstehe diese Dinge. In einer Wegwerfkultur haben die zeitlosen Dinge, die von Bestand sind, eine starke Anziehungskraft. Ihr wärt überrascht über die Zahl der Männer, die Kittel und Schürze tragen wollen oder Hundehalsband und Leine und die unbedingt erleben müssen, wie sie von der dominanten Herrin beschimpft und verprügelt werden.«

»Sie würden es gern sehen, wenn die Prügelstrafe wieder eingeführt würde«, ergänzte Luke, sprang von der Fensterbank und landete auf Cheryls anderer Seite. Er lächelte Laura zu und streckte einen Arm aus. »Wir haben Laura schon gezeigt, was wir drauf haben, nicht wahr, Laura? Soll ich mein Spielzeug herausholen, damit Cheryl es kennen lernt?«

»Noch nicht. Hol uns zuerst die Kiste, Luke«, ordnete Bronwen an.

»Wie du willst«, sagte er fröhlich und verschwand.

»Ich habe einige der Dinge mitgebracht, die wir hier brauchen werden. Unsere Klienten tun gerne so als ob. Wenn sie Masken tragen oder andere Kleider als ihre üblichen, dann können sie alles sein, wovon sie phantasieren. Sie können unterwürfig oder dominant sein, Huren oder Meister. Frage Laura, wie sie sich im Gladiator Outfit gefühlt hat.«

»Sie hat es mir schon erzählt und das Outfit auch schon vorgeführt«, sagte Cheryl, und Laura ahnte, dass sie noch nicht ganz überzeugt war.

»Dann bist du jetzt dran und wirst aufgeklärt«, rief Bronwen, als Luke eine große Kiste hereinbrachte und auf die Fensterbank stellte. Er öffnete die beiden Vorhängeschlösser, während Bronwen anfing, Seide und Federn herauszuziehen, Leder und PVC, enge Stiefel und Stilettos.

Cheryl schüttelte den Kopf und wich einen Schritt zurück, aber dann holte Bronwen ein Wespentaillenkorsett aus der Tiefe der Kiste. Es bestand aus schwarzem Satin, wurde von Walfischknochen gehalten und von scharlachrotem Netzstoff gesäumt. Dann folgte eine Tournüre, ein unter dem Kleid getragenes Polster für den Po. Bronwen holte immer mehr aus der Kiste heraus, Strümpfe, Strapse, einen raschelnden Rock aus Taft und ein tief ausgeschnittenes Mieder aus Samt.

»Du musst angemessen gekleidet sein, wenn du die Gastgeberin des Clubs bist«, sagte Bronwen und hielt Cheryl die einzelnen Kleidungsstücke hin.

Cheryl sah Laura an, die nur zustimmend nickte.

»Es bringt Spaß, das verspreche ich.«

»Lasst euch von mir nicht stören«, sagte Luke, der so etwas wie eine Schiedsrichterposition eingenommen hatte. »Ich habe mehr Muschis gesehen als ihr warme Mahlzeiten.«

Laura erwartete, dass Cheryl geradeheraus ablehnen würde, aber stattdessen sah sie, wie sie Shorts und T-Shirt abstreifte. Sie bewunderte die Figur der Freundin, denn sie war schlanker, als Laura seit Jahren gewesen war, auch gut durchtrainiert, als hätte sie ein Fitness-Video eingelegt und sich streng daran gehalten.

Cheryl war ein bisschen größer als sie selbst, und der ganze Körper schimmerte goldbraun. In Fell Tor konnte sie schwimmen und nackt baden. Ich muss auch damit anfangen, beschloss Laura, ganz egal, was sie über die schädigenden Strahlen sagen.

»Höschen und BH auch, Cheryl«, sagte Bronwen. Cheryl blieb mit dem Rücken zu Luke sitzen und entfernte die letzten Schranken zwischen sich und völliger Nacktheit.

Bronwen hatte ihr schnell und geschickt das Korsett angelegt und zog die Schnüre auf dem Rücken stramm. Cheryls Atem wurde rausgedrückt, und ihre Taille wurde immer schmaler. Ihre Brüste hoben sich über den Rand des Mieders, und ihre Hüften wirkten breiter.

»Verdammt, ist das eng«, stöhnte sie.

»Das muss es auch sein«, beharrte Bronwen. Cheryl legte eine Hand auf ihre Schulter, um sich abzustützen, während Bronwen ihr zuerst den einen und dann den anderen durchsichtigen Strumpf anzog und an den Strapsen befestigte.

»Zieh die Stiefel an«, befahl Bronwen, und als Cheryl gehorchte, hakte sie die Schlaufen über die glänzenden runden Knöpfe, dann strich Bronwen mit einer Hand an Cheryls Schenkeln hoch und berührte die Stelle dazwischen.

»Du bist ganz schön nass«, bemerkte Bronwen.

Laura wurde auch nass. Seit Bronwen ihre Begehrlichkeit nach Frauen geweckt hatte, waren ihre Gedanken immer wieder zu diesem Thema zurückgekommen. Und als sie Cheryl zuschaute, wie sie in das enge Schwarze getrieben wurde, war sie erregt worden.

Und Luke war auch erregt. Sie konnte die Erektion sehen, die sich gegen seine Jeans zwängte, und sie erinnerte sich an die ungeheure Größe. Es wäre schön, wenn sie diese Erfahrung mit Cheryl teilen könnte. Er war ungewöhnlich groß, nicht nur in ihrer Erinnerung, sondern auch in der Realität. Sie hatte gesehen, wie er Bronwen durchbohrt hatte.

Cheryl ächzte, als sie den Umfang sah. Luke grinste. Er rieb einen Finger über seinen Schaft und zog die Vorhaut zurück. In der Zwischenzeit hatte Bronwen ihre Petticoats über Cheryls Kopf gestülpt. Cheryl wurde in Edouard Manets Barfrau in den Folies-Bergère verwandelt, oder in die stolze Besitzerin eines Edelbordells, in dem sich nur die attraktivsten Modelle zum Verkauf anboten.

Es passte zu ihr. Sie stand da, den Busen herausgedrückt, die Hände auf den Hüften, die vom Korsett umschmiegt wurden. Es gab einen herausfordernden Blick in ihren Augen, einen ›Komm-und-hol's-dir-Blick‹. Und zeitgleich flammte ein warnendes Glitzern in ihren Augen auf.

»Wie sehe ich aus, Laura?«, fragte sie und rauschte durch den Raum.

»Du passt zu dem, was du darstellen sollst«, antwortete Laura, und ihre Ängste über Bronwen und Luke schwanden.

»Ich kann alles besorgen. Ich habe Freunde, die erotische Outfits schneidern und andere, die erotische Stylisten sind«, erzählte Bronwen. Sie setzte sich vor Cheryl auf den Boden und bewunderte ihre Arbeit. »Lass deinen Rock nach oben rutschen, Cheryl. Ja, so ist es gut. Der Kunde soll auch einen kurzen Blick auf deine Pussyhaare werfen können, dann lässt du die Röcke wieder fallen. Ich kenne auch eine Gruppe von Can-can-Tänzern, die bestimmt mitmachen. All die hochgeworfenen Beine, dazwischen die Spagate, und Unterwäsche tragen sie nie. So hielten sie es früher in Paris.«

»Aber wir wollen nicht nur das eine Szenario«, wandte Cheryl ein. Ihre Konzentration war abgelenkt, weil Luke sich langsam streichelte. Sein Gerät erhob sich wie der Stamm einer exotischen Pflanze, gewaltig und schwer in der Hand, die den Schaft kaum umschließen konnte. Die Hoden lagen auf dem Sitz zwischen seinen Beinen, zwei große Früchte in einem dunkel behaarten Netz.

»Wir werden alles haben, was wir brauchen. Alroy bringt bestimmt verrückte Ideen mit. Er verwendet Farben und Stoffe in den Zimmern und wird die Keller in Bestrafungszentren verwandeln. Ihr braucht euch um nichts zu kümmern. Er wird die Geräte mitbringen, die Instrumente und alles, was man in einem Keller so braucht. Ihr braucht nur euer Hotel zu führen und überlasst uns den Bauch.«

»Komm her«, flüsterte Luke verführerisch und winkte Cheryl mit seinem Rohr zu. »Was sagst du zu einer Probe der Dinge, die da kommen werden?«

Während Felan und seine wackeren Männer hämmerten und Leitungen legten, ganze Wände hereinholten und andere errichteten, verwandelten sie die Hauptküche zu einem Ausstellungsstück, das auch die Ansprüche jedes Fernsehkochs erfüllt hätte.

Sie schufteten unermüdlich, verputzten, tapezierten und erledigten die hundert anderen Arbeiten, die erforderlich waren, um aus einer vermoderten Schule ein Fünf-Sterne-Hotel zu schaffen. Laura und Cheryl brachten sich bei der Möblierung ein, und auch sie arbeiteten bis zum Umfallen.

Ein Brief, den sie von Dempsey Enterprises erhielt, empörte Cheryl. Dempsey wollte St. Jude zu einem beträchtlichen Preis kaufen, deutlich mehr, als die beiden Frauen dafür gezahlt hatten. Cheryl besprach sich mit der Freundin, dann schrieb sie eine unmissverständliche Ablehnung und verdoppelte ihre Anstrengungen, damit sie in einem Monat eröffnen konnten.

»Ich kenne John Dempsey von früher«, erklärte sie der Freundin. »Er ist einer der leuchtenden Größen im Sailing Club und hat inzwischen einen guten Ruf als Unternehmer erworben, der seine Finger in zahlreichen Töpfen stecken hat. Mir war seine Marke des männlichen Chauvinismus und seiner Arroganz nie geheuer. Einmal sind wir bei einem Regattaball aneinandergeraten. Er hatte seine Hand unter meinem Rock und erwartete wohl, dass ich mich geehrt fühlen sollte. Seither sind unsere Gefühle von gegenseitiger Missachtung geprägt, und meine grenzt schon an Abscheu. Für ihn muss es ein Schlag in die Magengrube sein, dass wir St. Jude zuerst ausgesucht und gekauft haben. Ich würde lieber an einen armen Schlucker verkaufen als an ihn.«

»Kann er ein gefährlicher Gegner sein?«, fragte Laura.

»Das nehme ich an. Er gehört dem Stadtrat an, deshalb war es wichtig, dass Bronwen uns den Tipp mit der Einrichtung eines Clubs gegeben hat. Ich sehe nicht, wie er uns jetzt noch schaden kann.«

»Wie wäre es, wenn wir ihm Honig um den Bart schmieren und ihn zur großen Eröffnung einladen? Andere hohen Tiere natürlich auch. St. Jude sieht phantastisch aus, es stellt was dar. Die lokalen Zeitungen werden darüber schreiben, und im Westcombe Radio will man uns interviewen. Die Buchungen nehmen zu. Bronwen und Luke werden sich rar machen, und das Catering liegt in den fähigen Händen von Thomas und Ursula.«

Sie hatten viele Bewerber für die Positionen des Chefkochs und der Hausverwalterin. Sie hatten sich dann für einen stämmigen, genialen Chef entschieden, der beeindruckende Referenzen vorweisen konnte, und für eine fünfzig Jahre alte Frau, die in ihren Zeugnissen fast überschwänglich gelobt wurde. Sie war von heiterer Natur und hatte Witz. Andere Angestellte hatten sie aus dem Umfeld rekrutiert.

Bronwen hatte Alroy versteckt, bis Felan mit den Türmen fertig war. Alroy, geschmeidig und groß, ein wirklich schöner schwarzer Mann, zog sich gern auffällig an; gestreifte Hemden und Maßschuhe aus Mailand, die er ohne Socken trug. Er verströmte aus seinen langen schwarzen Locken den Duft von Sandelholz.

Er war unfreiwillig komisch. Als er durch die leeren Räume der Türme ging, sagte er: »Ich sehe Bilder und stelle mir Rollen vor. Diese Türme! Sie sind so nah, so hier! Sie sind wie du!«

Ermutigt durch seine Expertise und durch sein Flair, ließen ihm Laura und Cheryl freie Hand. Sie durften auch nicht sehen, was er dabei war zu schaffen, bis es fertig war, aber als sie dann über die Schwelle traten, übertraf die Ausstattung ihre wildesten Träume. Er geriet in Ekstase, weil es ihnen gefiel, und verlangte, dass sie ihn zum Ehrengast ernannten, wenn der Club eröffnet wurde. Und lebenslange Mitgliedschaft wollte er auch haben.

»Ich bin verdammt scharf auf ihn«, gestand Cheryl.

»Ich auch«, gab Laura seufzend zurück, »aber er schwingt auf beiden Seiten.«

# *Sechstes Kapitel*

»Diese freche Stute hat den Nerv, mich zur Eröffnung ihres Hotels einzuladen.« John Dempsey musste gegen das Klatschen der Wellen und die knarrenden Seile anschreien. »Fertig! Leewärts!« Er ließ Ashley keine Chance, darauf zu antworten. »Oh, Mann, was ist mit dir los? Pack den Klüver! Verdammt, wir werden in einer Minute auf der falschen Seite der Boje liegen! Ich wünschte, ich hätte eines der Mädchen gebeten, mit mir zu segeln. Sie hätten es keinen Deut schlechter gemacht, und ich hätte einen Steifen bekommen, weil ich mich an ihren Titten hätte satt sehen können!«

Sie segelten Johns Dingi und nahmen am Samstagmorgenrennen teil, das keine weitreichende Bedeutung hatte, aber das John gewinnen wollte. Der zweite oder dritte Platz waren ihm nie gut genug. Er hatte Cheryls auf Büttenpapier mit Goldrand geschriebene Einladung mit der Post erhalten, und dies hatte ihn in eine solche Rage versetzt, dass ihn nichts anderes versöhnen konnte, als ihren Ex-Ehemann auf seinem Boot herumzukommandieren.

Das geschieht dem Arsch recht, dachte John. Er hätte sie auf Linie halten sollen, diese Hexe. Die Arbeit an Bord war ein undankbarer Job, besonders wenn, wie heute, der Regen peitschte. Die Seile waren nass und rau und rissen auch die härtesten Hände auf, und der Wind kam aus wechselnden Richtungen und zwang sie, von einer Seite zur anderen zu lavieren. Das Boot war klein, kein Vergleich mit Johns Jacht, aber es erforderte großes Geschick, es zu steuern. Es gab John die Chance, mit seiner Erfahrung zu protzen.

»Mich hat sie nicht eingeladen«, rief Ashley zurück. Unter seinem Südwester tropften die Haare, und der Regen rann ihm übers Gesicht.

»Was? Hat sie nicht? Warum mich dann? Und warum Stadtrat Pringle und seine Frau und den Polizeichef? Wen will sie beeindrucken? Verdammt! Pass auf! Himmel, dieser Idiot steuerbord hat uns um einen Spatzenfurz verpasst!« John schnappte sich ein Seil und schwang es wie ein verspäteter Captain Hook gegen den gegnerischen Steuermann und überschüttete ihn mit Beleidigungen. »Verdammte Ratte! Du willst ein Seemann sein? Eher jemand, der unter Mutters Röcken verschwindet! Du hast meinen Bug angekratzt, du elender Mistkerl!«

Eine Bö verfing sich im Segel. Das Dingi hüpfte einen Sprung nach vorn. »Du musst das Hauptsegel stabilisieren! Der Spinnaker muss aufhören zu schlagen! Schnell, sonst kentern wir!« John schaffte im letzten Moment die Wende durch ein Herumreißen des Seitenruders, womit die Katastrophe knapp vermieden war.

Sie bogen um die Boje und begannen die letzte Runde. John konnte die Trophäe fast schon in der Faust mit den geröteten Knöcheln fühlen. Es war zwar nur eine bescheidene Auszeichnung, aber es war wieder eine, die seine Sammlung vergrößerte. Ein weiteres Symbol für seine Einmaligkeit, das Emily polieren musste. Aber seine Verärgerung über Cheryl gärte noch in ihm. Als er im Clubhaus die Umkleide für Männer betrat, musste Ashley einen Wortschwall über sich ergehen lassen. Er stand zitternd da und knöpfte seine Jacke auf, dann kämpfte er sich aus seinem klatschnassen Pullover und ließ Shorts und Unterhose fallen. Er schnürte seine durchweichten Schuhe auf und wollte unter die Dusche.

John stellte sich ihm in den Weg und starrte verächtlich auf seine Genitalien. Die Kälte hatte Ashleys Penis auf die Größe eines Cocktailwürstchens schrumpfen lassen, und die Hoden hatten sich ganz zurückgezogen, als suchten sie Wärme und Geborgenheit.

»Das Ding da ist für den ganzen Ärger verantwortlich«, schnarrte John und zeigte mit ausgestrecktem Finger auf die Stelle. »Du warst Cheryl niemals genug! Ich kann absolut nicht verstehen, was die Hure des Commodore in dir sieht!«

Das war nun sogar für Ashley zu viel, dessen Auskommen zum Teil davon abhing, dass er diesem unausstehlichen Ekel nach dem Mund redete. »Lass Yvonne aus dem Spiel«, murmelte er durch klappernde Zähne.

»Du kannst mir nichts von ihr erzählen, was ich nicht schon weiß«, höhnte John in seinem Kälteschutzanzug, der ihn von Hals bis Füßen bedeckte. Er wechselte seine Taktik, ließ Ashley unter die Dusche treten, folgte ihm und fügte hinzu: »Ich will mich doch mit dir nicht verkrachen, alter Freund, aber du musst zugeben, dass deine Ex eine verdammt ärgerliche Kuh ist. Ich sage dir, ich gebe mich noch nicht geschlagen. In dieser Gegend habe ich immer noch ein Wörtchen mitzureden. Ich lasse mich von ihr nicht aufs Kreuz legen.«

Er zog den Reißverschluss des Neoprenanzugs auf, in dem er sich sehr wohl gefühlt hatte. Die Innenseite war wie ein Schwamm und umschmiegte seine Nacktheit auf fast infantile, aber sexuelle Art. Er liebte das Gefühl, dass Penis und Hoden von einer samtenen Faust umschlungen wurden.

Sein reifer, muskulöser Körper tauchte auf, als er das synthetische Gummi abschälte. Er trug nichts darunter. Er kniff die Backen zusammen, spreizte die Schenkel und war zufrieden mit seiner Gestalt, auch wenn Brust- und Schamhaare allmählich grau wurden. Trotzdem blieb er ein Sportsmann, der jede Herausforderung annahm, nicht nur im sportlichen Bereich. Es wurmte ihn, dass eine Frau ihn besiegt hatte.

Er fing sein Spiegelbild im Waschraumspiegel auf, und sein

Blick blieb an den Anhängseln zwischen seinen Beinen hängen. Er war immer stolz auf seinen Hammer gewesen, auf seine Kronjuwelen, und er zögerte auch nie, sie vor anderen Männern zu zeigen, weil er sicher war, dass er sich hinter anderen Männern nicht verstecken musste.

Er drehte das Wasser in der Dusche nebenan auf, rieb sich heftig und sah, dass seine Haut rosig wurde. Das heiße Wasser ergoss sich über seinen Kopf und die Brust, dann flossen die Strahlen über Schenkel und Füße. John sah, dass Ashleys Pinsel unter der Stimulation des heißen Wassers gewachsen war, und seltsamerweise begann sich seiner auch zu heben und dick zu werden. Er sagte sich, dass das eine ganz normale Reaktion war, eine körperliche Reaktion auf die Hitze und auf das glitschige Duschgel, mit dem er sich eingerieben hatte, und auf das allgemeine Wohlbefinden, das ihn durchflutete. Jedenfalls hatte es nichts damit zu tun, dass er nackt unter der Dusche neben einem anderen Mann stand! Was für ein törichter Gedanke!

Andere stapften herein, und jeder hatte eine Geschichte über die Erlebnisse an diesem Morgen zu erzählen. Die meisten gratulierten John zum Sieg. Er rubbelte sich trocken, zog frische Boxershorts an, eine graue lange Hose, einen dunkelblauen Jersey und einen marineblauen Blazer. Drinks würde es später nach der Manöverkritik geben. Sie sahen ihn als ihren Anführer und Sprecher an, und er badete in ihrer Bewunderung. Männer waren viel verständnisvoller als Frauen. Logisch, sie waren ja vernünftige Menschen. Sie wussten, was sie wollten. Aber als er die Umkleide verließ und zur Bar schritt, zuckte sein Penis, und er fragte sich, ob Peggy, die blonde Kellnerin, Dienst hatte. Er war in der Stimmung, ihr einen zu stecken.

Cheryl streckte einen Arm aus und hob den Telefonhörer ab. Sie befand sich noch im Halbschlaf, war desorientiert, bis sie sich in ihrem schönen Schlafzimmer umsah.

»Tut mir leid, dich zu stören«, sagte ihre Mutter. »Ich wollte dich erwischen, bevor du irgendwohin entschwindest. Danke für die Einladung. Ja, Deven und ich wären schrecklich gern bei der Eröffnung dabei. Können wir noch einen Freund oder zwei mitbringen?«

»Du kannst die ganze Mannschaft mitbringen, wenn du willst«, antwortete Cheryl, während sie die Pagoden und Brücken und die winzigen orientalischen Figuren auf der chinesisch anmutenden Tapete betrachtete, die sie schließlich den geplanten Streifen vorgezogen hatte.

»Wie wäre es, wenn du dich heute Abend bei uns sehen lässt?«, fragte Joanna. »Als ich dich das letzte Mal gesehen habe, hast du müde ausgesehen. Ich habe eine kleine Überraschung geplant ... etwas, was dir hilft zu entspannen.«

»Aromatherapie? Meditation?«, fragte Cheryl argwöhnisch und fragte sich, welche besonderen Aspekte der Ganzheitsmedizin sie heute erfahren sollte.

»Vielleicht. Du hast dich doch für nichts interessiert, als du noch hier gewohnt hast. Vielleicht ist das nun der Moment, deine Chakras zu klären.«

»Ich habe schrecklich viel zu tun ...« Cheryl wollte noch »Mummy« anhängen, erinnerte sich aber gerade noch rechtzeitig. »Die Eröffnung findet am Freitag statt. Du kannst dir vorstellen, was bis dahin noch erledigt werden muss.«

»Du musst mal eine Pause machen. Laura kann sich kümmern. Und du hast doch eine Hausverwalterin, oder?«

»Und einen neuen Manager, Simon Bell. Wir mussten ihn einstellen, aber jetzt wird es Zeit, dass wir Geld verdienen, sonst haben wir ein ernstes Finanzproblem.«

»Habt ihr euch verausgabt?«

»Wahrscheinlich. Alles ist so schrecklich teuer. Wir wussten nicht, wie viel die Einrichtung kostet. Und ich musste Möbel für meine Wohnung kaufen. Von unserem früheren Haus war nichts mehr zu gebrauchen, und außerdem hat Ashley das meiste genommen. Jetzt ist meine kleine Wohnung ein Schmuckstück, denn ich habe in richtigen Antikläden gekauft. Warte, bis du sie sehen kannst. Ich bin sicher, dass dir die Möbel auch gefallen werden.«

»Du kommst also?«

»Ja, gut, aber ich kann nicht lange bleiben.«

Als sie auflegte, fluchte Cheryl, dass sie wieder klein beigegeben hatte. Sie hasste es, ihrer Mutter was abzuschlagen, und da sie schon vor vier Wochen aus Fell Tor ausgezogen war, schien es kein großes Opfer zu sein.

Sie wusste, dass sie sich im Stress befand. Sie hatte ständig mit den Handwerkern im Clinch gelegen, musste zwischendurch neue Leute einstellen und die Lieferanten anhören und ihre Waren begutachten – vom Bett bis zum Teelöffel.

Es war ein Glück, dass Laura von einer älteren Tante eine Erbschaft gemacht hatte, die etwas über vierzigtausend Pfund betrug. Das war wie Manna vom Himmel und versetzte sie in die Lage, St. Jude komplett zu restaurieren, ohne einen Kredit von der Bank zu beanspruchen.

Es waren nicht nur die endlose Arbeit und die finanziellen Sorgen, dachte sie, als sie am Toilettentisch saß und ihr Gesicht im Drehspiegel betrachtete. Ihr Sexleben erwies sich als kompliziert, und sie war fast so weit, Männer einfach aufzugeben und keusch zu leben. Mark erwies sich als jemand mit Besitzansprüchen, und er redete oft von ›wir‹, wenn es um sie beide ging. Aber was sie betraf, gab es kein ›wir‹, nur einen Mark Warfield und eine Cheryl Barden. Zwei getrennte Einheiten. Und sie war froh, es dabei zu belassen.

Er hatte ihr geholfen, und sie war dankbar dafür. Er war ein verlässlicher Freund. Als Liebhaber hatte er einen goldenen Stern verdient, obwohl Felan aufregender war, und Luke wusste genauer, wie er sie zum Orgasmus bringen konnte. Sie ertappte sich dabei, Vorwände zu erfinden, damit sie Mark nicht allein traf. Okay, es waren nicht immer Vorwände, schließlich hatte sie tatsächlich zu viel zu tun, sie war zu müde, und ihr Kopf war voll von anderen Dingen.

Mit Felan so eng zusammenzuarbeiten war so etwas wie ein Ausdauertest gewesen. Es war unvermeidlich, dass sich ihre Pfade immer wieder mal kreuzten, aber sie hatte die Hemmschwelle ganz hoch gelegt. Eine kleine Schwäche, und schon würde er sie ausnutzen. Er würde ihr sagen, was sie zu tun hatte, würde ihr seine Ideen ins Ohr flüstern und sie ihrer Unabhängigkeit berauben, um die sie so erbittert gekämpft hatte.

Sie lehnte sich mit den Ellbogen auf den Toilettentisch und betrachtete ihr Spiegelbild. Winzige Falten um die Augen. Sie tunkte ihren kleinen Finger in einen Topf mit Feuchtigkeitscreme. Wenn sie den Werbesprüchen glauben konnte, würde diese Creme sie um Jahre jünger scheinen lassen. Sie massierte die Creme ein und fragte sich, warum sie sich derart bemühte. Hatte sie nicht beschlossen, dass Männer zu viel Zeit in Anspruch nehmen, dass emotionale Regungen zu Erschöpfungszuständen führten und dass sie lieber masturbierte als zu bumsen?

Ihr war nicht wohl bei dem Gedanken, dass sie Felan um zehn Uhr in ihrem Büro sehen würde. Sie hatte eine vage Idee, um was es ihm ging. Er war eingeschnappt gewesen, als sie ihn aus den Türmen vertrieben und Alroy engagiert hatte. Okay, die Grundarbeit hatte er geleistet, aber er nahm Anstoß daran, dass sie so einen bunten Schmetterling geholt hatte, um die Dekoration zu Ende zu führen. Das wiederum verärgerte Cheryl. Was sie entschied, ging Felan nichts an. Und wenn er neugierig über die Verwendung der beiden Türme war, musste sie ihm irgendeine Geschichte auftischen.

Während sie ihre Strategie plante, trug sie Reinigungsmilch auf ihre Haut auf, dann eine neutrale Basis. Die warmen Töne ihrer von der Sonne geküssten Haut glühten. Mascara, Lidschatten und Lippengloss, dann war sie bereit, ihm zu begegnen.

Sie band ihre Haare hoch und befestigte sie mit einer Perlmuttspange, dann zog sie sich leger an – Shorts, T-Shirt, Turnschuhe. Das Wetter war heiß, wie vorausgesagt. Es hatte seit einigen Tagen gutes Wetter gegeben, bis auf den Morgen der Segelregatta, und sie musste kichern, als sie sich vorstellte, dass John Dempsey und ihr Ex-Mann Ashley wie ertränkte Ratten aussahen. Sie hatte Ashley immer dafür verabscheut, dass er sich von Dempsey beschimpfen und erniedrigen ließ. Jetzt freute sie sich auf sein Gesicht, wenn er die restaurierte Pracht von St. Jude sah. Für ihn musste das wie ein Schlag in die Magengrube sein, dachte Cheryl.

Es schien nahe liegend, das frühere Direktorzimmer im Erdgeschoss in ihr Büro verwandeln zu lassen. Laura und Cheryl teilten sich das Büro, und es zeigte sich schon bald, dass sie auch dabei harmonisierten. Sie saßen oft zusammen, und die Abende blieben sie häufig entweder bei Laura oder bei Cheryl.

Sie hatte der Freundin immer noch nichts von Felan erzählt, auch wenn sie bemerkte, dass Laura oft ratlos wirkte, wenn sie sah und hörte, wie kalt Cheryl sich Felan gegenüber verhielt.

Ursula hatte die Räume der Hausverwaltung bezogen, und Thomas gewöhnte sich in der Küche ein. Zimmermädchen, Diener und Kofferträger erhielten den letzten Schliff; der Barmann übte mit dem Cocktail Shaker, und Simon Bell stand an der Rezeption, beantwortete Fragen und nahm Buchungen entgegen. Cheryl lächelte, wenn sie sah, wie Laura und er die Köpfe zusammensteckten, scheinbar, um gewisse Probleme zu klären, aber wenn Laura zurückkam, strahlten ihre Augen.

Hektische zwei Wochen lagen vor ihnen, denn sie wollten alle Bereiche des Hotels unter echten Bedingungen testen. Die Gäste wohnten zur Probe und würden alle Einrichtungen nutzen, damit sie sehen konnten, wo es noch hakte.

Am Wochenende war eine Konferenz geplant, die hauptsächlich im Ostturm stattfinden sollte. Nicht mehr als drei Dutzend Teilnehmer würden kommen, alle Vollmitglieder des Clubs. Dies war eine Zahl, die sie leicht bewerkstelligen konnten, sagten jedenfalls Bronwen und Luke, die für den Ablauf verantwortlich waren.

Bronwen hatte gestanden, dass sie die Stadt und das Leben und Arbeiten in London vermisste. Sie hatte ihre Wohnung behalten und arbeitete zeitweise noch für den Sexshop *Schäm dich nicht*. Luke erging es ähnlich.

Sie würden immer mal gern vorbeischauen, aber auf London verzichten, das konnten sie nicht. Aber sie würden die ideale Gelegenheit haben, die richtige Klientel für St. Judes exklusiven Landclub anzusprechen. Sie machten eine einmalige Mund-zu-Mund-Propaganda, da sie die Begeisterung für St. Jude zu den potenziellen Kunden brachten. Es dauerte nicht lange, bis sie viele Gäste gewonnen hatten.

Das einzige Haar in der Suppe war Felan mit seinen unangenehmen Fragen.

Cheryl hatte kaum Zeit, es sich in ihrem Sessel gemütlich zu machen, da klopfte es schon.

»Herein«, sagte sie und gab vor, intensiv am Computer beschäftigt zu sein.

Sie fühlte ihn, roch ihn. Jeder Nerv streckte sich nach ihm, noch bevor sie den Blick zu ihm gehoben hatte. Er trug abgeschnittene Jeans und ein Unterhemd, und er war noch gebräunter als vorher. Sportsandalen beschützten seine Füße und besonders die langen Zehen. Seine Haare waren ungekämmt, und Strähnen zierten sein Gesicht.

»Guten Morgen, Ma'am«, sagte er und lächelte spöttisch.

»Sie wollten mich sprechen?«, fragte sie und drückte auf ›Speichern‹, obwohl es nichts zu speichern gab.

»Ja, richtig. Es geht um die Türme«, sagte er, und ihr Herz sackte.

»Was ist damit?«

»Dieser Typ, Alroy.«

»Ist mir sehr empfohlen worden. Er gehört zu den besten Designern und kennt sich mit den neuesten Techniken aus.«

»Und dazu gehört auch der ganze Plunder, den er in die Keller schleppt?«

Sie ging von der Verteidigung in den Angriff über und fragte scharf: »Woher wissen Sie das?«

»Ich musste nach unten gehen, um die elektrischen Leitungen zu überprüfen. Durch die unterirdische Passage ist es leicht, von einem Keller in den anderen zu gelangen. Aber warum fragen Sie, Mrs. Barden? Sollte ich die Verlies-Szenerie und die Einrichtung nicht sehen? Was wollen Sie denn verstecken?«

Cheryl konnte das Erröten nicht vermeiden, das sich von den Brüsten zu den Brauen ausbreitete. »Nichts«, rief sie eine Spur zu schnell. »Ohne Erlaubnis hätten Sie jedenfalls nicht da unten sein sollen.«

»Ich war da in der Verfolgung meines Auftrags. Es wäre nicht lustig gewesen, wenn in einem ungünstigen Moment der Strom ausfällt, nicht wahr?« Er sah sie an, das Gesicht ausdruckslos. Keine Spur von Zustimmung oder Ablehnung, von Interesse oder Zuneigung in den Augen.

Sie ging die Dinge durch, die er gesehen haben könnte. Er musste erkannt haben, was die Streckfolterbank, der Pranger, die Ketten und Stricke und all diese Dinge zu bedeuten hatten. Sie konnte nicht davon ausgehen, dass er so harmlos war wie sie, denn als Alroy ihr diese Geräte gezeigt und erklärt hatte, wozu sie dienten, hatte sie das zuerst nicht glauben können. Und auch Lauras Augen waren groß wie Untertassen gewesen.

In Cheryls Kehle steckte ein Kloß. Sie schluckte und erkannte dann, dass Felan bluffte. »Wenn irgendwo in St. Jude der Strom ausfällt, wäre das nur eine unbedeutende Einschränkung«, sagte sie ruhig. »Sie wissen, dass wir für solche Notfälle einen Generator besitzen.«

»Ah, ja, und in den Kellern gibt es viele Kerzen und Fackeln. Ich wette, sie geben eine realistische Atmosphäre ab vor den schwarzen Wänden und den roten Vorhängen. Mittelalterliche Folterkammern sind doch ein alter Hut. Ist Ihrem Lieblingsdesigner nichts Originelleres eingefallen?«

Ja, er wusste Bescheid. Dies verschaffte ihm einen noch größeren Vorteil. Und er schien sich gut auszukennen. Bisher hatte sie ihn für einen ganz normalen Hetero gehalten ohne jeden Schnörkel. Hatte sie sich getäuscht? War er mit Folterkellern vertraut? Sie hatte den Eindruck, dass er sie mental dominieren wollte. Und körperlich? Bei diesem Gedanken schoss die Lust durch ihre Pussy. Als ob er ihre Gedanken hätte lesen können, stand er auf und trat hinter ihren Stuhl.

Cheryl blieb starr sitzen. Ein nasser Fleck breitete sich auf ihrem Höschen aus.

Sein nackter Arm legte sich über ihre Schulter; seine Hand berührte die Tastatur, und er sagte trocken: »Ich hätte nicht gedacht, dass Sie Zeit für Solitär haben.«

Sie begriff, dass sie in ihrer Hast, beschäftigt auszusehen, auf den Knopf für die Spiele gedrückt hatte. »Dabei lernt man die Kontrolle über die Maus«, stammelte sie.

Er rührte sich nicht, und seine Haut glitt gegen ihre. Wenn er den Arm ein wenig senkte, würde er ihre Brust berühren.

Er berührte sie nicht, aber sie fühlte, wie sich ihr Nippel hob wie die hoffnungsvolle Nase eines Schoßhündchens.

»Was führen Sie wirklich im Schilde, Mrs. Barden?«, fragte er und beugte sich über sie, und eine Strähne seiner Haare streichelte ihre Stirn. »Diese Turmzimmer. Wissen Sie, woran sie mich erinnern?«

»Nein«, murmelte sie, schmerzhaft seiner großen Beule bewusst, die seine Shorts ausfüllte.

»An einen Edelpuff.«

»Woher soll ich das wissen? Ich habe noch nie einen gesehen.«

»*Touché!*« Er gluckste.

Sie lehnte sich vor und versuchte, ihm auszuweichen. Seine Hände legten sich auf ihre Schultern. Die kräftigen Finger spürte sie wie Krallen. Ihr Herz pumpte, ihr Sex pochte. Sie kämpfte um die Kontrolle. Sie wollte mit ihm reden, mit ihm streiten – Unsinn. Sie wollte, dass er sie mit roher Kraft nahm.

»Sie hatten den Nerv, sich die Turmzimmer anzusehen?«, fauchte sie ihn an.

»Ich fühlte mich verantwortlich. Es war meine Aufgabe, mich davon zu überzeugen, dass Alroy alles sicher zurückgelassen hatte.«

Cheryl erhob sich und schob ihren Computerstuhl zurück, sodass Felan nach rechts oder links ausweichen musste. »Ich habe absolutes Vertrauen in ihn. Er ist ein Profi durch und durch. Ich bin entzückt von seiner Arbeit.«

»Und wofür werden die Zimmer benutzt?«

»Konferenzen, Privatfeiern, alle möglichen Funktionen. Vielleicht auch Theateraufführungen, ob von Laien oder Profis, werden wir noch klären. Es gibt eine Bühne in dem Saal, der früher der Versammlungsraum genannt wurde.«

»Ich verstehe«, sagte er zweifelnd, und seine Lippen schürzten sich unter der dünnen Linie des schwarzen Schnurrbarts.

Dann sagte er unvermittelt: »Zieh deine Shorts und das Höschen aus, falls du überhaupt eins trägst.«

»Was? Hier? Jemand könnte reinkommen.« Was Blöderes konnte dir nicht einfallen, schalt sie sich. Hätte sie nicht rundweg ablehnen und ihn rauswerfen sollen? Du hättest ihm drohen können, dass du schreist, er hätte dich vergewaltigen wollen. Aber alles das hast du nicht gesagt und getan, wisperte ihr der kleine Dämon zu. Das heißt, dass du es willst.

»Hier. Jetzt. Wir haben schon viel zu lange um den heißen Brei geredet.«

Sie konnte in seinen lebhaften blauen Augen sehen, dass es gefährlich werden konnte, wenn sie sich weigerte. Sie wollte kämpfen, aber ihr Wille war nichts im Vergleich zu seiner Hartnäckigkeit, sein Ziel zu erreichen. Er raubte ihr die Selbstsicherheit. Sie war nicht mehr die erfolgreiche geschiedene Frau, die dabei war, ihr eigenes Hotel zu eröffnen. Er reduzierte sie zu einer nachgiebigen schwachen Frau, die nicht mehr Mumm hatte als eine törichte Heldin in einem Roman aus der viktorianischen Zeit. Sie hakte die Daumen in den Bund der Shorts und zog sie über die Hüften. Dann folgte ihr Tanga, und abgesehen von den Turnschuhen war sie von der Taille abwärts nackt.

Er betrachtete sie einen Moment, gab aber keinen Kommentar ab. Dann drückte er eine Hand zwischen ihre Beine. Ihr brauner Busch war nass. Es war noch nicht zu spät zum Davonlaufen, sagte sie sich, aber dann nahm er ihre Handgelenke und hielt sie auf ihrem Rücken fest.

Ihre Lippen formten das Wort ›bitte‹, aber sie selbst wusste nicht, was sie damit meinte. Bitte hör auf, oder bitte mach weiter. Sie lehnte sich gegen seinen Arm, und er schob zwei Finger in sie hinein. Er ließ die Finger tanzen, bewegte sie vor und zurück und rieb die Klitoris mit seinem Daumen. Ihre Brüste hüpften im Takt seiner Bewegungen.

Sie schloss die Augen und stellte sich vor, ganz woanders zu sein, nicht hier in ihrem Büro, wo sie jeden Augenblick gestört werden konnte. Die Sonne schien warm auf ihr Gesicht, die Strahlen wurden durch die Jalousien gefiltert. Der Raum war gefüllt mit den Düften ihrer gemeinsamen Erregung.

Er gab ihre Arme frei, und sie tastete nach seiner Erektion, als sie hörte, wie er seinen Reißverschluss aufzog. Sie nahm den Schaft in die Hand und rieb ihn langsam. Sie überlegte, ob sie ihn wieder saugen sollte wie beim ersten Mal, und konnte seinen Geschmack schon auf der Zunge spüren. Aber nachdem er sich aus ihrem Griff befreit hatte, zog er seine Hand zurück, hob Cheryl an und setzte sie auf ihren Schreibtisch. Ihre Beine pendelten.

Ein wenig schob er sie zurück, damit sie leichter zugänglich für ihn war. Er hob sie an und legte ihre Füße auf seine Schultern. Ein Blick nach unten verriet ihr, dass er sich geschützt hatte. Mit einem kräftigen Stoß drang er in sie ein. Die Wucht ließ sie aufheulen, aber als jeder Zentimeter versenkt war, begann ihr Körper zu zittern. Er schob die Hände unter ihre Backen und hob sie leicht an, doch sie spürte, dass sie auf diese Weise nicht kommen würde, deshalb schob sie zwei Finger zwischen Klitoris und seine Wurzel und rieb heftig.

Der Orgasmus ließ nicht lange auf sich warten. Er kam nicht in unaufhaltsamen Wellen und schoss sie nicht in berauschende Höhen, aber er brach sich Bahn mit einem mächtigen Donnerschlag. Er fühlte, dass sie kam, und trieb schneller in sie hinein. Nach den letzten Stößen zog er sich aus ihr zurück. Cheryl ließ die Beine sinken und setzte sich auf. Sie langte nach einer Schachtel mit Papiertaschentüchern in der oberen Schublade, dann bückte sie sich nach Tanga und Shorts. Felans Ausdruck blieb ruhig, während er seinen Penis versteckte, den Reißverschluss nach oben zog und die Haare glättete.

»Küss mich«, sagte er und zog sie an sich.

Sie fand es seltsam, dass er jetzt auf diese Idee kam. Normalerweise laufen die Dinge anders herum. Erst küssen, dann bumsen, dachte sie und erinnerte sich an den Geschmack seines Kusses, den sie an dem Tag getauscht hatten, als sie auf ihn gestoßen war.

Jetzt zitterte sie, scheu wie eine Jungfrau. Sie hatten einen sehr intimen Akt hinter sich, aber Küsse bedeuteten mehr. Sie hatte mal irgendwo gelesen, dass Prostituierte ihre Kunden nie auf den Mund küssen. Dies war eine zärtliche Geste, ein Gruß für Freunde, Kinder, Ehemänner und enge Verwandte, Menschen, die man liebte.

Sie glaubte daran, denn sie hatte Ashley seit Jahren nicht mehr küssen wollen.

Felan türmte hoch über ihr. Sie fühlte sich winzig in seiner Gegenwart. Sie war nervös und bedacht, nichts über sich und ihre Gefühle zu verraten. Seine Lippen berührten ihre. Sie bewegten sich zärtlich, wandten leichten Druck an, um ihre Lippen zu teilen, und dann stieß seine Zunge in ihren Mund und traf auf ihre Zungenspitze. Sie schmolz wie rosa Manna und war entsetzt. Das war zu intim, zu enthüllend, dies ging zu weit, viel weiter als die Lust, die sie sich gegenseitig bereitet hatten.

Der Kuss gefror in diesem Moment. Es war ein Bild, das sich in ihrem Gedächtnis festsetzen würde. Sie fragte sich, ob er das auch so empfunden hatte, aber sein Herz blieb ein geschlossenes Buch für sie. Sie war vielleicht nur eine kurze Nummer für ihn.

Er löste seinen Mund von ihren Lippen und schien zum Gehen bereit. »Nun, das war's dann. Wenn Sie nicht mehr wollen, dass ich die Türme betrete, werde ich mich von nun an um die Ställe kümmern, Mrs. Barden. Sie brauchen viele Parkplätze. Wo sollen Ihre reichen Gäste sonst ihre teuren Karossen unterstellen?«

»Ja, gut«, sagte sie, zu verwirrt, um zu widersprechen. Aber was er sagte, ergab Sinn.

»Ich werde mein Bestes geben, um Ihre Gäste nicht zu stören«, fuhr er fort. »Wir wollen doch nicht, dass sie sich beklagen. Wie Leute, die eine Pauschalreise in spanischen Seebädern gebucht haben und feststellen müssen, dass sie auf einer Baustelle gelandet sind.«

»Ja, sehr gut.« Der Kuss wirkte noch in ihr nach. Er hätte nichts bedeuten können – oder alles.

»Laden Sie mich eigentlich auf Ihre Feier am Freitag ein?«, fragte er und ließ sie sein strahlendstes Lächeln sehen.

»Wenn Sie wollen«, sagte sie und blieb da stehen und starrte noch auf seinen Rücken, als er schon lange verschwunden war.

»Ich bin seit Jahren nicht mehr auf einem Rad gefahren«, rief Laura aus und lenkte ihr Fahrrad unter überhängenden Ästen. »Was für ein Glück, dass wir welche in den Außengebäuden gefunden haben.«

»Und ich habe Glück, dass du so freundlich bist, mir die Schönheiten der Umgebung zu zeigen«, gab Simon zurück. Seine Wangen glühten vor Hitze und Erschöpfung, und seine Haare fielen ihm in die Stirn, was sie so anziehend fand.

Die Schönheiten der Umgebung? Laura lächelte vor sich hin. Sollte er es so ausdrücken, wenn er wollte. Aber sie wussten beide, dass sie sich nach einem Plätzchen umschauten, an dem sie sich näherkommen könnten. Ganz nah, wenn es nach ihr ging. Noch vor gar nicht langer Zeit wäre sie eher vor sich selbst davongelaufen, als sich einzugestehen, dass sie einen Mann an sich heranlassen wollte. Bronwen hatte sie auf den richtigen Weg gebracht. Sie hatte von dieser freimütigen Frau mehr gelernt als von Cheryl. Bronwen und Luke hatten ihr gezeigt, dass es richtig ist, starke sexuelle Gefühle zu haben.

Es gibt nichts, woran sie sich stärker erinnerte als an Aromen, dachte sie, als sie von der Straße abbog und auf den Waldpfad fuhr. Der Pfad war nicht eben, und die Büsche schlossen sie manchmal ein, aber bald schon kam sie sich wie in ihrem eigenen Königreich vor.

Ich werde nie wieder Düfte von Unterholz und Wildblumen einatmen, ohne mich an diese zauberische Zeit meines Lebens zu erinnern. *Die Emanzipation der Laura Tilford,* dachte sie und überlegte, ob dies ein Buchtitel sein könnte, wenn sie den Namen änderte. Aber damit hatte sie es nicht eilig. Ihre Ausflüge in die Literatur hatten vorläufig ein Ende gefunden. Es gab zu viele Abwechslungen. Sie hatte viel Leben nachzuholen.

Als Simon zum Bewerbungsgespräch erschienen war, hatte sie ihn zunächst als uninteressant eingestuft. Er hatte nicht Lukes extravagantes Auftreten, er war nicht groß und protzend wie Felan und nicht so lüstern wie einige der Arbeiter. Aber dann hatten sich ihre Blicke getroffen, und dieser Austausch des Lächelns, als er sich vorgestellt hatte, war gut und sympathisch gewesen.

Seither hatte sie sich immer mehr an ihn gewöhnt. Cheryl hatte seine Berufung als Manager besiegelt, aber es war Laura, die ihn bei Ursula einführte und beim Rest der Mitarbeiter. Es war Laura, die Probleme mit der Wäscherei lösen musste und rasche Entscheidungen traf, wenn irgendwas nicht da war, was dringend gebraucht wurde. Laura und die einhunderteins Probleme, die es immer gab, wenn man sich darauf vorbereitete, kritischen Gästen gutes Essen zu bieten.

Wenn sie zufrieden waren, konnte St. Jude bestehen. Dann fehlten nur noch die journalistischen Gourmets, die für die anerkannten Fachzeitschriften ihre Kritiken verfassten.

Dabei wollte ich nur eine Puffmutter sein, dachte sie. Und selbst das ist gefährdet, weil Cheryl und ich vielleicht vor Gericht gezerrt werden, weil wir ein liederliches Haus führen.

Okay, jetzt haben wir einen Club, aber das hört sich nicht so verlockend unanständig an.

Sie schaute zurück, ob Simon ihr folgte. Er strampelte den Pfad entlang. Er machte einen drahtigen Eindruck, war nicht viel größer als sie, hatte ein schmales Gesicht und hellbraune Haare. Seine Brauen waren etwas dunkler, und seine haselnussbraunen Augen waren von sandfarbenen Wimpern eingefasst und von vielen kleinen Lachfalten umgeben. Er hatte ein kräftiges Kinn mit einem Grübchen genau in der Mitte, was ihm einen entschlossenen Eindruck verlieh. Sie hatte ihn in Aktion mit unehrlichen Lieferanten erlebt, und da war er großartig gewesen. Sie würden es nicht wagen, ihn ein zweites Mal hereinzulegen. Zu ihr war er stets freundlich und höflich, aber wenn sie seine scharfe Stimme hörte, wie er die Lieferanten abfertigte, da lief es ihr heiß und kalt den Rücken hinunter.

Die Sonne brannte heiß auf ihre nackten Schultern, und sie war froh, dass sie eine Flasche Sonnenlotion mitgebracht hatte. Ohne es zu wollen, sprang sie der Gedanke an: Sie würde Simon bitten, sie damit einzureiben.

Bisher hatte er sie noch nicht angefasst, auch noch nicht geküsst, und sie fragte sich warum nicht. Er war nicht verheiratet und lebte auch mit niemandem zusammen. Die schreckliche Vorstellung, dass er schwul sein könnte, hatte sie gequält, aber ihr Instinkt sagte ihr, dass es diesmal nicht zutraf.

Sie sah es an der Art, wie er sie manchmal ansah. Er traute sich nicht an sie heran, schließlich war sie seine Chefin, und er wollte seine Anstellung nicht gefährden.

»Wie viel weiter noch?«, rief er, und sie hörte die Ungeduld in seiner Stimme.

»Nicht mehr weit«, rief sie zurück und bog ab, wo es leicht abschüssig zu einem Bach ging, der durch das schmale Tal floss. Federnder Waldboden, der Geruch von Bärlauch, plätscherndes Wasser, Vogelgezwitscher und das verliebte Gurren von Tauben – wer konnte ein schöneres Nest bieten?

Die Zeit der Glockenblumen war vorbei, aber die Ufer des kleinen Bachs waren mit Butterblumen übersät. Sie lehnte ihr Rad gegen einen Baumstamm und setzte sich nah ans Wasser. Sie zog die Sandalen aus und tauchte ihre Füße in die eisige Kühle. Sie trug einen weiten Zigeunerrock mit einem Blumenmuster. Ihr pinkfarbenes Top war weit ausgeschnitten und wurde von zwei schmalen Trägern gehalten. Vor noch gar nicht langer Zeit hätte sie gedacht, dass sie wie eine Schlampe gekleidet wäre. Jetzt aber streckte sie fröhlich ihre Beine aus, und ihre Brüste wurden in ihren Halbschalen nach oben gedrückt.

Simon ging auf sie zu und legte sein Fahrrad auf den Boden. Er ließ sich neben ihr nieder, die Hände unter dem Kopf gefaltet, und starrte auf das mächtige Laubwerk einer Eiche. Es war heiß auf der Lichtung, weil die Sonne über ihnen wie eine geschmolzene Scheibe schien. Laura ließ sich von den Strahlen die Füße trocknen und legte sich auf den Rücken. Provozierend streckte sie sich aus. Simon und sie allein im Paradies. Es gab sicherlich nichts anderes zu tun, als männliches und weibliches Fleisch zu vermählen.

Du bist viel zu lyrisch, neckte sie sich selbst, während sie die Hände zu ihren Brüsten hob und sie leicht streichelte. Sie schaute auf Simons Reaktion. Er richtete sich auf einen Ellenbogen auf, sah sie an und starrte auf ihre regen Finger. Sein Hemd stand am Hals offen, die Ärmel hatte er aufgerollt, und er hatte es sich aus seiner beigefarbenen Hose gestrampelt. Er hatte einen schlanken, agilen Körper, das hatte sie schon vorher gesehen, und während er sie beobachtete, wuchs in seiner Hose eine Beule.

Sie hatte sich offen vor Bronwen und Luke gestreichelt. Sogar Cheryl hatte sie in dieser lüsternen Pose gesehen, aber dies hier war anders. In all den Jahren, in denen sie mit Stuart verheiratet war, hatte sie nie so offen in seiner Gegenwart gelegen wie jetzt hier. Es gab nichts zu verstecken.

Ihr Körper, wohl immer noch sexy, war der einer reifen Frau mit den kleinen Unvollkommenheiten, die die Zeit mit sich bringt. Bei Kerzenschein oder im Halbdunkel wäre es leichter gewesen, oder bei Vollmond.

Aber Simon hatte eine Erektion, nur weil er sie anschaute, und das schmeichelte ihr sehr. Ihre Hand wanderte von den Warzen zu ihrem Schoß. Sie drückte ihn, und die Lust fuhr wie ein Pfeil durch sie hindurch. Sie konnte der Versuchung nicht widerstehen und hob langsam ihren Rock. Ihre Knie waren zu sehen, dann die Oberschenkel, die sie leicht spreizte. Der Saum lag nun auf dem weißen Dreieck, das ihr Delta verbarg.

Simon keuchte und lehnte sich über sie, strich mit einer Hand über ihre Wange und mit dem Daumen über ihre Lippen. Dann setzte er sich abrupt auf. »Es tut mir sehr leid. Sei mir bitte nicht böse. Aber es ist so ein schönes Bild, wie du da gelegen hast.«

Sie war hocherfreut über das Kompliment, aber sie sagte lachend: »Das hört sich nach einem gängigen Anmacherspruch an.«

»Aber ich meine es ernst«, sagte er und ließ seine Arme zwischen seinen angezogenen Knien baumeln. »Ich bin es nicht gewöhnt, Frauen anzuquatschen. Das ist nicht mein Stil. Ich habe auch keine Praxis mehr in solchen Dingen. Ich war viele Jahre mit meiner Frau verheiratet, und ich habe mich nicht mehr danach gesehnt, seit sie gestorben ist.«

Oh, Mann, warum hat er davon nicht eher gesprochen? Nicht jetzt, wenn ich scharf bin wie eine läufige siamesische Katze.

»Schon gut, Simon, wirklich«, sagte sie, um ihn zu trösten.

Armer Mann. Aber sie hatte nicht gewusst, dass er Witwer war.

»Ich wollte es dir schon früher sagen, aber der richtige Moment war einfach nicht da«, fuhr er fort. »Wenn du meinen Lebenslauf gelesen hast, weißt du, dass ich viele Jahre Butler bei Lord Rossley war. Meine Frau hat bei ihm als Haushälterin gearbeitet. Wir haben immer zusammen gearbeitet. Kinder hatten wir nicht. Nur sie und ich.«

»Du musst sie schrecklich vermissen.«

»Ja. Ihre Geselligkeit und am meisten den Sex«, sagte er zu ihrer Überraschung. »Ich habe nicht viele Frauen gehabt, aber ich habe aus Büchern gelernt, und dann hat Tessa, so hieß meine Frau, mir viel beigebracht. Wir haben miteinander experimentiert. Sie sagte, dass ich der Welt größter Liebhaber wäre, weil ich so viel über die Klitoris weiß. Die Attraktivität eines Mannes hat nichts damit zu tun, wie er aussieht oder wie groß sein Ding ist. Wenn du die Biographien liest, erfährst du, dass Casanova nicht besonders gut aussah und Don Juan auch nicht. Sie müssen die Klitoris angebetet und auch mit dem Kopf der Frau Liebe gemacht haben. Sie haben erkannt, dass das Gehirn das größte Sexualorgan des Menschen ist.«

Laura wusste nicht, was sie sagen sollte. Seine Offenheit inspirierte ihren Körper zu Leidenschaft, während ihr Herz frohlockte, dass er verstand. Sie hatte erfahren, dass viele Männer die Bedeutung der empfindsamen weiblichen Organe ignorierten. Sie glaubten, wenn ihr Penis die Scheide füllte, war das ihr höchstes Glück, deshalb musste es auch für die Frau das höchste Glück sein.

Taten sprachen lauter als Worte, dachte Laura und zog ihr Top aus. »Mein Rücken brennt«, sagte sie und holte die Lotion aus der Tasche. »Kannst du mich damit einreiben?«

»Du bist nicht verärgert?«, fragte er, aber er zögerte nicht, die Lotion in seine Handfläche tropfen zu lassen und auf ihre Schultern zu reiben.

»Nein, natürlich nicht, Simon«, antwortete sie, während er hinter ihr kniete. Seine Berührungen waren so glatt wie Seide. Die exotische Lotion erinnerte sie an tropische Strände und azurblaue See. Wir könnten zusammen in Urlaub fahren, Simon und ich, dachte sie verträumt. Ich habe das nötige Kleingeld – oder werde es haben, wenn St. Jude anfängt, Geld zu verdienen.

Er rückte von hinten näher an sie heran, und sie spürte den Druck seines Schafts in ihrem Rücken. Seine Hände zitterten leicht, als er die Lotion in ihre Haut rieb. Sie wollte nicht, dass er damit aufhörte – nie – und sie fühlte sich wie in Trance und schnurrte vor Zufriedenheit. Er drückte die BH-Träger hinunter, und seine glitschigen Hände rutschten tiefer, über ihre Schultern und über die Schwellung ihrer Brüste. Sie lehnte sich zu ihm zurück, wand ihre Hüften hin und her und schaffte einen empfindlichen Druck auf seinen Penis. Sein Hosenlatz fühlte sich heiß und klamm an.

Er zog seine Hände zurück, schraubte den Deckel auf und legte die Flasche neben ihre Tasche ins Gras. Sie wandte sich ihm zu, und er küsste sie. Sie waren noch auf ihren Knien, aber jetzt presste er die Länge seines Körpers gegen ihren. Es war ein erfahrener Kuss, und für einen Moment beneidete sie Tessa, die einmal jung mit ihm gewesen war. Glückliche Tessa, die keinen verdeckten Schwulen geheiratet hatte.

Mund presste auf Mund. Sie küssten sich, und Laura spürte, wie sie ganz schwach wurde. Sie streckte die Beine aus und entspannte sich auf dem Gras. Mühelos hakte er ihren BH auf, und die Körbchen fielen von den Brüsten weg. Er unterbrach die Küsse und strich mit den Händen federleicht über ihre Haut. Er zwickte die Nippel, beugte sich hinunter und leckte abwechselnd über die Brüste. Sie fing an, sein Hemd zu öffnen.

Alles schien in Zeitlupe abzulaufen. Sie schnallte seinen Gurt auf und öffnete seine Hose. Er zog sein Hemd aus und ließ die Hose fallen, dadurch enthüllte er eine Art Lendenschurz, nur viel kürzer, eine Art Tabaksbeutel für seine Genitalien, gefertigt aus künstlichem Tigerfell.

Oh, Mann, dachte Laura. Wer weiß schon, was der normale Mann heutzutage drunter trägt?

Der Stoff streckte sich über die Beule. Simon streifte seine Schuhe ab und zog sich langsam aus. Er zog den Beutel nach unten, zeigte aber nur einen Ausschnitt seiner Schamhaare.

»Du ziehst dich aus, und ich ziehe mich aus«, murmelte er, die Beine auseinander, den Beutel leicht nach unten gezogen.

Sein Körper war fest und geschmeidig; er war ein aktiver Mensch. Er hatte keinen Bierbauch, und er rauchte nicht. Offenbar folgte er einer vernünftigen Diät. Aber alles das war nebensächlich, sie wollte wissen, ob und wie er ihr Lust verschaffen wollte.

Ich habe es für Bronwen getan, dann kann ich es auch für ihn tun, entschied sie. Ihr Höschen war unten, noch bevor sie Zeit hatte, darüber nachzudenken. Das Gras war saftig, und es unter Po und Schenkeln zu spüren war himmlisch erregend. Sie fühlte sich unglaublich sündig und fand das gut. Nackt im Wald, nicht allzu weit weg von der Straße.

Andere Naturliebhaber mochten jeden Augenblick vorbeikommen. Simon zog seinen Beutel ab und schaute auf sie hinunter, und das Verlangen in seinen Augen war so aufregend, dass sie die Hand nach ihm ausstrecken und ihn anfassen wollte. Sein Schaft war nach oben gebogen und erhob sich aus einem Dickicht bräunlicher Haare. Er war beschnitten, weil es zurzeit seiner Geburt in Mode war, Jungen die Vorhaut zu rauben, was mit Hygiene zu tun hatte und nicht mit Religion. Laura hatte noch keinen beschnittenen Mann ausprobiert. Sie starrte auf den roten, nassen und zuckenden Schwanz.

Bei ihr floss der Speichel. Würde er so gut schmecken, wie er aussah?

Er ahnte, dass sie dabei war, nach ihm zu greifen, deshalb sagte er: »Nein, noch nicht. Lege dich hin. Ich will dich zuerst erregen.«

Und das tat er. So gründlich hatte noch nie jemand Liebe mit ihr gemacht. Simon folgte nicht der männlichen Anweisung, wie man bei der Partnerin einen Orgasmus so schnell und effizient wie möglich erreicht. Sex mit ihm wurde zu einem Garten der Lüste, die langsam erforscht wurden. Selbst Luke konnte eine Seite aus Simons Buch abschreiben, dachte sie, als sie dankbar zu stöhnen begann. Er streichelte sie von den Zehen zu den Fersen, von den Knöcheln zu Knien und Oberschenkeln. Er ging erst über zu den erogenen Zonen, als er den ganzen Körper sensibilisiert hatte. Und als er schließlich mit der Zungenspitze über ihre Nippel schleckte, da perlte sie wie Champagner.

Jetzt ließ er sich von ihr anfassen, und sie bildete aus ihrer Hand eine feste Röhre, die seinen Schaft umfasste. Sie rieb ihn und verharrte jedes Mal, wenn sie die Spitze erreichte, die wie ein Champignon geformt war. Er beherrschte die Selbstkontrolle; sein Orgasmus war nicht vorrangig wichtig.

Er erforschte sie, und keine Falte, kein Winkel blieb ihm verborgen. Sie vergaß ihre Verlegenheit, falls sie seinen Erwartungen nicht entsprach. Lächelnd beugte er sich über sie, teilte die Lippen und fand ihr Zentrum. Er tunkte einen Finger in ihre nasse Mitte und rieb den glitschigen Finger über ihre zuckende Klitoris. Es war, als besorgte sie es sich selbst; er wusste genau, wie und wo er sie berühren musste, wie hart und wie sanft. Als ihr unregelmäßiges Atmen den nahenden Orgasmus verriet, hielt er für einen Moment inne, bis die Gefühle verrannen, dann weckte er sie erneut.

»Ich kann nicht warten ... Ich will es jetzt!«, bettelte sie.

»Pst, mein Liebling. Da und da wirst du es bekommen. Verlass dich auf mich.«

Er berührte sie wieder, und sie schrie auf, als der Orgasmus mit intensiver Wucht über sie einbrach. Er rollte behände ein Kondom auf und drang in sie ein. Ihre inneren Muskeln umklammerten seinen Schaft.

Sie spürte seine Stöße, die immer schneller kamen. Die Kontrolle, die er bisher gehabt hatte, wich einem wilden Hunger, und sie schloss die Augen, krallte sich in seinen Rücken und drängte ihn, schneller zu stoßen, schneller und härter, bis er laut grunzte, seinen Höhepunkt herausschrie und reglos auf ihr liegen blieb.

Laura schlang die Arme um ihn, ein glückliches Lächeln auf dem Gesicht. Das war keine schnelle Nummer gewesen. Simon hatte Liebe mit ihr gemacht, in des Wortes wahrer Bedeutung, und sie fühlte sich als etwas Besonderes.

Nach einer Weile rollte er auf die Seite, hielt aber einen Arm unter ihrem Nacken. Er herzte sie. »Ich hoffe, du wünschst jetzt nicht, wir hätten es nicht getan.«

»Nein, ganz sicher nicht. Es war meine eigene Wahl, Simon. Ich bin schließlich alt genug, um zu wissen, was ich will und was nicht.«

War das seine Weise, sein Engagement klein zu reden? War er es, der etwas bedauerte?

Er küsste sie zärtlich, dann murmelte er: »Ich bin froh, dass du nichts bereust. Das würde mich nämlich sehr mitnehmen. Und dann habe ich mich natürlich gefragt, wie das so ist – du die Chefin und ich ein Angestellter.«

Sie nahm seine Hand und verschränkte seine Finger mit ihren. Sie beschloss, ihm zu glauben. Es ging nicht an, keine Beziehung mehr zuzulassen, nur weil Stuart sie betrogen hatte.

Aus einem der Ratgeber, die sie in letzter Zeit durchgearbeitet hatte, stammte die Erkenntnis, dass es nicht realistisch war, im Umgang mit anderen Menschen Erwartungen zu haben. Enttäuschungen fielen auf einen selbst zurück. Man hatte nicht das Recht, von einem anderen Menschen eine bestimmte Reaktion zu erwarten. Wieso sollte ein Mensch auf etwas so reagieren wie wir?

Es war eine Philosophie, die man nur schwer in der Praxis umsetzen konnte, aber Laura begriff immer ein bisschen mehr. Sie hoffte so sehr, dass sie eines Tages wieder vertrauen konnte und sich Hals über Kopf verliebte.

Sie lächelte Simon zu und sagte: »Ich habe heute Abend Hoteldienst. Cheryl besucht ihre Mutter, und das Not-Team hat auch frei. Wir haben das ganze Hotel für uns. Was sagst du dazu?«

# *Siebtes Kapitel*

Die purpurne Seide glitt sinnlich über ihre nackte Haut, und Joanna stand da, ohne sich zu bewegen, als Deven den Sari um sie schlang. Er war mit glitzernden Zechinen besetzt, und sie bewunderte ihr Strahlen im Spiegel. Sie bereitete sich auf ein wichtiges Ereignis im heidnischen Kalender vor, das an diesem Abend stattfinden sollte. Deshalb versuchte sie, ihren Geist in einen ruhigen, beschaulichen Teich zu verwandeln.

Deven tauchte im Spiegel hinter ihr auf, eine störende Präsenz. Seine braunen Finger zupften an einer Falte des halb durchsichtigen Materials über einer Schulter. Darunter trug sie nichts als ein kurzes Mieder aus Goldlamé. Auch ihre Sandalen blinkten golden, ebenso ihre Ohrringe und die breiten Bänder um die Oberarme.

Ihre dichten Haare hatte sie mit Henna gefärbt und mit Verlängerungsstücken verändert. Sie trug das Haar geöffnet, obwohl ihr Kostüm indisch war, wo es zur Tradition gehört, dass eine Frau ihrer Reife das Haar mit einem Mittelscheitel trägt, einen Dutt formt und es unter einem Schleier bescheiden verbirgt. Joanna war eine Frau, die aus den Kulturen die Aspekte für sich auswählte, die ihr passten.

Wenn Konventionen gegen das sprachen, was sie haben wollte, ignorierte sie die Konventionen. Ihr Leben lang hatte sie damit verbracht, dem Sinn des Lebens auf die Spur zu kommen, dem Universum und dem Geheimnis der Schöpfung.

Das Wiederaufleben des Interesses an diesen fundamentalen Themen hatte einen Höhepunkt in den 1960er Jahren erreicht und war seither nie ganz verschwunden und hatte durch das Millenium neuen Zulauf gefunden. Fell Tor war populärer denn je; ein Strom von Jüngern lechzte nach Wissen. Es war das Zentrum für Kristallheilen geworden, Astrologie, Tarot und Runen, Musik und Tanz, für Regression und Umwelt-Workshops. Joanna gab ihren Studenten die Gelegenheit, ihre Spiritualität zu entwickeln, und ermutigte die ungehemmte Erforschung der Sinne als Straße zum größeren Verstehen.

»Da draußen ist die Welt vergänglicher als bei uns«, bemerkte Deven, und seine Hände waren sanft wie die einer Frau, als er einen Kranz Lilien auf Joannas Kopf legte. »Wir haben unsere Selbstbewusstheit anzubieten.«

»Ich wünschte, meine Tochter würde unsere Lehren annehmen«, gab Joanna mit einem Seufzer zurück. Der starke Duft der Blumen berauschte sie wie auch seine Berührungen, und sie sank vor ihm auf die Knie und öffnete die Schleife um die winzigen Knöpfe, die seine *Djellabah* zusammenhielten.

»Heute Abend kommt es vielleicht zu einer Erleuchtung für sie«, sagte er, hob den Kopf und starrte zum Himmel, als hätte er sich in seinem eigenen Reich verloren.

»Das hoffe ich«, wisperte sie, während sie seine muskulösen Beine bewunderte und seinen prächtigen Schaft, der sich nach ihr streckte. Er war eine Säule glatten dunklen Fleischs, verflochten mit blauen Venen. Die knollenförmige Spitze zuckte verlockend, und im Auge perlte schon ein einziger Sehnsuchtstropfen.

Sie hoffte auch auf etwas anderes. Welche Götter auch immer da draußen sind, bitte lasst nicht zu, dass es Deven ist, der Cheryl in die Liebe von Fell Tor einführt.

Der Gedanke war unrein und engstirnig, aber sie war nicht fähig, ihn mit ihrer Tochter zu teilen. Mit anderen vielleicht. Sie hatte schon gesehen, wie er mit Schülern beider Geschlechter kopuliert hatte, aber Cheryl ... nein, das ging zu weit. Er würde wütend sein. Manchmal ließ er seine zynische Seite durchkommen, dann zweifelte sie an seiner Heiligkeit. In erster Linie war er ein Mann mit den Lüsten eines Mannes, mit seinen Ambitionen und Schwächen.

Sie hatte entschieden, dass er Cheryl nicht haben durfte, und wenn sie ihn bewusstlos schlagen musste. Zur Hölle mit dem Leugnen von Selbstsucht, Besitzansprüchen und Eifersucht. Sie hatte sie alle empfunden und war froh darüber, auch heute noch diese mächtigen Emotionen zu spüren.

»Saug mich«, sagte er abrupt, sein fein geschnittenes Gesicht ausdruckslos.

Sie beugte sich ein wenig vor, nahm den Penis in ihre Hände und führte ihn zum Mund. Sein einzigartiger Geruch stieg in ihre Nasenlöcher. Er badete die ganze Zeit und rieb sich mit Ölen ein, und doch konnte er den Geruch des geilen Mannes nicht verdecken. Joanna schmeckte die Spitze, die er zwischen ihre Lippen drückte, dann folgte rasch der dicke Schaft. Heute Abend war die Zeit nicht da für den langsamen Aufbau, der Stunden dauern konnte, bis die spirituelle und die körperliche Vereinigung stattfinden konnten. Er war ungeduldig und benahm sich wie ein Mensch, nicht wie ein Heiliger.

Er trieb ihn in ihren Schlund hinein, und sie fühlte ihn pochen. Noch ein Tropfen des Taus salzte ihre Geschmacksknospen. Er grunzte und zog sich ein wenig zurück. Sie streckte die Zunge heraus und neckte die Kuppe und die Unterseite. Sie griff an seine nussbraunen Nippel, zwickte und quetschte sie. Er schüttelte sich und legte eine Hand auf ihren Kopf. Sie hörte ihn langsam und tief atmen. Er kontrollierte seinen Orgasmus.

»Langsam«, sagte er zu ihr und gab ihr zu verstehen, dass sie die Hände sinken ließ und sich erheben sollte. »Bist du nass, Joanna?«

»Ja, Deven.«

»Zeige es mir«, befahl er.

Sie hob den leuchtenden Sari und entblößte die Beine. Es waren junge, glatte und gebräunte Beine, kein überflüssiges Fleisch, keine unansehnlichen Krampfadern. Ihr Busch war fein getrimmt und getönt, damit er zu ihrem Haupthaar passte. Ihre Säfte hatten ihn nass gemacht. Die Labien waren geschwollen, und die inneren Schamlippen legten sich um die aufragende Klitoris. Deven streichelte sie. Sein erigierter Schaft hüpfte auf und ab. Er schloss die Augen. Der Schaft verharrte; Deven hatte die Kontrolle wieder übernommen.

Joanna erkannte die Kraft, über die er verfügte, und ihre Pussy schmerzte vor Verlangen.

»Dahin«, sagte er leise und zeigte auf den Diwan vor den offenen Terrassentüren.

Manchmal schliefen sie da, nicht immer. Wenn die Stimmung sie packte, bildete sie sich gern ein, dass er ihr Mann war. Ihr Herr, dem sie gehorchen und dienen musste. Aber das war kaum mehr als ein Rollenspiel.

Sie war viel zu sehr ihre eigene Frau, um das Joch noch einmal auf sich zu nehmen. Und doch gab es Momente, in denen sie ihre matriarchalische Rolle aufgeben musste, um seine Sklavin zu sein, seine Anbeterin, das Objekt seines Willens. Vielleicht würde sie ihn eines Tages doch noch heiraten.

Die Couch war wie eine farbenfrohe Insel in einer See aus polierten Dielenbrettern. Sie nahm die Girlande ab, zog den Sari aus und legte ihn weg, damit ihm nichts passieren konnte, und streckte sich auf dem scharlachroten Velvet aus, geschmeidig wie eine Katze. Deven arrangierte sie so, dass Gesicht, Brüste und Bauch in den üppigen goldenen Kissen begraben wurden. Er schlang einen Arm unter sie und hob ihre Hüften an, die er mit einem Keiler stabilisierte. Die vergoldete Stickerei kratzte an ihrem Schoß.

»Die Hintertür zum Paradies«, verkündete er, und sie fühlte ihn hinter sich, die behaarten Beine gegen die Rückseiten ihrer Schenkel gepresst, und seine Eichel schlug an ihrer hinteren Öffnung an.

Er war dabei, sie anal zu nehmen, und Joanna hatte nichts dagegen einzuwenden, obwohl sie davon allein nicht kommen würde, genauso wenig wie von der vaginalen Penetration allein. Er wusste das und würde sie nicht enttäuschen. Er ließ seinen Umhang fallen, und wenn sie auch in dieser Position seinen schönen Körper nicht sehen konnte, so konnte sie ihn doch fühlen, und in ihrem Kopf spulten sich Bilder ab. Haut wie Milchschokolade, rabenschwarze Haare und glänzende Augen: Er war ein Wunder an Koordination; Muskeln, Nerven und Sehnen bildeten diese perfekt proportionierte Einheit.

Himmel, bin ich ein Glückspilz, dachte sie, als sie ihn gegen die Analöffnung pulsieren spürte. Ich kann mir nicht erlauben, dass mir dieses Juwel entschlüpft, selbst wenn ich mein Königreich mit ihm teilen muss.

Es war ein warmer Abend, und die untergehende Sonne warf die unwahrscheinlichsten Farbstreifen an den Himmel, mauve und grün und ein tiefes Rot, das die Nachtwolken noch auf Distanz hielt. Cheryl fuhr ihr Auto vom Parkplatz vor den Ställen zum Haupteingang von St. Jude, wo sie einen Augenblick verharrte, um die beiden Türme zu bewundern. Früher waren sie ein Teil des Innenhofs gewesen, und dazwischen ein Verbindungsgang für die Bogenschützen.

Man sah noch die Pfeilschlitze im vom Efeu überzogenen Mauerwerk. Die meisten Veränderungen hatte es zu Zeiten der Königin Victoria gegeben. Man hatte den Innenhof überdacht und daraus einen Gesellschaftssaal errichtet. Von hier aus gab es Verbindungen zu Küche, Wäscherei und Hintertreppe. Das Verdienst der Renovierungen damals wie heute: St. Jude blieb eindrucksvoll gotisch.

In ein paar Tagen würde es hier brummen, dachte Cheryl. Sie konnte es nicht erwarten, den Eingeladenen ihre Gastfreundschaft zu zeigen. Es war fast eine orgasmische Vorfreude, die sich von ihrem Steiß zum Schoß ausbreitete. Sie presste ihren Po in den Ledersitz. Der sommerliche Rock verfing sich zwischen ihren Backen. Sie hatte nach dem Duschen ein frisches Höschen angezogen, aber der Schoß war schon wieder klamm.

Verdammter Felan Boynton, dachte sie. Ich wünschte, ihm würden die Eier abfallen.

Es ärgerte sie, als sie begriff, warum sie sich hier noch herumdrückte, statt nach Fell Tor aufzubrechen. Der Anblick hatte natürlich etwas damit zu tun, aber das war nicht die ganze Geschichte. Felan hatte mit der Arbeit an den Außengebäuden begonnen. Aber sie konnte ihn nirgendwo sehen, und sie sagte sich, dass sie froh darüber war. Seit diesem Irrsinn in ihrem Büro hatte er kein Wort mehr mit ihr gesprochen. Für wen hielt er sich? Gottes Geschenk an die Frauen? Ha!

Wütend legte sie einen Gang ein, und das Auto reagierte. Es war ein brandneuer Wagen, ein olivgrüner Range Rover, in dem sie sich schrecklich wichtig fühlte. Praktisch war er natürlich auch, denn sie lagen mit St. Jude ein wenig ab vom Schuss. Wer wusste, welche Überraschungen der Winter brachte? Überschwemmungen, Frost und Schnee. Dann oblag es vielleicht ihr, die Feuer am Brennen zu halten. Laura hatte ihr eigenes Auto, aber diese geduckte Bestie, die ein bisschen wie ein Militärfahrzeug aussah, durfte auch von Simon und Ursula gefahren werden, obwohl sie sich nicht vorstellen konnte, dass sich die Hausverwalterin trauen würde – höchstens, wenn ein nationaler Notstand verkündet würde.

Ich sollte vielleicht Kombatstiefel tragen und eine Khakijacke mit zahllosen Taschen für Dinge wie ein Schweizer Messer, Landkarten und Kompasse, Taschenlampe, Streichhölzer und Erste-Hilfe-Kasten. Oh, und die Tafel Schokolade nicht zu vergessen und die Glukosetabletten.

Sie bog um eine scharfe Kurve und musste hart auf die Bremse steigen: Blökende Schafe blockierten den Weg. Es gibt nichts, was idiotischer aussieht als frisch geschorene Schafe, dachte Cheryl und drückte auf die Hupe. Ein Bursche schlenderte heran, er war offenbar der Hirt dieser blöden Herde. Wenn ein Schaf stehen blieb, blieben alle stehen. Wie belämmert kann man denn sein?

»Himmel, was für Dummbeutel!«, rief Cheryl. »Treib sie mir aus dem Weg!« Der Schäfer starrte sie nur an, kaute weiter auf dem Strohhalm zwischen den Zähnen und schüttelte den Kopf. »Sie können die Natur nicht beschleunigen, Missus.«

Sie hatte nicht angehalten, um sich mit dem Burschen anzulegen, aber sie war beunruhigt, wie er sie anschaute. Sie saß zu hoch, deshalb konnte er nicht sehen, dass ihre Knie entblößt waren. Sie zog den Rock nach unten, hielt die Beine zusammen und fuhr langsam weiter.

Die Schafe ließen sie tatsächlich durch. Solche Probleme werden in Zukunft ein bisschen anders geregelt, dachte sie, aber sie sah andere Probleme voraus. Sie und Laura wurden in der Gegend als Fremde betrachtet. Das war ihnen bei den Einstellungsgesprächen mit den Einheimischen bewusst geworden. Es würde zwanzig Jahre dauern, bevor sie akzeptiert wurden, und selbst dann würden Vorbehalte bleiben. Fremde. Städter. Das waren sie, und das würden sie bleiben.

Sie erreichte Fell Tor ohne weiteren Zwischenfall. Joanna kam ihr entgegen, nahm ihre Hände und küsste die Tochter auf beide Wangen. »Du übertreibst wieder«, sagte Joanna, »nichts verrät den Stress einer Frau mehr als ihre Haut und die Tränensäcke unter den Augen.«

»Vielen Dank für die Erinnerung, dass ich alt aussehe«, rief Cheryl.

»Du siehst großartig aus«, sagte Deven und küsste ihre Brauen. »Komm mit in den Garten. Die anderen sind schon da und warten auf dich.«

Was für ein Guru, dachte sie. Er riecht wie die Gewürze einer exotischen Insel, und er sieht mich auf diese kluge, innige Weise an, die mich schwach werden lässt, aber Mutter behält mich im Blick, deshalb muss ich ihm leider eine Absage erteilen.

Bei schönem Wetter war der Garten die Verlängerung des Gemeinschaftsraums, in dem Mahlzeiten serviert und Debatten geführt wurden. Ein Zelt war aufgebaut worden, und nicht weit davon entfernt sangen und tanzten die Leute um ein Feuer. Viele junge und manche nicht mehr so junge Menschen; eine merkwürdige Versammlung. Perlen und Federn, Körperfarbe, völlige oder teilweise Nacktheit.

Joanna hakte sich bei Cheryl unter. »Viele trauern noch der ›Love and Peace Zeit‹ nach. Aber das ist lange her. Wir leben jetzt in einer grimmigeren Welt. Die Mehrheit der Menschen kümmert sich nicht um die globale Erwärmung oder um bedrohte Tierarten. Sie will schnell reich werden, das ist alles.«

»Nun, ist es denn falsch, nach einem höheren Lebensstandard zu streben?« Cheryl wollte nicht mit ihrer Mutter streiten, aber bei diesem Thema stimmten sie nicht überein. Deshalb hatte sie Begegnungen mit den Bewohnern von Fell Tor gemieden. Es waren harmlose Leutchen, aber Cheryl konnte mit ihren Idealen nichts anfangen, obwohl sie sie deshalb sogar ein bisschen beneidete. Es musste wunderbar sein, einer Sache zu vertrauen, an berichtete Phänomene zu glauben, ob es um fliegende Untertassen ging oder um die Feen unten im Garten.

Sie glaubte, dass es Joanna und Deven gut ging. Sie stritten sich nicht, und sie schienen auch keine finanziellen Probleme zu haben.

Das Zelt war wie das Tardis; wenn man es betrat, schien es sich zu strecken und größer zu werden. Cheryl hatte es schon einige Male vorher gesehen, aber sie war noch nie ins Innere vorgedrungen.

Es war wie eine andere Welt, ein Kuppeldom, von parfümierten Kerzen beleuchtet. Sie brannten in gusseisernen Haltern. Weihrauch waberte aus den geschwungenen Mäulern bronzener Schlangen. Gebetsmatten trugen zu den Farben an den Wänden bei. Die dicken Pfeiler, die das Zeltdach stützten, waren mit Girlanden verziert, mit Kletterpflanzen und Fahnen, und der Holzboden war durch dicke Teppiche erheblich weicher geworden.

Cheryls Ohren wurden verwöhnt von verträumten himmlischen Klängen, die durch die Lautsprecher flossen. Auf einem großen Bildschirm wurden Unterwasserfilme gezeigt – rufende Wale und sich aalende Haie, und natürlich die unvermeidlichen verspielten Delfine und die Regenbogenfische, die durch die Grotten flitzten. Nackte Mädchen bewegten sich anmutig wie Meerjungfrauen, sie schwammen herum, berührten sich gegenseitig, streichelten feste Brüste und leicht behaarte Pussys. Auch nackte Männer schwammen herum, und die Mädchen ließen deren strotzende Harpunen nicht in Ruhe.

Cheryl schaute zu und wunderte und erregte sich. Die Nippel versteiften sich unter dem trägerlosen kirschroten Top. Sie trug dazu einen Wickelrock mit einem Rosenmuster, der ihre Hüften umschmiegte, und das Höschen rieb sich in ihrer klammen Spalte. Die Dekoration des Zelts war raffiniert gewählt, um die Sinne zu betören. Sie hätte auch in den Sommerpalast eines türkischen Potentaten gepasst; bar jeder Regierungsprobleme, umgeben von seinen Odalisken.

Auf niedrigen Tischen standen Schüssel mit pikanten Pilzen und Hülsenfrüchten, mit Pasta und Knoblauchsauce, selbst gebackenes Brot, Obst aus dem Garten, Butter und Käse, die in der Molkerei von Fell Tor hergestellt wurden, und es gab auch Wein von den Reben, die in den Wingerts wuchsen. Karaffen von Apfelsaft und Fässchen mit Ale warteten auf die Gäste, ebenso wie die Bowlen mit vielen Früchten.

Die Couches und tiefen Sessel standen zueinander. Joanna führte Cheryl zu einer üppig ausgestatteten Frau und sagte: »Norma, du hast Cheryl schon kennen gelernt, aber dies ist ihre erste Erfahrung mit einer unserer Zusammenkünfte.«

»Wir wollen, dass du sie führst«, sagte Deven mit seiner klaren Stimme. Köpfe drehten sich in seine Richtung. Er lächelte und setzte sich in einen thronähnlichen Sessel, und Joanna nahm auf einem Hocker zu seinen Füßen Platz. Sie hielt sich wie eine Königin oder wie eine Primaballerina.

»Wie du willst«, sagte Norma. Ihr Akzent klang australisch, und ihr rundes Gesicht war so offen und arglos wie das eines Kindes. »Wir haben Neumond, Cheryl«, fuhr sie fort, »und ihm zu Ehren feiern wir die Göttinnen und die Priesterinnen, ob sie nun ägyptisch, griechisch oder römisch sind, ob sie vom Planeten Zogg stammen oder von irgendeinem anderen Ort. Lasse deine Phantasien sprießen.« Sie zeigte auf einen großen Berg von Klamotten in allen Formen und Größen, der mitten auf dem Boden lag.

Die meisten Frauen trugen bereits irgendeine Göttinnentracht oder was man dafür halten konnte. Die Männer zogen weiße Tuniken vor, die bis zu den Knien reichten, und kränzten sich mit Lorbeer. Einer von ihnen fiel Cheryl ins Auge.

Er hatte einen frechen Gesichtsausdruck, kurz geschnittene gebleichte Haare, trug einen Ring durch eine Braue und einen Goldnagel an der Nase. Er sah außergewöhnlich gut aus, hatte eine gesunde Bräune und war noch relativ jung. Er konnte nicht viel älter sein als ihr Sohn. Cheryl verzog das Gesicht. Tim kam zur Eröffnungsparty nach St. Jude, und Daisy hatte versprochen, auch dabei zu sein. Wie hatte sie auch nur eine

Sekunde lang erwägen können, es mit so einem jungen Adonis zu treiben?

»Sein Name ist Aiden«, sagte Norma, die Cheryls Blicke offenbar bemerkt hatte. »Hier, nimm einen Drink.« Nach ein paar Gläsern fand Cheryl es nicht mehr skandalös, mit so einem jungen Mann zu vögeln.

»Er ist neu hier«, sagte Norma. Wollte wahrscheinlich mal sehen, was hier so läuft. »Soll ich dich vorstellen?«

»Nein, noch nicht. Ich muss mich zuerst akklimatisieren.«

»Was du brauchst, Mädchen, ist eine Massage. Aber suche dir zuerst ein Kostüm aus.«

Es gab so viele schöne Kostüme, dass ihr die Wahl schwer fiel. Selbst die Lederkostüme sahen gut aus, obwohl sie eher auf eine Domina schließen ließen und nicht auf eine Göttin. Sie schwankte zwischen der Tunika einer Bacchantin mit einem Paschmina-Schal im Leopardenmuster und einem durchsichtigen Chiton in strahlendem Weiß. Man musste sofort an Aphrodite denken. Norma nickte zu dieser Wahl, und Cheryl legte das Kostüm über einen Arm und folgte Norma zu einem abgetrennten Teil des Zelts.

Dort änderte sich die Atmosphäre erneut. Alles am Alkoven war warm, freundlich und feminin. Zwei Massage-Couches waren schon belegt. Spärlich bekleidete Frauen führten die Massagen aus. Cheryl war plötzlich verlegen. Musste sie wirklich alles ausziehen? Sie konnte das natürlich ablehnen, aber das wäre feige. Außerdem war Aiden da, und der Wein hatte ihre Vernunftebene für den Moment platt gewalzt.

»Lass mich dir helfen«, sagte Norma und öffnete den Knoten, der Cheryls sarongähnlichen Rock festhielt. Er fiel auf den Boden, und eines der Mädchen sprang herbei und fand einen Haken an der Wand. Das kleine Top folgte dann, und Cheryls Brüste waren entblößt. Im leichten Zug wurden die Nippel härter. Jetzt blieb nur noch ihr Höschen. Cheryl schnürte die Bänder auf, zog es über die Hüften und streifte die Sandalen ab.

Ihre Nacktheit wurde ohne Kommentar akzeptiert. Einige der Frauen waren so sehr miteinander beschäftigt, dass sie Cheryl gar nicht bemerkt hatten. Sie lagen auf Kissen, die nackten Körper und Gliedmaßen verschlungen, die Hände auf den vollen oder spitzen Brüsten, die Hüften angehoben, damit sich die intimen Teile berühren konnten.

Cheryl konnte die Falten ihrer Geschlechter sehen und wie sich ihre Pussys auf eine intensive, befriedigende Weise küssten. Nichts wurde vernachlässigt; Finger und Münder suchten geschwollene Nippel und Kitzler, aber alles immer nur langsam, sinnlich, ohne Hast. Alle Frauen wollten das Erlebnis in ihren Herzen bewahren. Cheryl konnte sich nicht abwenden, sie bewunderte die runden Pobacken, die polierten Kniescheiben und die Kurven der Knöchel.

Sie waren erregt und gaben kleine stöhnende Laute von sich, die Cheryls Säfte fließen ließen. Sie wollte mitmachen, aber Norma wies sie an, sich mit dem Gesicht nach unten auf eine gepolsterte Bank zu legen. Sie entspannte sich, umfangen vom genüsslichen Luxus, die Ohren abgestimmt auf die leisen flatternden Stimmen der Frauen, die sich gegenseitig Lust verschafften, und auf die Musik, die auch in den Alkoven drang.

Glocken erklangen, Flöten trillerten, und Saiteninstrumente schufen ungewöhnliche Kadenzen. Diese Klänge trugen zu ihrem tranceähnlichen Zustand bei.

Jetzt konnte sie fühlen, wie Hände an ihr arbeiteten und jede Verspannung lösten. »Wir nehmen Talkumpuder und kein Öl«, hörte sie Norma erklären. »Das ermöglicht die federleichten Berührungen.«

Es war Cheryl, als würde sie mit Regentropfen besprüht, die ihre Haut seidig machten. Die Hände glitten über sie, so zart und fein, dass sie nicht immer sofort wusste, wo sie sich gerade befanden, zwischen den Schulterblättern, am Rückgrat, in der Kerbe ihrer Backen und am festen Mund ihres Anus. Cheryl fühlte, wie er sich öffnete, und hielt laut die Luft an. Ein forschender Finger drang ein. Sie wusste nicht, was sie davon halten sollte, aber eine aufregende, schmerzende rohe Lust keimte in ihr auf.

»Da hast du's, Liebling, lass es dir langsam kommen«, wisperte Norma, und Cheryl begriff, dass es Normas Hände waren, die sie so weit gebracht hatten. Andere blieben stehen, aber ihr war es zu anstrengend, die Augen aufzuschlagen.

Sie begannen an ihren Füßen und massierten jeden einzelnen Zeh, und die Gefühle waren fast so, als stimulierte jemand ihre Klitoris, aber diesmal waren es zehn kleine Organe der Lust, nicht nur ein einziges. Andere Hände strichen über ihren Körper, kreisten um den Nabel, rieben in den Achselhöhlen und um die Brüste, sie drückten die harten, hungrigen Nippel und glitten dann weg.

Cheryl stellte sich vor, dass sie von einer vierarmigen Hindugottheit namens Kali massiert würde; eine Hand koste ihre Schläfen, eine andere den Bauch, und die restlichen Hände streichelten die Innenseiten der Ellenbogen.

Glückseligkeit breitete sich in ihr aus, und sie stöhnte und drehte den Kopf von einer Seite zur anderen. Das harte Drücken ihrer Nippel erregte sie zwar, aber es würde bei ihr nicht zum Orgasmus führen. Sie teilte die Beine und bäumte sich auf, dann spürte sie Finger, die durch ihren Schamberg kämmten und ihre Spalte teilten. Sie hielt den Atem an und bewegte sich nicht, weil sie fürchtete, sie würden die Klitoris weiter ignorieren.

»Das reicht jetzt«, sagte Norma, und alle Hände zogen sich zurück. Cheryl blieb zitternd auf der Bank liegen, und was sie innerlich spürte, war schon mit einem starken Schmerz zu vergleichen.

»Nein, bitte«, hörte sie sich winseln. Ihre Stimme klang seltsam schrill. »Ich wäre fast gekommen.«

»Alles zu seiner Zeit, mein Schatz«, mahnte Norma. »Wir wollen dich zuerst anziehen. Deine Ma und Deven sind schon draußen und bereiten die Beschwörungsformel für den Neumond vor. Wir sollten bei ihnen sein und unsere Göttin verehren. Wir sparen unsere sexuelle Energie auf und warten auf unser Kommen bis zum Höhepunkt des Rituals.«

Cheryl erhob sich zögernd und hielt sich an diesem Gedanken fest: Man würde ihr den Orgasmus erlauben, aber jetzt noch nicht.

Sie schmerzte vor Frustration, und sie spürte, wie die Säfte an ihren Schenkeln hinunterrannen. Der Chiton wurde ihr über den Kopf gezogen und mit einem silbernen Gürtel um die Taille festgehalten. Es war ein einteiliges Kleidungsstück mit langen Ärmeln und einem Schlitz von der Schulter bis zum Handgelenk, zusammengebunden mit Zierschnallen. Die Frauen kreisten sie ein, bürsteten ihre Haare und flochten sie mit Bändern. Erregung lag in der Luft, denn alle Anwesenden spürten die Spiritualität und die körperliche Ekstase, wenn der junge Mond sein Geheimnis mit in den dunkelblauen Himmel nahm.

Auf ihre eigene Weise waren sie alle Schönheiten, die dralle, stämmig gebaute Norma eingeschlossen. Cheryl hätte gern Liebe mit ihnen gemacht, ihre Brüste mit den Händen abgetastet und ihre rasierten oder behaarten Schöße berührt, die wie reife Feigen tropften. Sie erinnerte sich an ihre Erfahrung, die sie mit Bronwen, Laura und Luke geteilt hatte; es schien ihr Schicksal zu sein, dass sie mehr als nur eine Einführung erlebte.

Ein Spiegel auf einem Mahagoniständer warf ihr Bild ins Kerzenlicht zurück. Das war doch bestimmt ein Traumbild, oder? Sie konnte sich als schöne Göttin kaum erkennen. Ihre

Brüste, die ihr manchmal zu groß vorkamen, schienen im Chiton genau richtig zu sein. Ihre schmale Taille und die breiten Hüften waren die einer Getreidegöttin, Demeter vielleicht, die für Fruchtbarkeit und Überfluss steht.

Sie zuckte zusammen, als sie sah, dass Norma jemanden zu ihr führte. Es war Aiden. Er kam dicht heran und berührte die Spitze von Cheryls prickelndem Nippel. »Bist du bereit für solche Sachen?«, fragte er.

Für solche und viele andere, dachte sie. Wenn ich nicht bald jemanden finde, der es mir besorgt, explodiere ich wie der Vesuv. Pass gut auf dich auf, Pompeji.

»Wer hat dir erlaubt, mich anzufassen?«, fuhr sie Aiden an.

Er zog erschrocken seine Hand zurück, als hätte er sie verbrannt. »Entschuldige.«

Sie antwortete nicht, lächelte aber. Aus der Nähe konnte sie sehen, dass nicht nur seine Augenbraue gepierct war. Die kleinen weinroten Nippel waren beringt und zusammen mit einer dünnen Silberkette verbunden.

»Hast du noch mehr?«, fragte sie und erinnerte sich, dass Daisy auf ihrem sechzehnten Geburtstag unbedingt ihren Bauchnabel durchstochen haben wollte. Das hätte beinahe den dritten Weltkrieg ausgelöst. Ashley auf der einen Seite, und Cheryl hatte Partei für die Tochter ergriffen. Der Streit hatte sich über Monate hingezogen, bis Daisy eines Tages triumphierend nach Hause gekommen war, einen kleinen Goldring im Nabel.

»Ja, habe ich«, sagte er, und Cheryl ahnte, dass er nach seinem Mut jetzt keine Courage mehr hatte.

»Wo?«, fragte sie, und sein Rot lief noch an. Sie hatte ihn in Verlegenheit gebracht, und nach Felan tat ihr das gut. Sie hatte das Sagen. Diese Begegnung wurde von ihr zelebriert.

»Wo glaubst du denn?«, fragte er, und seine Augen wurden immer runder.

Sie schaute auf die Front seines Kilts, und sie sah, wie sein Penis zuckte. Der Stoff war dünn, und der Umriss des Schafts versprach einiges. Oh, Mann, schoss es ihr durch den Kopf. Da konnte er doch nicht gepierct sein, oder?

Sie hatte mal einen Artikel in einem Magazin gelesen, das Tim unter seinem Bett versteckt hatte; und der Artikel hatte sie entsetzt und erregt; er wurde illustriert von offenen Schoßfotos; glamouröse Models mit sehr prägnanten Kitzlern und Männer mit extra langen Schäften. Der Artikel beschäftigte sich mit Tätowierungen und zeigte Fotos von gepiercten Vorhäuten, Schamlippen und Kitzlern, und ihr war nur eine Frage durch den Kopf gegangen – wie fühlte sich so ein Ring in der Vorhaut oder in einer Scheide an? Als sie die gepiercten Kitzler sah, wurde ihr fast schlecht.

»Ich wette, du willst mich auf den Arm nehmen«, sagte sie. »Was hast du also machen lassen? Einen Bolzen durch die Zunge? Das ist doch nicht mehr ungewöhnlich.«

»Was hältst du denn davon?«, fragte er und hob seinen Kilt bis zum Nabel hoch.

Ihr Blick blieb sofort hängen. Es hörte nicht auf, sie zu erstaunen, wie ein Penis immer die Aufmerksamkeit auf sich zog. Groß oder klein, steif oder schlaff, der erste Blick fiel bei einem nackten Mann immer auf sein Organ.

Aiden hatten ein schön geformtes Exemplar, es war nicht beschnitten und die Vorhaut von einer dicken glänzenden nassen Eichel zurückgezogen. Ein polierter schwarzer Ring war in den Kopf eingelassen. Ihre Finger juckten, ihn zu berühren und seine Reaktion zu testen.

Er tat es für sie; geschickte Finger bewegten den Onyx einmal im Kreis, und ein frischer Tropfen ließ sich im Auge sehen und rann dann weiter, um den Ring zu ölen. Er hörte nicht auf, sie anzuschauen, hielt seinen Schaft hoch und pumpte ihn, als wollte er seine Bereitschaft testen. Der Onyx drehte sich locker und verlockte ihre Zunge, ihn zu schmecken.

»Tut das nicht weh?«, fragte sie, und ihre eigenen Lenden krümmten sich.

»Jetzt nicht mehr. Ich war in der ersten Zeit sehr wund«, antwortete er, nahm ihre Hand und führte sie zu seinem Schoß. »Fühl doch mal«, ermunterte er sie.

Sie zögerte nicht. Die Fingerspitzen erforschten ihn, liefen am seidigen Schaft hoch, drückten die Vorhaut und dann die kühle, glatte Oberfläche des Rings. Mit der anderen Hand schlüpfte sie zwischen seine Schenkel und erkundete seine prallen Bälle. Sie wog sie in den Händen, und ihre Nägel kratzten über das empfindsame Skrotum. Sein Atem wurde hohl, was seine Erregung verriet. Sie traute sich, den Ring um eine Vierteldrehung zu bewegen. Der Schaft schwoll noch mehr an, und der Kopf nahm eine purpurne Farbe an.

»Warum hast du das machen lassen?«, fragte sie. Es faszinierte sie, welche Wirkung die Berührung hatte.

»Du siehst doch selbst die Antwort auf deine Frage«, murmelte er. »Alles ist noch viel empfindlicher, und dir wird es auch gefallen, wenn ich ihn in dich hineinschiebe.«

»Glaubst du, ich lasse das zu?« Sie spielte mit seinen Gefühlen, wie sie mit seinem Schwanz spielte.

»Ich will dich«, sagte er, und die Arroganz hatte ihn verlassen. Er war nicht mehr als ein junger Mann mit weniger Erfahrung bei Frauen, als er gern glauben ließ. »Du bist wunderbar. Ich habe dich schon gesehen, als du hereingekommen bist. Lässt du mich in dich rein?«

»Ja«, flüsterte sie und konnte nicht glauben, dass sie das gesagt hatte.

»Es ist auch Zeit«, rief Norma.

Cheryl hatte sie ganz vergessen, hatte auch das anstehende Ritual vergessen, sie hatte alles vergessen bis auf diesen Jungen, der seine Schönheit wie einen Pfeil auf ihr Herz gerichtet hatte, oder auch direkt auf ihre Pussy, die zu pulsieren begann.

Er ließ den Kilt fallen und verknüpfte seine Finger mit ihren. »Komm«, drängte er. »Wir wollen doch den Höhepunkt nicht verpassen.«

Das ist wahr, dachte sie. Einen Höhepunkt habe ich heute Abend schon verpasst.

Die Flammen des Feuers loderten hoch, und Funken regneten herab. Die Feiernden hielten sich an den Händen und schunkelten, die Blicke auf Deven gerichtet, der die Szene von einer Kuppe aus beherrschte. Viele hielten sich im Pool auf, als glaubten sie, das Wasser würde ihre Sünden wegwaschen. Die schwache Mondsichel lugte ab und zu hervor und stieg weiter zum Himmel an, begleitet von einem Gefolge von Sternen.

Deven deklamierte, die Arme zum Himmel gehoben, aber Cheryl und Aiden konnten nichts hören von dem, was er sagte, weil die Akustik nicht funktionierte.

»Gehen wir hinein«, sagte er, und bevor sie begriff, was er vorhatte, fand sie sich bis zur Taille im Wasser.

Ihr Chiton blähte sich auf und flutete um sie herum, und die kleinen Wellen penetrierten ihre erhitzten Teile wie eisige, unverschämte Finger. Das Gefühl auf ihrer nackten Haut war einzigartig. Ihre Füße versanken knöcheltief im Schlamm, aber sie watete weiter, bis der Pool absackte und sie schwimmen konnte. Sie war nicht allein. Köpfe hüpften überall um sie herum, die Gesichter zum Mond erhoben. Ihr Chiton hemmte sie; sie wollte ihn ausziehen, fand zurück zu den seichten Stellen und kämpfte mit dem Gürtel.

»Warte, ich helfe dir«, sagte Aiden, als er neben ihr auftauchte. Sie fühlte seine Hände auf ihren Brüsten, und mit den Daumen rollte er über die eiskalten Nippel. Als er sich gegen sie presste, fühlte sie den festen Bogen seines Penis, den auch die Kälte nicht hatte klein kriegen können.

Irgendwie schafften sie es, den Gürtel aufzuknoten, dann war sie frei. Sie schien völlig schwerelos zu sein, als Aiden sie aufhob. Sie schlang die Hände um seinen Nacken und spreizte ihre Beine, damit er sie auf seine Erektion hieven konnte. Aber irgendwie stimmten die Positionen nicht, sie schlang jetzt die Beine um seine Hüften und schlängelte sich hin und her, bis sie ihre Öffnung mit ihm gefüllt hatte.

Aiden ruckte sie auf und ab, und um sie herum klatschte Wasser. Sie konnte ekstatische Schreie aus den Kehlen der Menge hören, als das Ritual seinen Höhepunkt erreichte. Paare trieben es zusammen im Wasser, auf dem Rasen, um das Feuer, unter den Bäumen; Frauen mit Frauen und Männer mit Männern. Manchmal waren sie so sehr ineinander verkeilt, dass man nicht immer sagen konnte, wer wem was tat. Wie auf den erotischen Schnitzereien an den Fassaden indischer Tempel.

Aiden küsste sie, dann glitt er aus ihr und trug sie mühelos vom Pool hinter das Zelt. Er legte sie aufs Gras und streckte sich neben ihr aus, nass und nackt wie sie. Im schwachen Lichtschein, der durch die Zeltwand fiel, sah sie ihn lächeln, dann rutschte er an ihr hinunter und begann zu lecken und zu saugen. Er rieb ihren Kitzler gegen seinen mit Latex bedeckten Schaft, bis sie unter der Wucht ihres Orgasmus aufschrie. Er legte sich auf sie und pumpte hart in ihren zuckenden Körper, bis auch er mit einem lauten triumphierenden Geheul kam.

Cheryl warf den Kopf zurück und starrte auf den unschuldigen Mond. Sie hatte geschworen, sich nie auf Fell Tors Rituale einzulassen, aber irgendwie hatte an diesem Abend die Stimmung gepasst.

Als Cheryl sich in der Morgendämmerung auf die Heimfahrt vorbereitete, schob sie eine Scheibe in das Abspielgerät. Eine Aufnahme von Giacomo Puccinis Meisterwerk *Turandot*, dem chinesischen Märchen. Sie drückte sich durch die Hälfte des ersten Akts, bis sie die Hymne an den Mond hörte.

Aiden hatte darauf bestanden, sie wiederzusehen, und sie hatte ihre Einwilligung gegeben, dass er Joanna und Deven zur Eröffnung von St. Jude begleitete. Sie war nicht sicher, ob das eine kluge Entscheidung war, denn Tim und Daisy würden da sein, und Cheryl wusste nicht, wie ihre Kinder auf die Veränderungen im Leben ihrer Mutter reagieren würden, darunter auch der Geliebte, der halb so alt war wie sie.

Das Mondthema bei Puccini endete, und Cheryl schaltete die CD aus. Als Hintergrund setzte sie klassische Musik nur selten ein; höchstens, wenn sie entspannen wollte.

Die Straßen waren verlassen, bis auf den Milchtraktor und den Briefträger auf seinem Fahrrad. Cheryl war tief in Gedanken. Sie hatte sich von ihrer Mutter nicht verabschiedet. Überhaupt hatte sie wenig von ihrer Mutter gesehen; wahrscheinlich hatte sie sich zu sehr auf Deven und seine Rituale konzentriert. Cheryl hatte den Eindruck gehabt, dass Joanna darauf achtete, die Tochter nicht an den Geliebten herankommen zu lassen.

Ihre Sorge war unbegründet. Ich will ihn nicht, dachte sie, jedenfalls nicht genug, um einen dicken Krach mit der Mutter zu riskieren.

Als sie die ersten Merkmale entlang der Straße erkannte und wusste, dass sie sich St. Jude näherte, war sie müde und erschöpft und wusste, dass sie an diesem Tag tausend Dinge zu tun hatte. Hoffentlich ließ Felan sie in Ruhe, war ihr letzter Gedanke, bevor sie ins Bad stieg. So ein Pool war eine gute Sache, aber nichts ging über ein langes, sinnliches Einweichen im parfümierten Wasser.

## *Achtes Kapitel*

»Querbinder? Natürlich gehört eine verdammte Fliege dazu. Diese Hexe soll nicht glauben, wir wüssten nicht, wie man sich zu kleiden hat«, schnarrte John beim Frühstück seine Frau an. »Hast du was Anständiges anzuziehen? Oder willst du wie gewöhnlich als Vogelscheuche auftreten?«

Emily Dempsey schaute auf das Messer neben dem Teller und fragte sich, ob sie genug Mumm hatte, das Messer in seinen dicken Froschhals zu rammen. Sie konnte sich ausmalen, wie sein Gesicht aschfahl wurde, während das Blut aus seiner Schlagader pulsierte. Er würde versuchen, es mit seiner Serviette aufzuhalten. Er richtete sich auf, geriet ins Torkeln, wollte aber weiter, um den Krankenwagen zu rufen.

Sie würde ihm im Weg stehen, ihn anstarren und ihm all die Dinge an den Kopf werfen, die sie ihm all die Jahre schon sagen wollte; sie wollte ihn einen Lügner, Schwindler, Ehebrecher nennen und ihm sagen, dass der Mann, den sie geheiratet hatte, ihr Leben zur Hölle machte.

»Ist mein Frack aus der Reinigung gekommen?«, fragte John von hinter der Zeitung. »Du hast doch nicht vergessen, ihn zur Reinigung zu bringen?«

»Er ist fertig und hängt in deinem Kleiderschrank«, sagte Emily und sah sich, wie sie den Frack in Fetzen riss und schnitt.

Sie hatte von der Frau eines Polizisten gelesen, die genau das mit der Uniform ihres Mannes getan hatte, als sie erfuhr, dass er sie betrogen hatte. Die Polizei hatte sie wegen mutwilliger Zerstörung ihres Eigentums angeklagt. Sie hatte verloren, aber wie befriedigend musste es sein, derart freizügig mit der Schere umzugehen – der Stoff war Ersatz für den Penis.

Emily sorgte sich wegen ihrer eigenen Kleidung zur Party. Seit Jahren hatte sie sich kein Kleid mehr gekauft. John mochte nicht viel Geld für sie ausgeben, obwohl sie sicher war, dass er sich seinen Flittchen gegenüber viel großzügiger verhielt. Oder war er bei ihnen auch so gemein und geizig wie bei ihr? Er hatte nie zugegeben, andere Frauen zu haben, und niemand hatte es ihr gesagt, aber sie war überzeugt davon. Sie roch ihren Duft in seinen Kleidern.

Der eigensüchtige Bastard! Emily wusste, es war unchristlich, aber sie hasste ihn. Jedes Mal, wenn er das Boot herausholte, betete sie, dass es sinken und er ertrinken möge.

Du könntest ihn verlassen, wisperte eine Stimme in ihr, aber diese Stimme hatte sich schon das erste Mal kurz nach der Hochzeit gemeldet, als sie in die Flitterwochen gefahren waren. Aber sie hatte ihn nie verlassen und gegen besseres Wissen gehofft, dass er sich ändern würde. Zu Beginn war sie vernarrt in ihn gewesen, betört von seinem guten Aussehen, seiner Arroganz und seinen großen Reden. Bei der Hochzeit war sie Jungfrau gewesen, deshalb machte sie sich selbst Vorwürfe, dass sie nicht gern mit ihm ins Bett ging. Erst viel später war ihr der Gedanke gekommen, dass dies auch seine Schuld sein konnte.

Ihre Kinder waren ihr Ein und Alles geworden. John war ein harscher Vater, wie er auch ein harscher Ehemann war. Sie schirmte die Kinder ab, vor allem den Jungen, Rupert. John wollte, dass er ins Familienunternehmen einstieg, aber Rupert, jetzt neunzehn und der Ältere, hatte seine Absicht erklärt, darstellende Kunst zu studieren. Er wollte Schauspieler werden. Emily hatte eigenes Geld, aber sie fürchtete sich davor, John die Stirn zu bieten und ihren Sohn offen zu unterstützen.

Die Mädchen, Ruth und Eva, waren leichter formbar. Sie besuchten die fünfte und sechste Klasse der Privatschule, die John für die Mädchen ausgesucht hatte. Sie waren verwöhnt und viel zu rund, aber sie waren Daddys Lieblinge. Kein Wunder, dachte Emily mürrisch. Sie sind weiblich und seine Töchter und deshalb keine Bedrohung für ihn.

Er glaubt, dass ich auch keine Bedrohung für ihn bin, setzte sie ihre Gedanken fort. Vielleicht steht er vor einem Schock. Ich bin fast vierzig Jahre alt, ich versinke in den mittleren Jahren und habe keinen Ansporn, mich da rauszuziehen. John hatte es geschafft, alle Begeisterung zu zerschlagen, die sie einmal für verschiedene Dinge empfunden hatte.

Als er sie kennen gelernt hatte, stand sie kurz vor einer Ausbildung zur Konzertpianistin. Keine Chance, das weiter zu verfolgen, als der Ring an ihrem Finger steckte. Er hatte sein Leben mit seinen eigenen Ambitionen gefüllt und ihren Bauch mit Babys. Er hatte ihr großzügig erlaubt, den Flügel von ihrem Zuhause in ihr eigenes Haus in der Nähe von Westcombe zu bringen. Es war eine neue Anlage, teuer, mit Rundumsicherheit, solide gebaut wie ein Landhaus aus dem neunzehnten Jahrhundert, aber sie sprangen wie Pilze nach einem Herbstregen aus dem Boden eines früheren Flugplatzes.

»Ich habe nichts dagegen, dass du probierst, meine Liebe«, hatte er gesagt. »Lasse deine Finger spielen, aber vergeude keine Zeit. Wenn wir Gäste haben, kannst du für sie spielen.«

Er liebte es, wenn sie vor Gästen spielte, weil er sich stets ins Scheinwerferlicht stellte.

Oh, diese schrecklichen Partys. Und die langweiligen Videos der Regatten, die er unbedingt vorführen wollte, damit alle Zuschauer sehen konnte, was für ein großer Segler er war. Er war Jekyll und Hyde. Die Gäste hielten ihn für einen wunderbaren Mann.

Je mehr sie tranken, desto derber wurden sie und verlangten frech, dass sie Schlager der achtziger Jahre spielte, und dabei tanzten sie und tasteten einander ab.

Abgesehen von diesem einen Mal hatte John ihr Talent nie wieder erwähnt, und wenn sie allein waren, äußerte er sich verächtlich über ihre Liebe zum Theater, lehnte es ab, mit ihr Museen zu besuchen, und warf ihr vor, Rupert zu einem Weichei zu erziehen, wenn sie Plätze für sich und ihn in einem Ballett gebucht hatte.

Jetzt füllte sie seine Teetasse nach und dann ihre eigene. Grunzend fuhr er fort, *The Times* zu lesen. Wenn er wenigstens eine andere Zeitung lesen würde. Es wäre erfrischend, morgens ein Boulevardblatt neben seinem Teller liegen zu sehen. Ich bin sicher, er würde sie viel lieber lesen und sich an den Mädchen mit den Silikonbrüsten auf Seite drei aufgeilen. Aber er ist nicht nur ein Maulheld, er ist auch ein Heuchler.

Wie halte ich das eigentlich durch, wenn er wirklich zum Bürgermeister gewählt wird? Es war wunderbar, als er in Amerika war. Ich habe ihn nicht vermisst. Ich muss ihn verlassen, und zwar bald. Mir steht es bis obenhin mit seinem Segelclub und dem Kreis der Speichellecker. Sie alle tanzen nach seiner Pfeife, weil sie Angst vor ihm haben.

Aber die Vorstellung, allein zu wohnen und ihr Leben in die Hand zu nehmen, war erschreckend für sie. Bis heute hatte sie noch keine einzige Rechnung bezahlt, und sie hatte auch keine Ahnung, wie viel Geld John auf der Bank hatte. Er hatte die Kontrolle über alle Bankgeschäfte und gab ihr Geld für Lebensmittel, Haushaltssachen und für die Putzfrau. Emily war so hilflos und abhängig von ihm, wie es die Büroangestellten waren. Und er legte Wert darauf, dass es so blieb.

Aber du wärst nicht auf dich allein gestellt, beharrte die innere Stimme. Rupert ist noch da. Hat er nicht sogar gesagt, du könntest dir ein kleines Haus in London kaufen und er würde bei dir leben, während er dort die Theaterschule besucht?

»Du hast das Geld, es zu tun, Mater. Du brauchst nur Mumm dazu. Du könntest sogar darüber nachdenken, wieder Klavierunterricht zu nehmen.«

Irgendwas musste geschehen, und zwar bald. Rupert würde endgültig abhauen, wenn er noch einmal so einen Krach mit seinem Vater hatte. Aber was war mit Ruth und Eva?, protestierte sie feige. Diese Frage hatte sie schon seit Jahren eingesperrt. Das Zuhause der Kinder wegen erhalten. Sie brauchen einen Vater und eine Mutter. So oder ähnlich lauteten die Erkenntnisse, die Frauen an ihre Männer ketteten.

Die Mädchen können oft zu mir kommen oder auch bei mir bleiben. Aber ich weiß, dass sie glücklich bei John sind. Er wird ihre Sympathie gewinnen, weil er den verlassenen Ehemann spielen wird. Und er wird sich eine Haushälterin suchen müssen. Das ist es, was ich war – Haushälterin, Chefköchin und ab und zu seine Hure, wenn er keine andere Öffnung finden konnte.

Oh, Gott, meine Sprache! Ihre Gewöhnlichkeit entsetzte sie. Aber die Frustration löst solche Reaktionen aus. Der Zynismus hat meinen einstmals fröhlichen Optimismus zerfressen. Ich brauche so dringend Liebe, weil mein Herz sonst bricht.

Menschlichkeit, Freundlichkeit. Sexuelle Erfüllung – alles Dinge, die ich noch nie bei meinem John empfunden habe, noch bei keinem Mann und bei keiner Frau. Ich befriedige mich selbst, wenn der Druck zu groß wird, um widerstehen zu können, aber ich schäme mich, wenn ich masturbiere. Was würde passieren, wenn das jemand erfährt? Oder wenn John mich erwischt? Ich würde vor Scham sterben.

Feministische Propaganda hatte sie nicht erreicht, aber sie hatte einige Artikel von aufrechten Ladys gelesen, die erklärten, es sei ganz natürlich für eine Frau, ihren eigenen Körper zu genießen. Männer hatten immer masturbiert – auf diese Weise lernten sie den schnellsten und sichersten Weg zu ihrem Höhepunkt. Aber selbst danach – trotz grüner Ampel – hatte Emily Schuldgefühle, denn ihre Mutter hatte ihr beigebracht, dass ›liebe kleine Mädchen sich da unten nicht anfassen‹.

Sie und John hatten die Frage nach ihrer Klimax nie besprochen. Er ging davon aus, dass sie a) das Verlangen nicht hatte oder b) mit ihm zusammen kam.

Ihre Augen wurden glasig. Sie konnte John nicht mehr sehen, auch nicht den Toaster, die Butterdose und die Marmelade. Stattdessen schob sich ein großer, breitschultriger Mann mit hohen Wangenknochen, die wie gemeißelt aussahen, ins Bild. Er stieg von seinem schwarzen Hengst ab und schritt ihr entgegen. Er trug einen militärischen Mantel mit dreifachem Kragen, darunter eine Samtweste. Seine Rüschchenkrawatte bildete einen starken Kontrast zu seiner dunklen Haut, und als er den hohen Hut abnahm und sich verbeugte, berührten die schwarzen Locken seinen Kragen.

Aber es waren seine geschmeidigen Wildlederbreeches, die sie faszinierten. Sie ließen auch den scharfen Umriss seines Schafts zu, der auf seinem linken Schenkel lag. Emily wollte die Hose aufknöpfen und die Schlange herausnehmen. Sie würde sich in der Wärme ihrer Hand aufrollen und strecken, sie vielleicht sogar anspucken.

Sie standen am Meeresufer, und sie war eine junge Miss wie aus einem Roman von Jane Austen, und lüsterne Phantasien würden ihr nicht in den Sinn kommen. Emily schlug die Augen nieder, und das Bild entschwand. Ich habe zu viele Werbespots für Urlaube im Ausland geschaut. Gerade jetzt läuft so ein Spot mit einer solchen Szene, fiel ihr ein.

»Ich bin dann mal weg«, sagte John und klatschte die Zeitung auf den Tisch. Er schob seinen Stuhl zurück. »Wo sind die Mädchen?«

»Sie sind in der Schule.«

»Wer passt heute Abend auf sie auf? Rupert?«

»Nein, er geht aus.«

»Nutzloser Bursche. Es ist Zeit, dass er mit dem Unsinn aufhört und entweder zur Uni geht oder in die Firma kommt. Ich werde ihn mir mal vorknöpfen.«

»Die Mädchen übernachten bei einer Freundin von Ruth. Ihre Mutter hat das freundlicherweise angeboten«, sagte Emily und ging nicht auf das ein, was er über Rupert gesagt hatte.

»Ich werde früh genug zurück sein, um mich vorzubereiten. Solange du mich nur nicht aufhältst, Emily! Keine Aufregungen in letzter Minute!«

Sie sagte nichts und reagierte auch nicht, als er sich im Vorbeigehen zu ihr beugte und einen Kuss auf den Kopf gab. Mehr als das konnte sie in diesen Tagen von ihm nicht erwarten, und darüber war sie erleichtert. Warum sollte er sie gebrauchen, wenn es ihm gerade in den Sinn kam? Er wollte doch nur seinen Saft loswerden.

Als er gegangen war, trug sie das Geschirr in die Küche und lud die Spülmaschine damit. Mrs. Macdonald würde bald hier sein, die Frau, die das Haus in Ordnung hielt. Später würde Emily ein paar Telefonate führen. Yvonne Harper, die Frau des Commodore, hatte zu einem Treffen der Westcombe Ladies Charity Organisation geladen und würde auch Emily erwarten.

Ein Anflug von Revolte stieg in ihr hoch. Sie mochte Yvonne überhaupt nicht, diese dralle, rotgesichtige und snobistische Kuh. Nein, das nahm sie zurück. Kühe waren sanfte Wesen mit großen Augen. Sie mit Yvonne zu vergleichen war eine Beleidigung für die Kühe. Hyäne und Blutsauger waren zutreffendere Beschreibungen. Schlampe passte noch besser. Und wie John bei den Segelabenden nach ihr schmachtete, das konnte einen schon zum Erbrechen bringen.

Ich werde sie nicht anrufen, entschied Emily. Wenn sie was von mir will, weiß sie ja, wo ich zu finden bin. Ich glaube, ich werde mich von ihrer verdammten Wohltätigkeitsarbeit lösen. Sie tut es ohnehin nicht, um den Bedürftigen zu helfen. Der Verein ist nur da, damit die Langeweile erträglicher wird und damit sie sich was einbilden können.

Sie erinnerte sich an Cheryl Barden, die einzige andere Frau im Club, mit der sie glaubte, was gemeinsam zu haben, aber sie war immer zu schüchtern gewesen, um die Bekanntschaft zu vertiefen. Cheryl war nicht oft bei den Treffen gewesen, die sie nicht mehr interessierten als Emily auch. Sie hatte ausgehalten und dann zugeschlagen, und davon hatte sie sich ein Hotel gekauft, und wenn Emily das Knurren und Grunzen richtig deutete, war es ein Anwesen, auf das John es abgesehen hatte. Hundert Punkte für Cheryl! Inspiriert von diesen Gedanken ging sie hinauf und suchte im Kleiderschrank nach etwas Tragbarem für die Party.

Felan ging in die Knie und zog den Kopf ein, um sich im Spiegel des Badezimmers sehen zu können. Das war der Nachteil seines Cottages; die Decken waren so niedrig, dass er sich immer irgendwo den Kopf anschlug.

Er kämmte seine Haare, dann warf er sie zurück und fasste sie mit einer Hand zu einem Pferdeschwanz zusammen. Ein schwarzes Band, unter dem ein Stück Elastik steckte, hielt den Haarstrang zusammen. Er hatte sich gründlich rasiert und den Bart nur auf einen schmalen Streifen am Kinn reduziert, während sein Schnurrbart nur bleistiftdick war. Ihm stand so ein Mini-Schnäuzer, weil er ihm den Ausdruck eines Teufelskerls verschaffte.

War er auch einer? Nicht wirklich. Er nahm seine Arbeit sehr ernst, und das Geschäft florierte. Was er von seinem privaten Leben nicht sagen konnte.

Er hob die Schultern, die in einem dunklen Samtjackett steckten, darunter ein schwarzes T-Shirt und enge schwarze Jeans. Er hielt sich halb an die formelle Kleidung, die Cheryl und Laura erwarteten, da auch hohe Tiere auf ihrer Gästeliste standen, aber er hatte sich nicht überwinden können, das ganze Spiel mitzumachen. Ein Frack (so ein Pinguin-Anzug) war nie sein Stil gewesen. Schwarze Cowboy-Lederstiefel mit kubanischen Absätzen gaben ihm einen schwankenden Gang.

Seit Rebecca gegangen war, hatte er sich daran gewöhnt, allein zu leben. Er war auf ihren Schulden sitzen geblieben und konnte nur dankbar sein, dass sie keine Kinder hatten. Es war leicht, wieder in das Junggesellenleben zurückzufinden; essen und schlafen, wenn es ihm passte, arbeiten bis zum Umfallen oder endlos lange mit der Angel am Fluss sitzen. Er konnte sich seine Frauen aussuchen, wenn ihm danach zumute war, aber das geschah selten in letzter Zeit. (Ein gebranntes Kind scheut das Feuer).

Er hatte zur Selbstbefriedigung zurückgefunden, einer Praxis, der er nie ganz abgeschworen hatte, selbst als er Rebecca regelmäßig bestiegen hatte, als sie frisch verheiratet und ineinander verknallt waren.

Seine blauen Augen verengten sich, denn statt sich selbst im Spiegel zu sehen, nahm er das Gesicht seiner Chefin wahr – nein, nicht der süßen, gutmütigen Laura, sondern Cheryls, diese schlimme, streitbare, zänkische Frau. Sein Mund verzog sich, und ihm wurde unangenehm bewusst, dass er in seiner engen Jeans einen Steifen bekam. Sicher, sie war ausnahmslos sexy, aber das milderte nicht seinen Wunsch, ihr eine zu knallen.

Das war ein unglücklicher Gedankengang angesichts der

Agitation, die sich in seinen Lenden abspielte. Lust brannte in ihm wie unlöschbarer Durst. Seine Handfläche prickelte vom Sehnen, sie zu berühren. Was würde sie tun? Was würde sie sagen? Er grinste, wenn er an ihre Wut dachte. Sie hasste es, auf die Kontrolle zu verzichten. Oder? Vielleicht wollte sie insgeheim beherrscht werden.

»Oh, Mann, das halt ich nicht aus«, murmelte er laut, versessen von dem Druck zu kommen.

Es würde nichts bringen, mit einer Erektion auf St. Jude einzutreffen. Er fand es schon schwer genug, mit einem Halbsteifen herumzulaufen, wann immer er wusste, dass er ihr hier und da begegnen könnte. Das war einer der Gründe, warum er ihr aus dem Weg ging. Der andere Grund war, dass sie seiner Meinung nach eine Lektion brauchte. Er würde nicht nach ihrer Pfeife tanzen. Sollte sie schmoren und vielleicht nachdenken, warum er ihr die kalte Schulter zeigte. Es war eine Frage der Selbsterhaltung. Er konnte sich eine weitere zum Scheitern verurteilte Beziehung nicht erlauben. Er hatte fünf Jahre mit Rebecca vergeudet. So etwas wollte er nicht noch einmal wiederholen.

»Absolut krass«, stieß Daisy hervor, als sie mit Dramatik in die große Halle schwebte. Nicht umsonst war sie eine Modedesignerin, wenn auch erst im Anfangsstadium.

»Gefällt es dir?«, fragte Cheryl und wollte sie umarmen.

»Das kannst du laut sagen«, rief Daisy begeistert. Ihre Haare waren zu Spikes aufgerichtet, und die Farben der einzelnen Spikes kollidierten mit ihrem schreienden Make-up, mit ihrem selbst gefärbten Top und der dunklen weiten Hose. Sie hatte sich den Nabel piercen lassen, und ihre Pantoffel mit den dicken Sohlen komplettierten ihren frenetischen ›Heute-geht-alles‹ – Look.

»Was habe ich da nur herangezüchtet?«, rief Cheryl.

Daisy ignorierte den Ausruf. »Kann ich hier nicht mal eine Schau abhalten? Diese Treppe! Bombastisch! Stell dir vor, wenn die Models da auf ihre lässige Art herunterschweben und meine neuesten Modelle zeigen! Habe ich dir von meiner neuen Kollektion erzählt? Ich mische Baumwolle mit chinesischer Seide. Und PVC mit Spitze. Es gibt ein Comeback für den Punk. Vlies ist passé. Jetzt ist alles irgendwie kreativer. Wie Gummi und Leinen zum Beispiel.«

»Und wie Sackleinen und Asche?«, warf Tim ein.

Er stand da, die Haare verwuschelt, schlank, hoch aufgeschossen, eine Mischung aus Sportsmann und Akademiker. Cheryl musste sich mit Gewalt zurückhalten, um ihm (und der Welt) nicht zu zeigen, wie abgöttisch sie ihn liebte.

Jetzt schwoll ihr Herz an vor Stolz, sie beide nebeneinander zu sehen, auch wenn Tim seine Schwester quälte. Das gehörte zum normalen Ablauf. Sie waren talentiert und intelligent und hatten immer ihre Kräfte gemessen, wie es unter Geschwistern üblich ist – Rivalen, die sofort zu Verbündeten wurden, wenn Gefahr von außerhalb der Familie drohte.

»Halt den Mund«, gab Daisy zurück, ließ eine Tasche auf den Boden fallen, die Arme voll mit Kleiderbügeln, von denen eine Vielzahl von Outfits hingen. Daisy war keine, die mit leichtem Gepäck reiste.

»Die Modewelt ist offenbar die letzte Zuflucht der Hirn- und Talentlosen«, rief Tim.

»Mum! Sag ihm Bescheid!«, kreischte Daisy.

»Mode ist Luxus. Es liegt in der menschlichen Natur, sich von der besten Seite zeigen zu wollen«, dozierte Cheryl, die Moderatorin, dann wechselte sie das Thema. »Ich muss euch so viel zeigen. Bringt eure Taschen nach oben, dann nehme ich euch mit auf die große Tour.«

Sie freute sich mehr, als sie zeigen wollte, dass beide Kinder gekommen waren. Das war der Punkt auf dem i. Sie fühlte mit Laura. Harry hatte eine E-Mail aus Katmandu geschickt, und gestern Abend hatte Vicky angerufen. Beide wünschten ihr Glück zur Eröffnung, aber das war nicht so, wie die Kinder in die Arme nehmen, mit ihnen reden, mit ihnen lachen.

Ein Problem hatte Cheryl trotzdem. Sie wollte den Kindern alles zeigen, weil sie stolz war auf jeden umgebauten Quadratmeter. Aber was war mit den Türmen? Wie konnte sie die exotische Einrichtung in den Kellern erklären? Und wenn sie die Türen zu den Türmen gar nicht erst öffnete, würden sie erst richtig misstrauisch.

Tim nahm ihr gegenüber eine umsorgende Haltung ein, die ihr das Herz wärmte, auch wenn dieses Verhalten leicht gönnerhafte Züge hatte. Bei seiner Ankunft hatte er sich Mark zur Brust genommen. Er wollte genau wissen, wie es um die Investitionen seiner Mutter bestellt war. Er zeigte dabei eine Entschlossenheit, als wollte er Mark angreifen, falls jemand das alte Mädchen über den Tisch gezogen hatte.

Es war Cheryl gelungen, Mark über den Club im Dunkel zu halten. Das war leichter geworden, da sie die Beziehung hatte abkühlen lassen. Es hatte ihm nicht gefallen, aber *c'est la vie.* Er schmollte zwar, doch sie bot ihm mehr als ihre Freundschaft – die gelegentliche Gymnastik im Bett.

Tim roch irgendwas, als sie in ihrem Apartment eintrafen. »Was ist mit den Türmen?«, fragte er plötzlich.

»Oh, im Moment nicht viel«, log Cheryl. »Wir spielen mit dem Gedanken, sie als Tagungsstätte oder für Konferenzen zu vermieten.«

Das schien ihm für den Augenblick zu genügen. Innerhalb von Sekunden hatte sich Daisy im Gästezimmer ausgebreitet, und eine Fährte von Federn, Zechinen, Schals und Schuhen zog sich durchs Wohnzimmer.

»Muss ich mir wirklich ein Bad mit ihr teilen?«, stöhnte Tim, dann begann er zu strahlen. »Dies ist ein phantastisches Haus. Ein Schnäppchen, was? Und dann noch diese Wohnung dazu. Gibt es hier auch was zu essen? Ich sterbe vor Hunger.«

»Kommt Dad heute Abend?«, fragte Daisy und betrachtete ihr Gesicht im Spiegel mit dem Goldrahmen, der über dem marmornen Kamin hing.

»Nein.«

»Ich schätze, dann sollte ich zu ihm gehen, wenn ich schon in der Gegend bin«, fuhr Daisy fort. Ihre stark geschminkten Augen blickten rebellisch. Sie hatte Ashley das Debakel mit dem gepiercten Nabelknopf verziehen.

»Das musst du selbst entscheiden«, sagte Cheryl diplomatisch.

Daisy ließ einen Seufzer hören und breitete sich auf der Couch aus. »Ich hatte gehofft, dass ich den Alten so schnell nicht wieder sehen muss, aber die Ferien haben begonnen, und ich werde eine gewisse Zeit nicht nach Hause kommen können, nicht zu dir und nicht zu ihm. Ich habe die Chance, nach Italien zu gehen und mit Alessandro zu arbeiten.«

Sie sprach seinen Namen aus, als handelte es sich um einen Heiligen. Cheryl versuchte sich zu erinnern, was es mit diesem Namen auf sich hatte. Alessandro war offenbar eine Berühmtheit in der Modeindustrie, aber sie wusste nichts über ihn.

»Alessandro?«, fragte sie und steuerte Tim in die Küche, die sie mit ihm im Sinn in den letzten Tagen aufgefüllt hatte.

»Oh, du bist hoffnungslos. Du musst schon von ihm gehört haben. Er besitzt ein berühmtes Atelier in Mailand und erringt alle wichtigen Preise. Ich habe ihn in Paris getroffen, und er war phantastisch und hat gefragt, ob ich für ihn arbeiten will.«

Cheryl sah einen lüsternen ältlichen Lothario vor sich, darauf aus, ihre Tochter zu verführen. Ein Italiener! Klein und übergewichtig, schick gekleidet, graue Haare und schwarze Augen mit Blicken, die einen dahin schmelzen lassen, im Schlepptau eine wachsende Verehrerschar. Innerhalb weniger Minuten würde er Daisy von den Beinen und in sein Bett geholt haben, wo sie Bekanntschaft mit seinem mediterranen Schwanz machen würde.

Daisy kramte in ihrer Tasche und holte eine Zeitschrift heraus. Die Seite, auf die es ihr ankam, war schon aufgeschlagen. »Hier siehst du's. Das ist Alessandro«, rief sie aufgeregt und hielt ihrer Mutter die Seite unter die Nase.

Das machte alles nur noch schlimmer. Alessandro war nicht klein und auch nicht übergewichtig, sondern groß und schlank. Er hatte einen olivenfarbenen Teint, und seine Kleidung konnte auf die Nähe zur Cosa Nostra schließen lassen. Cheryls Libido geriet auf die Überholspur. Der Mann war ein Scheusal. Sein Aussehen passte zu einem Rockidol, und sein Charisma sprach junge und alte Frauen an, und Männer wahrscheinlich auch.

»Wer zahlt für diese Reise?«, fragte sie scharf und gab Daisy die Zeitschrift zurück.

»Das College bietet finanzielle Hilfe an, und ich dachte, den Rest könnten du und Dad beisteuern.« Daisy streckte Tim die Zunge heraus, der mit ein paar Scheiben Toast mit Tomaten und Käse zurück aus der Küche kam und seiner Schwester eine Grimasse schnitt.

»Im Augenblick habe ich viel zu tun, aber wir reden später darüber«, sagte Cheryl. Sie fühlte sich schon erschöpft, obwohl die Kinder erst seit ein paar Minuten in der Wohnung waren.

Es gab drei Schlafzimmer in der Wohnung, und alle waren groß, aber sie fühlte, wie sich allmählich eine Klaustrophobie ausbreitete. Sie bezweifelte, ob sie später einen Mann in ihre Wohnung einladen konnte, dafür waren die Kinder zu nah. Nicht, dass ihr Privatleben sie etwas anging, aber sie würde sich nicht entspannen können, ganz egal, welcher gut aussehende Prinz ihr mit seinem Degen zuwinkte und mit ihr Liebe machen wollte.

Sie seufzte, und sie spürte, dass ihre Nerven schrillten. Der heutige Abend konnte über St. Jude entscheiden. Daumen rauf oder runter. Die Presse würde da sein und die einheimische Elite, also durfte sie sich keine Blöße geben. Dabei wäre es so schön gewesen, wenigstens gegen Ende der Feier die Sau rauszulassen. Doch dafür standen die Chancen schlecht, obwohl Aiden kommen würde. Aber Daisy und Tim würden sie wie zwei Rottweiler bewachen.

Laura konnte nicht widerstehen und musste noch einmal einen Rundgang machen, bevor die ersten Gäste eintrafen. Punkt zwölf würde das Hotel seine Pforten öffnen. Es gab schon zwanzig Buchungen; zwölf Doppelzimmer und acht Einzel. Für den Anfang gar nicht so schlecht. Morgen erwarteten sie höhere Buchungen. Nicht jeder konnte sich schon am Freitag vom Job verabschieden, aber das Reservierungstelefon hatte fast ununterbrochen geklingelt.

Sie hatte Daisy und Tom gesehen und war ganz froh, dass ihre eigenen Kinder es nicht geschafft hatten. Sie hatte einfach zu viel zu tun, um sich auch noch um sie kümmern zu müssen. Jede Minute war aufregend, und in ihrem Bauch flatterten Schmetterlinge, als sie durch die oberen Räume lief und sich davon überzeugte, dass alles in Ordnung war.

Voller Stolz betrachtete sie das Dekor, sie überprüfte die Badezimmer und zog die Minibars auf, um zu sehen, dass sie alle gefüllt waren. In allen Zimmern gab es die neueste Technik zwischen der anmutigen Verbindung von Chintz und Spitze, von Mahagoni und vergoldeten Rahmen.

Laura erlebte dieselbe Zufriedenheit wie damals als kleines Mädchen, als sie ihr erstes Puppenhaus erhielt. Alles war so frisch, so neu, so perfekt bis ins Detail.

Dann dachte sie an die Türme. Sie brachten eine zusätzliche Dimension mit sich, ein dunkles Durcheinander von Lüsten, die sich in ihr ausbreiteten. Bronwen und Luke wurden bald zur Eröffnung des Clubs erwartet. Das Geschäft würde sich schleppend anlassen, aber gegen Ende des Sommers, wenn die hektische Flut der Touristen nachließ, würden die speziellen Gäste eintreffen. Laura konnte es kaum erwarten. Der Anblick der Verliese, die Alroy aus einem normalen Keller geschaffen hatte, hatte dafür gesorgt, dass es Laura zuerst kalt und dann heiß geworden war.

Diese düsteren Reiche der Schmerzen und der Lüste waren Laura seltsam vertraut vorgekommen, als entstammten sie ihren Träumen. Sie hatte die Geräte für die Fesselungen und die Bestrafungen in ihren Phantasien gesehen, als hätte sie das in einem früheren Leben schon mal hinter sich gehabt. Wenn sie die Augen schloss, blieben die handelnden Personen vage, und die Szene schien mit der in ihrem Tango-Film verwandt zu sein. Der Hintergrund blutrot und schwarz, und dann gab es die dominierende männliche Gestalt. Sie spürte dieses perverse Sehnen, sich ihm zu Füßen zu werfen, damit er sie brauchen und missbrauchen konnte. Aber man würde noch sehen, wer wen missbrauchte.

Sie hatte das Gefühl, nicht wirklich zu wissen, wer sie war. Vielleicht finde ich das im Verlies heraus. Da kann ich einiges über mich erfahren, dachte sie.

Sie schritt durch einen der Korridore und traf Simon, der ihr entgegenkam. Sie waren ziemlich allein hier oben, und ihre Schritte wurden durch den dicken Teppich, von Wand zu

Wand verlegt, geschluckt. Sie blieben beide stehen. Seine starke Hand griff ihr Gelenk, und mit der anderen Hand schloss er den Leinenschrank auf und stieß sie hinein.

»Simon! Was machst du da?«

»Ich bin dabei, dich kommen zu lassen«, antwortete er und presste sie gegen die Regale, auf denen bis oben die Handtücher, Badetücher, Servietten, Laken, Kissen- und Bettbezüge gestapelt waren.

»Das geht nicht. Nicht hier«, murmelte sie und gab vor, sich zu wehren. »Jemand könnte uns hier finden.«

»Ich habe die Tür abgeschlossen.«

Laura hörte auf, sich gegen ihn zu wehren. Er war zu attraktiv, und der Ort des Geschehens hatte was Pikantes an sich. Es war, als wäre man wieder im Mutterschoß, warm und umschlossen. Der Raum hatte ein kleines hohes Fenster; er war immer schon der Wäscheschrank gewesen. Ursula hatte ihn gern übernommen, nur neu streichen und durch weitere Regale vergrößern lassen.

Simon verlor keine Zeit. Er hatte ihren Rock gehoben und ihr Höschen zu einer Seite geschoben, um dann mit einem Finger in sie einzudringen. Sie lehnte sich zurück und presste ihre Beine zusammen, um ihr Gewicht leichter tragen zu können. Er rührte seinen Finger in ihr und spürte, dass sie nass wurde. Die Spalte wurde glitschig, und die Klitoris streckte sich. Simon griff an den empfindlichen Knopf und streichelte ihn. Sie begann zu stöhnen, schloss die Augen und genoss ihren Höhepunkt.

»Braves Mädchen«, wisperte er, und sie hörte, wie er seinen Reißverschluss öffnete. Innerlich noch zerrissen von den orgasmischen Zuckungen, fühlte sie, wie er sich einen Weg in sie hineinbahnte. Sie konnte sich nicht helfen und spreizte die Beine, damit er es leichter hatte. Er fuhr ein und aus und schabte an ihrem G-Punkt vorbei. Sie stand auf den Zehenspitzen da und war froh, dass er gerade die richtige Größe hatte.

Ein süßer Frühlingsduft des Weichspülers hob sich hinter ihnen aus den Laken, als sich ihre Körperwärme in der engen Kammer verteilte. Laura konnte sich auch selbst riechen, eine starke würzige Mischung ihrer eigenen Säfte, vielleicht noch mit einem leichten Geschmack des Gummis, das er übergestreift hatte. Vielleicht konnten sie später, wenn sie sich beide hatten testen lassen, darauf verzichten.

Aber dies war besser als nichts. Himmel, ja! Sie drückte seinen Schaft mit ihren inneren Muskeln, spannte und entspannte. Simon pumpte aus den Hüften heraus, und sie zurrte seine Hose herunter und hob sein Hemd. Sie versenkte ihre Nägel in seinen nackten Hintern.

Ihre Klitoris rührte sich wieder, stimuliert vom wilden Reiben seiner Wurzel, aber es genügte nicht für ihren nächsten Orgasmus. Sie versuchte alles, konzentrierte sich auf die Gefühle, aber ihre Frustration wuchs, und der Druck war nicht richtig. Es war Simon, der ihr die Rettung brachte. Selbst in dieser extremen Enge schaffte er es, eine Hand zwischen ihre Körper zu schieben, mit der er ihre Klitoris im Takt seiner Stöße massierte.

Ihre wilden Bewegungen erschütterten die Regale, und einen Moment lang überfiel sie die Prüderie: Was war, wenn jemand vorbeiging und sie hörte, oder wenn Ursula hereinkam? Es war wunderbar und peinlich zugleich. Etwas fiel auf ihren Kopf und verdeckte ihr Gesicht, und genau in diesem Augenblick fühlte sie die große Woge, die ihr den Orgasmus bescherte. Sie stöhnte, als eine Lawine aus Kissenbezügen über sie fiel, und dann hörte sie Simon, der sich in ihr verströmte und dessen Zuckungen sich auf sie übertrugen.

Er seufzte, hielt inne und begann zu lachen. Er zog sich aus ihr zurück, und Lauras Füße berührten wieder den Boden.

»Oh, verdammt«, flüsterte sie, entsetzt über das Durcheinander um sie herum. »Was machen wir jetzt?«

»Keine Sorge«, tröstete er sie. »Überlass mir das.«

Laura war heiß und verschwitzt, aber sie gab sich Mühe, die größte Unordnung zu beseitigen, bevor sie die Tür einen Spalt weit öffnete und hinausblinzelte. Weit hinten sah sie eine Putzfrau, aber sie hörte sie nicht, als sie den Flur betrat. Ich bin nicht für solche Aufregungen geschaffen, dachte sie. Aber als sie kurz darauf einen Blick in den Spiegel warf, sah sie, dass ihre Augen funkelten, dass die Wangen eine gesunde rote Farbe angenommen hatten und dass sie den unzweifelhaften Blick einer Frau hatte, die gerade von dem Mann, den sie liebte, gründlich durchgezogen worden war.

Erfolg oder nicht? Cheryl zog sich kurz von den Gästen zurück. Sie war bisher zirkuliert. Sie wünschte, sie hätte Ashley eingeladen, wenn auch nur, um ihn mit der Nase in ihren Erfolg zu stupsen. Sie floh in die Halle, dicht gefolgt von Aiden.

»Du sollst das nicht tun«, sagte sie und ging um ihn herum wie eine Tigerin.

»Aber Cheryl ...« Er legte eine Hand auf ihren Po.

Sie stieß seine Hand zurück und sagte scharf: »Kein Aber! Ich habe dir gesagt, du sollst dich zurückhalten. Der Bürgermeister ist da, ganz zu schweigen von meinem Sohn und meiner Tochter.«

Aiden sah aus wie ein gefallener Engel; das Haar weiß gebleicht, und der Anzug erinnerte an indische Mode. Sein Gesichtspiercing glitzerte, und sie suchte seinen Schoß ab, doch sein Jackett war zu lang und verdeckte, was sie sehen wollte. Aber die Erinnerung an den Onyx blieb lebendig.

Sein Anblick wirkte auf sie wie ein starkes Getränk, aber sie hielt krampfhaft an ihrem Entschluss fest, während der Eröffnungsfeier sauber zu bleiben. Alle Eingeladenen waren auch da; die meisten sicherlich angetrieben von der Neugier. Cheryl konnte fast den Klatsch hören. »Zwei Frauen ohne ihre Männer besitzen ein tolles Hotel. Dahinter verbirgt sich mehr, als wir auf den ersten Blick sehen. Ich traue ihnen jedenfalls eine Menge Schlechtigkeiten zu.«

Die Honoratioren der Stadt waren da, die Vereine, die sich um die Wohltätigkeiten kümmerten, die wichtigen Männer aus dem Rathaus und alle, die in der Stadt was zu sagen hatten.

»Du siehst anders aus«, fuhr Aiden fort, und schamlos fuhr er mit einer Hand unter ihren BH. »Das letzte Mal hast du so etwas nicht getragen.«

»Ich will jetzt nicht an das letzte Mal denken«, sagte sie schroff, obwohl ihre Nippel auf seine Hand reagierten. Sie konnte nicht aufhören, auf seinen Mund zu schauen und sich daran zu erinnern, wie dieser Mund ihre Spalte geschleckt und wie seine Zunge ihr den Orgasmus gebracht hatte. »Ich gehe jetzt lieber zurück, bevor ich noch etwas tue, was ich später bereuen werde«, sagte sie gestelzt.

»Mir gefällt dein Kleid«, bemerkte er und lehnte sich mit den Schultern an die Wand.

Seine schlanken Beine hatte er in dieser dünnen Baumwollhose übereinander geschlagen. Die gebräunten Füße steckten in schmalen Sandalen, nicht die Jesuslatschen, die alte Männer über den Socken tragen, sondern sexy Sandalen aus dem *Arabian Night Entertainment.*

»Ja, mir gefällt es auch«, brachte sie heraus. Es war unverschämt teuer gewesen, aber sie glaubte nicht, dass sie es noch einmal tragen würde. Es war aus einem leichten mitternachtsblauen Stoff hergestellt, hatte dreiviertel lange Arme, ein mit Rüschchen verziertes Mieder und wirbelnde Röcke, die bis zu ihren Knöcheln reichten. Ihr einziges Zugeständnis an die Mode waren die Schuhe in imitiertem Kroko-Leder.

Sie hatte sich das Kleid ausgesucht, um sich eine Erklärung zu ersparen, weil das Kleid sie abgab: Ich bin reich. Ich bin erfolgreich, und ich werde hier bleiben, also gewöhne dich an mich und stell dich auf meine Seite.

Einige Menschen hatten die Botschaft bereits erhalten. Ratsherr Pringle war der Charmeur persönlich, und auch seine Frau strahlte Cheryl an, während der Chief Constable, leider im Frack statt in Uniform, sie angehimmelt hatte. Den nächsten Polizistenball, hatte er spontan gesagt, würde man auf St. Jude abhalten.

Sie hatte John Dempsey der sanften Laura überlassen, nachdem sie ihn begrüßt hatte. Er war so ölig gewesen, wie sie ihn in Erinnerung hatte, und sofort hatte sie Mitleid mit seiner Frau empfunden, der herumgestoßenen Emily. Sie war schlank wie Schilf und sah immer so aus, als wollte sie irgendwohin versinken. Sie trug kurze Haare, die ein Styling benötigten, schöne Augen mit langen Wimpern, die Teintfarbe einer englischen Rose und die schlanken Hände einer Künstlerin.

»Sie hat früher Klavier gespielt und macht das gelegentlich auch heute noch. Soll sie heute Abend für dich spielen?«, fragte John und funkelte sie an: Trau dich bloß, sie abzulehnen!

»Ich glaube, das soll Emily entscheiden, nicht wahr?«

Jetzt sagte Aiden: »Ich bin extra gekommen, um bei dir zu sein. Wo ist dein Schlafzimmer?«

»Das spielt keine Rolle. Es gibt kein Schlafzimmer, verstanden?«

Er schob seine Unterlippe vor. »Aber warum nicht? Ich nehme mir Zeit für dich. Ich hätte in der Schamanenklasse sein müssen, um mein Tiertotem zu finden.«

»Jetzt lass mich endlich in Ruhe.« Cheryl hatte genug von selbstsüchtigen jungen Erwachsenen für einen Tag. »Komm morgen zurück. Siehst du nicht, dass ich bis hier in Arbeit stecke?« Sie hielt die Hand in Kinnhöhe. »Goodbye.«

Sie wollte gehen, aber er bohrte seine Finger in ihren Arm. »Wann kann ich dich wieder sehen?«

»Ruf mich morgen an.« Er ließ sie los, und er sah so mutlos aus, dass sie sich schuldig fühlte. Sie gab ihm einen Kuss auf die Lippen. »Es tut mir leid, aber du siehst ja selbst, was los ist. Ich will auch, dass wir wieder zusammen sind, aber heute geht es nicht. Ruf mich an, ja?«

»Ja, wenn es nicht anders geht ...«

Als sie sich abwandte, stieß sie beinahe mit Felan zusammen. Er war in Schwarz gekleidet und war so unerwartet aufgetaucht wie im Pantomimenspiel der Bösewicht, der durch die Falltür kommt.

»Guten Abend, Mrs. Barden«, sagte er. »Haben Sie Spaß?« Er warf einen Blick auf Aiden, der sich noch nicht verabschiedet hatte. »Als Wiegenräuberin hatte ich Sie nicht eingeschätzt, aber mir scheint, da habe ich mich geirrt.«

# *Neuntes Kapitel*

»Puh! Gott sei Dank, dass wir es überstanden haben!«, rief Cheryl und drehte sich im Stuhl der früheren Hausverwalterin.

Es war einer ihrer Lieblingsplätze; es gab eine Dusche, einen Untersuchungsraum und einen Medizinschrank, der jetzt leer war bis auf ein paar Mullbinden, Pflaster und Aspirintabletten. Sie konnte sich gut den strengen Zuchtmeister vorstellen, der oft genug seinen Rohrstock auf nackten, bebenden Backen tanzen ließ. Nun, es gab ein oder zwei männliche Personen, die Cheryl gern mit heruntergelassenen Hosen sehen würde.

Jetzt hob sie die Füße und legte sie auf den Schreibtisch. Sie wollte sich gerade die Schuhe abstreifen, als eine Hand vorschnellte und ihren Knöchel packte.

»Nein«, sagte Felan, »lassen Sie die Schuhe an. Ich muss Ihnen was zeigen.«

Sie war zu müde, um sich mit ihm zu streiten. Alle anderen waren gegangen, bis auf dieses rüde Individuum. Ihre Mutter hatte ihre Groupies versammelt und sie Richtung Fell Tor verfrachtet, darunter auch den schmollenden Aiden. Mark war auch widerwillig gegangen, nachdem er die Hoffnung aufgegeben hatte, Cheryls Bett zu teilen. Sie hatte die Kinder als Vorwand benutzt, um ihn wegzuschicken. John Dempsey hatte darauf bestanden, ihr beim Abschied die Hand zu küssen, und die Haut fühlte sich noch klebrig nach dem Kontakt mit seinen nassen Lippen an.

»Du kannst mich jederzeit besuchen«, hatte sie Emily zugeflüstert, die ihr das mit einem schüchternen, zögernden Lächeln gedankt hatte, und ihre blassblauen Augen waren nass von den Tränen gewesen.

Himmel, dachte Cheryl, sie bricht in Tränen aus, wenn sie mal ein freundliches Wort hört. Ich muss etwas für sie tun, entschied sie. John hatte den ganzen Abend mit Laura geflirtet – und mit allem, was Röcke trug, darunter auch mit Daisy, die aber nicht beeindruckt war.

Sie und Tim hatten sich während der Feier gut gehalten, aber jetzt erklärten sie, durch die Clubs zu ziehen. Schließlich wussten sie, wo in Westcombe was los war. Cheryl hatte ihnen einen Schlüssel gegeben und sie gewarnt, nicht zu betrunken nach Hause zu kommen, aber sie wusste, dass diese Bitte auf taube Ohren stoßen würde.

Laura war verschwunden. Cheryl hatte gesehen, wie sie sich während des Abends mit Simon verdrückt hatte.

Die im Haus wohnenden Gäste hatten sich sehr zufrieden geäußert, nicht nur mit der Party, sondern auch mit ihrer Unterkunft. Jetzt blieb nur noch eine Aufgabe für Cheryl – diesen lästigen Typen loszuwerden.

»Und was ist es, was Sie mir zeigen wollen?«, fragte sie und fügte sarkastisch hinzu: »Ich dachte, ich hätte schon alles gesehen, was Sie anzubieten haben.«

»Nicht ganz«, gab er zurück. »Da gibt es noch eine Menge mehr.«

Sie wusste nicht, was sie mehr an ihm störte – wenn er mit ihr stritt oder wenn er flirtete.

»Ach? Und was lässt Sie glauben, das könnte mich interessieren?«

»Nennen Sie es Ahnung. Ich glaube nicht, dass Sie die Tiefen der Sinnlichkeit ausgelotet haben«, sagte er und beugte sich über sie, die Arme rechts und links von ihrem Kopf. »Sie sind nicht die Frau, die sich mit einer Zehn-Minuten-Nummer zufrieden gibt. Sie mögen es lang und langsam.«

»Das habe ich in letzter Zeit schon mehrmals gehabt. Sie müssen sich wohl was Aufregenderes einfallen lassen.«

»Mit dem Jungen im weißen Anzug? Ts, ts, Mrs. Barden.«

Er starrte auf sie hinunter, sein Gesicht nur Zentimeter von ihrem entfernt. Gegen ihren Willen musste sie zugeben, dass er seinen Bart gut geschoren und besonders die Kinnpartie betont hatte. Er war der mit Abstand begehrenswerteste Mann, den sie je gesehen hatte. Er war aber auch ein Bastard, der einen zur Weißglut reizen konnte.

Sie machte Anstalten, vom Stuhl aufzustehen, und sagte: »Ich bin kaputt. Finden Sie allein den Weg hinaus?«

»Wenn der Zeitpunkt gekommen ist«, sagte er, richtete sich auf, verstellte ihr aber auch jetzt noch den Weg.

Sie stand auf, kam aber an ihm nicht vorbei. Dies verärgerte sie noch mehr. »Ich habe Ihnen gesagt, dass ich kaputt bin. Gehen Sie mir aus dem Weg.«

»Sie enttäuschen mich, Mrs. Barden. Verlieren Sie Ihre Nerven?«

»Ich weiß nicht, wovon Sie reden.«

»Nun, Sie trauen sich nicht, mit mir zu gehen.«

»Wohin?«

»Das werden Sie dann ja sehen.«

»Ja, gut, wenn Sie unbedingt wollen.«

Du kapitulierst ziemlich rasch, nicht wahr? Ihre innere Stimme meldete sich wieder. Hoffst du, die aufwühlende Erregung zu bekämpfen, die du den ganzen Abend schon ertragen hast? Es gibt juckende Stellen, die man besser nicht kratzt.

»Bewegen Sie sich endlich«, sagte sie zu Felan. »Ich will sehen, was Sie mir zeigen wollen.«

Er hob die Brauen, und sein Grinsen vertiefte sich, als er sie am Ellenbogen fasste und zur gewölbten Tür führte, Eingang zum Westturm. Ihr Herz schlug viel zu schnell, aber dann empfand sie nur noch Empörung, als er einen Schlüssel herausholte und ins Schloss einführte.

»Ich dachte, wir hätten Ihnen vorgeschrieben, alle Schlüssel auszuhändigen«, fauchte sie ihn an.

»Das habe ich auch getan, aber vorher habe ich einen Nachschlüssel anfertigen lassen. Man weiß ja nie, wohin man mal ganz schnell laufen muss. Wenn es brennt zum Beispiel. Oder bei einem Wasserrohrbruch. Es gibt Dutzende Vorfälle, zu denen Sie mich rufen könnten.«

»Verdammter Lügner«, zischte sie, und unbewusst hatte sie die Finger zu Krallen gekrümmt.

»He, meine Liebe, Sie sind viel zu verkrampft. Ich habe nur in Ihrem Interesse gehandelt und im Interesse von St. Jude.«

»Was Sie getan haben, ist illegal. Ich werde Mark fragen, ob ich Sie verklagen kann.«

»Tun Sie das, aber nicht jetzt.« Seine Gelassenheit regte sie auf.

Sie atmete tief ein und betrat den Turm. Der klamme, modrige Geruch, der hier mal die Luft bestimmt hatte, war vom Geruch der Farbe und dem frischen Duft von Sandelholz verdrängt worden. Die Beleuchtung war meist indirekt und erinnerte an Gaslaternen. Der Flur hatte einen schlichten Steinboden, aber in den Räumen lagen Teppiche. Cheryl erwartete, dass Felan sie auf einem Teppich nehmen würde oder vielleicht bis oben wartete, wo ein dekadentes, perverses Dekor die Gäste erwartete.

Beides tat er nicht. Cheryl spürte einen Eisklotz in der Magengegend, als er sie durch eine Öffnung zur Treppe nach unten führte, zu den Verliesen. Sobald er die Tür geöffnet hatte, schlug ihnen ein Schwall kühler Luft entgegen. Er schaltete das Licht ein. Eine einzige nackte Glühbirne erhellte die Steinstufen mit gnadenloser Härte. Sie hätten überall hinführen können, in eine schmale Gasse hinter einer verruchten

Spelunke oder zu einer dieser Treppen in einem Parkhaus, auf denen es nach Pisse stank.

Wo die Wendeltreppe aufhörte, verdeckte ein schwarzer Vorhang die Sicht. Felan hob ihn an und trat zurück. Cheryl schritt in Alroys bizarre Folterkammer. Die Lichter leuchteten rot, auch die flache Kohlenpfanne, die mit falschen Kohlen gefüllt war.

»Mir gefallen diese Sitze«, sagte Felan und wies auf Querbalken, die mit Handschellen ausgerüstet waren. »Man braucht noch ein paar runde Tische mit Kerzen in Flaschen, mit Olivenschalen und Wein, und man hat wunderbare Zuschauerplätze. So würde ich es jedenfalls einrichten, wenn das mir gehörte.«

»Nun, es gehört nicht Ihnen, als hauen Sie ab«, sagte Cheryl. Ihre Stimme begann zu zittern.

Sein Gesicht wurde härter, und seine Augen waren kalt wie die Arktis. Er griff nach einem Paar Handschellen, dann wirbelte er Cheryl herum und zog den Reißverschluss auf dem Rücken ihres Kleids auf. Er langte nach einem Seil, das von einer Rolle herunterhing, befestigte es an der gewölbten Decke und schnarrte: »Geben Sie mir Ihre Hände!«

Sie gehorchte ihm, zu verdutzt, um was sagen zu können. Er umschloss ihr Handgelenk mit einer Schelle. Ihr Kleid war ins Rutschen geraten und landete schließlich auf dem Steinboden, wo es wie eine indigoblaue Pfütze aussah.

War das wirklich sie, die Frau, die sie auf der gegenüberliegenden Wand im Spiegel sah? Schlank wie eine Jägerin, die Brüste hoch angesetzt, von einem schwarzen BH gestützt. Das trübe Licht spielte mit ihrem flachen Bauch, und die schwarzen Schamhaare quollen aus dem Mini-Tanga hervor. Ihre langen Beine steckten in Stöckelschuhen.

Sie wurde rot von den Haarspitzen zu den Zehen, als sie sich vorstellte, dass Tim oder Daisy hereinkämen und sie in diesem Aufzug fänden. Aber eine andere Seite von ihr pochte und klopfte und brannte mit einer ganz anderen Hitze. Sie hob einen Arm und zog die Nadeln und Kämme aus den Haaren, die sich jetzt öffneten und auf ihre Schultern fielen. Sie schüttelte den Kopf, und die Frau im Spiegel lächelte.

Felans strenger Ausdruck veränderte sich nicht. Er zwang ihre Arme über den Kopf und schlang noch eine Handschelle um das freie Gelenk. Er befestigte eine Eisenschnalle an der Kette, die ihre Handschellen miteinander verband, und vertäute sie mit dem Seil, das er langsam hochzog, um zu erreichen, dass ihre Arme gestreckt waren und ihre Füße gerade noch den Boden berührten.

Nur die oberste Schicht von Cheryls Gehirn arbeitete; der Rest war ein Gemisch aus Furcht, Entsetzen und Wut über dieses dreiste Verhalten des Mannes und über ihre schamlose Lust. Ihre Arme schmerzten, die Handgelenke wurden von den Metallschellen wund gerieben, und ihre Blase schickte drängende Signale. Sie bereute die letzte Tasse Kaffee.

Felan ging um sie herum und sagte nachdenklich: »Du kannst nicht leugnen, was du fühlst, Cheryl. Du brauchst mich.«

Er blieb vor ihr stehen. »Das glaubst du?«, sagte sie und spuckte ihn an.

In aller Ruhe wischte er sich den Speichel vom Kinn, dann trat er ein paar Schritte näher an sie heran, und seine wilden Blicke und seine Arroganz fingen sie gegen ihren Willen ein. »Das war nicht sehr nett«, schimpfte er leise. »Zeit, dass dir jemand Manieren beibringt.«

Seine Finger griffen auf ihren Rücken und öffneten die Schließe des BHs. Das delikate Kleidungsstück rutschte von ihren Brüsten und hing wie zwei mit Spitze besetzte Körbchen da. Er schob sie hoch unter ihren Hals, während er beide Nippel zwischen Daumen und Zeigefinger nahm und sie rollte, bis sie vor Frustration hätte schreien können. Er senkte den Kopf und biss schmerzhaft in eine Warze.

»Autsch!«, schrie sie, aber sie wollte nicht, dass er aufhörte. Das Verlangen flutete von den Brüsten zur Klitoris.

»Still«, befahl er und richtete sich auf. »Du weißt genau, dass du es haben willst. Ich gebe dir die Chance, es jetzt zu bekommen, während du weiter vorgeben kannst, dass ich dich dazu zwinge. Das ist doch der Sinn dieser Verliese ... die Beschränkungen, der Schmerz. Ich bin jetzt dein Meister. Ich werde dir Schmerzen zufügen und dir zeigen, wie viel Lust du aus der Unterwerfung beziehen kannst.«

»Du weißt also von diesen Dingen Bescheid und hast von Anfang an gewusst, was hier unten entsteht? Wo ... woher kennst du diese Dinge über Perversionen?«

»Das ist nicht wichtig«, sagte er, und seine Hand griff an ihren Schoß und rieb den schwarzen Satin. »Ich kann mit dir tun, was ich will.«

Seine Stimme klang tief, aber erfüllt von Macht. Seine Worte erregten sie so sehr wie seine Berührungen. Er klatschte gegen ihre Scham, wodurch ihr Körper zu zucken begann. Als seine Finger sich unter den Tanga wanden, lehnte sie sich gegen Felan, der ihren Busch kämmte und dann in die geschwollene Spalte eindrang. Sie konnte seinen Schaft wie eine Eisenstange in seiner Jeans spüren, und sie drückte ihren Schenkel dagegen. Er wuchs weiter, heiß und feucht. Er gluckste, und im Keller hallte ein Echo wider, als er seine Hand auf ihren Po klatschte. Seine Kraft schockierte sie.

Er trat zurück und blieb vor einem Regal stehen, das eine Reihe von Instrumenten zeigte, die alle zur Wahrung der Keuschheit eingesetzt wurden. Felan hatte sich für ein Paddel, mit weißem Leder überzogen, entschieden. Er testete es mit den Händen und schlug auf seine flache Hand.

Cheryl erschauerte, dann versuchte sie sich zu überzeugen,

dass er sie einschüchtern wollte. Er zeigte ihr ein humorloses Lächeln und ging um sie herum. Sie drehte den Kopf so weit es ging, um sein Tun zu verfolgen, immer noch überzeugt, dass er sie nur erschrecken und nicht verletzen wollte.

Er blieb stehen, wo sie ihn sehen konnte. Er zupfte an ihrem Tanga, zog ihn über den Po, und schließlich lag er auf dem Kleid. Das Gefühl von Luft auf ihrer Haut war wie Treibstoff für das Feuer, das schon in ihr brannte. Felan starrte auf ihren Schoß und fuhr mit einem Finger hinein. Sie wusste, dass sie nass war, aber sie konnte nichts daran ändern. Ihr Körper war ein Verräter; er musste bestraft werden. Er rieb ihre Klitoris, bis sie kurz vor dem Orgasmus war.

»Du bist ein scharfes Stück«, schnurrte er. »Schau doch nur, wie bereit du dafür bist.«

Er drehte sie, damit sie sich im Spiegel beobachten konnte. Sie bewunderte sich selbst; der Anblick des BHs, der wie ein Harnischteil oberhalb der Brüste lag, die nackten Brüste, deren Nippel wie Haselnüsse hervorstanden. Dann war da der Mann in Schwarz hinter ihr, hielt sie mit einem Arm um ihre Taille, während die Handfläche gegen ihren Bauch drückte, die Fingerspitzen in den Daunen ihrer Scham. Sie mahlte die Hüften gegen seine Erektion, heiß wie ein Brandeisen, als sie gegen die Kerbe ihrer Backen presste.

»Nimm mir die Kette ab«, bat sie. »Ich will dich saugen.«

Er schüttelte wütend den Kopf. »Habe ich dir erlaubt zu sprechen, Sklavin?«, schrie er sie an.

»N ... nein.«

»Dann schweig!«

»Aber ich muss ...« Sie brach ab, denn sie war nicht bereit, ihm zu sagen, dass sie kaum noch ihr Wasser halten konnte.

»Kein Wort mehr!«

Er klatschte sie quer über die Brüste, über Bauch und Schenkel. Die Schmerzen waren nicht zum Aushalten, und sie klammerte ihre Beine zusammen und war froh, dass sie nur ein paar Tropfen verloren hatte. Dann trat er aus ihrem Blickfeld. Sie konnte ihn hören, fühlen und ahnen, aber sie sah ihn nicht. Ihre Haut brannte von den Schlägen, ihre Blase pochte und ihr Geschlecht lechzte.

Plötzlich fingerte er sie von hinten und spielte mit ihren inneren Lippen. Es ist, als arbeitete er nach einer Karte, dachte sie. Er hatte den kleinen Stamm der Klitoris ausgemacht, umkreiste ihn und rieb den fetten kleinen Knopf. Sie spürte, wie ein Orgasmus sich ankündigte, aber dann verflog er, als Felan die Position veränderte. Sie stöhnte ihre Not heraus, aber er ignorierte sie. Er war so leise, dass sie glaubte, er hätte das Verlies verlassen und würde sie stundenlang hier verharren lassen, ehe er zurückkam und sie befreite.

Ich werde diesen verrückten Hund bei der Polizei melden, schwor sie sich. Er kann mich doch nicht so behandeln!

Aber sie wusste, dass es nichts gab, was sie tun konnte. Nicht der Hauch eines Skandals durfte St. Jude streifen. Sie selbst hatte auch zu viel zu verlieren. Es fühlte sich nach einer Ewigkeit an, die sie jetzt schon da hing; ihre Armmuskeln schmerzten, ihre geschundene Haut brannte wie Feuer, und ihre Blase verlangte Erleichterung.

Ein Windzug gab ihr eine knappe Warnung, und Sekunden später klatschte das Paddel wieder auf ihren nackten Po, angetrieben von Felans kräftigen Armmuskeln. Cheryl schrie auf. Der animalische Instinkt, ihren Körper zu erleichtern und zu fliehen, sobald Gefahr drohte, erwies sich als zu viel für ihre Willenskraft. Als der beißende Schmerz sie überschwemmte, lösten sich ihre Muskeln. Sie fühlte das Tröpfeln des warmen Urins, der an den Beinen hinunterrann und auf ihrem Kleid landete.

Wieder klatschte das Paddel, diesmal tiefer, und ließ ihre Backen zittern. Sie kreischte, und Tränen füllten ihre Augen und liefen über. Niemand hatte sie bisher so behandelt. Wie konnte er es wagen? Der grausame arrogante Bastard.

Er fuhr fort, sie zu klatschen, und jetzt veränderten sich ihre Gefühle zu einer merkwürdigen Akzeptanz. Sie konnte nichts beeinflussen. Felan konnte mit ihr anstellen, was er wollte. Ein Glühen erfüllte sie, blutrot vor Leidenschaft. Es verbreitete sich von ihren Handschellen bis zum Schoß. Sie wollte die eigenartige Verbindung von ihr und ihrem Meister, und ihretwegen konnte sie ewig dauern. Als er aufhörte, so abrupt wie er begonnen hatte, kam sie sich wie ein verlassenes Waisenkind vor.

Seine bohrenden Finger fanden ihren Eingang, und sie schob sich ihnen entgegen. Sein Daumen begann eine Rotation auf der Klitoris, bis sie zu schreien begann und beinahe ohnmächtig wurde, denn das, was sie gerade erlebte, wer der mächtigste Orgasmus, den sie je gehabt hatte. Felan senkte das Seil ab, löste ihre Arme, massierte ihre wunden Handgelenke und fand ein langes schwarzes Cape mit Kapuze, das er ihr umlegte. Sie kam zu sich und war verdutzt.

»Was ist mit dir?«, brachte sie hervor.

Er hob ihr nasses Kleid und ihr Höschen auf und reichte ihr die Sachen. »Dies war für dich, nicht für mich«, sagte er, immer noch das Pokergesicht, aber offenbar ganz ernst. »Teil deiner Erziehung. Wenn du vorhast, einen Fetisch-Club zu managen, dann solltest du wenigstens wissen, was dazu gehört.«

»Wie selbstlos von dir«, sagte sie und hatte das Gefühl, dass ihr Körper und vielleicht auch ihr Innerstes nie wieder ganz ihr gehören würden. Er hatte sie gebrandmarkt, mental und körperlich. Sie wünschte, es wäre irgendein anderer gewesen.

Er hatte sie in ihrem schwächsten Moment gesehen. Sie hatte geweint und gepinkelt, und sie war von den Manipulierungen seiner Finger gekommen. Wie konnte sie ihm bei hellem Tageslicht in die Augen sehen?

Aber er hatte ihr auch die Macht gegeben, ihre tiefsten, geheimsten Sehnsüchte auszudrücken. Sie hatte ihre Kontrolle abgegeben, und sie hatte sich von ihm benutzen lassen, aber nicht zu seiner eigenen Lust, denn er hatte immer noch eine gewaltige Erektion.

Sie war pikiert. Wieso wollte er keinen Blowjob von ihr? Sie hätte natürlich mit ihm geschlafen, aber er hatte es nicht gewollt. Das konnte sie schon als Beleidigung auffassen. Der Mann bedeutete Ärger, das stellte sie bei jeder Begegnung immer wieder aufs Neue fest.

Er eskortierte sie aus dem Verlies und verabschiedete sich in der Halle, förmlich wie ein Richter. Dann ließ er sich hinaus. Cheryl hatte das Gefühl, eine Menge gelernt zu haben.

»Wach auf, du fauler Sack! Heute ist unser großer Tag!« Bronwen hüpfte auf dem Bett herum, dann kniete sie sich über Lukes Brust und schob ihre Scham nah an sein Gesicht.

»Oh, verdammt, nur noch fünf Minuten«, ächzte er verschlafen und versuchte, sich tiefer ins Kissen zu graben.

»Nein, jetzt!«, beharrte sie. »Heute ist der große Tag!«

»Wie spät ist es?«, knurrte er, aber allmählich wurde er wach, er lächelte sie an und streckte die Zunge heraus, um zu sehen, ob er ihren Busch lecken konnte.

»Es ist sechs Uhr, und um sieben Uhr dreißig hole ich den Minibus ab.«

»Dann bleibt noch Zeit für eine kleine Nummer«, sagte er, zog sie hinunter und legte sich auf sie.

Bronwen knuffte ihn in die Seite, aber sie hielt still, als er seinen Mund auf ihren drückte. Seine Zunge stieß gegen ihre Zähne, und seine Hände packten ihre Handgelenke und hielten sie fest. Bronwen kapitulierte, hob die Beine und stellte die Füße auf seine Brust. Sie hatte sich ihm ganz geöffnet, und er ging an ihr hinunter und drückte Lippen und Zunge in ihre Spalte. Einen Moment lang geriet sie in Panik. War sie sauber? Sie hatte noch nicht geduscht, nur eine Tasse Tee gebraut. Aber Luke schien nichts zu bemerken, er schleckte fröhlich weiter.

Es war wunderbar, und Bronwen kratzte ihre Nippel, sie zog an ihnen und drückte sie. Die rosaroten Spitzen wurden dunkler und schwollen an. Luke fuhr mit der Zunge über die Klitoris, dann saugte er sie, sog sie zwischen die Lippen und hielt sie gefangen. Sie bewegte sich nicht mehr, und sein Gesicht steckte tief in ihrem nassen Busch. Die Empfindungen wuchsen an, und sie erreichte ein Plateau, von dem der einzige Ausweg der Orgasmus war.

»Luke, mach weiter, mach weiter«, bettelte sie und packte seine Ohren, als könnte sie ihn damit veranlassen, schneller zu schlecken.

Sie wölbte den Rücken, hob die Hüften von der Matratze und wollte verzweifelt mehr haben. In diesem Moment, in dem sich der Orgasmus nicht mehr aufhalten ließ, versenkte er seine Finger in sie, und ihre inneren Muskeln zuckten zusammen, während er mit den Fingern ein und aus fuhr. Er erzeugte wilde Gefühle in ihr, und eine Serie kurzer, scharfer Schocks vibrierte von den Zehen bis ins Gehirn.

Luke ließ sie langsam hinunter; er küsste ihre pulsierende Klitoris, dann richtete er sich auf, kniete sich zwischen ihre Beine und führte seinen Schaft ein. Seine eigene Lust übernahm nun das Kommando. Er füllte sie mit seinem überdimensionierten Glied, dessen Eichel die Gebärmutter anstieß und dessen Breite ihren G-Punkt stimulierte.

Er stöhnte auf, und sie fühlte ihn kommen. Einige Male zuckte er wie von Sinnen, dann setzte er sich auf die Hacken, aber immer noch mit ihr verbunden. Als er sich schließlich aus ihr zurückzog, streifte er das Kondom ab.

Bronwen warf einen Blick auf die Uhr. Fünfundzwanzig Minuten nach sechs. Sie sprang ins Bad und ging unter die Dusche. Sie hörte Luke in der Küche, während sie sich in ihren flauschigen rosa Mantel kuschelte und aus dem Fenster ihrer Wohnung im obersten Stockwerk schaute. Sie hatten auch Zugang zu einem Dachgarten, der nach Süden lag. Es war eine große Wohnung, und die Miete war nach heutigen Maßstäben mehr als preiswert; sie zahlten unter fünfhundert Pfund im Monat. Der einzige Nachteil war, dass ihr Sohn Gavin in den Schulferien nach Hause kam, und das Mansardenzimmer über ihnen war Heimstatt für ein Dutzend Tauben mit ihrem unvermeidlichen Dreck.

Das war ihr für Gavin nicht gut genug, deshalb verbrachte er den größten Teil der Ferien bei Bronwens Mutter in Cardiff. Aber gerade deshalb war Bronwen daran interessiert, dass St. Jude gut lief, und sie sah keinen Grund, warum das nicht so sein sollte. Wenn der Club erfolgreich war, konnte Gavin sie dort besuchen. Das kommende Wochenende, an dem der Club aus der Taufe gehoben wurde, war deshalb ganz besonders wichtig für Bronwen und Luke.

Soweit sie das beurteilen konnte, war alles bis ins kleinste Detail geplant. Bronwen war nicht naiv und ging nicht davon aus, dass Laura und Cheryl trotz ihrer gemeinsamen Lüste die beste Vorstellung von ihr und Luke erwarteten. Sie hatte die Leitung übernommen und wurde von Luke vertreten. Sie schwitzte leicht, als sie an die Verantwortung dachte, dann stieg sie in einen schwarzen Tanga und zog den dazu passenden BH an, darüber T-Shirt und Jeans. Rasch Make-up auftragen und die flammenden Locken mitten auf dem Kopf zu einem Büschel zusammenfassen.

Laura hatte ihr versichert, dass Ursula, die Hausverwalterin, nicht eingreifen würde. Bisher hatte die freundliche, rundliche Person ihr auch keinen Anlass zum Ärger gegeben; im Gegenteil, sie war stets hilfsbereit. Die Keller hatte sie nie betreten, weil man ihr gesagt hatte, dass da unten der Bereich von Bronwen war. Und Bronwen hatte dafür gesorgt, dass Thomas, der tyrannische Küchendespot, ihr aus der Hand fraß. Auch wenn das Hotel ausgebucht war, würde er die Anforderungen von Bronwen nicht vergessen; es würden meistens nur kleine Happen oder kalte Speisen sein. Die beiden Türme waren durch einen Gang verbunden. Wenn einer der Keller-Gäste das Hotel betreten musste, war er gehalten, sich unauffällig zu kleiden. Sie konnten ihre Autos auf der Rückseite parken und durch eines der Turmportale eintreten.

Bronwen war nie glücklicher, als wenn sie ihrem fixen Gehirn Aufgaben stellte, die es löste. Wenn sie unter anderen Verhältnissen geboren worden wäre, hätte sie studieren können und wäre eine erfolgreiche Geschäftsfrau geworden. Organisation war ihre Stärke, besonders, wenn es um den großen Antrieb ihres Lebens ging: Kopulation.

»Fertig, Luke!«, rief sie fröhlich, nahm ihre Taschen, die sie gestern Abend gepackt hatte und die wichtige Gegenstände enthielten.

»Fertig, Babe!«, rief er zurück, und sie blieb noch einmal stehen, um ihn zu bewundern. Er hatte ein natürliches Talent für Kleider, die ihm das Aussehen eines Modemodels gaben. Es spielte keine Rolle, ob sie ein bisschen schmuddelig waren. Es waren Designerklamotten, und er trug sie mit der entsprechenden Arroganz.

Sie hatte ein gutes Gefühl, als sie die Wohnung abschloss und die drei Treppen hinunterlief. Hinaus auf die Londoner Straßen, wo es nicht aufhörte zu brummen. Die Luft stank nach Abgasen, die Fahrer blickten grimmig, und Bronwen lief schnell hinüber zu ihrem geparkten Auto. Sie warf das Gepäck hinein und bog mit ihrem Fahrzeug in den fließenden Verkehr ein.

Ein paar Meilen weiter lag die Werkstatt, in der ihr grüner Minibus auf sie wartete, den sie gemietet hatte – für sich und ihre Gang, darunter auch Alroy, der am ersten Abend ihr Star sein sollte.

»Ich bin so nervös, dass ich mich übergeben könnte«, gestand Cheryl der Freundin, als sie in ihrem Schlafzimmer letzte Hand an ihr Kostüm legte.

Laura hatte ihr in das Kostüm der Puffmutter geholfen und die Schnüre so fest gezogen, dass sie kaum atmen konnte. Das trug natürlich auch zum Gefühl des Beinahe-Übergebens bei. Ihr Mieder saß so tief, dass die Nippel immer wieder herauslugten. Ganz egal, wie oft sie es versuchte, sie konnte sie nicht bedeckt halten. Ihre Unterröcke umspielten ihre Beine, und die dicken schwarzen Strümpfe wurden von Strapsen gehalten, die so eng saßen, dass Cheryl fürchtete, mit Krampfadern zu enden. Sie war schrecklich nervös, als sie sich mit blanker Pussy und blankem Po sah.

Bronwen hatte sie dazu überredet, den Schlüpfer zu vergessen, und jetzt wurde ihre Spalte vom Luftzug gekitzelt, und die empfindliche Knospe begann zu zucken. Die kleinen schwarzen Stiefel waren auch zu eng; sie hatten hohe Absätze und waren vorn geschnürt.

»Du siehst genauso aus wie die Rolle, die du spielst«, sagte Laura, die sich in Boudicca verwandelt hatte, einschließlich der hüftlangen Perücke. Auch sie hatte auf den Slip verzichtet, und Cheryl konnte sehen, dass sie ihre Muschi rasierte.

»Hast du das selbst gemacht, oder hat dir jemand dabei geholfen?«, fragte sie.

Sie war wenigstens so anständig, dass sie rot wurde. »Ich hatte Hilfe«, gestand sie.

»Bronwen?« Cheryl konnte sich nicht vorstellen, dass sie Zeit dafür gefunden hatte, denn seit sie um die Mittagszeit mit dem Minibus eingetroffen war, hatte sie alle Hände voll zu tun gehabt, denn sie hatte eine Ladung lieblicher Mädchen und strammer Jungs mitgebracht, ganz zu schweigen von Alroy in seinem glänzenden weißen Satinanzug.

»Nein, sie war es nicht«, gab Laura zu, gab den Kampf gegen den Saum auf und drehte auf ihren Stöckelschuhen eine Pirouette vor dem Spiegel. »Es war Simon. In solchen Dingen ist er Experte. Er ist ein wahrer Frauenverehrer; er liebt ihre Kleider, ihre Kosmetik und ihre frivolen Teile. Er hat mir, nachdem er mich rasiert hat, beim Ankleiden geholfen.«

»Hast du ihm von den Türmen erzählt?«, fragte Cheryl besorgt. Einen Trupp der Sittenpolizei konnten sie zur Eröffnung nun wirklich nicht brauchen.

»Nun ja, eigentlich schon«, räumte Laura ein, und es war seltsam zu sehen, wie verlegen eine Kriegerin ausschauen konnte. »Du braucht keine Sorgen zu haben. Er ist ein cooler Typ. Er kennt fast alles, was mit Sex zu tun hat, und ist offen für alles.«

»Er wird mit Ursula quatschen.« Cheryl war wütend auf Laura. Es war eine Sache, schwanzgeil zu sein, und eine ganz andere, den gesunden Menschenverstand auszuschalten.

»Nein, das wird er nicht, das verspreche ich dir. Es wird nützlich sein, ihn auf unserer Seite zu haben, denn er kann uns helfen, die Deckung zu wahren«, meinte Laura. »Er sagt auch, dass er gern mitmachen würde.«

»Tatsächlich?« Cheryl war nicht überzeugt. »Hoffentlich erwartet er keine Gratisleistungen.«

»Ich hätte nie etwas getan, was den Club gefährdet, und

das weißt du, Cheryl«, fuhr Laura fort. »Ich bin sicher, dass Simon ein Gewinn für uns ist.«

»Er hat feine Arbeit an deiner Pussy geleistet«, musste Cheryl zugeben. »Aber ich will nicht, dass er Bronwen oder Luke in die Quere kommt. Ist er dein neuester Lover?«

»Ja, und wir verstehen uns ausgesprochen gut. Da wir gerade beim Thema sind – irre ich mich, oder läuft etwas zwischen dir und Felan Boynton?«

»Wie kommst du denn darauf?« Jetzt war es an Cheryl, zu erröten. Leugne es unverfroren, dachte sie. Aber hör auf, rot zu werden wie ein Schulkind.

»Ich habe es schon einige Zeit gefühlt. Man merkt, wenn die Chemie zwischen zwei Menschen stimmt, und die Funken sprühen, wenn du mit Felan zusammen bist.« Laura hatte ihr Gleichgewicht wieder gefunden. »Ist es ernst?«

»Laura, lass die Finger davon.«

»Ich meine ja nur, ob du ihn magst.«

Cheryl ließ die Frage eine Weile im Raum stehen, dann sagte sie: »Ob ich ihn mag? Nein. Aber wenn du fragst, ob ich scharf auf ihn bin, dann sage ich: Oh, ja, sehr.«

»Und habt ihr es schon miteinander getrieben?«

»Ich glaube nicht, dass das irgendwas mit dir zu tun hat«, sagte Cheryl und fühlte sich der Freundin gegenüber gemein. Aber die allerletzte Person, an die sie in diesem Moment erinnert werden wollte, war Felan. Sie hatte einen Job zu erledigen und wollte ihn fehlerfrei abliefern.

Sie fand den Job leichter als erwartet. Bronwen wartete auf sie, um sie vorzustellen, als Cheryl den Ostturm betrat. Sie war überrascht, wie schnell man sich in einer fremden Rolle fühlte. Sie war nicht mehr Cheryl Barden, sondern die Besitzerin des Freudentempels, in dem alles akzeptiert wurde, was zwischen erwachsenen Menschen üblich war.

Im Turm brummte es schon. Im Hintergrund lief lateinamerikanische Musik, und an der Bar standen die Gäste in Doppelreihen. Thomas' sorgsam vorbereitete Snacks fanden ihre Abnehmer. Der Vorraum füllte sich mit Gestalten in schwarzem oder rotem Leder, manche in Purpur oder Blau. Frauen trugen Bustiers, Catsuits oder Nonnengewänder, einige hatten sich auch in strenge Herrenanzüge gewandet. Männer hatten Mönchskutten angelegt, römische Togen, Kardinalsroben und ein paar Geschäftsanzüge. Einige trugen Masken, aber jene, deren Gesichter zu sehen waren, zeigten Ausdrücke von ernst, gespannt, warm, festlich bis lustvoll. Ein paar Leute standen zusammen und unterhielten sich, und Cheryl hörte was von Hypothekenzinsen, Aktienkursen und solchen Dingen.

Es gab auch ein Gestell mit Kleidern, die Bronwen mitgebracht hatte für den Fall, dass jemand sich umziehen wollte. Auf eine Weise fühlte sich Cheryl an diese Nacht in Fell Tor erinnert, nur dass es diesmal um Schlampen ging und nicht um Göttinnen. Körbe voller Dildos und Vibratoren standen herum, und andere Körbe enthielten Kondome in allen Farben, Formen und Größen. Bronwen hatte an alles gedacht.

Ein Bulle von Mann, eine Tonsur auf dem Schädel, die Mönchskutte offen über dem mächtigen Bauch und einem wuchtigen Glied, hielt Hof auf einem Podium. Mehrere Frauen in den durchsichtigsten Nachthemdchen warteten darauf, dass sie an der Reihe waren, dass er sie übers Knie legte und ihren Hintern versohlte. Wer diese Ehre schon erleben durfte, zeigte den leuchtenden Po, der durch den Seidenstoff schimmerte, rot wie ein Pavian.

Überall roch es stark nach Leder. Die Kellner, die Tabletts mit Kaviar, Rollmöpsen, Räucherlachs in braunen Brotpasteten und Garnelen im Blätterteig reichten, waren wie die Unterwürfigen gekleidet. Mit Nieten versehene Kragen, dazu gefährlich aussehende Spikes umspannten ihre Halsmuskeln.

Die Kellnerinnen trugen auch Kragen, dazu samtene Mieder und winzige Shorts, die einiges von den Labien und vom Po sehen ließen. Andere waren nackt bis zur Taille.

»Wie gefällt es dir?«, fragte Bronwen, die voll auf Domina eingestellt war: Stiefel bis zu den Oberschenkeln, Netzstrümpfe, lange Handschuhe, ein Bustier aus schwarzem Gummi und ein Witz von Rock, der durchaus zuließ, dass ihr wunderschöner Busch zur Augenweide wurde.

»Du hast einen feinen Job geleistet«, antwortete Cheryl.

»Und es gibt noch mehr. Warte, bis du die Themenräume gesehen hast und die Verliese. Ich habe Tänzer mitgebracht, männliche und weibliche. Heute Abend gibt es was für jeden Geschmack.«

»Ah, meine lieben Bosse«, rief Alroy mit honigsüßer Stimme, als er bei ihnen stehen blieb. Auf seinen fünfzig Zentimeter hohen Stilettos überragte er die beiden Frauen um zwei Köpfe.

»Du siehst großartig aus«, sagte Cheryl und schüttelte ungläubig den Kopf, als sie den smaragdgrünen Lurexanzug bewunderte, der bis zu den Knien keine einzige Falte aufwies und dann in einen Fischschwanz überging.

»Dank dir, meine Liebe. Zu gütig. Aber ich musste mich anstrengen, schließlich bin ich noch niemals irgendwo Ehrengast gewesen.«

In der Tat sah er wunderbar aus, ein bizarrer Transvestit, und seine glänzende braune Haut glühte noch mehr vom funkelnden Stoff. Grüne Handschuhe bis zu den Ellenbogen bedeckten seine Arme. Er sah wie eine exotische Kaiserin aus längst vergangener Zeit aus, bevor viele mächtige Zivilisationen durch eine Katastrophe, vielleicht einen Meteoreinschlag, vernichtet worden waren. Er hatte die Erde aus der Achse gerissen und damit das Gesicht des Planeten verwandelt.

»Bist du allen schon vorgestellt worden?«, fragte Cheryl.

»Ich stand mit Bronwen am Eingang und habe alle begrüßt, als sie angekommen sind«, sagte er und hielt das Kinn voller Stolz etwas höher als sonst. Dann nahmen seine stark geschminkten Augen einen Raubtierblick an, als er in die Menge schaute. Der Blick blieb auf einem Muskelpaket von Faustkämpfer hängen. »Entschuldigt mich, meine Ladys, aber ich habe gerade einen Mann gesehen, auf den ich mich schon seit Tagen freue«, und dann war er weg und hinterließ eine Parfumwolke mit einem Hauch von Patschuli.

Luke ließ sich auf dem Podium sehen; er war der Zeremonienmeister und trug einen marineblauen Zweireiher. Seine Haare waren glatt nach hinten gekämmt, und ein breitrandiger Hut saß keck schief auf seinem Kopf.

»Er sieht wie ein Gangster oder wie ein Tangotänzer aus«, raunte Laura der Freundin ins Ohr.

»Eher wie ein Gigolo«, meinte sie kernig, obwohl ihr auch diesmal nicht entging, welchen lässigen Charme er ausstrahlte.

»Glaubst du, dass er mit mir tanzen wird?«, fragte Laura versonnen. »Ich hatte Tanzstunden.«

»In Westcombe?«

»Natürlich nicht. Ich habe einen Lehrer in Bath gefunden. Und heute bin ich gar nicht mal so schlecht. Ich würde gern mit Luke tanzen.«

»Das setzt die Welt in Brand, da bin ich ganz sicher. Boudicca und Rudolph Valentino zeigen ihre gewagtesten Schritte.« Cheryl wusste sich nur durch verbitterte Bemerkungen zu wehren: Sie fürchtete, dass Felan jeden Moment auftauchen könnte. Das verdarb ihr den Spaß.

»Ladys und Gentlemen und jene von euch, die sich nicht ganz sicher sind«, begann Luke und wurde von Gelächter unterbrochen. »In Kürze beginnt die Sklavenauktion. Die

Treppe hoch und die erste Tür rechts. Da findet ihr das Seraglio Zimmer. Während der Versteigerung werden weiterhin Getränke gereicht.«

»Das müssen wir uns ansehen«, sagte Cheryl.

Es gab einen Ansturm auf die Treppe, und sie wurde mitgerissen. Sie war neugierig auf das erste Ereignis, das sich in dem Zimmer abspielen würde, das Alroy in so opulentem orientalischem Stil ausgestattet hatte. Ihr Körper wurde erregt; sie reagierte auf das Gedränge der phantasievoll geschmückten Menschen um sie herum. Was für ein Gefühl musste es sein, einen gut gebauten männlichen Sklaven zu ersteigern? Und wie würde sie sich fühlen, wenn sie selbst ersteigert wurde?

»Dies sind die Regeln«, verkündete Luke und stieg auf den Sklavenbock. »Jeder von euch zahlt hundert Pfund. Ein Teil dieses Geldes fließt einem wohltätigen Zweck zu, und im Tausch geben wir euch zehntausend Pfund in Spielgeld, damit ihr bieten könnt. Liam und die vollbusige Celia kommen vorbei, nehmen euer Geld und versorgen euch mit dem Spielgeld. In der Zwischenzeit wird der erste Sklave hereingebracht. Es müssen Formulare ausgefüllt werden, wenn ihr euch ersteigern lassen wollt, und jeder Sklave, der schon freiwillig dabei ist, hat dem Auktionator Details mitgeteilt – Erfahrung, sexuelle Neigungen, SM-Präferenzen.«

Liam und Celia boten der Veranstaltung einen durchaus angemessenen Rahmen; er trug nur eine schwarze Fliege und Suspensorium, und sie war mit einem *cache-sexe* im Leopardenmuster sowie mit juwelenbesetzten Nippelklammern ausgestattet. Sie hatte gewaltige Brüste, und an die Warzen hätte man einen Hut oder zwei hängen können. Liam hatte eine sehr beeindruckende Beule vorzuweisen. Sie schimpften beide nicht, wenn Gäste nach ihren Attributen greifen wollten. Der Geldwechsel ging ab wie eine Bombe.

Cheryl wollte mitmachen. »Aber ich habe kein Geld mitgebracht«, sagte sie zu Bronwen.

»Ich auch nicht«, klagte Laura. »Aber ich glaube auch nicht, dass ich mich je trauen würde, mit zu bieten.«

»Trau dich«, riet Bronwen. »Habt ihr denn was gesehen, was Spaß verspricht?«

»Ja, gerade«, sagte Cheryl, als der erste Sklave hereingeführt wurde.

Er sah gut aus, hatte einen ausgewogenen Körper, und der Auktionator las die Details vor. Sein Name war Karl, Ende zwanzig. Er war Amerikaner, Dozent der Literatur, der an einem Austauschverfahren mit der Oxford University teilnahm. Er liebte jede Art von Rollenspiel. Darüber hinaus freute er sich auf alles.

Ziemlich mutig, dachte Cheryl, als er stolz wie Oskar dastand und außer einem Kragen und einer Kette nackt war. Sein Schaft war erigiert und erhob sich aus einem Dickicht schwarzer Locken, und die Hoden hingen wie reife Pflaumen zwischen den Beinen. Er war beschnitten. Cheryl hatte gehört, dass die meisten Amerikaner beschnitten waren. Bisher hatte sie noch nicht die Chance gehabt, das herauszufinden.

Cheryl beteiligte sich an den Geboten und gewann. »Ich kann es nicht fassen!«, rief sie Laura zu, die mit runden Augen immer wieder von Karl zu Cheryl schaute. »Ich hätte nie damit gerechnet, dass ich ihn kriege. Was soll ich denn nun mit ihm tun?«

Gleichzeitig wünschte sie, Felan wäre da und könnte ihren Triumph sehen. Karl trat auf sie zu, lässig und fast nackt, was er so locker nahm, als hätte er Jeans und Pulli an. Er hatte grünliche Augen, lange braune Haare und eine große, glatte Nase.

»Hi, Ma'am«, sagte er gedehnt und zeigte seine ebenmäßigen Zähne. »Man hat mir gesagt, ich soll den Betrag kassieren, dann stelle ich mich unter Ihr Kommando.«

Als er zurückkam, fragte sie sich immer noch, ob sie sich trauen konnte, ihn zu nehmen. Er sah außergewöhnlich gut aus und hatte einen jungenhaften Charme. Sie hatte den größten Teil ihres Geldes ausgegeben, um ihn zu ersteigern. Die Regeln besagten, dass sie ihn für die ganze Nacht bezahlt hatte. Warum auch nicht? Du wolltest ihn doch haben. Du bist neugierig, wie sich einer anfühlt, der beschnitten ist.

Sie entdeckte den Kick eines neuen Mannes. Unentdecktes Land. Mark hatte sich als Schatz erwiesen. Aiden schmollte wohl noch immer. Und was war mit Felan?

Nun, ihm ging es in erster Linie darum, die Oberhand zu behalten.

Aber es hat dir gefallen. Du hast mitgemacht. Wolltest mehr. Egal, was du sagst. Willst du dich nicht wirklich von ihm beherrschen lassen?

Sie hatte es satt, mit sich selbst zu streiten. Sie wandte sich an Karl. »Wie wäre es mit einem Gang ins Verlies?«

»Ich bin bereit«, antwortete er mit einem blendenden Lächeln.

Das Verlies war vergleichbar mit dem im Westturm, und Cheryl hoffte, dass ein Besuch mit einem anderen Mann die Erinnerung an ihre Initiation durch Felan vergessen machte.

Eine Frau schob sich an ihr vorbei, und Cheryl drehte sich um und sah, dass sie einen Mann an seinen Genitalien in die Folterkammer führte. Eine schöne junge Frau, die ein schneeweißes Hochzeitskleid trug, wurde in eine Ecke gestellt und festgebunden. Ihr Mieder wurde nach unten gezogen, sodass man sah, dass ihre Nippel gepierct waren. Ihr Partner hatte den Rock gehoben, um eine nackte, unbehaarte Muschi zu entblößen. Sie hatte die Füße gespreizt.

Ja, das ist die Wirklichkeit, dachte Cheryl. Dies ist ihre Vorstellung von Unterhaltung. Eine Domina legte einen eigenwilligen Humor an den Tag, als sie von einem Pappteller aß, und in der Mitte des Tellers zuckte der Penis ihres Begleiters. Gekleidet in Latex, lag der Mann auf dem Boden, Arme und Beine weit von sich gestreckt und gefesselt.

»Wie ist das denn?«, flüsterte Karl, und sie fühlte, dass er eine Hand auf ihre Taille gelegt hatte. »Möchtest du so dein Abendessen zu dir nehmen?«

»Lieber würde ich von dir essen«, antwortete sie und presste sich gegen ihn, wo sie dicht vor einer Wand standen. Die Bilder und Worte um sie herum empfand sie als stimulierend. Überall, wohin sie schaute, sah sie Paare ineinander verkeilt oder auch Dreierverbindungen, und allen ging es um den Orgasmus, wenn nicht sofort, dann später.

Zwei nackte Frauen waren aneinander gekettet und an einem Haken in der Decke befestigt. Ein maskierter Mann peitschte sie aus, und ihre Haut blühte auf.

Karl hob Cheryls Rock und streichelte ihre Rückseite, dann zwischen ihren Beinen. Er schlüpfte mit einem Finger in sie hinein und bewegte ihn zärtlich hin und her. Ihre Augen waren auf einige Szenen gerichtet, die sich direkt vor ihr abspielten. Es kamen immer neue Leute hinunter, und manche wollten nur zuschauen, egal ob Heteros, Lesben oder Schwule.

Karl fuhr fort, ihre Klitoris zu massieren, und sie langte um ihn herum und fand seinen Schaft. Er war hart und schwer, und die nackte Eichel nass von den ersten Sehnsuchtstropfen. Ihr Rock und die Unterröcke erwiesen sich als Behinderung, deshalb zerrte sie an den Bändchen.

Sie gaben nach, und Karl half ihr, die Kleidungsstücke, die sie so beschränkten, zur Seite zu legen – aber vorher holte sie noch das Kondom aus einer Tasche. St. Jude hatte für die Bevorratung der Kondome gesorgt, und davon profitierte sie jetzt. Sie war nackt von der Taille bis zum Rand ihrer schwarzen Strümpfe. Sie fühlte sich wahnsinnig unanständig und mahlte ihren Po gegen Karls Schaft. Es dauerte noch einen kurzen Moment, dann stieß er die ganze Länge in sie hinein.

»Du schaust gern zu, was?«, murmelte er und leckte sie am Ohr. Cheryl erschauerte.

»Ich könnte ja was lernen«, sagte sie.

»Das bezweifle ich«, grunzte er und stieß weiter zu.

Sie presste gegen ihn, und er packte ihre Hüften mit seinen Händen und bewegte sich langsam und rhythmisch; er ließ die Hüften rotieren und streichelte mit einer Hand über ihren Bauch. Sie quietschte vor Wonne, als seine Finger die Klitoris fanden. Sie stöhnte. Um ihn wissen zu lassen, dass er den richtigen Knopf gedrückt hatte, und obwohl seine Bewegungen heftiger und schneller wurden, hörte er nicht auf, sie zu reiben.

Die heftigen Gefühle waren zu viel für sie, und sie erlebte ihren Höhepunkt. Ihr ganzer Körper schüttelte sich und wurde von warmen und kalten Schauern durchflutet. Karl fand auch zu seiner Erfüllung, und während die intensiven schönen orgasmischen Zuckungen allmählich zurückgingen, zog er sich aus ihr zurück, nahm sie in die Arme und küsste sie. Dann hob er den Kopf, und sie sah seine Augen im trüben rötlichen Schein der Beleuchtung.

»Du bist großartig, mein Schatz«, sagte er, und sie wusste, dass er jedes Wort meinte. »Willst du meine Partnerin für die ganze Nacht sein? Ich bin dein Sklave, und du hast mich noch nicht einmal ausgepeitscht.«

»Wir werden sehen«, sagte sie, hob ihre Röcke auf und warf sie über den Arm. Sie könnte weiter machen, wie sie begonnen hatte – nackter Po und zu allem bereit. Es ergab keinen Sinn, sich jetzt schon anzuziehen.

# *Zehntes Kapitel*

In Lauras Kopf drehte sich alles, als sie den Keller verließ. Diese seltsamen Szenen aus Sex und Sadismus, stets angereichert mit Masochismus, hatten ihr den Rest gegeben und ihre romantischen Illusionen in tausend Stücke gerissen. Es war schwer genug, sich mit den Ideen für ihren Roman abzustrampeln. Seit sie so intensiv mit St. Jude beschäftigt war, hatte sie keine Zeit mehr für die Schriftstellerei gehabt, und nun schien es, als hätte die Wirklichkeit das Projekt endgültig gekippt.

Die Antriebskraft war geschwunden, dachte sie, als sie in die Passage trat, die zum Westturm führte. Menschen kamen ihr entgegen, Paare und Singles, jeder zu ihrem oder seinem Phantasieziel. Laura begann ihre Motive anzuzweifeln, die sie zum Schreiben gebracht hatten.

Es hatte mit der Einsamkeit begonnen, dann war es die Unzufriedenheit mit ihrer Ehe gewesen. Sie hatte Trost in Büchern gesucht, körperlichen und emotionalen Trost. Es gab eine Reihe von Bestsellern, deren Inhalte noch viel expliziter waren, da die Zensur allmählich abgebaut wurde. Sie hatte diese Bücher im Bett gelesen, wenn Stuart nicht zu Hause war (meistens), und so wurden es Eine-Hand-Bücher, weil sie die zweite Hand brauchte, um sich selbst zu streicheln. Ich kann das auch schreiben, hatte sie damals gedacht, ich kann meinen eigenen Helden entwerfen und mit ihm Liebesszenen erleben, die an Deutlichkeit nicht zu übertreffen sind. Ich kann durch meine eigene Heldin leben und lande in den Armen eines Böse-Jungen-Alphatiers, das ich natürlich zähmen werde.

Aber jetzt war die Phantasie Realität geworden. Wo war er? Sie brauchte ihn jetzt. Sie schaute auf die Uhr. Geisterstunde. Die Rezeption würde nicht mehr besetzt sein.

Laura ging hinauf in ihr Mekka, ein großer Raum, der in eine unwirkliche Art-déco-Tanzhalle verwandelt worden war. Fast sofort ließ sich ein Mann sehen, schmal gebaut, aber in einem altmodischen Abendanzug tadellos gekleidet.

»Ich habe auf dich gewartet«, sagte er. Seine haselnussbraunen Augen blickten ernst. Sein sonst zerwühltes Haar war streng zurückgekämmt, dunkel und glänzend vom Gel. Seine Wangenknochen wurden auf diese Weise besonders betont.

»Oh, Simon, ich bin ja so froh, dass du da bist«, rief sie, und es war, als gingen in ihr die Lichter an.

Er nahm ihre Hände und breitete ihre Arme aus. »Ich mag dein Outfit, aber zieh etwas an, was zum Tanzen passt«, sagte er. »Ich komme mit und helfe dir.«

Die Musik infiltrierte ihr Blut, ihre Nerven und ihren Bauch – das Orchester, das Klavier, das Akkordeon, und manchmal klang auch eine trübsinnige Stimme durch, die sie mit Argentinien oder Spanien in Verbindung brachte. Mehrere Tangotänzer standen schon auf dem Tanzboden.

Die Frauen waren größer; sie trugen mit Perlen bestickte Charleston-Kleider und folgten jeder Bewegung, als wären ihre Beine an die ihrer Partner angekettet. Sie wurden herumgewirbelt, und ihre Röcke flogen, sodass man ihre nackten Schenkel und Backen sehen konnte, und ab und zu auch einen verführerischen Blick auf etwas noch Unanständigeres.

Laura hing an Simons Hand, und sie fanden einen Umkleideraum, voll mit Kostümen. Andere Paare waren auch da, sie probierten Federbüsche und Helme an, Vampirumhänge, Kettenpanzermieder, im Schritt offene Hosen und Schuhe mit den höchsten Absätzen. Laura ging zu einem Gestell, an dem Kostüme aus den *Roaring Twenties* hingen.

»Ja, das ist es«, sagte Simon, als Laura ein Kleid in mandarinenfarbener Seide vom Gestell nahm. »Das ist die Farbe, die man mit dem Tango in Verbindung bringt.«

»Und schwarz«, sagte sie, während sie das Kleid an ihre Figur drückte. Es war ihr viel lieber als das Kostüm der Kriegerin, das sie bisher getragen hatte.

Es gab keine Umkleidekabinen, deshalb musste Simon ihr helfen, sich aus dem Bodysuit aus goldenem Leder zu winden und die Armbänder und Stiefel abzulegen. Völlig nackt stand sie da, während er ihr Kleid schüttelte. Er sah sie an, und ihre Nippel richteten sich auf. Da lag was in seinen haselnussbraunen Augen, das sie bis in die Herzspitzen erwärmte. Sie wollte ihn sofort und an Ort und Stelle, aber er hatte das Sagen, und sie wusste, dass er Recht hatte. Es würde nur noch viel erregender werden, wenn sie ihre Nerven bei einem verrückten Tango bis zum Äußersten reizten.

Das Kleid passte, eine schlichte Nummer ohne Ärmel und mit einem V-Ausschnitt, der bis hinunter zur Taille reichte. Der Saum war bogenförmig verziert. »Jetzt noch die Strümpfe«, sagte Simon und kramte in einer Schublade, bis er ein Paar fleischfarbene gefunden hatte. Er rollte sie bis zur Mitte der Oberschenkel, und dort wurden sie von Strapsen gehalten.

»Schuhe«, murmelte sie. Sie setzte sich auf einen Hocker und stieß ihre Zehen in die schwarzen Pumps. Sie waren mit glänzenden Schnallen versehen und mit langen Bändern, die Simon um ihre Knöchel band und über Kreuz bis zu den Waden hochzog wie Ballerinaschuhe.

»Haare und Make-up«, sagte Simon und setzte sie vor den Spiegel und den Frisiertisch.

Bald lag ihr Haar in einem glatten Büschel dicht am Kopf, mit Locken an den Seiten, die den Konturen ihrer Wangen folgten. Er stäubte ihr Gesicht mit beigefarbenem Puder ein und fügte Rouge dazu, dann trug er Mascara auf die Wimpern auf und einen schwarzen Lidschatten.

Ein kräftiges Rot ließ den Mund wie eine Rosenknospe aussehen, und damit war die Illusion komplett. Sie war jetzt ein Flapper, eines der Mädchen, die sich in den Zwanziger Jahren über viele Konventionen hinwegsetzten; sie tranken Cocktails und tanzten fanatisch. Er fand eine Zigarettenspitze aus Jade und eine kleine schwarze, bestickte Handtasche, und schließlich legte er ihr ein Stirnband um, das eine Reiherfeder festhielt.

An seinem Arm ging sie zurück in die Tanzhalle. Er suchte einen Tisch für sie aus, und sie legte ihre Handtasche darauf, aber sie setzten sich nicht.

»Ich habe erst vor kurzem bei Gesellschaftstänzen mehrere Preise geholt«, sagte er, griff ihr Handgelenk und wirbelte sie in seine Arme. »Jetzt tanze mit mir, tanze, wie du noch nie getanzt hast.«

Die Musik kam im Viervierteltakt, und Simon führte sie durch die Schritte, ließ sie beugen, eine Hand flach auf ihrem Rücken, dann glitt die Hand etwas tiefer zur Schwellung ihrer Backen. Er hielt sie an seine Brust gepresst, und sie konnte seine Erektion durch den Hosenstoff und ihr dünnes Kleid spüren. Sein Bein bewegte sich zwischen ihren; seltsam formal für einen so intimen Tanz. Dann folgten die kniffligen Schritte, die langen Passagen, die Pausen, die Leidenschaft, die männliche Aggression und die weibliche Unterwerfung.

Er wechselte zur Zärtlichkeit. Seine glatt rasierte Wange drückte sich an ihre und berührte sie so sanft, als wäre sie aus gesponnenem Glas. Die Musik brandete auf, und ihr Herz schlug im Takt der Musik. Sie fühlte, wie ihre Säfte die Innenschenkel benetzten, aber sie ließ sich nicht aus dem Konzept bringen. Es war so einfach, ihm zu folgen, viel leichter als dem *aficionado,* der ihr Partner in der Tanzschule in Bath gewesen war. Er war älter und hatte nach Knoblauch gerochen.

Aber es hatte geholfen. Sie wusste, was Simon von ihr erwartete. Sie war hochmütig, aber biegsam. Zu allem bereit, aber zu ihren Bedingungen. Er beugte sie rückwärts über seinen Arm, als die Musik endete, dann zog er sie wieder hoch und hielt sie fest an sich gedrückt. Sie standen mitten auf dem Tanzboden, und niemand drehte sich zu ihnen um, als er den Kopf beugte und durch die Seide an ihrer Brust saugte.

Seine Hand war zwischen ihren Beinen, und nichts hätte ihn davon abhalten können, einen Finger in sie zu stecken. Sie keuchte auf und ließ sich gleichzeitig auf den Finger sinken, ganz vergessend, dass sie sich in der Öffentlichkeit befanden. Er sah sie an und lächelte, und ihr Kleid trug nun das Emblem seines Mundes, eine nasse, dunkle Stelle rund um den steifen Nippel. Er zog seinen Finger zurück und ließ ihr Kleid sinken, dann nahm er ihre Tasche und führte Laura hinüber zu einem Diwan im Alkoven. Er war nicht besetzt; alle anderen tanzten oder kopulierten in diesem Moment, oder sie saßen auch nur herum, erzählten und tranken. Niemand schien sich an irgendwas zu stören, das um sie herum stattfand.

Auf dem Diwan gab es eine Kissensammlung, und Simon und Laura ließen sich sinken. Teilweise waren sie vor Blicken geschützt, aber die Vorstellung, dass sich jemand aufgeilte, wenn er ihnen zusah, erregte Laura zusätzlich. Sie schlang die Arme um ihn und mahlte ihren geschmeidigen Körper gegen seinen. Er war bereit und vielleicht ein wenig amüsiert über ihre Hingabe.

Er nahm ihr Stirnband ab und hob ihr Kleid, bis die Fransen am Saum ihren Bauch kitzelten. Er spreizte sie, damit er sie besser beobachten konnte. Sie starrte hinweg über die Länge ihres Körpers, sah auf den nackten Schamberg und auf die gut sichtbare Spalte. Und dann die Tanzschuhe mit den Bändern;

in ihrem halb ausgezogenen Zustand sah sie viel erregender aus, als wenn sie nackt gewesen wäre.

Sie lehnte sich zurück und schaute Simon in die Augen.

»Streichle dich«, sagte er.

Verlegenheit ließ sie unter dem Rouge erröten. Er wollte sehen, wie sie diesen sehr privaten Akt ausführte? Die Vorstellung war so erregend, dass sie sofort ihre Hand sinken ließ und sich mit dem Mittelfinger rieb, wie sie es auch machen würde, wenn sie allein zu Hause wäre.

Sie spielte mit sich, befeuchtete die Fingerkuppe mit ihrem Saft und rieb die Seiten damit ein; sie gab unterschiedlichen Druck auf die Labien und spreizte die Beine noch ein bisschen mehr. Simon lehnte sich über sie und schaute gebannt zu. Das ermutigte sie noch mehr, und ihre Not wuchs und ließ sie innerlich schmerzen. Er knöpfte seine Hose auf und nahm seinen Penis heraus, hielt ihn in der Hand und massierte ihn, und die Neuheit der fehlenden Vorhaut faszinierte sie.

Sie fühlte ein Prickeln am ganzen Körper, und ihre Klitoris zuckte. Sie streichelte aber nur eine Sekunde darüber, dann rollte sie das Fleisch von der Spitze weg. Sie setzte jetzt beide Hände ein, presste die Falten zurück, entblößte sie ganz und ließ sie stolz aufrichten. Jetzt wollte sie sie hart und nass haben und schöpfte mehr Saft vom Innern ihrer Pussy.

»Härter, Liebling. Komm für mich. Ich sehe, dass du das auch willst«, drängte Simon.

Ihre Krisis war nur Sekunden entfernt, und ihre Hand reagierte auf seine Zurufe und rieb fest. Sie fühlte seine Finger in sich, die ihr zusätzlichen Reiz verliehen, den sie brauchte. Ihr Herz begann zu pochen, ihr Atem beschleunigte sich, und ihre Augen verloren den Fokus.

»Ah, ja ... es kommt ... es ist da ...«, stöhnte sie.

Dann waren Simons Hände auf ihr, drehten sie um und drückten sie von hinten. Es war genau das, was sie in diesem

Moment benötigte, die langen, schnellen Stöße einer harten Erektion. Er öffnete sie weit und pflügte in sie hinein, und eine Hand schob sich unter sie und quetschte ihre Warzen. Sie wölbte den Rücken und stieß ihre Brust heraus, und sie wusste, dass sie sich auf dem Weg zu einem zweiten Orgasmus befand.

»Es tut mir leid, Liebling. Ich würde dir gern noch einen verschaffen, aber ich kann mich nicht länger zurückhalten«, grunzte er, und dann kam er mit Wucht und stieß noch weiter zu, als es ihm gekommen war.

Laura fand zurück auf die Erde und hörte leichten Applaus. Sie schaute hoch, geriet in Panik und wand sich unter Simon weg. Ein interessierter Ring von Zuschauern hatte sich um den Diwan versammelt. Die Männer lachten anerkennend und hatten die Hose geöffnet, die Frauen spielten mit sich selbst.

Laura zog ihr Kleid nach unten und war froh, als sie sah, dass Simon die Hose geschlossen hatte. Sie war schnell zu einer liberalen Frau geworden, aber trotzdem war sie erleichtert, als er sagte: »Ich bin hungrig. Sollen wir uns irgendwas zu essen suchen?«

Cheryl stieß im Supermarkt mit Emily zusammen. Sie war nur auf einen Sprung hereingeschneit, weil sie kein Shampoo mehr hatte, und ihre Lieblingsmarke gab es nur in diesem Supermarkt. Die Tage, in denen sie mit ellenlanger Liste durch die Geschäfte lief, waren vorbei; Laura und Ursula kümmerten sich um den Einkauf, sie bestellten übers Internet oder beim nächstgelegenen Großhändler. Sie vermisste es nicht; die Essensvorbereitungen und das Kochen selbst hatte sie über zu viele Jahre ihrer Ehe zu Tode gelangweilt.

Es lebe die Scheidung und St. Jude, dachte sie. Sie musste

nur die Bücher führen und nett zu den Gästen sein. Das ließ ihr eine Menge Zeit fürs Sonnen auf ihrer eigenen Terrasse und zum Abkühlen im Schwimmbad. Das war einer der Vorzüge, so nahe am Meer zu wohnen – im Sommer sorgte es für einen fast tropischen Teint, und man brauchte eben nicht ins Ausland. Obwohl der Sommer allmählich in einen milden Herbst überging, war heute ein heißer Tag, und Cheryl nahm sich vor, zurück auf ihre Liege zu gehen, das Sonnenöl griffbereit.

In diesem Augenblick hörte sie die sanfte, kultivierte Stimme aus dem Gang 4, in dem die Kosmetikartikel ausgestellt waren.

»Hallo«, sagte Emily. »Ich bin froh, dass wir uns sehen. Ich wollte mich noch für den Abend neulich bedanken. Es war lieb von dir, uns einzuladen.«

»Es war eine Freude, dich zu sehen«, antwortete Cheryl und meinte es – die scheue Frau und nicht den gehässigen John.

»Ich komme nicht oft vor die Tür«, fuhr Emily fort, als wollte sie sich dafür entschuldigen, »im Gegensatz zu John.«

Das kann ich mir denken, dachte Cheryl sauer. »Warum kommst du nicht noch mal zu mir? Du spielst, nicht wahr? Musik ist auch meine Schwäche. Ich bin sicher, wir haben viel gemeinsam.«

Sie beneidete Emily um ihr anmutiges Erröten. Cheryl hätte sie gern auf ihr körperliches Potenzial hingewiesen, denn sie ahnte, dass John sich nicht die Mühe gemacht hatte. Emily war schlank wie eine Weide, sie hatte lange Füße und die Hände einer Künstlerin. Ihre Haare waren golden und silbern, dicht und kraus, aber viel zu adrett. Bronwen sollte es sich mal ansehen, ihr fiel bestimmt ein, welche Frisur Emily stehen würde. Auch ihre Kleidung musste reformiert werden, denn ihre bisherige Schneiderin hatte nicht viel Kreativität gezeigt.

Cheryl konnte sich vorstellen, dass Emily selbst ihre Kleider nicht aussuchte, das würden vermeintlich gute Freundinnen tun. Emily war eine Frau, die es allen Leuten recht machen wollte; sie fürchtete sich vor ihrem eigenen Schatten und wäre entsetzt, wenn sie jemanden beleidigte. John Dempster war erfolgreich darin, das Selbstwertgefühl seiner Frau zu zerstören. Das hatte Cheryl schon gemerkt, als sie dem Ehepaar das erste Mal im Segelclub begegnet war. Es war auch ihr letzter Besuch gewesen. Sie war nur widerwillig hingegangen und hatte ihren Schwur gehalten, dass es bei diesem einen Besuch auch bleiben sollte.

War es richtig, Emily die Augen zu öffnen und sie zu überreden, sich auch auf den Kreuzzug zu begeben? Die Augen öffnen hieß zunächst, ihr von den schönen Erfahrungen zu erzählen, auf die sie ein Recht hatte. Sie brauchte nicht ein unmöglich schales, gestelztes und gekünsteltes Leben zu führen, wie ihres früher auch mal gewesen war.

»Was machst du heute Abend?«, fragte Cheryl und ging im Geiste ihren Kalender durch. Soweit sie sich erinnern konnte, hatte sie am Abend frei. Von Laura sah sie in letzter Zeit nicht viel. Sie und Simon schienen an den Genitalien verbunden zu sein.

»Nicht viel«, antwortete Emily. »John ist weg, und die Mädchen zelten mit den Guides, und Rupert besucht Freunde in Brighton. Ich wollte die Gelegenheit wahrnehmen und eine Oper auf Video anschauen. Das kann ich nicht tun, wenn die Mädchen da sind. Für die gibt es nur Pop. Rupert liebt natürlich die Klassik, aber John steht nicht drauf. Für ihn zählt nur Sport.«

»Ihr habt kaum gemeinsame Interessen?«

Emily trat unbehaglich von einem Fuß auf den anderen. Es war klar, dass sie nicht illoyal sein wollte, aber dann gestand sie: »Nein, nicht sehr viele.«

»Warum lässt du keinen Fernseher und Videorecorder in einem anderen Zimmer aufstellen?«

»Er würde sich auch dann über den ›unsäglichen verdammten Krach‹ aufregen. Ich muss den Ton immer ganz leise stellen, aber bei Opern geht das nicht.« Emilys Augen lächelten, als ob sie zu hoffen wagte, dass sie endlich jemanden getroffen hatte, der sie verstand.

»Ja, natürlich. Ich würde den Kasten auf Vollgas stellen. Hör mal, ich habe viele Opernaufnahmen, aber ich stelle gerade auf DVD um. Puccini ist mein liebster Komponist, aber ich habe die Filmversion von Bizets *Carmen* mit Placido Domingo und Julia Migenes. In Spanien gefilmt und meiner Meinung nach das Beste, was es von *Carmen* je gegeben hat. Wir könnten sie uns nach dem Essen anschauen.«

»Meinst du wirklich? Das würde ich sehr gerne. Um welche Uhrzeit?«

Jetzt habe ich den ersten Schritt getan und kann nicht mehr zurück, dachte Cheryl. Lady Emily, dies könnte dein Durchbruch sein. »Warum kommst du nicht schon am Nachmittag? Bist du gern in der Sonne? Ich werde auf der Terrasse liegen. Bring deinen Bikini mit, und dann haben wir auch einen Pool. Wenn wir Glück haben, benutzen ihn die Gäste am Nachmittag nicht, dann können wir nackt ins Wasser – wenn du willst.«

»Oh, ich weiß nicht. Ich habe noch nicht nackt geschwommen. Aber bist du sicher? Ich will dir nicht im Weg stehen«, sagte Emily zaghaft.

Cheryl legte ihre Hand auf Emilys, die auf der Querstange des Einkaufswagens lag. »Ich hätte dich nicht eingeladen, wenn ich es nicht gewollt hätte«, versicherte sie ihr.

Bilder schwirrten in ihrem Kopf herum, wie Emily nackt im Traumboot ihres sexy Betts lag. Bisher hatte sie nur mit Mark darin geschlafen, und das war auch schon eine Zeit her. In ihren Bildern sah sie, wie Emily sich in den Zuckungen eines Orgasmus wand, ein Zustand, den Cheryl herbeigeführt hatte, indem sie die kleinen Brüste gekost und den Kitzler geleckt hatte, der zwischen den rosa Lippen von Emilys süßer kleiner Ritze hervorlugte. Sie hätte Geld darauf setzen können, dass Emily eine zarte, feine Pussy hatte, nicht üppig wie Bronwens und auch nicht so köstlich rasiert wie Lauras.

Gier sprang auf wie eine enge Feder in ihr, und ihre eigene Sexualität erwachte. In einem Augenblick war der Tanga, der ihren Venusberg umschmiegte, nass. Der Nachmittag versprach spannend zu werden. Nicht nur wegen der Chance, Emily über ihren Körper aufzuklären und ihr diesen Unsinn auszureden, den Diktator John ihr wahrscheinlich eingepflanzt hatte, nein, sie erwartete auch das seltene Vergnügen, mit einer Seelenverwandten die Leidenschaft für die Oper zu teilen. Das für sich wäre schon genug gewesen.

Sie verabschiedeten sich an der Kasse, und Cheryl brachte ihren Einkauf zum Range Rover. Sie hatte mehr gekauft, als sie beabsichtigt hatte, aber darauf spekulierten ja die Supermärkte.

Hinter dem Supermarkt gab es eine schmale Allee, ein Teil der alten Stadt, als Westcombe nicht mehr als ein Fischerdorf gewesen war. Jetzt war die Straße von vielen Geschäften gesäumt, Antikläden und mehrere Läden, die sich der Wohltätigkeit verschrieben hatten. Cheryl konnte nicht widerstehen und schlenderte die Allee entlang, nachdem sie sich davon überzeugt hatte, dass kein Wölkchen den Himmel bedeckte.

Sie schaute in das Fenster des ersten Antikladens und blinzelte Messing und Porzellan an, kristallene Tischsets und ungepflegte Teddybären mit von Motten zerfressenem Pelz und unverschämten Preisschildern.

Die Läden der Wohltätigkeitsvereine erwiesen sich als

preiswert, und so kam sie mit einer großen Tasche heraus. »Was hast du denn gekauft?«, rief Felan von der anderen Seite der Allee.

Sie spürte, wie ihr Herz schneller schlug. »Ein paar Drucke von Gustav Klimt, aber sehr schön gerahmt«, antwortete sie und hasste sich selbst, dass sie überhaupt auf ihn reagierte.

»Lass mich mal sehen«, sagte er, nahm ihr die Tasche ab und hob die Drucke ein wenig hoch.

»Lass sie nicht fallen«, warnte sie. Ihr verräterischer Körper brach in Gänsehaut aus.

»Als ob«, gab er nur zurück, dann grinste er sie an. »Das sind gute Drucke. Hast du viel für sie bezahlt?«

»Sechzehn Pfund für beide.«

»Das ist ein Schnäppchen«, sagte er und schaute sich die Drucke immer noch an. »Ich bewundere Klimt. Er zelebriert Eros frei und offen, und er benutzt Frauen als seine Inspiration, ob als Vamp oder Sexobjekt und immer erfüllend. Du musst eine Beziehung zu ihm haben.«

»Ja, richtig. Aber gib sie mir zurück. Ich muss weg.«

»Noch nicht.« Er steckte die Bilder unter seinen Arm und schob sie auf die nächste Tür zu.

Es war ein ausgesuchter Teeladen mit dem Namen The Settle. Zwei ältliche Jungfrauen führten das Geschäft und hatten sich auf selbst gemachte *scones* mit Erdbeermarmelade und Schokoladenkuchen spezialisiert, zum Sterben gut. Wäre es mitten in der Saison gewesen, hätten sie keinen Platz bekommen. Eine Kellnerin kam zu ihnen.

»Tisch für zwei, Sir?«

»Im Raucherbereich, bitte. Wir nehmen zwei Kaffee.«

»Nichts zu essen, Sir? Wir decken in Kürze fürs Mittagessen, aber Sie können sich da drüben hinsetzen.« Sie führte sie an einen Tisch mit hohen Holzbänken.

»Ich will keinen Kaffee. Ich will auch nicht hier mit dir sitzen. Ich will nach Hause«, zischte Cheryl, als sie sich widerwillig ihm gegenüber gesetzt hatte. »Und gib mir meine Bilder zurück.«

Er reichte sie ihr, und sie stellte sie vorsichtig auf den Boden. »Hast du ein Höschen an?«, fragte er.

Das ließ sie schwanken. »Was?«, keuchte sie.

»Höschen. Trägst du eins?«

»Du hast einen wahnsinnigen Nerv. Dies ist weder der Ort noch die Zeit.«

Er zündete sich eine Zigarette an und grinste ihr über den Tisch zu. Dann fühlte sie, wie etwas ihre Knie auseinanderdrücken wollte. Unter dem karierten Tischtuch blieb das verborgen, aber sie schätzte, dass sie wusste, was es war: Er hatte eine Sandale abgestreift und drang mit den Zehen unter den Rock. Der dicke Zeh stieß gegen ihre Scham.

»Du hast ein Höschen an«, sagte er. »Spielverderberin.« Er erhöhte den Druck des dicken Zehs.

Sie hatte Angst, dass man an den anderen Tischen ihre Körperhitze riechen konnte. Sie hielt den Blick gesenkt, als die Kellnerin zurückkam, den Kaffee hinstellte und wieder ging. Felan drückte seine Kippe in den Aschenbecher und goss Sahne in seinen Kaffee. Sein nackter Zeh gab seine Reibung nicht auf; er zog am Tanga und trieb ihn in den Schlitz.

»Felan, ich bitte dich!«, flüsterte sie, aber es war schon zu spät. Sie kam und war entsetzt über die Wucht. Sie musste still sitzen bleiben, als ob kein Gefühlssturm in ihr tobte.

Er hob heiter die Augenbraue und zog seinen Fuß zurück. »Nass«, bemerkte er, rieb den Fuß über den Teppich und steckte ihn dann zurück in die Sandale. »Jetzt bin ich dran.«

»Wie meinst du das denn?«, fragte sie misstrauisch. Sie wollte, dass er sie mit seinem Schwanz füllte; sie wollte ihn packen und reiben und fertig machen.

»Du magst doch Abwechslungen, oder täusche ich mich

da?«, fragte er, und es war, als hätte er in ihre Psyche geschaut und in ihr Haus der sexuellen Geheimnisse.

»Ach, wirklich?« Bei diesem verbalen Zanken fühlte sie sich sicherer, und außerdem beruhigte sich ihre Pussy allmählich.

»Ja, das glaube ich.«

»Ich weiß nicht mehr, was ich will«, gab sie zu und fügte ärgerlich hinzu: »Du hast Dinge mit mir angestellt, von denen ich mir nicht träumen ließ, dass ich sie hingenommen hätte.«

Er gluckste. »Sehr gut, Mrs. Barden. Und hast du Lust dabei empfunden?«

»Ja«, sagte sie und wich seinen durchdringenden blauen Augen aus.

»Und ich habe dich schockiert?«

»Ja.«

»Und ich bin dabei, dich schon wieder zu schockieren.«

»Was kannst du denn hier drinnen noch machen, was mich schockieren würde?« Sobald sie das ausgesprochen hatte, bereute sie es schon.

»Kriech unter den Tisch und sauge meinen Schwanz.«

Die Tassen klirrten; es war ein angenehmer Geräuschpegel, der sie umgab. Die Kellnerinnen hatten zu tun, die Kuchen standen unter Glas, und Felan hatte gerade diesen kruden, absolut inakzeptablen Befehl ausgesprochen.

»Du machst Witze«, sagte sie und versuchte ein Lachen, was ihr nicht gelang.

»Mach es, sonst stehe ich auf und sage allen, dass du einen skandalösen Club leitest.«

»Das würdest du nicht tun.«

»Nein?«

»Du meinst es ernst, nicht wahr?«

Er antwortete nicht, und mit einem letzten Blick in den Teeladen ging sie auf die Knie, geschützt vom Tischtuch und dem Rücken der Bank. Sie kroch zwischen seine Beine. Er hatte den Reißverschluss schon aufgezogen, und der Schaft war erigiert und ragte durch die Öffnung der Boxershorts. Sie griff nach oben, zerrte die Kleidung beiseite und befreite ihn aus dem Gefängnis. Mit einer Hand strich sie über seine Hoden. Die Eichel federte auf ihren Kopf zu. Sie hielt sie fest und nahm sie in den Mund. Sie hörte, wie er den Atem anhielt, und lachte um seinen dicken Stamm herum.

Es wurde ein Spiel. Sie wollte, dass er die Kontrolle verlor. Sie bewegte den Kopf so schnell, wie es der eingeengte Platz zuließ; sie bearbeitete ihn mit der Hand, und ihre Zunge spielte mit Vorhaut und Eichel. Sie ahnte, dass er sich schon auf der Kippe befand, denn sie hörte ihn stöhnen und fühlte seine kräftigen Hände auf ihrem Kopf. Er begann zu kommen, und sie schluckte und schluckte und schmeckte ihn wieder.

Er reichte ihr eine Serviette, und sie wischte sich den Mund damit ab, dann hörte sie, wie er zur Kellnerin sagte: »Meine Verlobte hat ihren Ring verloren. Hast du ihn gefunden, Liebling?«

»Ja, Liebling«, antwortete sie knurrend, dann hob sie die Tischdecke an und hielt Ausschau nach Voyeuren.

»Sehr gut«, sagte er onkelhaft.

Ihr fiel nichts ein, was sie dazu sagen könnte. Er nahm die Rechnung entgegen. Die Kellnerin zog sich zurück, und als Felan sich erhob, hatte er den Reißverschluss seiner Hose wieder geschlossen.

»Ich habe immer gesagt, dass du wunderbar bläst. Wir sehen uns wieder, wenn du es am wenigsten erwartest.« Er bezahlte an der Kasse und war weg.

Ich gehe nicht hin, dachte Emily, als sie ihre Lebensmittel auspackte. Einige Einkäufe stellte sie in den Schrank, andere in den Kühlschrank und den Rest in die Tierkühltruhe. Cheryl hatte nur höflich sein wollen. Sie will mich nicht wirklich sehen. Ich rufe sie an und sage, dass ich einen anderen Termin an dem Abend vergessen hätte.

Sie bereitete sich einen Tomatensalat zu und setzte sich damit an den Küchentisch. Der Garten litt unter der Hitze des Altweibersommers, und der Wunsch, jetzt in ein Schwimmbecken zu springen, war nie größer gewesen.

Es war ein Uhr am Mittag. Sie stellte ihren Teller in die Spülmaschine, ging hinauf und griff in der obersten Schublade der Kommode nach ihrem Badeanzug. Einen Bikini besaß sie gar nicht. Dafür war sie zu alt. Natürlich würde sie gern einen Bikini tragen, aber sie traute sich nicht. Cheryl hatte gut reden, sie hatte eine jugendliche Figur. Und Johns Reaktion? Sie wollte gar nicht daran denken.

Der Badeanzug war fast neu. Schwarz, an den Seiten hoch geschnitten. Sie hatte ihn gekauft, als sie die Mädchen regelmäßig zum Schwimmen fahren musste. Emily liebte das Wasser, aber sie konnte nie die Begeisterung entfachen, auch mal allein zum Strand zu fahren. Eigentlich war sie immer allein. Die Kinder wandten sich ihren eigenen Dingen zu, und was John alles trieb, wusste sie nicht.

Sie ging in den Wäschetrockenschrank und nahm ein großes Badetuch vom Stapel. Sie rollte ihren Badeanzug hinein und folgte einer plötzlichen Eingebung, als sie eine Flasche Sonnenschutzcreme, Faktor fünfzehn, aus dem Badezimmer mitnahm. Sie beharrte darauf, dass die Kinder sie benutzten, wenn sie sich längere Zeit draußen aufhielten. Rupert nicht. Er bestand auf einem viel geringeren Schutz, und seine Lotion roch nach Kokosnuss.

Wenn er sich damit einrieb, nahm seine Haut in kürzester Zeit eine kupferbraune Farbe an. Er verschwand oft stundenlang in den Sanddünen, und manchmal fragte sie sich, was er dort trieb, außer in der Sonne zu liegen.

Sie fischte eine Strandtasche aus dem Schrank, stopfte Badetuch und Badeanzug hinein sowie Öl und eine Sonnenbrille, die sie in eine Seitentasche verstaute. Sie kam sich albern vor, als sie die Alarmanlage einschaltete, bevor sie aus dem Haus ging, dann schloss sie die Haustür ab.

Als sie die Küstenstraße Richtung St. Jude entlangfuhr, ließ sie ihre Gedanken wandern. Sie rief sich Cheryl in Erinnerung. Im Supermarkt hatte sie wie eine Zigeunerin ausgesehen, dunkel gebräunt, selbstsicher im Auftreten und wunderschön. Ihr Rock war zu kurz gewesen, das Top zu eng, der Schmuck zu klunkerig, aber trotzdem hatte sie beeindruckend gewirkt. Dieses hagere, lebhafte Gesicht, die wachsamen grünen Augen und ihre langen, zotteligen Haare, kastanienbraun, wie Emily sich ihr Haar immer gewünscht hatte.

Emily hatte sich immer gewünscht, wie ein Modell der Präraffaeliten auszusehen; viele kleine Locken, verträumte Augen und unglaublich lange Samtkleider im Stil des Mittelalters. Man konnte nie sagen, ob sie Sünderinnen waren oder Heilige, Nonnen oder gefallene Engel, und es spielte auch keine Rolle.

Das Dorf lag im Nachmittagsschlaf. Läge es an einem Mittelmeerstrand und nicht am Bristol Channel, hätte man die Einwohner für komatös gehalten. Nur wenige genossen ihre Siesta; die meisten arbeiteten durch und waren nicht bereit, die faulen Gewohnheiten des Kontinents zu übernehmen, deshalb mähten sie den Rasen, gingen mit den Hunden spazieren und sorgten dafür, dass sie ins Schwitzen und in schlechte Laune gerieten.

Auf St. Jude traf das nicht zu. Emily fuhr die Auffahrt hoch, am Teich mit den großbrüstigen Meerjungfrauen vorbei, die unterhalb des Brunnens standen, dann parkte sie, folgte ihrer Nase und ging auf die Rückseite. Sie konnte ganz schwach Geräusche aus dem Restaurant hören, wo einige Gäste speisten. Auch in der Küche herrschte Betrieb. Ein Junge in hellen Levis und mit blankem Oberkörper schreckte auf, als Emily vorbeiging. Er war mit einer Schere bewaffnet und hätte sich um die Rosenbüsche kümmern sollen, dachte Emily, aber stattdessen war er im Schatten einer Zeder eingeschlafen.

»Kann ich Ihnen helfen, Miss?«, fragte er und gewann sie mit seinem breiten Lächeln. Er hatte ein attraktives Gesicht und kurze Haare, und die Muskeln seines unbehaarten Brustkorbs waren stark ausgeprägt.

Oh, schöner Jüngling, du könntest mir sehr wohl helfen, dachte sie. Du mit deiner Haut wie Samt und deiner verwaschenen Jeans, die deine Beule versteckt. Wir könnten schöne Musik machen, wir beide, wenn ich nur zehn Jahre jünger wäre.

Ihre Gefühle verdutzten sie. Die Lust griff nach ihr. Ein Lechzen nach Abenteuer und Gefahr, eine Sehnsucht, die ein fremder Mann in ihr auslösen könnte. Er war ein Gärtner, war an harte Arbeit gewöhnt und an zarten Umgang mit zerbrechlichen Blüten. Sie bedauerte sich und ihn: Er würde nie wissen, wie knapp er an diesem Nachmittag an einem lustvollen Erlebnis vorbeigeschrammt war.

Er hatte strahlendblaue Augen und begegnete ihr mit Respekt, weil sie älter war und aus der Oberschicht kam. Sie starrten sich einen Moment an, dann fragte er wieder: »Kann ich Ihnen helfen? Suchen Sie den Eingang? Gleich um die Ecke.«

»Ich weiß. Ich habe mein Auto da vorn abgestellt. Ich habe eine Verabredung mit Mrs. Barden.« So höflich und zurückhaltend, dachte sie. Unter anderen Umständen, wenn wir uns zum Beispiel auf einer verlassenen Insel getroffen hätten, würden wir uns übers Gras wälzen, an unseren Kleidern zerren, uns anfassen und küssen ... oh, Himmel! Ich muss damit aufhören. Mein Höschen ist ganz nass.

»Sie ist da draußen und liegt in der Sonne. Es ist sehr privat, weil sie sich gern zum Sonnenbaden auszieht.« Jetzt grinste er breit.

»Danke«, sagte Emily und schritt eilig davon, bevor sie etwas tat, was so unglaublich töricht wäre, dass sie es bis ans Lebensende bereut hätte – wahrscheinlich hätte sie ihm den Hosenstall aufgeknöpft und den Penis herausgenommen, der während ihres Gesprächs prächtig gewachsen war.

Wie die Kinder dem Rattenfänger folgten, wurde sie von den Klängen der Musik angezogen: Maurice Ravels Musik, wenn sie sich nicht irrte. Sie schritt durch ein Labyrinth von hohen Büschen und betrat eine Terrasse. Da lag Cheryl, ausgestreckt auf einer gepolsterten Liege, und ein Sonnenschirm legte ihr Gesicht in den Schatten.

Sie trug nichts als ein schwarzes Dreieck, das ihren Venushügel kaum verbarg. Es war der kleinste Tanga, den Emily je gesehen hatte; schmale Bändchen gingen vom Dreieck aus, und eines verschwand in der Kerbe. Ihre Brüste glitzerten vom Öl, und die Nippel standen dunkel und spitz hervor. Emily schluckte; das war beinahe zu viel für sie, erst der Gärtner und dann die fast nackte Cheryl.

Die Musik kam von einem tragbaren CD-Spieler. »Das ist *Daphnis et Chloé*«, rief Emily, froh über die Ablenkung.

»Du hast es sofort gewusst und brauchtest den Telefonkandidaten nicht anzurufen«, sagte Cheryl lächelnd. »Meine Anerkennung, dass du Ravel erkannt hast. Die meisten Menschen bringen ihn mit *Bolero* und dann auch gleich mit Eiskunstläufern in Verbindung.«

»Diese Atmosphäre und dieser Zauber«, sagte Emily, betört von der Musik und angetörnt von der schamlosen Haltung ihrer Gastgeberin. »Es gibt in der ganzen Orchesterwelt kein Stück solcher sinnlichen Schönheit.«

»Ich würde dir gern zustimmen, aber es gibt so viele, die

ich bewundere.« Cheryl hob träge einen Arm zum Gruß und winkte Emily heran. »Entschuldige mich, aber ich bewege mich nie, wenn ich mich bräunen lasse. Ich folge nur der Sonne. Und wehe, jemand wirft einen Schatten.«

»Ich habe meinen Badeanzug mitgebracht.«

»Sehr gut. Siehst du die Tür in der Wand? Sie führt in meine Wohnung. Da kannst du dich umziehen, wenn du willst. Ich habe dir schon eine Liege hingestellt. Wir lassen uns eine Zeitlang rösten, dann gehen wir schwimmen. Hoffentlich kommt kein Gast auf dieselbe Idee. Es gibt kaum ein schöneres Gefühl, als den Pool für sich allein zu haben.«

Während Ravels Musik immer noch einen Zauber auf sie ausübte, lief Emily durch die Tür und die Treppe zu Cheryls Wohnung hoch. Es war der Hintereingang zum Apartment, das üppig eingerichtet war.

Selbst ein flüchtiger erster Blick ergab eine Menge Informationen über die Besitzerin. Farbenprächtig und geschmackvoll und harmonisch, und überall sah Emily Beweise dafür, dass die Bewohnerin eine kultivierte Frau mit mancherlei Interessen war. Bücher, Videos, Stereospieler und Gemälde.

Emily durchquerte den Salon und warf einen neugierigen Blick in Esszimmer und Küche. Sie fragte sich, wo sie sich umziehen sollte und versuchte ein paar Türen, die vom Flur abgingen. Eine Tür führte zum Bad, und die andere zeigte ein Zimmer, in dem alles so ordentlich aussah, dass es nur ein Gästezimmer sein konnte. Dann gab es noch ein Arbeitszimmer mit Computer sowie Cheryls Schlafzimmer.

Es war wie das Elternschlafzimmer vergangener Zeit, am ehesten noch aus der Regency Periode. Die Atmosphäre wurde geprägt vom Duft ihres Parfums, das Emily von nun an mit ihr in Verbindung brachte. Sie sah es auf dem Anziehtisch stehen, eine Schachtel in Fuchsienrot und Gold. Das Parfum hieß ›Shocking de Schiaparelli‹.

Emily nahm die Flasche aus der Schachtel und nahm sie in die Hand und schnüffelte lange daran. Die Flasche selbst hatte die Form einer Schneiderpuppe. Alle Emotionen, die sie für Cheryl empfand, schienen in diesem schweren und zu Kopf steigenden Parfum eingefangen zu sein. Sie schüttelte sich und hatte plötzlich das Gefühl, dass sich ihr Leben bis zur Unkenntlichkeit verändern würde.

Sie stellte die Flasche zurück in die Schachtel und zog sich rasch aus. Sie legte ihre Kleider aufs Bett und schlängelte sich in ihren Badeanzug. Gehemmt – und das hatte sich noch nicht verändert – legte sie das große Badetuch um sich, hob ihre Tasche hoch und ging den Weg zurück, den sie gekommen war.

Cheryl lag in derselben Position da. Sie öffnete ein Auge hinter dem dunklen Glas und sagte: »Oh, Himmel, Emily, du hast einen umwerfenden Körper. Du solltest ihn öfter zeigen.«

»John mag es nicht, wenn ich mich zur Schau stelle«, antwortete Emily schnell.

»John hört sich an wie ein Arsch«, sagte Cheryl, dann winkte sie mit einer Hand und zeigte auf ein Tablett auf dem runden Tisch. »Ich hätte gern ein Glas Saft, und du kannst dir nehmen, was du willst.«

Emily erledigte das Einschenken, dann ließ sie sich auf die Liege nieder, die dicht neben Cheryls stand. »Ich habe auch eine Liege bei uns im Garten, aber ich benutze sie selten. Mein Gewissen plagt mich, wenn ich nicht sinnvoll beschäftigt bin«, sagte sie.

Cheryl setzte die Sonnenbrille ab, und Emily sah sich dem kritischen Blick von Cheryls grünen Augen ausgesetzt. »Komm endlich zu dir, verdammt noch mal! Du hast zugelassen, dass dein Mann dich beherrscht«, schimpfte sie. »Sage ihm, er soll dich in Ruhe lassen.«

»Das kann ich nicht«, sagte Emily, entsetzt darüber, dass ihre Kehle mit Tränen überlief.

»Warum nicht?«

»Weil ... weil er meistens besser Bescheid weiß als ich.«

»Unsinn!«

»Und da sind doch die Kinder.«

»Eine lahme Ausrede. Wie alt sind sie?«

»Rupert ist neunzehn, Ruth ist fünfzehn und Eva zwei Jahre jünger.«

»Dann ist es höchste Zeit, dass du dich behauptest. Du bist eine gut aussehende Frau, die etwas Besseres verdient hat. Ich möchte dir zu deinem Glück verhelfen. Lässt du mich?«

Emily konnte die Tränen nicht länger zurückhalten. Es war, als wäre ein Damm gebrochen, als sie all ihre Enttäuschungen und Erniedrigungen, die ganze Tyrannei ihres Lebens mit John herausließ. Cheryl sagte nichts, sie reichte ihr lediglich einen Karton Papiertaschentücher und wartete, bis die wütenden Schluchzer sich zu einem gelegentlichen Schluckauf reduziert hatten.

Dann sagte sie: »Es überrascht mich nicht. Ich habe geahnt, dass es so bei dir zu Hause ist. Ich nehme an, du willst ihn nicht verlassen?«

»Es geht mir weniger um ihn als um die Kinder.«

Cheryl stand auf und beugte sich über Emily, dann setzte sie sich neben sie und legte beide Arme um sie. Emily fühlte sich nach ihrem Ausbruch völlig erschöpft. Cheryls Berührungen waren eine Wohltat, und sie hätte sich gern an sie geschmiegt, wie ein Kind an die Mutter, um auch diesen köstlichen Duft wieder einzuatmen, der den öligen Geruch der Sonnenlotion überlagerte. Außerdem nahm sie den schwachen Hauch von Pussy wahr, der vom Tanga nach oben waberte.

»Ich kann das gut verstehen. Bei mir dauerte es, bis ich

Yvonne Harper in meinem Bett fand, und da erst hatte ich genug Kraft, um Ashley in den Wind zu schießen.«

Die Erwähnung der Frau des Commodore ließ Emily aufrecht sitzen. »Sie ist eine gemeine Schlampe. Hoffentlich erlebe ich noch, dass sie ihre gerechte Strafe erhält.«

»Daran können wir gemeinsam arbeiten. John überzieht mich mit einem Rachefeldzug, weil ich ihm bei St. Jude zuvorgekommen bin. Ich habe ihm auch mal gesagt, er soll ich verpissen, als er mir an die Pussy greifen wollte. Das war bei irgendeiner Veranstaltung im Segelclub. Nein, Emily, ein Heiliger ist er wahrlich nicht.«

»Ich glaube, das habe ich schon begriffen. Der Himmel weiß, was die Frauen in ihm sehen, denn mich hat er noch nicht einmal zum Orgasmus gebracht.« Emily musste schlucken, als sie das gesagt hatte, denn sie war nicht gewohnt, über solche privaten Dinge zu sprechen. Sie fühlte, dass sie am ganzen Körper heiß wurde, und mit der Sonne hatte das nichts zu tun.

»Das passt«, murmelte Cheryl nachdenklich. »Er hat sich wahrscheinlich eingeredet, dass du kein Interesse am Sex hast.«

»Aber das stimmt nicht! Ich habe starkes Interesse am Sex! Nur nicht mit ihm!« Jetzt musste alles heraus. »Selbst der Junge gerade im Garten ...«

»Jason?«

»Heißt er so? Nun, ich hätte mich am liebsten mit ihm ins Gras geworfen. Ist das nicht schrecklich? Er kann nicht älter als achtzehn sein.«

»Ja, richtig, und wie man mir zugeflüstert hat, ist er kein Kind von Traurigkeit.«

»Aber das ist für mich keine Entschuldigung, überhaupt an so was zu denken.«

»Warum denn nicht? Oh, Emily, höre auf, dich so zu quälen.« Cheryl fuhr mit einer Hand über Emilys Rückgrat, dann griff sie nach einem Badetuch. »Schwimmen wir eine Runde. Danach können wir noch ein paar Stunden lang braten.«

Den Pool erreichte man über eine Nachbarterrasse, die zu den Gästezimmern gehörte. Sie hatte eine Glasdachkonstruktion mit großen Schiebetüren, die bei gutem Wetter weit geöffnet werden konnten. Der Pool, nach Süden gelegen, war voller Licht und Hitze von der Sonne.

Das Wasser war herrlich, es hielt Emily in einer warmen, flüssigen Umarmung. Wie Cheryl geahnt hatte, besaßen sie den Pool ganz für sich allein.

»Großartig«, rief Cheryl, zog den Tanga aus und ließ ihn auf dem gefliesten Rand liegen. Über die breiten Marmorstufen ging sie tiefer hinein. »Versuch es mal, Emily. Es gibt nichts Schöneres, als nackt zu baden.«

Der Anblick von Cheryls Nacktheit brachte Emily aus der Fassung. Sie hatte sich in den Duschen des Internats ausgezogen, aber sie hatte sich immer für ihren Körper geschämt, und jetzt wollte diese Frau, dass sie sich entblößte. Sie war nicht sicher, ob sie dazu überhaupt fähig war.

Sie stand am seichten Ende des Beckens. Sie setzte sich, und das Wasser leckte an ihren Brüsten. Sie wollte die kleinen Wellen auch auf ihrem Geschlecht spüren. Cheryl ließ sich auf dem Rücken treiben. Ihre rotbraunen Nippel brachen durch die Oberfläche, und der dunkle Busch ihrer Schamhaare war auch deutlich sichtbar. Sie drehte und schwamm eine Länge nach der anderen; ihre Arme teilten das Wasser mühelos.

Zur Hölle damit, dachte Emily, hakte die Daumen in die Armöffnungen und zog den Badeanzug bis zur Taille hinunter. Es war gar nicht so einfach, ihn im Wasser auszuziehen. Er sollte an ihrer Haut kleben und sie vor Entblößung bewahren.

»Warte, ich helfe«, sagte Cheryl und tauchte auf. Sie schüttelte ihre Haare und verpasste Emily eine Dusche.

»Danke«, sagte Emily und wurde von Fingern belohnt, die den widerstrebenden Badeanzug von der Haut zogen. »Ah, das fühlt sich gut an«, rief sie lachend, als das Wasser an ihr leckte, zwischen ihren Beinen schwappte und in die intimen Stellen eindrang. Sie streckte stolz ihren Körper; die Nacktheit verlieh der Lust am Schwimmen eine neue Dimension.

»Ich wüsste gern, ob ich John überreden kann, sich so einen Pool zuzulegen«, rief sie Cheryl zu. »Notfalls kann ich ja dafür zahlen.«

»Hast du so viel Geld?« Cheryl hörte sich überrascht an.

»Ja. Ich habe schon daran gedacht, ihn zu verlassen, in London ein Haus zu kaufen, um dann mit Rupert im Haus zu leben.«

»Dann musst du einen Batzen Geld haben, und trotzdem lässt du dich von ihm erniedrigen. Aber vergessen wir das. Wir machen ein Wettschwimmen.«

Sie zog davon, aber Emily folgte mit raschen, kurzen Kraulschlägen und traf ein paar Sekunden später an der Treppe ein. Sie fielen sich in die Arme, und Emily mochte es sich nicht versagen, Cheryls Schultern zu küssen. »Ich wusste, dass wir gute Freundinnen sein würden«, flüsterte sie.

»Das auch«, sagte Cheryl, und Emily spürte eine Hand auf ihrer Brust. Ein spitzer Fingernagel schabte über den Nippel, der erigiert war von Kälte und Erregung.

Sie konnte ein Keuchen nicht unterdrücken, und Cheryl lächelte sie an, als sie Emilys Gesicht und Hals streichelte. Die andere Hand tauchte ins Wasser, und Emily fühlte sanfte Finger, die um ihr Geschlecht kreisten und die flutenden Haare teilten. Emily bewegte sich nicht und wehrte sich auch nicht, sie war scheu und verwirrt, aber sie wollte, dass die Berührungen weitergingen.

Cheryl begann eine zärtliche kreisende Bewegung um Emilys Klitoris, als wüsste sie genau, was sie brauchte. Emily hatte so etwas noch nie erlebt und begriff, dass die wimmernden Geräusche, die vom Glasdach widerhallten, aus ihrer eigenen Kehle drangen.

Sie schloss die Augen, dachte an John und an ihr Eheversprechen, und dann vergaß sie alles, getrieben von der überwältigenden Gier, einen Orgasmus zu erleben. Sie spreizte die Beine, hob ihren Schoß und fühlte, wie das Wasser zu ihrer eigenen Nässe noch beitrug. Jetzt brauchte sie keine Zärtlichkeit mehr. Keuchend hielt sie sich an Cheryls Schultern fest, als sie kam, mächtig, mit Cheryls Fingern tief in ihr. Sie brachten die Zuckungen, die Emily wie in Wellen überspülten.

»Oh... oh... ich habe das nicht gewusst... habe nie an eine Frau gedacht«, murmelte sie und weinte wieder, aber diesmal vor Erleichterung.

Cheryl hielt sie fest umschlungen und gab ihr Zeit, zurück zur Erde zu finden. »Ich habe das auch erst vor kurzem gelernt«, sagte sie. »Und es bedeutet nicht, dass ich von Männern nichts mehr wissen will. Ganz im Gegenteil. Es ist ein Appetitanreger. Es gibt so vieles, was ich dir zeigen kann, Emily.«

Sie hörten Geräusche, die vom Hotel und näher kamen. Cheryl erhob sich aus dem Wasser. »Jetzt beginnt eine Invasion«, gluckste sie, und als Emily sich auch beeilte, schlang sie ein Badetuch um sie beide.

# *Elftes Kapitel*

»Du musst auf der Hut sein. Er hat es auf dich und Cheryl abgesehen«, sagte Stuart.

»Wer?« Für einen Moment konnte sich Laura nicht vorstellen, von wem ihr Ex-Mann sprach. Soweit sie wusste, hatte sie keine Feinde.

»John Dempsey«, fuhr Stuart fort und spielte mit dem Untersetzer auf dem absichtlich auf alt getrimmten Eichentisch. The Ship and Punchbowl war alt, aber nicht so alt, wie der Besitzer es gern hätte.

»Ah, ja. Cheryl hat mir erzählt, dass er St. Jude kaufen wollte. Er hat wohl Himmel und Hölle in Bewegung gesetzt, aber er konnte gegen uns nichts ausrichten. Aber woher weißt du das?«

»Ashley hat es mir gesagt. Offenbar sehen sich die beiden häufig, und Dempsey hat es darauf angelegt, euch beide zu ruinieren, damit er euch St. Jude abkaufen kann. Es hat was mit einem Handel mit einem Amerikaner zu tun, von dem er sich viel Moos verspricht.«

»Danke für den Tipp«, sagte Laura und nahm einen Schluck des harmlos schmeckenden Cidres, der aber stark wirkte. Er wurde aus kleinen, süßen Äpfeln in den westlichen Grafschaften gewonnen. Wenn man ihn mit Respekt trank, konnte er sehr erfrischend sein.

Es war früher Abend, und sie hatten sich in diesem Pub verabredet. Nachdem sich der Staub gelegt hatte, fühlte sie sich in seiner Gesellschaft wieder wohl. Sie hatten sich freundschaftlich getrennt, und Stuart hatte gesagt, er wollte, dass sie

Freunde blieben. Zu Beginn hatte sie das nicht für möglich gehalten, aber seit kurzem hatte sich da etwas verändert. Ab und zu trafen sie sich, um über ihre Kinder zu reden.

Er sah gut aus, hatte einen Bungalow gekauft und sein Geschäft ausgebaut. Sie sah, wie er die Blicke anderer Frauen im Pub anzog, aber das war nichts Neues. Wann immer er einen Raum betrat, fühlten sich Frauen angesprochen, und wenn er es zuließ, umschwärmten sie ihn wie Motten das Licht. Es lag an seiner kräftigen Gestalt, die Verlässlichkeit ausstrahlte, an seinem schelmischen Lächeln, an den dunklen krausen Haaren und an seinen sympathischen Augen.

»Wie geht es Terry?«, fragte sie. Seine Beziehung mit ihm hatte sich vertieft, obwohl Stuart sich noch nicht geoutet hatte.

»Ihm geht es gut, danke. Wir sind gerade von unserem Urlaub in Griechenland zurückgekommen.«

»Du bist ein Glückspilz. Ich habe mich schon gefragt, wo du dir diese Bräune geholt hast.«

Er wurde ernst, nahm einen Schluck Ale und sagte: »Ich denke darüber nach, hier alles zu verkaufen und irgendwo da unten zu leben. Im Ausland stört es niemanden, dass du schwul bist. Hier muss ich es unter Verschluss halten, weil es meinem Geschäft schaden würde.«

»Und Terry geht mit dir?«

»Natürlich. Wir sind ein Paar.«

Laura war überrascht über das hohle Gefühl im Bauch, als sie daran dachte, wie betroffen sie wäre, wenn sie ihn nicht mehr so einfach kontaktieren konnte. Nicht, dass sie das oft getan hatte, aber er war immer da, wenn sie oder die Kinder mal Hilfe brauchten.

»Ich werde dich vermissen«, sagte sie und nahm seine breite Hand in ihre.

»Ich dich auch. Aber du kannst uns besuchen. Du und Simon oder mit wem auch immer. Seid ihr noch zusammen?«

»Bisher ist alles bestens.«

»Ich kann ihm nur raten, dich pfleglich zu behandeln, sonst breche ich ihm die Nase. Und vergiss nicht, dass ich für dich da bin, wenn mit St. Jude irgendwas nicht klappt.«

»Was sollte da nicht klappen? Ach, so, du meinst wegen Dempsey. Glaubst du, dass er uns wirklich schaden kann?«

Sie hatte den Mann nicht gemocht, als sie ihn auf der Eröffnungsfeier kennen gelernt hatte, aber sah nicht, was er gegen sie unternehmen konnte. Nachdem sie sich mit Emily unterhalten hatte, war ihre Ansicht bestätigt, dass er ein ganz mieser Vogel war. Aber trotzdem ...

»Er hat viel Einfluss in der Region und wird bald zum Bürgermeister gewählt«, sagte Stuart. »Er wird im Wahlkampf versprechen, die Kriminalität besser zu bekämpfen und die Moral hochzuhalten. Sollte er herausfinden, dass St. Jude gegen diese Prinzipien verstößt, könnte er das Hotel schließen lassen. Ist alles in trockenen Tüchern bei euch, Laura? Sind eure Gäste so unschuldig wie frisch gefallener Schnee? Oder gibt es irgendwelche dunkle Geheimnisse auf St. Jude? Wenn ja, wäre es schlimm von dir, sie auch vor mir geheim zu halten.«

Er lächelte sie auf diese warme Weise an, und sie nahm noch einen Drink und fuhr schließlich mit dem Taxi nach Hause. Sie musste gehen, bevor sie was über die Türme verriet. Sie war zu 99 Prozent sicher, dass Stuart nichts verraten würde, aber sie wollte kein Risiko eingehen.

»Ich gebe Ex-Ehemännern nicht gern Recht«, sagte Cheryl am Abend, »aber Stuart sieht das richtig.«

»Und was machen wir?« Laura folgte ihr in die Küche und schaute zu, wie sie Teebeutel in die Tassen gab und kochendes Wasser darüber goss.

Cheryl trug ein Nachthemd mit Winnie the Pooh über der Brust. Sie saß auf dem Sofa und hatte die Beine unter sich verschränkt. »Nun«, sagte sie, »ich habe einen Plan, und ich bin sicher, dass Emily uns helfen wird. Auf diese Weise gewinnt sie die Oberhand über ihren garstigen Mann, und wir können ihm ein bisschen die Daumenschrauben anziehen. Hör dir meinen Plan in groben Zügen an.«

»Du erinnerst dich an meine Mutter Joanna Newman?«, fragte Cheryl und ging mit Emily zu ihrem Range Rover, der im Innenhof stand. »Sie war bei der Eröffnung dabei. Sie hat einen wunderbaren Freund, der wie ein Maharadscha aussieht. Also, ich möchte, dass du dir ihr Haus mal anschaust. Sie nennt es Fell Tor, und sie unternehmen da eine Menge. Ich glaube, es könnte dir da gefallen.«

»Sie hat mir davon erzählt. John hat es als Blödsinn abgetan, aber ich fand es spannend«, antwortete Emily, bereit für neue Erfahrungen. In den letzten paar Tagen hatte sich eine Menge ereignet; ihre Nerven spannten sich wie ein Flitzebogen, und ihre Pussy prickelte.

Cheryl hatte sie mit Laura und Simon bekannt gemacht. Die Kosmetikerin des St. Jude hatte sie völlig neu geschminkt, und Emily war erstaunt vom Ergebnis. Aus dem Spiegel sah ihr eine Frau entgegen, die sie an Greta Garbo erinnerte; klassische Gesichtszüge und schwerlidrige Augen. Ihr Haar war in Lagen geschnitten, und jetzt sah es gediegen und doch sexy aus.

John war zu Hause gewesen, als sie an diesem Abend heimkehrte, aber er hatte ihre Veränderung nicht bemerkt, weil er in die Höhepunkte der Sonntagsspiele der ersten Liga vertieft war. Auf eine Weise war sie erleichtert gewesen, aber es war doch auch kränkend. Sie war seither einige Male auf St. Jude gewesen, und Cheryl und Laura hatten ihr alles gezeigt, nur die Türme nicht. Sie hatte nicht daran gezweifelt, als sie hörte, dass sie für spezielle Gäste reserviert waren.

Sie hielt die Frisur bei, und wenn John sie auch nicht zur

Kenntnis genommen hatte, so waren die Frauen aus dem Segelclub hellwach. Sie wetzten die Zungen über die ›neue Emily‹, was ihr gefiel, und sie fragte sich, wann ihm etwas auffallen würde, aber er war so sehr auf sich selbst fixiert, dass es Wochen dauern konnte.

Im Vorbeigehen sagten Ruth und Eva: »Was hast du denn mit deinen Haaren gemacht, Mummy? Das ist ja krass.«

Am späten Morgen war sie auf St. Jude eingetroffen. Ihre cremefarbene Jersey-Kombination hatte sie zum nächstgelegenen Wohltätigkeits-Shop gebracht und sich für olivfarbene Shorts und eine Safari-Jacke entschieden. Sie machte größere Schritte, wenn sie diese Sachen trug, sie fühlte sich selbstsicherer denn je, ein Mitglied von Cheryls elitärer Schwesternschaft.

»Kann ich fahren?«, fragte sie mit viel Überwindung. »Ich bin versichert, falls was passiert.«

»Wenn du möchtet. Mir soll es recht sein.« Cheryl rutschte auf den Beifahrersitz.

Weil Emily den Weg nicht kannte, dirigierte Cheryl sie zu Fell Tor. »Es liegt so abseits«, murmelte Emily.

»Ja, aber so mögen sie es. Vielleicht wäre das auch für St. Jude günstiger, ein bisschen mehr versteckt zu liegen.«

»Ich liebe es«, sagte Emily schnell. Dann geriet ihr Rover in einige Schlaglöcher, auf die sie in der Kurve nicht rechtzeitig reagieren konnte. Der Himmel war bedeckt an diesem Tag, aber das tat dem pittoresken Charme der Gegend keinen Abbruch.

Ein halbes Dutzend Leute in Jogginghose und Pullover zeigte auf der Wiese bestimmte Bewegungsabläufe. »Das ist *t'ai chi*«, erklärte Cheryl, »ein chinesisches System von Kraftübung und Selbstverteidigung. Es geht um Koordination und Gleichgewicht bei geringster Mühe.«

Eine andere Gruppe saß am See und lauschte einem braunhäutigen Lehrer mit langen schwarzen Haaren. Emily erinnerte sich an Deven, Joannas Freund und Mentor.

Sie parkten, und Cheryl schlenderte ins Haus, um ihre Mutter zu finden. Sie hielt sich in der Waschküche auf und überwachte das Laden und Entladen mehrerer großer Maschinen. Einige der Anfänger, am bescheidenen Ende der Kommunenkette angekommen, waren beim Bügeln.

»Hallo, Cheryl, und willkommen, Emily«, sagte sie. »Es ist nicht zu glauben, wie viel Wäsche hier durchläuft. Aber das wisst ihr bei St. Jude auch, was?« Sie ruckte an einem Laken, das ein junger Mann gefaltet hatte. »Lieber Gott, Aiden! Haben sie dir bei den Pfadfindern nichts beigebracht? Gib her. Cheryl, du nimmst das andere Ende.«

Sie streckten das Leintuch, falteten es, streckten es wieder und falteten es noch einmal, bis es die Größe eines Pfannkuchens hatte. Cheryl hob das nächste Laken auf. »Kann ich helfen?«, fragte Emily. Ihr tat der junge Mann leid, den Joanna beschimpft hatte. Sie hatte Aiden auch auf der Eröffnung gesehen, aber nur aus einiger Entfernung.

»Nein, nicht nötig, meine Liebe«, sagte Joanna. »Sie werden es jetzt gelernt haben. Zeit für einen Sherry. Deven ist draußen beschäftigt, deshalb können wir uns einen Bristol Cream genehmigen statt unseres eigenen Fusels.« Sie schaute mit verengten Augen auf Aiden und die beiden Frauen bei ihm. »Du kannst auch kommen, Aiden. Das ist übrigens Emily, Cheryls Freundin.«

Emily fiel auf, wie er Cheryl anstarrte. Sie verhielt sich ihm gegenüber bewusst reserviert. Vielleicht war er ihr zu jung. Aber er bewegte sich sehr geschmeidig, seine Muskeln spielten, und unter dem weißen Unterhemd sah sie kupferfarbene Haut.

Sie gingen in Joannas Zimmer, sehr groß, nackter Fußboden bis auf die paar Teppiche. Der Raum hatte ein östliches

Ambiente, runde Messingtische und kleine Minarette, Weihrauchschwenker und textile Wandbehänge mit kleinen Spiegeln. Joanna öffnete einen reich verzierten Schrank und holte eine Sherryflasche und vier Gläser heraus.

»Ich hätte nie gedacht, dass ich dich mal darum bitten muss, aber ich brauche dich wegen eines Beschützerrituals«, sagte Cheryl und ließ sich auf den Diwan sinken.

»Kein Problem«, antwortete Joanna. »Was ist passiert?«

»Da ist ein Mann, der dafür sorgen will, dass St. Jude schließen muss, damit er es selbst kaufen kann.«

»Ich fürchte, er ist auch noch mein Mann«, platzte es aus Emily heraus.

»Du brauchst keine Angst vor ihm zu haben.« Joanna lächelte, legte sich zurück in die Kissen, die Beine unter sich. »Er ist der Kerl, der mit dir auf der Party war, nicht wahr? Ich war nicht beeindruckt und konnte ihn lesen wie ein Buch. Du magst ihn nicht, was?«

»Nein, ich mag ihn nicht, aber ich fühle mich verantwortlich für ihn, weil ich ihn geheiratet habe.«

»Du hast nichts zu verantworten. Sein Verhalten ist seine Verantwortung, nicht deine.«

»Ich werde alles tun, um dir zu helfen, Cheryl. Du bist so lieb zu mir gewesen«, stieß Emily hervor, den Tränen nahe.

Es störte, Aiden gegenüber auf einem Hocker sitzen zu sehen. Seine nackten Unterarme hatte er auf die Knie gestützt. Er schaute sie an, dann Cheryl. Er war so blond, so gebräunt, und er hatte so viele Piercings. Sie war noch nie einem Mann so nahe gewesen, der so tapfer war, all diese Schmerzen auszuhalten. Ich würde das auch tun, nahm sich Emily vor.

Nichts wird mich aufhalten. Dieser rebellische Gedanke war wie eine explodierende Bombe. Ich brauche nur einen Laden zu finden, der sich auf Tätowierungen und Piercings spezialisiert hat, und davon gibt es einige in Westcombe. Für den Anfang soll es nichts Wildes sein, vielleicht eine tätowierte Rose.

Sie fing das glitzernde Gold durch Aidens Unterhemd auf; das war die gepiercte Brustwarze. Er könnte sie beraten. Am liebsten wäre sie aufgesprungen und hätte sich die Piercings in beiden Brustwarzen angesehen, aber dann zuckte sie zusammen, als Joanna plötzlich sagte – als hätte sie ihre Gedanken gelesen: »Aiden, zeige Emily die Pferde. Führe sie durch die Anlage. Cheryl und ich müssen miteinander reden.«

Wie in Trance folgte sie Aiden durch die Terrassentüren, über die geflieste Terrasse, zur Seite des Hauses und schließlich zu den Ställen. Durch ein doppeltes Tor gelangten sie in den schattigen Stall, in dem es nach Dung und Stroh roch.

»Oh, sind das prächtige Tiere«, rief Emily und ging hinüber zu den Boxen, in denen zwei Pferde standen, die ihre edlen Köpfe hoben und senkten. Die Hufe ließen das Stroh rascheln, und ihre Augen blickten misstrauisch.

Sie streichelte ihnen über die langen Nasen und flüsterte ihnen was in der Pferdesprache ins Ohr. Sie wünschte, sie hätte das Reiten nie aufgegeben. Ruth und Eva gingen schon seit Jahren zum Reiten, und sie war zur Fahrerin degradiert, zur Sandwich-Lieferantin und dem allgemeinen Faktotum, während die Mädchen Urkunden und Pokale einheimsten. Sie war jetzt so sehr auf die Tiere konzentriert, dass sie nicht bemerkte, dass Aiden direkt hinter ihr stand.

»Du bist sehr sanft«, sagte er und strich mit den Fingern über ihren Nacken. »Aber ich sehe aus deiner Aura, dass dir jemand sehr wehgetan hat, und das darf nicht sein. Du solltest geschätzt und geliebt werden.«

»Hast du das auch zu Cheryl gesagt?«, fragte sie und wunderte sich über ihre Kühnheit.

»Cheryl ist stark. Sie braucht mich nicht. Sie braucht niemanden. Sie hat mich verletzt, aber jetzt weiß ich, dass es nicht absichtlich geschah. Mein Fehler. Ich habe unsere Begegnung überschätzt. Aber jetzt bist du da, Emily.«

Also nicht die Zweitbeste, dachte sie und fühlte sich ermuntert. An Aidens Finger, die immer noch ihren Nacken streichelten, konnte sie sich leicht gewöhnen. Kein Mann hatte sie da je so berührt – außer John. Genauer: Kein anderer Mann hatte sie irgendwo am Körper gestreichelt, nur er. Und das war lange her. Es ist ein Fehler, als Jungfrau in die Ehe zu gehen, dachte sie. Ich hoffe, dass die Mädchen experimentieren und schon bald damit beginnen.

Ich sollte mit ihnen reden, damit sie mehr erfahren als im albernen Sexualkundeunterricht in der Schule, wo es halbherzig und wischi-waschi zuging. Sie sollten alles über ihre Klitoris erfahren. Wenn Mädchen wüssten, wie man masturbiert, würde es vielleicht nur noch die Hälfte Schwangerschaften bei Teenagern geben.

Sie streichelte weiter über die Köpfe der Pferde, aber ihre Aufmerksamkeit war woanders – direkt auf Aidens Schritt gerichtet. Aiden war größer als sie, und sie fühlte, wie er die Länge seines Körpers gegen ihren drückte. Sein Brustkorb rieb sich an ihren Schulterblättern, sein Bauch an ihrer Taille, seine Erektion an ihren Backen.

Ich könnte ihm sagen, er sollte sich zusammenreißen, dachte sie, solange ich noch einen vollständigen Satz herausbringe. Aber Aiden ließ ihr keine Zeit, er drehte sie um, hielt ihren Kopf mit einer Hand und drückte seinen Mund auf ihre Lippen, die sich voll und sinnlich anfühlten.

Er küsste weiter, langte tiefer und fasste ihre Brüste durch die offene Jacke an. Unter seinen Fingern verhärteten sich ihre Nippel. Er hob ihren BH und das T-Shirt und quetschte die nackten Warzen. Sie fühlte seinen Hüftknochen und seinen nach oben gerichteten Schaft. Er war erigiert – nur für sie. Sie fühlte sich geschmeichelt, erregt und schuldbewusst.

Sie löste sich von seinem Mund und sagte: »Ich bin verheiratet.«

»Ich weiß, aber nicht glücklich, sonst wärst du nicht hier bei mir. Lass mich dich glücklich machen. Ich habe nichts als Lob für eine reife Frau. Sie ist viel interessanter als ein junges Mädchen. Ich mag die reifen Körper. Sie sind herrlich und hungern nach Liebe.«

Jedes seiner Worte unterdrückte die Bilder ihres ehelichen Lebens, die immer schwächer wurden und dann ganz schwanden. Sie strich mit einer Hand über seinen Bauch und schloss sie um seine Beule. Sie spürte das Zucken unter ihrer Handfläche.

Irgendwie – später wusste sie nie, wie es geschehen war – fand sie sich auf einem Strohballen wieder. Aiden hing schon über ihr, und seine Lippen drückten sich auf ihren Hals. »Du riechst phantastisch«, sagte er.

Emily lachte, aber das hörte sich so gar nicht nach ihr an: es war ein üppiges, kehliges, verlockendes Glucksen, von dem sie nicht wusste, woher es kam. »Du riechst auch nicht schlecht«, murmelte sie und atmete den Duft frischer Baumwolle ein und den vor kurzem geduschten Körper.

Er hob ihr Top, schob den BH hoch und labte sich an ihren nackten Brüsten – nicht nur mit den Augen, sondern auch mit den Lippen. Emilys Warzen kribbelten, und ein heißer Pfeil schoss direkt zu ihrem Schoß. »Ich will dich«, sagte sie und mochte kaum glauben, dass sie das gesagt hatte.

»Du sollst mich auch haben«, versprach er, zog den Reißverschluss ihrer Shorts auf und schob ihr Höschen gleich mit über Backen und Schenkel. Jetzt trug sie nur noch ihre Turnschuhe.

Er lehnte sich über sie, legte eine Hand auf ihr Knie und zog es sanft nach außen. Sie öffnete das andere Bein von sich aus. Er strich mit der Hand über ihren Schoß, über die hellen Daunen ihres Buschs, dann ging er mit dem Kopf nach unten und nagte an ihrem Nabel.

Er ließ sie warten, aber dann ging er langsam tiefer und teilte die Härchen der Spalte. Sie hielt sich an ihm fest und verbarg ihr Gesicht; sie schämte sich, dass er sie so schamlos gespreizt sehen konnte. Sie wollte, dass er sie weiter berührte, und er führte sie zielstrebig mit geschickten Fingerspielen zu einem machtvollen Orgasmus.

Ihr Rückgrat wurde durchgeschüttelt, und die Hitze erfasste ihren ganzen Körper. Sie kam in einem plötzlichen, gnadenlosen Brausen, und Aiden hielt sie an sich gedrückt und ließ sie jede Zuckung genießen.

Als sie aufhörte zu stöhnen und zu erschauern, legte er sie zurück auf den Rücken, kniete sich und öffnete die Knöpfe seiner Jeans. Sie klappte auseinander, und Emily sah den Nabelring und die dichte Matte seiner bräunlichen Löckchen, die seinen Unterbauch zierten. Er griff hinein und holte die Erektion heraus, und Emily konnte nur ein Keuchen über die Lippen bringen. Es war nicht nur die Größe, die so imposant war, es war auch der schwarze Onyx, der sich durch die Eichel zog. Er nahm den Schaft in die Hand und rieb ihn, und die Vorhaut rutschte hin und her, auf und ab.

Er ließ ihn los, und der Schaft blieb stehen. Emily sah voller Vorfreude zu, wie er sich entkleidete und seinen muskulösen Körper entblößte. John? Vergiss ihn.

Sie wollte sich nicht länger zurückhalten, streckte eine Hand aus und griff an seine Hoden. Sie fühlten sich ein bisschen wie ein Schwamm an, und die Härchen rundherum schienen ein Nest für den Penis zu bilden. Sie schloss ihre Handfläche um den Schaft und rieb behutsam. Aiden stöhnte und rutschte auf den Knien zwischen ihren Beinen etwas näher. Seine Hände lagen auf ihren Brüsten. In dieser Position hatte sie freien Zugang zu ihm.

»Hast du ein Kondom dabei?«, fragte er heiser.

»Nein.« Dieses Leben war so neu für sie, dass sie nicht daran gedacht hatte, Kondome bei sich zu haben.

Er langte nach seiner Jeans und fummelte in der Gesäßtasche, und dann sah sie fasziniert zu, wie er seinen Penis mit dem fleischfarbenen Gummi überzog, auch den Onyxring. »Okay«, rief er gepresst, »hier komme ich, ob du bereit bist oder nicht.«

»Oh, ich bin ja so bereit«, flüsterte sie.

Mit den Knien schob er ihre Beine noch weiter auseinander und legte die Eichel gegen ihren nassen Eingang. Emily hob die Beine an und schlang sie um seinen Nacken, dann schrie sie auf, als er tief in sie eindrang. Er war größer als John, und darüber musste sie lächeln. Ihr Mann würde es kaum ertragen können, dass er kein besonderes Exemplar besaß. Sie ruckte ihm entgegen und genoss, dass Aidens Stöße immer schneller und hektischer kamen. Sie würde wahrscheinlich später mit O-Beinen durch die Gegend laufen, aber was soll's.

Cheryl hatte ihrer Mutter von John Dempsey erzählt und sich dann verabschiedet. Jetzt wollte sie im Stall nach Emily schauen. Sie musste ihre Mutter bewundern, wie sie die Situation mit wenigen Worten gemeistert hatte. Aiden würde helfen, die nervöse Emily zu entspannen. Cheryl war nicht eifersüchtig, eher erleichtert. Es wäre lästig geworden, wenn er sich weiter auf sie fixiert hätte.

Himmel, wie hatte sie sich verändert! War das gut oder schlecht? Sie hatte Mark abgehalftert und ihre Gefühle für Felan unter Kontrolle. Er trat in ihr Leben, wann immer es ihm passte, und dann ließ er sich wochenlang nicht blicken. Sie war entschlossen, ihm das nächste Mal die kalte Schulter zu zeigen.

Nach der letzten Hitzewelle hatte sich die Sonne von Westcombe verabschiedet. Der Winter lauerte um die Ecke, und Ursula plante eine ganz große Yuletide auf St. Jude, sobald Halloween und Guy Fawkes Day mit den Feuern vorbei waren. Thomas arbeitete an einer kulinarischen *extravaganza*. Simon hatte auch darüber geredet, und er und Laura steckten die Köpfe zusammen. Er wollte in den führenden Magazinen des Landes je eine halbe Seite Werbung schalten. Sie wollten zu Kurz-Aufenthalten über die Feiertage einladen.

Bronwen und Luke hatten ihre eigenen Pläne. *Rot und blau – fröhliche Weihnachten im exklusiven Club auf St. Jude.* Aber es war nicht klug, im jetzigen Stadium für den Club zu werben. Er würde eine Weile auf Mund-zu-Mund-Propaganda beschränkt sein.

Die *t'ai chi* Schüler waren ins Haus gegangen, und auch von Deven war nichts zu sehen. Vielleicht ist er auf einer goldenen Wolke gen Himmel gefahren, dachte Cheryl sarkastisch. Aber wahrscheinlicher war, dass er einer süßen Nymphe außerhalb von Joannas Sichtbereich ganz bestimmte Instruktionen zukommen ließ.

Nirgendwo war jemand zu sehen, und die Ställe schienen verlassen. Cheryl betrat den ersten Stall mit den Boxen für zwei Pferde. Schon nach den ersten Schritten hörte sie unmissverständliche Geräusche, die mit Sex zu tun hatten. Das Rascheln von Stroh, Grunzen und Stöhnen. Solche Laute hätten auch auf einem Bauernhof oder im Regenwald aufgenommen werden können. Nur die tiefen Seufzer waren menschlich. Cheryl trat näher und blinzelte durch die Jalousie, die sie vom kopulierenden Paar trennte.

Sie sah Aidens Hinterkopf und seine breiten Schultern, dann Emilys Beine und ihre weißblauen Turnschuhe um seinen Hals geschlungen. Sein nackter Hintern bewegte sich heftig vor und zurück und trieb den Schaft mit einem flüssigen

Schwappen in sie hinein. Seine Hoden klatschten gegen ihre Backen. Sie konnte nicht viel von Emily sehen, aber sie hörte sie wimmern, als müsste sie Schmerzen erleiden. Cheryl wusste, dass sie weit davon entfernt war.

»Du bist so nass«, murmelte Aiden. »Oh, Emily, ich möchte in dir ertrinken.«

Cheryl wurde auch nass, allein schon vom Zuschauen, was er mit ihr anstellte. Heimlich schob sie ihren Rock hoch und streichelte sich selbst. Der dünne Stofffetzen ihres Seidenhöschens war heiß und klamm. Sie strich mit einem Finger über die Klitoris, die sofort zu zucken begann.

Aiden pumpte immer kräftiger, und Emily warf den Kopf von einer Seite zur anderen. Sie schrie auf, und Cheryl rieb sich jetzt durch das Höschen, und das war mehr als genug. Aiden raste dem Orgasmus entgegen, Emily musste sich noch anstrengen, und Cheryl kam vor ihnen beiden. Sie vergaß sich selbst und schrie auf, als sie die exquisite Schärfe ihres Höhepunkts erlebte.

»Oh, Himmel! Da ist jemand!«, rief Emily und stieß Aiden von sich, der auf ihr zusammengebrochen war. Sie zog die Beine an und schlang die Arme um ihren Oberkörper.

»Ich bin's nur«, sagte Cheryl und schob den Rock nach unten, nachdem sie ihre Hände am Saum abgeputzt hatte.

»Oh, nein … es tut mir leid.« Emily wollte sich gleich entschuldigen.

»Warum denn? Hat es dir nicht gefallen?«

Die Frage war überflüssig. Emilys Haut leuchtete in einem Rotschimmer von den Brüsten bis zur Stirn und erzählte die Geschichte der extremen Erregung und eines dramatischen Höhepunkts. Aiden setzte sich auf, und Cheryl starrte auf seinen Penis, immer noch halb steif. Er streifte das Kondom ab und warf es in einen Abfallbehälter. Er lächelte und spürte Cheryls Interesse, wodurch sein Penis wieder wuchs.

Es war verlockend. Cheryl hätte ihn gern in sich gespürt. Sie hatte sich einen Orgasmus verschafft, aber das war nur ein Aperitif gewesen. Sie wollte Aiden als Hauptgang. Wie hieß es immer? Ein Mann sollte eine halbe Stunde warten, bis er den zweiten Gang antrat. Auf Aiden traf das nicht zu. Offenbar waren es die Dämpfe, die von zwei Pussys aufstiegen, die seine erneute Lust beschleunigten.

Emily schaute bewundernd zu, als Aiden in narzisstischer Konzentration über den roten Helm strich. Die Eichel wurde immer größer. Cheryl ging vor ihm auf die Knie und nahm sie in den Mund. Das zweite Mal war oft noch besser. Die Schlange hatte eben gespuckt und würde jetzt leichter zu kontrollieren sein, dachte Cheryl.

Sie nahm Aidens Schaft einen Moment aus dem Mund und sagte: »Pass mal genau auf, Emily. Dies ist der richtige Weg, einen Mann zu blasen.«

Er war jetzt sehr erregt. Der Schwanz ragte vom unteren Bauch hoch, und Cheryl schob seine Schenkel auseinander und koste andere Teile seines Körpers, die Nippel, den Brustkorb, seine Arschkerbe. Sie neckte ihn dadurch, dass sie ihn nicht da berührte, wo er es am dringendsten wünschte.

Sie lachte und nahm ihn wieder in den Mund und fuhr mit der Zunge über die Unterseite, als ob sie ein Eis am Stiel schleckte. Dann kitzelte ihre Zunge die Vorhaut und den schwarzen Ring. Aiden stöhnte. Cheryl leckte seine Hoden, und ihre Finger drückten hart auf die Wurzel, um zu verhindern, dass er vorzeitig kam. Sie wollte, dass dieses Spiel dauerte. In einer perfekten Welt würde es ewig dauern.

Sie schwebte über der purpurnen Eichel und blies darauf, sanft wie ein Flüstern. Er lag auf dem Strohballen und hielt ihre Schultern gepackt. Es war, als wollte er zuerst die Kontrolle zurückgewinnen.

»Jetzt bist du dran«, sagte er.

Einige Tage später, als John von der Arbeit nach Hause kam, reichte ihm Emily einen Umschlag.

»Was ist das?«, knurrte er und warf seine Aktentasche auf den Tisch im Flur. »Wieder irgendwelche Werbung?«

»Ich weiß es nicht«, log sie, denn sie war mit Cheryl jedes Detail durchgegangen.

Er riss den Umschlag auf und zog eine Karte heraus. »Sieh an, sieh an«, sagte er mit einem selbstzufriedenen Unterton. »Sie hat es sich also anders überlegt. Es ist eine Einladung zum Essen, und dabei soll über die Zukunft von St. Jude gesprochen werden. Sie fragt übrigens, ob du so freundlich wärst, für ihre Gäste auf dem Flügel zu spielen.«

»Ich nehme an, du sprichst von Cheryl Barden. Es ist mir eine Ehre«, antwortete Emily. »Wann findet das statt?«

»Am nächsten Samstagabend.«

»Ich frage Mrs. Macdonald, ob sie auf die Mädchen aufpassen kann.«

Es war wirklich viel zu einfach. Johns Selbstgefälligkeit machte ihn zu Knetgummi in ihren Händen. Cheryl hatte vor, ihm eine deutliche Lektion zu erteilen, damit er sie nicht mehr belästigte, während Emily beabsichtigte, ihm eine so heftige Niederlage beizubringen, dass er sie nie, nie vergessen würde.

*Mein ist die Rache, spricht der Herr,* aber in diesem Fall war es eine Frau, die zu Vergeltungsmaßnahmen griff.

»Und kommt er?«

»Keine zehn Pferde würden ihn abhalten«, sagte Emily.

»Gut. Bronwen und Luke sind da, und ich möchte, dass du sie kennen lernst. Sie wissen über dich Bescheid und was nachher geschehen wird. Es ist höchste Zeit, dass du die Türme kennen lernst. Ich glaube, du bist reif dafür.«

»Ich kann es kaum erwarten. Meine Episode mit Aiden war

ganz gut, aber irgendwas fehlte. Ich glaube, Männer sind nicht so direkt mein Ding. Von dem, was du mir erzählt hast, finde ich die Idee aufregend, sie zu beherrschen.«

»Tatsächlich?« Cheryl war nicht wirklich überrascht. Emily entwickelte sich Hals über Kopf. John würde nicht wissen, was ihm widerfuhr.

Sie führte sie in den Westturm, wo Bronwen und Luke wohnten, wenn sie da waren. Sie hatten schlichte Zimmer, aber wichtiger war, dass sie Räume für sich hatten. Bronwen liebte es, wenn Laura, Cheryl oder Simon zu ihr kamen. Sie brachte es fertig, dass sich jeder bei ihr wie zu Hause fühlte. Auch jetzt spielte sie die Mutter der Kompanie, sie schenkte Tee ein und reichte Schokoladenplätzchen. Dabei erzählte sie vom Programm des nächsten Fests.

»Wir sind schon bis auf den letzten Platz ausgebucht«, erzählte sie und setzte sich auf die Couch, ihre schlanken Beine steckten in engen schwarzen Jeans mit kurzen Stiefeletten. Ihr üppiger Busen war durch den tiefen Ausschnitt ihrer roten Chiffonbluse gekonnt zur Schau gestellt. »Wird das ein Erfolg oder nicht? Der Maestro kommt, er ist einer der populärsten Dominatoren. Und Mistress Discipline. Sie wird die Strafen durchführen.«

»Emily möchte das lernen«, warf Cheryl ein. »Kannst du es ihr beibringen? Du musst ihr zeigen, wie man mit der Peitsche umgeht und mit einem Umschnalldildo.«

»Es wird mir ein Vergnügen sein«, sagte Bronwen und lächelte Emily aufmunternd an. Sollen wir nach nebenan ins Schlafzimmer gehen und später von da ins Verlies? Komm mit, Luke. Wir brauchen dich.«

# *Zwölftes Kapitel*

»Kommst du zu meiner Hochzeit?«, fragte Joanna am Telefon.

»Zu deiner was?« Cheryl dachte, mit ihrem Telefon wäre etwas nicht in Ordnung, und schüttelte den Hörer. Sie war in einem heißen, herrlich duftenden Bad eingedöst. War dies der Teil eines Traums?

»Deven und ich reichen uns die Hand, das ist wie ein Ehevertrag. Ein Druide wird uns vor dem Steinkreis segnen, du weißt schon, bei den Seven Maidens. Das Gelände grenzt an Fell Tor, also passt alles zusammen.«

»Oh, weh«, sagte Cheryl düster und fürchtete um das Glück ihrer Mutter. War Deven wirklich in sie verliebt, oder plante er, durch sie noch mehr Macht zu erlangen?

»Sei nicht so gehässig. Du hast meine Hilfe gesucht, als du den Schutz gebraucht hast«, sagte Joanna scharf.

»Ich brauche ihn immer noch. Entschuldige. Natürlich komme ich. Wann findet die Hochzeit statt?«

»Am letzten Tag im Oktober. Die Nacht des Samhain, des Endes des Sommers und des Beginns des Winters und ...«

Um eine Lektion keltischer Feste aus dem Weg zu gehen, unterbrach Cheryl sie. »Ja, prima. Um welche Uhrzeit? Und was soll ich anziehen? Schickst du eine Liste für die Hochzeitsgeschenke?«

»Cheryl, ich bitte dich! Traust du mir das zu? Dies ist etwas Spirituelles mit anschließender körperlicher Vereinigung. Vergiss alle anderen Hochzeiten, an denen du teilgenommen hast. Dies wird dein Bewusstsein verändern. Du darfst Daisy und Tim natürlich mitbringen.«

»Ich glaube nicht, dass er kommen wird«, sagte Cheryl und ließ die Seifenblasen platzen, die wie Plastikbälle auf der Oberfläche des Wassers lagen. »Und Daisy ist noch in Italien, wenn ich das richtig weiß, und ich vermute mal, dass sie ins Bett eines Designers namens Alessandro gekrochen ist. Ich fürchte, sie schläft sich nach oben.«

»Das ist ein Mädchen nach meinem Geschmack. Sie wird was erreichen in der Welt«, beschloss Joanna, und Cheryl glaubte, einen Anflug von Stolz in der Stimme der Großmutter zu hören.

Als Joanna aufgelegt hatte, legte sie das Schnurlostelefon auf den Stuhl und nahm wieder ihre flach hingestreckte Haltung ein, aber die Atmosphäre war gestört, und sie dachte über die Folgen der unerwarteten Neuigkeit nach.

Ihre Mutter heiratete also wieder. Wurde die unglaubliche Zeremonie von den Behörden anerkannt? Das war wichtig für den Fall, dass die sprichwörtliche Scheiße vom Ventilator verbreitet wurde. Das musste natürlich nicht sein. Vielleicht lebten sie glücklich und zufrieden bis an ihr Ende.

Sie kletterte aus der Wanne, zog sich an und verbannte alle Gedanken an die Hochzeit. Stattdessen konzentrierte sie sich auf Emily und das bevorstehende Essen. Sie beeilte sich, denn Emily würde bald da sein. Der Flügel, den frühere Bewohner von St. Jude als wertlos in der Versammlungshalle zurückgelassen hatten, war aufwendig restauriert worden und hatte seinen neuen Platz im Salon gefunden. Gäste mit wenigstens einigen Kenntnissen durften darauf spielen, wenn andere nicht gestört wurden, und die Profis konnten natürlich immer spielen. Seit Emily wusste, dass sie beim Essen spielen sollte, hatte sie jede freie Minute zum Üben genutzt.

Sie war hoch talentiert, und Cheryl bedauerte diese schlimme Verschwendung. Jemand, der Gottes kleinen Finger angefasst hatte, sollte sein Können nutzen, um Menschen Freude zu bringen. Emily hatte zu Hause die Gelegenheit zu üben gehabt, aber ein Barbar wie John hatte ihr das unmöglich gemacht. Cheryl ging das Herz auf, als sie Chopin, Mozart und Beethoven im St. Jude hörte.

Ihre Laune schwoll an, und sie war zuversichtlich, dass ihr Plan Früchte tragen würde. Emily war ein Schatz und hatte sich auf alles gestürzt, was Bronwen und Luke vorgeschlagen hatten. Und sie sollte ihre Scheu vergessen.

Es war verblüffend, sie strippen zu sehen. Bronwen hatte ihr enthüllende Kleider gegeben. In den Stöckelschuhen war sie ein paar Zentimeter größer, und als sie schwarze Lederkluft trug, veränderte sich ihr Charakter. Bronwen brauchte ihr kaum noch zu zeigen, wie man eine Peitsche schwingt; es schien ihre zweite Natur zu sein. Und ein Dildo, den man an einen Harnisch befestigte und der für alle Öffnungen in Frage kam, faszinierte sie besonders.

Jetzt wartete sie auf Cheryl, die mit Simon redete, der Flyer hatte drucken lassen und sie überall im St. Jude und in der Umgebung ausgelegt hatte: Wer gern Klaviermusik hörte, war nach dem Essen herzlichst in den Salon eingeladen; Emily Dempsey würde einen Beweis ihres Könnens abliefern.

»Das bin ich«, sagte Emily stolz und zeigte auf die Schwarze Wand in der Hotellobby.

»Ich weiß, ich weiß«, sagte Simon. »Wir hätten ein Foto verwenden sollen. Dies könnte ein regelmäßiges Ereignis werden.«

»Ich wünschte, Rupert könnte dabei sein«, seufzte Emily wehmütig.

»Später vielleicht«, erwiderte Cheryl, denn sie wusste, dass Emily ihre Verbindung mit den Türmen geheim halten wollte. »Im Hotel gibt es in der Weihnachtszeit eine ganze Reihe von Veranstaltungen, zu denen kannst du deinen Sohn bedenkenlos mitbringen. Und nach dem Treffen morgen mit John bin ich sicher, dass er dir keinen Kummer mehr bereitet.«

»Hallo«, rief eine Stimme von der Tür. »Du hast mich angerufen, Simon?«

Felan brauchte nur einige Schritte, um die Halle zu durchqueren, und Cheryl sagte nichts, als er an ihrer Seite stand und einen Ellenbogen von ihr mit seinem eigenen berührte. Sie wich ihm aus, fasste sich langsam und erlebte eine emotionale Dusche, die sich auf ihren Schoß beschränkte. »Gehen wir«, sagte sie zu Emily.

»In einer der Decken in der Mansarde zeigt sich ein dunkler Fleck«, sagte Simon. »Er ist fast so groß wie die Landkarte von Afrika. Es tropft nicht, aber der Fleck breitet sich aus.«

Wie der Fleck in meinem Slip, dachte Cheryl.

»Ich schätze, dass der Wind eine Schieferplatte verschoben hat, nehme ich an. Aber ich werde mir das zuerst mal anschauen, und wenn ich Recht habe, schicke ich einen Dachdecker vorbei.« Felan sprach mit Simon, als würde Cheryl nicht existieren.

Das konnte sie ihm nicht durchgehen lassen, weil es sehr unhöflich war.

»Guten Morgen, Mr. Boynton«, sagte sie laut und weigerte sich zu erinnern, dass sie unterm Tisch gehockt hatte, mit seinem Schwanz im Mund.

»Einen guten Tag für Sie, Mrs. Barden«, antwortete er, aber sein schiefes Grinsen und die gehobene linke Braue sagten ihr, dass er sich sehr wohl daran erinnerte.

Ihr Gesicht wurde rot. Ihr Körper brannte. Sie wandte sich brüsk ab und schaute nicht mehr zurück.

Den ganzen Morgen war sie sich seiner Nähe bewusst, aber auch, als er gegangen war, ragte er in ihren Gedanken bedrohlich vor ihr auf. Ich habe weiß Gott genug zu tun, denn der Feind wird morgen seinen Schatten über meine Türschwelle werfen, da kann ich gut auf den Teufel Felan verzichten, dachte sie mit wütender Verzweiflung.

Warum musste er plötzlich auf der Matte stehen? Sie hatte doch geglaubt, dass sie ihre Gier nach ihm unter Kontrolle hatte. Jetzt bin ich so heiß auf ihn wie zu Beginn. Ich sollte ins Auto springen, nach Fell Tor fahren und mir Aiden schnappen. Bei ihm könnte ich Felan vergessen.

»Ah, da bist du ja, Cheryl«, rief Laura und kam die Haupttreppe hinunter, wodurch sie verhinderte, dass Cheryl irgendwohin gehen konnte. »Hast du einen Moment? Es gibt eine kleine Auseinandersetzung mit Colonel Jackson. Er hat ein Doppelzimmer für sich und seine Frau gebucht, aber ein deutsches Paar glaubt, dass ihm dieses Zimmer zusteht. Wenn ich alles richtig verstanden habe, geht es um den Blick in den Park.«

»Kann Ursula sich nicht darum kümmern?« Ich muss weg, dachte Cheryl und spürte, wie sie in Panik geriet. Ich brauche jemanden zum Vögeln, damit ich Felan nicht wieder die Hose hinunterziehe.

»Der Colonel will unbedingt mit dir sprechen.«

Sie verdammte den Colonel, die ganze britische Armee, stürmte davon und wollte versuchen, britisches Militär und teutonische Ängste zu versöhnen.

Chopins Etüden waren Kompositionen, die das Talent eines Spielers auf die Probe stellten, aber unter der einzigartigen Regie des Meisters wurden sie zu verträumten, lyrischen Stücken, fast Liebesliedern. Emily ließ sich von der Leidenschaft vereinnahmen, aber sie wusste trotzdem, wie die Noten zu klingen hatten, die Akkorde, die Crescendos.

Wenn es jenseits des Grabes noch ein Leben gibt, dann hoffe ich, dass es für mich so sein wird, dachte sie und war so verzückt, dass Tränen ihre Sicht behinderten. Sie war dankbar, dass sie das Stück blind spielen konnte.

John saß bei den Zuhörern, aber sie hatte kaum einen Blick für ihn übrig. Sie trug ein schwarzes Samtkleid mit einem langärmeligen Bolero, sehr schlicht und bescheiden, aber die Aufregung nagte an ihrer Magengrube. Zur Aufregung trug auch das Wissen bei, dass sie weder BH noch Höschen trug, aber von den Zuhörern würde das niemand ahnen. Jedes Mal, wenn ihre flachen Schuhe auf die Pedale drückten, konnte sie fühlen, wie sich ihre Beine teilten und wieder schlossen. Sie beendete das Stück, und der Beifall stieg ihr zu Kopf wie gepanschter Wein. Sie gab eine Zugabe, dann stand Cheryl auf.

»Vielleicht wird Emily so freundlich sein, später noch einmal für uns zu spielen. Mir hat ihre Kunst hervorragend gefallen, und ich glaube, Sie sehen das auch so. Danke, Emily.«

Noch einmal Applaus, ein paar Beifallsrufe, dann stand John Dempsey auf, lehnte sich über den Flügel und nahm den Erfolg für sich in Anspruch. »Das war sehr schön, meine Liebe«, sagte er, dann wandte er sich an die Zuhörer. »Sie ist meine Frau, müssen Sie wissen. Ich habe sie immer dazu angehalten, denn ich habe ihr bemerkenswertes Talent erkannt. Stimmt das nicht, Emily?«

Sie reagierte nicht darauf, erhob sich aber und entschuldigte sich beim Publikum. Das Spiel konnte beginnen. Sie wusste, dass Bronwen auf sie wartete. Kurz bevor sie den Salon verließ, hörte sie Cheryl zu John sagen: »Ich glaube, wir haben da noch ein unfertiges Geschäft, John.«

Er badete sich noch im Erfolg seiner Frau und strahlte Cheryl an. »Ja, stimmt. Ich hoffe, Sie haben den klaren Verstand und akzeptieren meinen Vorschlag.«

»Können wir das nicht in etwas mehr Ruhe besprechen? Meine Partnerin wird uns Gesellschaft leisten.«

Zuerst rechnete John damit, dass Cheryl ihn in ihr Büro brachte. Er war bereit, jovial auf ihre Kapitulation zu reagieren. Aber dann betrat er die Welt des Westturms, und sie übertraf seine wildesten Erwartungen. Er konnte sein Glück nicht glauben. Er hatte nicht nur richtig gelegen, was Cheryls Geschäft anging, sondern befand sich auch in einem Raum, der dekadenten Luxus atmete. Sein Penis zuckte unwillkürlich, als er die kühnen, begehrenswerten Frauen sah, die sich auf Couches räkelten oder vor den samtbehangenen Wänden standen.

»Ich wusste es!«, rief er aus. »Das Hotel ist nichts als eine Attrappe. Sie führen ein Bordell.«

»Nein, John, das ist kein Bordell. Es ist ein Club«, antwortete sie gelassen.

Dieses Luder, das ihm mal einen Korb gegeben hatte. Jetzt war sie eine noch schönere Frau, selbstsicherer denn je. Er wollte ihre Nippel berühren, denn er war sicher, dass sie unter dem Seidentop keinen BH trug. Auch kein Höschen, mutmaßte er, weil der Rock fast an ihrer Haut klebte.

Sie schnippte die Finger, und John war umrundet. Hände berührten ihn, Finger griffen alle Stellen an. Er sah, dass die Frauen groß und in Leder gekleidet waren, schwarzes Leder mit silbernen Nieten. Einige trugen Masken, und alle lächelten. Aber das Lächeln war nicht mit dem Lächeln der bereitwilligen Kellnerin Peggy zu vergleichen.

Das Lächeln dieser Frauen war kalt, voller Bosheit und Lust. John wusste nicht, ob er sich fürchten oder aufgeilen sollte. Das Parfum der Frauen stieg ihm in die Nase, und zusammen mit dem Weihrauch, der irgendwo kohlte, begann sich sein Kopf zu drehen.

Er versuchte, mit einem Lachen gegen seine Ängste zu arbeiten. Himmel, es war der Mann, der den ersten Schritt tat, nicht wahr? »Kommt schon, Girls«, rief er, halb im Scherz, halb ernst, »geht langsam ran. Ich weiß, ihr findet mich unwiderstehlich, aber doch nicht alle auf einmal. Stellt euch an!«

Sein Blick fiel auf Cheryl, die auch lächelte, dann überwältigten ihn weibliche Körper. Hände befreiten ihn von seinem Dinnerjackett, von Hemd und Fliege. Sein Unterhemd wurde auch entfernt. Scharfe Krallen, vielleicht auch nur Finger in Lederhandschuhen, quälten seine Brustwarzen. Sein Penis schien in Brand gesetzt, aber er konnte die Frauen nicht fassen. Sie vergewaltigten ihn! Dieser Gedanke ließ ihn nicht mehr los. Er wurde missbraucht. Vor Erregung hätte er fast ejakuliert.

Sie nahmen keine Rücksicht auf seine teure Hose. Der oberste Knopf platzte weg und verschwand. Der Reißverschluss wurde mit Gewalt nach unten gezogen. Die starken Frauen hoben ihn an, und Hose und Boxer Shorts wurden ihm über die Schenkel gezogen. Jetzt war er nackt und kam sich in seinen schwarzen Seidensocken und geschnürten Schuhen lächerlich vor. Aber die Hände waren immer noch überall. Sie hielten ihn im Bereich eines Orgasmus, aber sie ließen ihn nicht kommen.

Spöttisches Lachen füllte seine Ohren. Drahtige Arme hielten ihn fest, während er sich ansehen musste, wie die Frauen miteinander masturbierten. Cheryl beugte sich über ihn. »Sind Sie jetzt überzeugt, John? Ist dies ein Bordell oder ein Club?«

»Es ist mir egal«, stöhnte er. »Habt Mitleid und lasst mich kommen.«

Durch einen Hintereingang betraten Emily und Laura den Umkleideraum im Westturm. Dort half ihnen Bronwen aus den Abendkleidern. Emily konnte es nicht erwarten, ihren schwarzen Rock aus Kalbsleder anzuziehen. Die Seiten wurden durch Schnüre gehalten. Strapse führten vom Korsett zu den rauchgrauen Strümpfen, und ihre Stiefel, die bis zur Mitte der Schenkel reichten, hatten hohe Absätze, durch die sie größer und schlanker wirkte.

»Wird er wissen, dass ich es bin?«, fragte sie nervös.

»Anfangs nicht«, antwortete Laura. »Wir wählen den Moment aus, in dem wir ihm seine Rachegöttin vorstellen.«

Sie lächelte breit. Sie trug schon den scharlachfarbenen BH mit den offenen Spitzen, und die hautengen Satinshorts mit dem offenen Schoß.

Bronwen trug einen *catsuit.* Ein einziger Reißverschluss führte vom Hals zwischen ihre Beine. Die Absätze ihrer Pumps ließen ihre Waden besonders deutlich hervortreten. »Jetzt zum wichtigen Teil«, sagte sie, und Emily schaute hinunter auf den großen Latex-Phallus in Bronwens Hand. »Du erinnerst dich, was ich gesagt habe? Schaffst du das?«

»Oh, ja«, antwortete Emily eifrig.

Bald schon bewunderte sie sich im Spiegel. Sie hob den Rock und wurde mit dem schockierenden und erregenden Anblick des lebensechten *godemiche* konfrontiert, der mit Schnallen befestigt war. Emily stellte ihn an und schrie auf, als die kratzende Unterseite gegen ihre Klitoris drückte. Sie hatte gesehen, wie Bronwen den künstlichen Penis bei Luke eingesetzt hatte. Beide hatten es genossen.

»Bereit?«, fragte Bronwen.

Emily nickte und ließ den Rock fallen, aber man konnte trotzdem die Umrisse des Vibrators sehen, und sie wurde mit jedem Schritt daran erinnert. So musste sich ein geiler Mann fühlen, dachte sie.

In den Türmen herrschte eine Menge Betrieb. Man konnte glauben, auf einem Kostümfest zu sein, wobei man mehr nackte Haut als Kostüm sah. Herrinnen führten nackte Männer an Leinen herum, und Männer bestraften böse Mädchen mit Paddeln oder Peitschen. Emily erregte sich am Geruch des Leders.

Bronwen führte sie ins Verlies. Sie hatte es erst einmal gesehen, als Cheryl sie in das Geheimnis der Türme eingeführt hatte, aber damals waren die Räume leer gewesen. Jetzt standen überall Zuschauer herum, während andere ihren Partner oder die Partnerin bestraften oder verwöhnten. Es gab einige gestöhnte Laute, aber keine wirklichen Schmerzensschreie.

Dann sah Emily ihren Mann John. Die Überraschung ließ sie auf der Stelle verharren. Er war nackt und kniete da, der Kopf war gebeugt, und seine Hände steckten auf dem Rücken in Handschellen. Er trug eine Augenbinde, Socken und Schuhe. Luke bewachte ihn, und Cheryl stand in der Nähe; ihre Hände spielten mit einer kurzen Peitsche. Sie schaute Emily an und klatschte die Peitsche auf Johns Gesäß.

»Autsch! Binde mich endlich los!«, brüllte John.

»Beruhige dich. Du bist ein schlimmer Mensch gewesen.« Sie sprach mit einer Stimme, die alle Vokale in die Länge zog. »Hast Leuten deinen Willen aufgezwungen. Es wird Zeit, dass wir es dir heimzahlen.«

Er hob den Kopf. »Ich dachte, wir würden geschäftlich reden. Ich hätte nie erwartet ...«

»Ich habe dich unter Vorspielung falscher Tatsachen hierhin gelockt, aber ich glaube, du hast trotzdem deinen Spaß, was?« Sie ließ die Spitze der Peitsche über seinen harten Phallus tanzen. »Es gefällt dir wohl, gefesselt und dominiert zu werden, was? Ich wüsste mal gern, was all die Snobs im Segelclub dazu sagen würden.«

»Das traust du dich nicht«, platzte es aus John heraus.

»Fordere mich nicht heraus.«

Sie winkte Emily zu, die vortrat, flankiert von Laura und Bronwen. Zum ersten Male überhaupt hatte sie keine Angst vor ihrem Mann. Er sah armselig aus, schwach, feige und klein. Jede der drei Frauen klatschte auf seinen nackten Hintern. John zuckte und wollte sich erheben, aber Lukes Hand hielt ihn in dieser Position.

Trotz seiner lautstarken Proteste erzählte seine Erektion eine andere Geschichte. Der Schaft pulsierte, und ein klarer Tropfen schob sich aus der Eichel.

Bronwen ließ Öl auf seinen Hintern tröpfeln und massierte es ein, dann zwickte sie in seine Nippel. Er schrie auf, und sein Schaft wurde noch ein bisschen größer. Sie nahm ihn in die Hand und rieb ihn. John streckte sich der Hand entgegen. »Oh, ja, noch ein bisschen mehr.« Sie zog die Hand zurück.

Emily stand hinter ihm, hob ihren Rock und schöpfte Öl in ihre Hand. Sie rieb es über den Dildo und nach einem kurzen Zögern auch über Johns Anus. Seltsam, das bei ihrem Mann zu tun, obwohl er sie nie aufgefordert hatte, das zu tun. Er grunzte, wich aber nicht aus. Emily platzierte sich hinter ihm, schob den Dildo zum Ziel und stieß dagegen.

»Oh, verdammt!«, schrie er, aber sie fühlte, dass er sich der Invasion stellte. Sie fragte sich, ob er schon mal einen Penis auf diese Weise gespürt hatte. Aus seinem Verhalten konnte sie aber schließen, dass es ihm gefiel.

Sie schaltete den Vibrator ein, schloss die Augen und ahmte die Stöße eines Mannes nach. Sie hatte das Kommando, und die summenden Stoppeln des Vibrators schabten ihre Pussy und stimulierten ihre Klitoris. John stöhnte und streckte den Hintern höher in die Luft. Als sie sich zurückzog, ließ er die Hüften schwingen, und sie stieß wieder mit Wucht in ihn hinein.

Es war ein wildes, intensives Ereignis. Sie konnte nicht aufhören, aber sie hatte John längst vergessen. Die Aufregung versetzte sie auf ein höheres Plateau, einem gewaltigen Orgasmus entgegen. Sie kam mit einem Aufschrei, und nur einen Moment später ergoss sich John über den Steinboden.

Sie zog sich aus ihm zurück und stellte sich vor ihn, zwischen Laura und Cheryl. Augenbinde und Handschellen waren ihm abgenommen worden. Er schaute in ihre Gesichter.

Seine Augen wurden rund, als er Emily sah, die noch den *godemiche* trug. »Du! Du hast meinen Arsch …?«

»Ja, und es war das erste Mal in all den vielen Jahren unserer Ehe, dass es mir bei dir gekommen ist«, gab sie mit fester Stimme zurück. »Die Dinge werden sich in Zukunft ändern. Ich werde tun, was ich will und wann ich will. Und wenn dir das nicht gefällt, kannst du ja gehen. Ich habe keine Angst mehr vor dir, und ich werde dich verlassen, wenn die Mädchen älter sind. Und hör auf, Rupert herumzuschieben.«

Er starrte sie an und stand sprachlos da. »Und du wirst keinen Versuch mehr unternehmen, uns aus St. Jude herauszudrängen«, fügte Cheryl noch hinzu. »Du bist hier gesehen worden, wie du an unseren unanständigen Spielen teilgenommen hast. Wir haben Fotos geschossen und sogar ein Video gedreht. Wenn das bekannt würde, ist es bestimmt keine gute Werbung für den zukünftigen Bürgermeister, was?«

»Das ist Erpressung«, stammelte er, aber als er Emily ansah, war da ein Funken Respekt in seinem Blick zu sehen. Und auch Cheryl und Laura erhielten bewundernde Blicke. Für rücksichtslose Intrigen und Strategien hatte er immer was übrig gehabt.

»Ja, so könnte man es nennen. Ich sehe es eher als Notwehr und Selbsterhalt. Versuche bloß nicht, dich an Emily zu rächen, sonst bist du endgültig dran.«

Cheryl ging zum Büfett und stärkte sich mit Gänseleberpastete und einem Glas Weißwein. Sie war nicht überrascht, dass John die Rolle des unterwürfigen Mannes angenommen hatte; Männer seiner Sorte neigten dazu, hatte Bronwen ihnen erzählt.

Der Rest des Abends gehörte ihr. Sie stand an einem Pfeiler und sah sich das Angebot an. Vielleicht würde sie Karl sehen. Aber sie fand ihn nicht, stattdessen sah sie einen großen Mann, der offenbar aus dem Nichts aufgetaucht war, von Kopf bis Fuß in einen schwarzen Mantel gehüllt.

»Ich bin der Tod«, sagte er in einer hohlen, gespenstischen Stimme. »Der Sensenmann kommt, um dich abzuholen. Bist du frei von Sünde, Cheryl Barden?«

Sie verengte die Augen und starrte ins Dunkel der Kapuze, dann spürte sie den Schauer, der ihr über den Rücken lief. »Hör auf damit, Felan!« Dann wuchs die Wut in ihr. »Wie bist du reingekommen?«

Er schob die Kapuze vom Kopf, und sein dunkles, gut aussehendes Gesicht wurde sichtbar. »Bronwen«, sagte er. »Sie hat mir freie Mitgliedschaft angeboten.«

»Wieso das denn? Kann ich denn niemandem mehr vertrauen?« Innerlich kochte sie.

»Ich verkaufe ihr eines meiner Cottages. Für sie ist es ein Schnäppchen; es braucht ein paar kosmetische Korrekturen, das ist alles. Sie will ihren Sohn in den Ferien zu sich nehmen, aber sie weiß natürlich, dass die Atmosphäre der Türme nicht das richtige Umfeld für ihn wäre.«

»Cottages? Bist du ein Großgrundbesitzer?«

»Kaum. Ich schwimme mich so frei, kann hier was kaufen und höre da was Günstiges. Aber mir ist jetzt nicht danach, nach all meiner Mühe hier herumzustehen und zu plaudern. Wir waren noch nie so richtig im Bett zusammen, eine ganze Nacht lang, mit Bettgeflüster im Dunkeln und so. Was sagst du?«

»Ich sage, lass mich in Ruhe.«

Er streckte einen Arm aus und zog sie fest an sich, unter die

Falten seines Mantels. »Das meinst du nicht wirklich, Cheryl«, flüsterte er und steckte die Zunge in ihr Ohr. »Wenn doch, dann bist du eine sture kleine Hexe, die wieder ein Spanking braucht.«

»Darauf stehst du, was? Was hier unten abläuft, ist nichts Neues für dich.« Sie versuchte, sich von ihm zu lösen, obwohl der Instinkt ihr sagte, sie sollte bei ihm bleiben.

Dieser Instinkt war es auch, der sie noch näher an ihn rücken ließ, an die harte Beule, die sie durch ihr hauchdünnes Kleid fühlen konnte. Durchsichtiger Chiffon, wie ein Nachthemdchen geschnitten, kein BH, und ein Höschen, das diese Bezeichnung kaum verdiente.

»Spielt das eine Rolle? Es reicht doch, dass ich hier bin. Cheryl, wie lange willst du dieses Spiel noch mit mir treiben?«

»Ich weiß es nicht«, antwortete sie halsstarrig. »Vielleicht für immer.«

Seine Haltung veränderte sich. Er schüttelte sie durch, und seine Finger gruben sich in ihre Oberarme. »Hör auf damit«, knurrte er. »Ich werde dich heute Abend nehmen, und zwar in meinem Bett.«

»Huch! Jetzt bin ich aber erschrocken«, höhnte sie. »Was für eine wilde Bestie!«

Er fluchte und schwang sie über seine Schulter, dann trug er sie die Treppe hoch, den Korridor entlang und durch eine Tür, die auf den Innenhof führte. Er verpackte sie in seinen Lastwagen.

»Mir ist kalt«, beschwerte sie sich.

Er zog seinen Mantel aus und legte ihn um ihre Schultern, dann stieg er auf den Fahrersitz und startete den Motor. Sie sah ihn von der Seite an. In der Reflektion der Scheinwerfer sah er dunkler, größer und bedrohlicher aus denn je. Ein cremefarbener Wollpullover verbreitete seine Schultern noch, und seine schlanken Hüften füllten die Blue Jeans gut aus. Er hielt den Blick auf die gewundene Straße gerichtet, die von St. Jude zur Umgehung führte. Sein Profil faszinierte sie, besonders die Falkennase und das entschlossene Kinn. Einen Moment lang empfand sie Furcht.

»Wohin bringst du mich?«, verlangte sie zu wissen. Sie überlegte, ob sie die Tür öffnen und hinausspringen könnte, aber das Fahrzeug fuhr jetzt schneller.

»Zu mir nach Hause.«

»Und wo ist das?« Sie wünschte, sie hätte wenigstens ihre Handtasche mitgenommen und ihr Handy, denn sonst hatte sie nichts dabei, was ihr hätte helfen können.

»Das wirst du ja sehen.«

»Verdammt, Felan. Warum musst du immer so verdammt kompliziert sein?«, rief sie.

»Ich? Ich bin der vernünftigste Mensch auf Erden.«

Sie ließ sich auf ihrem Sitz zurückfallen. »Hast du eine Zigarette für mich?«

Er fand eine Schachtel auf dem Armaturenbrett, zündete zwei Zigaretten an und reichte ihr eine. Schweigend fuhren sie weiter, aber die Schilder ließen darauf schließen, dass sie sich der Küste näherten. Die Straße wurde abschüssiger und schmaler und wand sich mit vielen engen Kurven und vom Sturm gebeutelten Bäumen dem Ozean entgegen.

Sie konnte ihn jetzt wahrnehmen, diesen salzigen Geruch von Tang, nassem Sand und Kalksteinklippen. Sie fuhren durch ein kleines Dorf, dann ging es weiter zu einem allein stehenden Anwesen. Er bog auf den Parkplatz ein, hielt an und half ihr beim Aussteigen. Sie hörte, wie sich die Wellen auf dem groben Strandkies brachen. Felan führte sie einen Pfad mit Muschelschalen hoch, dann öffnete er eine niedrige Haustür, zog den Kopf ein und trat beiseite, damit sie ins Haus gehen konnte.

Sie befand sich in einem Wohnzimmer mit dunklen Balken

an der Decke, mit geweißten Wänden und vielen Gemälden, Zeichnungen, Masken, uralten Waffen und Messingtöpfen. »Bist du Sammler?«, fragte sie.

»Ich mache Hausentrümpelungen«, sagte er. »Von vielen Dingen mag ich mich einfach nicht trennen.« Er kniete auf einem Teppichläufer vor dem großen, von Fliesen umgebenen Herd und schob noch ein paar Scheite auf die Glut. Der Rauch von Holz schwängerte die Luft.

»Und das ist eines deiner Cottages?« Sie legte seinen Mantel über eine Stuhllehne. Gänsehaut überzog ihre Arme. Im Zimmer war es warm, aber ihr Kleid war besonders dünn.

Warum bin ich hier?, fragte sie sich, dabei wusste sie, dass sie gerade an diesem Abend nirgendwo sonst sein wollte.

»Ja, richtig. Ich werde hier bleiben, solange die globale Erwärmung und die Küstenerosion nicht zu schnell fortschreiten. Für den Fall muss ich höher hinaufziehen.«

»Du hast es schön hier«, sagte sie und bewunderte das breite Sofa und die antiken Stücke, von der Zeit schwarz gefärbt.

»Ein Fischer hat hier mal mit seiner Frau gelebt. Sie hatten zwanzig Kinder. Im Sommer wurden die ältesten zum Schlafen auf den Dorfanger geschickt, weil es im Haus zu wenig Platz gab.«

Sie unterhielten sich, aber es bedeutete ihr nichts. Plötzlich verstummten sie. Er sah sie an, dann ging er auf sie zu, geriet ins Stolpern und zog sie im Fallen mit aufs tiefe, gemütliche Sofa. Seinen Arm hatte er um ihre Schultern gelegt, und seine Lippen fanden ihre.

Sie konnte weder ihm noch ihren zügellosen Gefühlen ausweichen. Während seine Zunge ihren Mund plünderte, schob er ihren Rock hoch und fand den Fetzen Seide, der so teuer war und so wenig bedeckte. Sie wehrte sich nicht und ermutigte ihn noch, indem sie ihre Beine weiter öffnete. Er zog ihr den Slip aus und ließ ihn auf den Boden fallen.

Sie zogen sich vor dem Feuer aus und legten sich auf den Kaminvorleger. Er holte Kissen vom Sofa und legte sie unter ihren Kopf. Das Feuer versengte sie auf einer Seite, und sein Körper wärmte die andere. Seine Lippen wischten über die Nippel und saugten sie scharf. Sein Bart fühlte sich weich an, was zu all den anderen Gefühlen noch hinzukam. Sie wollte, dass er mit dem Mund nach unten wanderte; sie sehnte sich nach seiner Zunge auf der Klitoris.

Tatsächlich glitt sein Kopf von ihrem Oberkörper nach unten, und seine Zunge hinterließ eine feuchte Spur. Er leckte in ihren Falten und schleckte an ihrem Eingang, dann saugte er die Klitoris, neckte sie, reizte sie und freute sich daran, dass sie zischend den Atem einsaugte.

»Mach weiter, bitte«, wimmerte sie und versuchte, seinen Kopf an sich zu pressen.

Er setzte sich auf und hielt ihre Arme über den Kopf, bevor er sie mit seinem Gürtel zusammenband. »Sei still«, befahl er. »Ich werde entscheiden, wie und wann was geschieht.«

Er hatte sich verändert, sprach mit harscher Stimme und sah sie grimmig an. Wieder empfand sie Angst. Er hatte sie schon vorher gefesselt und erbarmungslos mit einem Paddel traktiert – sie konnte sich also darauf einrichten, was kam.

Jetzt zerrte er sie auf die Füße und befahl: »Zieh deine Schuhe an.« Sie tastete nach ihnen. Felan führte sie auf die andere Seite des Sofas, streckte ihre zusammengebundenen Hände aus und drückte gegen ihren Po, bis sie sich über den Sofarücken gebeugt hatte.

Ihr Gesicht wurde vom Feuer gewärmt, ihre Brüste ebenfalls, denn sie wurden gegen den geknöpften Sofabezug gepresst. Es war ein altes Sofa, aber robust, und ihre Stöckelschuhe hoben ihren Po genau richtig an, denn nun konnte sein Schaft sie leicht penetrieren, egal welche Öffnung. Du bist eine Schlampe, dachte sie, und ihre Pussy zuckte.

Er verhielt sich still, und sie wartete in zitternder Erregung auf ihn. Als sie die Berührung spürte, wusste sie nicht genau, was es war, bis er sie wiederholte. Eine Rute? Eine Gerte? Ein dünner Rohrstock? Er kitzelte sie damit, ihr Rückgrat entlang und dann in die Kerbe; er stupste ihre Füße auseinander und strich hinauf bis zu den Lippen ihrer Pussy. Er ersparte ihr nichts, presste in ihre Falten und drückte gegen ihre pochende Klitoris. Cheryl schwenkte die Hüften, als wollte sie ihn wissen lassen, dass sie mehr haben wollte.

Behutsam klopfte er gegen ihre Spalte, dann härter, und sie kreischte. Er begann, sie mit dem Stock auf ihren aufbäumenden Po zu schlagen, und sie konnte die Tränen nicht zurückhalten. Sie rannen ihre Wangen hinunter und tropften vom Kinn.

Er hörte auf und lehnte sich über sie, um ihre Handgelenke zu befreien. »Bleib so«, befahl er, und sie drehte sich um und sah seine Erregung, für die seine Erektion ein überzeugender Beweis war.

Die Eichel drang in ihre Pussy, und sie drückte dagegen und hoffte, dass er tiefer in sie hineinstieß. Sie liebte das Gefühl, von ihm ganz gefüllt zu werden. Seine Brusthaare kitzelten ihren Rücken, und er stieß rhythmisch zu, ein und aus, und sie glaubte schon, dass er nicht mehr aufhören konnte. Der fehlende Schutz sorgte sie. Aber dann war sie überrascht, dass er sich aus ihr zurückzog.

Sie drehte sich und schlang die Arme um seinen Nacken. Ihre Brüste rieben sich an seinen Brusthaaren. Ihre gierigen Lenden mahlten gegen seinen Schaft, und ihr brennender Po drückte gegen das Sofa. Er starrte in ihre Augen. Sie wollte ihn so sehr, dass sie ihn beinahe angebettelt hätte. Nur ihr Stolz ließ sie schweigen.

Er nahm sie mit nach oben in sein Bett und zündete Kerzen an. Die karoförmigen Fenster befanden sich auf Fußbodenhöhe. Die Decke war so niedrig, dass Felan nicht aufrecht stehen konnte. Er holte Kondome aus dem Nachtschrank und warf das Oberbett über sie beide. Sie kuschelte sich an ihn in der warmen, nach Daunen duftenden Gemütlichkeit.

Mit den Händen tröstete er ihre wunden Pobacken, bis sie den Schmerz nicht mehr fühlte, dann schob er ihre Beine auseinander und brachte sie auf eine zauberische Art zum Orgasmus; es erfüllte alle ihre Wünsche.

Als sie gekommen war, kniete er sich zwischen ihre Schenkel, und ihre Pussy öffnete sich und hieß seinen Stab in ihrer Tiefe willkommen. Mit Lippen und Händen strich er ihr über Gesicht und Haare, sie umklammerte seine Erektion mit den inneren Muskeln und hörte ihn stöhnen. Sie reizte ihn weiter und spürte, wie es ihm zuckend kam.

Die Kerzenflammen waren so stabil wie ewige Liebe, dachte sie, als sie träge in Felans Armen lag. Er küsste ihr Ohr, rutschte an ihr hinunter, küsste den Hals und nuckelte an ihrer Brust. Eine Weile sprachen sie nicht, weder Intimes noch Banales; sie redeten auch nicht über die Zukunft, denn noch war ihnen nicht klar, ob sie überhaupt eine hatten. Sie wussten nur eins: Sie konnten ihre Körper genießen.

»Kommst du mit mir zur Hochzeit meiner Mutter?«, fragte sie ihn schließlich, als er mit einem Tablett mit Tee aus der Küche wieder nach oben kam. »Sie soll bei den stehenden Steinen stattfinden.«

»Vielleicht. Aber ich kenne sie nicht, nicht wahr? Möchtest du ein *scone* haben? Ich habe sie selbst gemacht. Ich habe dir doch gesagt, dass ich kochen kann. Ich werde eines Tages mal für dich kochen.«

»Ja, gern, danke. Aber jeder in dieser Gegend kennt meine Mutter, glaube ich. Sie wohnt auf Fell Tor.«

»Ah, ja, die Hippie-Kolonie.« Er strich Erdbeermarmelade und Schlagsahne auf ein *scone* und reichte es ihr.

»Nein, das hat nichts mit Hippies zu tun.« Sie leckte Marmelade von ihren Fingern und spürte plötzlich, wie sehr sie Joanna liebte.

»Ist auch egal. Ich komme gerne mit.«

Das freute sie. Sie nahm ihn gern als ihren Begleiter mit. »Laura und Simon machen nach Weihnachten Urlaub in Argentinien«, fuhr sie fort, setzte sich auf und zog das Oberbett den Rücken hoch bis auf ihre Schultern. Sie nahm einen Schluck Tee und sagte: »Es würde mich nicht überraschen, wenn sie bei ihrer Rückkehr verheiratet wären.«

»Und was ist mit Ihnen, Mrs. Barden?«, fragte er und sah sie durchdringend an. »Fühlen Sie nicht die Notwendigkeit eines permanenten Partners an Ihrer Seite? Die ganzen Gespräche über Hochzeiten verführen mich dazu, meinen Frack aus dem Schrank zu holen.«

»Nein, eigentlich ist das nichts für mich. Ich schätze meine Unabhängigkeit. Durch Schaden wird man klug, wie man so schön sagt.« Sie fragte sich, ob ihre Nase so lang wie Pinocchios werden würde.

»Tatsächlich?«, fragte er und lächelte sie an. Ungläubigkeit im Blick. »Oder hängst du noch an einem, dem du längst entwachsen bist?«

»Ich lasse es dich wissen«, sagte sie, stellte ihre Tasse ab und schob sich zu ihm. »Was hältst du von einem weiteren Durchgang? Oben oder unten, was ist dir lieber?«

*Ende*

*Lassen Sie sich von Alicia durch London verführen. Sie zeigt alles!*

Carrie Williams
IN LONDON
MIT ALICIA
Erotischer Roman
272 Seiten
ISBN 978-3-404-15997-0

Cocktails, Zimmerservice, Wellness in Luxushotels – Alicia ist ein Mädchen, das den kleinen Belohnungen ihres Berufes als Führerin durch London nicht widerstehen kann. Ob es der Produzent aus Hollywood ist, mit dem sie in der Hotelsuite landet oder der australische Pilot, dessen exhibitionistische Phantasien auf dem neuen Riesenrad an der Themse einen neuen Höhepunkt finden.

Bastei Lübbe Taschenbuch